위험
천만한
연애

위험
천만한
연애
이지연
장편소설
vol. 2
Terrace Book

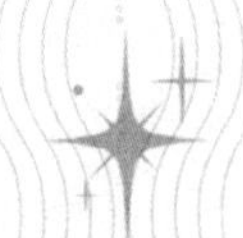

vol. 1

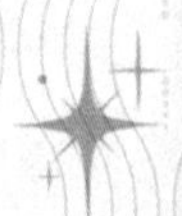

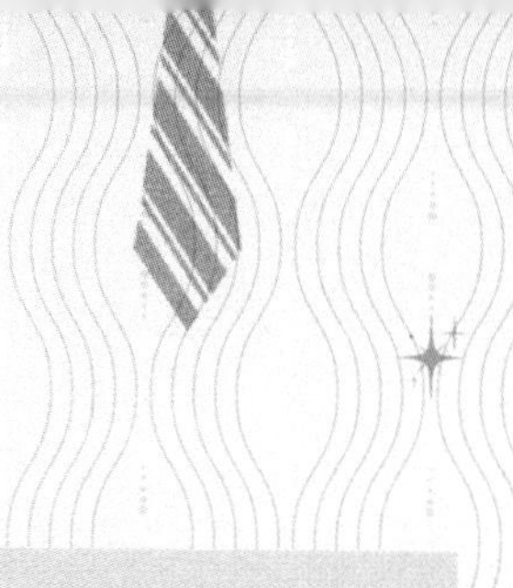

vol. 2

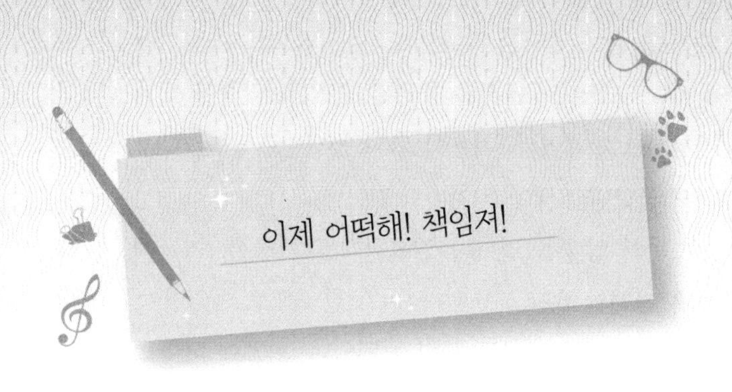

"흐응."

온몸을 내리누르는 묵직한 무게에 지은은 저도 모르게 신음을 내뱉었지만 어느새 거친 숨결이 소리를 삼켜버렸다. 곧이어 짜릿한 느낌이 혀끝을 자극하며 뜨겁고 세찬 감각이 입안으로 흘러들었다. 그 순간 지은은 자신이 무엇을 원했는지 정확히 깨달았다.

이거야! 바로 이거였어!

"아!"

그녀와 반대로 제혁의 입에선 한탄의 탄식이 흘러나왔다. 그는 자신의 행동이 혐오스러워 참을 수 없었다. 지은은 술에 취한 상태였다. 그런 그녀를 끌어안고 미친 듯이 입술을 탐하고 있다니…….

그저 옆에서 지켜보기만 할 계획이었는데 어쩌다 이 지경까지 왔을까? 그녀가 갑자기 품에 안기지만 않았어도, 난데없이

다리를 밀어 넣지만 않았어도, 마지막으로 목덜미에 얼굴을 묻지만 않았어도 유혹을 물리칠 수 있었을 것이다. 하지만 거기까지가 한계였다. 지은이 그의 목덜미에 입술을 대는 순간, 참고 참았던 욕구가 터져버린 것이다.

그녀의 입술을 얼마나 집요하게 탐했을까. 어느새 제혁은 다음 단계의 욕망을 느꼈다. 피가 한곳으로 몰리며 신체는 언제라도 돌격할 채비를 끝내고 있었다. 한계에 다다랐다는 걸 깨닫는 순간 등줄기로 싸늘한 한기가 지나갔다. 제혁은 격한 숨을 터트리며 그녀의 입술에서 황급히 입술을 떼어냈다. 다행스럽게도 너무 늦지 않게 이성이 돌아왔다. 그는 팔을 짚어 그녀의 몸으로부터 상체를 일으켰다.

"헉, 헉."

제혁의 고르지 못한 호흡이 그녀의 몸 위로 쏟아졌다. 입술이 떨어져나가자 못내 아쉬운 듯 그녀의 고운 이마에 주름이 새겨졌다. 잠시 후 그녀의 눈꺼풀이 서서히 열렸다. 힘없이 몇 번 눈을 깜박이던 지은이 제혁을 빤히 쳐다보았다.

이윽고 두 눈에 당혹스러운 빛이 서렸다. 말은 하지 않았지만, 제혁을 알아본 것 같았다. 그것을 증명하듯 그녀의 두 눈이 이내 도로 감겼다.

사람 애간장을 태워놓고 자는 척하면 그만인가?

"눈 떠."

제혁이 으르렁거리듯 낮은 목소리로 경고했다. 지은은 지금 이게 무슨 상황인지 확신이 서질 않았다. 분명 꿈을 꾸다 눈을 떴는데 꿈속의 제혁이 사라지지 않고 계속해서 망막에 맺혀 있었다. 그뿐인가. 목소리까지 생생하게 들렸다.

"자는 척해도 소용없어."

자는 척해도 소용없다니? 이게 무슨 말이래?

눈을 꼭 감은 채 어떻게 된 일인지 생각하던 그녀의 머리 위로 불현듯 느낌표가 떠올랐다.

설마 꿈이 아니었어? 전부 다?

아무리 궁리해봐도 어디까지가 꿈이고 어디까지가 현실인지 구분할 수 없었다. 마지막으로 또렷이 기억나는 건 클럽에서 B.W. 공연을 보던 중 목이 말라서 앞에 놓인 맥주를 마신…….

아 참, 그게 폭탄주였지.

그걸 마시고 정신을 잃은 게 분명했다.

하지만 클럽에서 뻗었는데 왜 이 남자 밑에 깔려 있었던 거지?

"헉!"

갑자기 몰아치는 영상에 지은은 감았던 눈을 번쩍 떴다. 혹시 영화나 드라마에 단골 소재로 나오는 음주 원나잇?

눈을 뜨자 그녀를 이글거리는 눈으로 내려다보는 제혁의 얼굴이 시야에 가득 찼다. 그는 꼭 중요한 일을 하다가 방해받은 표정이었다.

술 취해서 인사불성인 사람을 데리고 혹시……? 그렇게 안 봤는데 아주 몹쓸 인간이잖아! 남자는 다 늑대라더니, 이 남자도 늑대였던 거야?

아직은 어떤 상황인지 확실하게 파악되진 않았지만 어리바리한 태도를 보여선 안 된다고 생각한다. 지은은 마른침을 꿀꺽 삼키며 눈에 힘을 주었다.

'이보세요? 그쪽, 나에게 이상한 짓을 하려던 거예요?'라고 매몰차게 따지고 싶었지만.

"……좀 비켜줄래요?"

억지로 쥐어짜듯 입을 여는 게 고작이었다. 두 팔을 짚어 상체만 일으켰을 뿐 제혁은 아직도 그녀 위에 올라타 있는 자세였다.

"무거워서 숨이 막힌다고요."

지은이 재차 부탁하자 비로소 제혁은 옆으로 몸을 굴리며 일어나 앉았다. 지은도 제혁을 따라 얼른 몸을 일으켰다.

여긴 어디지? 빠르게 주위를 둘러보던 지은은 침대 옆에 있는 낯익은 인형을 발견했다. 하늘색 푸들 인형이었다. 그녀가 그에게 맡아달라고 부탁했던 그 하늘색 푸들 인형.

그렇다면 여긴 그의 집이란 소리인데. 침실쯤 되려나?

지은은 이불을 슬그머니 몸에 감으며 원망스러운 눈으로 제혁을 노려보았다.

"어떻게 된 거예요? 내가 왜 그쪽 침실에 있죠?"

'그리고 왜 그쪽이 내 위에 있어요?'라고도 물어보고 싶었지만, 자칫 분위기가 야릇하게 변할까 봐 꾹 참았다.

"물에 빠진 사람 건져줬더니 보따리 내놓으라는 건가?"

제혁은 기가 막힌다는 듯 입매를 비틀었다. 지은은 짧아진 그의 말꼬리에 눈살을 찌푸렸다.

"물에 빠지긴 누가 물에 빠졌다고 그래요?"

"아, 미안. 말을 잘못했어. 물에 빠진 게 아니라 술에 빠졌지."

"무슨 소리예요? 내가 술……."

한마디 쏘아붙이려던 지은은 흠칫 입을 다물었다. 폭탄주를 마시고 쓰러졌으니까 어찌 보면 술에 빠진 거라고도 할 수 있었다.

"그래요. 술 때문에 잠시 정신을 잃긴 했어요. 하지만 왜 내가 그쪽 집에 와 있냐고요?"

"섭섭한데. 나에게 육체적으로 끌린다고 할 때는 언제고. 아, 이제 알겠군. 그래서 나보고 위험하다고 한 건가?"

"무슨 말이에요? 육체적으로 끌린다니."

말은 그렇게 하면서도 지은은 속으로 숨을 죽였다. 독심술이라도 하나? 어떻게 머릿속을 들여다본 것처럼 말하는 거야?

"말한 그대로야. 당신 사촌 채미나 씨 앞에서 아주 큰 소리로 말했잖아."

그의 말에 지은의 눈이 튀어나올 것처럼 휘둥그레졌다.

"내가요?"

미나의 이름을 성까지 확실하게 아는 걸로 봐선 뭔가 일이 있었던 것 같은데. 지은의 커다란 눈동자가 혼돈으로 불안하게 흔들렸다.

"당신 사촌이 전화했어. 당신이 술 마시고 뻗었다고. 빨리 와달라고. 그래서 공연 끝나자마자……."

무슨 일이 있었는지 제혁의 설명이 길어질수록 지은의 얼굴은 창백하게 변해갔다. 술 마시고 필름이 끊겼다는 것 자체만으로도 충격인데.

—근데…… 이 남자 위험하긴…… 해. 나 막 육체적으로 끌리거든.

내가 사람들 앞에서 저렇게 말했다고?

"그……그럴 리가 없어요."

하늘이 무너진다는 게 바로 이런 느낌일까?

지은은 참담한 심정으로 제혁을 바라보았다. 그저 짓궂은 장난일 거라고 믿고 싶었다. 그녀의 인생에 이런 일은 일어날 수 없었다. 이건 그녀의 인생 최대의 이불 킥 사건이었다. 하지만 제혁의 비아냥거림은 계속되었다.

"내가 키스도 잘한다고 말한 사람은 신지은이 아니라 그럼 성지은인가?"

지은은 억울한 표정으로 자신을 변호했다.

"난 맥주인 줄 알고 폭탄주 마셨다가……. 그다음은 기억이 안 나요."

눈앞에 검은 장막이 내렸고, 그게 다였다. 그런데 주정을 부렸다니!

“하지만 내가 그랬을 리가 없어요. 난 술 안 취하려고 라틴어로 주기도문 외운다고요.”

“못 믿겠으면 사촌에게 전화해보든가.”

자리에서 일어난 제혁은 그녀의 핸드백에서 휴대폰을 꺼내 앞으로 내밀었다.

“이렇게 늦은 시간에 전화하는 건 좀…….”

“당신 사촌, 밤새워 놀 거라고 했어. 그래도 신경 쓰이면 문자 보내.”

아까부터 반말로 대화하는 제혁의 태도가 영 거슬렸지만, 지금 그녀는 ‘을’의 처지이기에 잠자코 휴대폰을 받아 들었다.

채미나, 너 죽었어.

지은은 속으로 욕을 퍼부으며 미나에게 빠르게 문자를 보냈다.

야, 어떻게 된 거야?

술 취해서 뻗었으면 마 과장님께 연락할 것이지, 이 남자는 왜 불러!

어? 깨어났네?

문자를 보내자마자 바로 미나에게서 답이 날아왔다. 마치 그녀의 문자를 기다리고 있었던 것 같았다. 지은은 도대체 어떻게 된 일인지 설명하라는 내용의 문자를 폭풍처럼 날렸다. 제혁이 한 말이 전혀 사실이 아니길 기대했지만, 하늘이 무심하게도 미나에게서 제혁이 말한 내용과 똑같은 내용의 문자를 받았다.

어, 네가 그랬어.
막 육체적으로 끌리고
키스도 무지무지 잘한다고.

지은은 아무 말도 하지 못한 채 넋이 나간 표정으로 미나의 문자를 바라보았다. 이제야 왜 제혁이 저렇게까지 화가 났는지 이해할 수 있었다. 여자 친구란 여자가 사람들 앞에서 그런 소릴 했으니 얼마나 황당했을까.

이 사태를 어떻게 수습하지? 지은은 겸연쩍게 웃으며 조심스럽게 말을 꺼냈다.

"내가 술에 취해서 헛소리했나 봐요."

"취중 진담이란 노래도 있던데?"

"그런 노래 몰라요."

'취중 진담'이라니? 몇 번밖에 들어보지 못한 노래였다. 당연히 몰라야 하는데, 가사 따위 기억나지 않아야 하는데…….

이제 고백할게. 처음부터 너를 사랑해왔다고.

그녀의 머릿속에서 생생하게 울려 퍼지기 시작했다.

"아니라고요."

사랑이라니! 그건 그냥 노래 가사고 난 술 취해서 헛소리한 것뿐이야!

지은은 이불을 더욱더 꽉 움켜쥐며 고개를 내저었다. 그런 그녀를 침대 옆에서 바라보던 제혁이 갑자기 그녀에게로 상체를 굽혔다. 제혁의 얼굴이 훅 가깝게 다가오자 지은은 흠칫 놀라 침대 쪽으로 바짝 몸을 붙였다.

"안경 쓴 여자와 키스해본 적 있냐며 내게 키스한 것도 생각 안 나겠군."

그녀의 눈을 빤히 들여다보며 제혁이 말했다.

"내, 내가 그랬어요?"

거짓말하지 말라고 쏘아붙여야 하는데 제혁이 말한 장면이 흐릿한 영상으로 눈앞에 떠올랐다.

그랬던 것 같기도 하고. 꿈결에 막 끌어안고 그의 품으로 파고든 것도 현실이었단 말인가? 상황은 점점 더 가관이 되어 갔다

"물론."

제혁의 대답에 지은은 눈만 깜빡거렸다. 그가 그녀 쪽으로 상체를 굽히자 두 사람 중 한 명만 움직여도 코가 맞닿을 정도로 가까워졌다.

"이런 상황에서 상대를 가만히 놔두는 남자가 과연 몇이나 될까? 내가 굳이 말하지 않아도 잘 알겠지?"

지은은 수업에 열중하는 학생처럼 크게 위아래로 고개를 끄

덕거렸다. 그제야 제혁은 그녀 쪽으로 바짝 들이댔던 얼굴을 뒤로 뺐다.

"후우."

그녀의 입에서 자신도 모르게 안도의 한숨이 흘러나왔다. 동시에 미나를 향한 원망이 불타올랐다. 늑대에게 날 아무렇게나 던져버리고 내빼다니. 하지만 미나 탓만 할 순 없었다. 선봐서 사귀는 사이이니 곧 결혼할 거라고 알고 있는데 누굴 탓하랴! 어떤 술인지 확인도 하지 않고 벌컥벌컥 잔을 비워버린 그녀에게 가장 큰 잘못이 있었다.

"하아."

지은은 어깨를 축 늘어뜨리며 다시금 긴 한숨을 내쉬었다.

아니라고 펄펄 뛸 줄 알았는데 예상외로 지은은 순순히 꼬리를 내렸다. 이불을 둘둘 만 채 풀이 죽어 있는 모습을 보니 '쿡' 하고 실소가 흘러나왔다. 하지만 쉽게 용서해줄 순 없었다. 제혁은 침대에 비스듬히 앉으며 지은의 뺨을 손등으로 살며시 쓸어내렸다. 별안간 다가온 손길에 그녀가 깜짝 놀란 얼굴로 그를 바라보았다.

"……이 기회에."

제혁은 그녀에게 가까이 얼굴을 가져가며 유혹하듯 속삭였다.

"우리 진하게 실습이나 할까?"

그건 복수였다. 최소한 그가 당한 십분의 일이라도 돌려줘야 마음이 풀릴 것 같았다.

예상했던 것처럼 지은은 제혁의 도발에 동공 지진을 일으켰다. 지은 죄가 있으니 제혁을 밀어낼 수도, 그렇다고 받아들일 수도 없는 갈림길에 선 표정이었다. 어쩔 줄 모르고 깜박이던 두 눈이 잠시 후 촉촉하게 젖어 들었다.

너무 심했나? 평소의 그녀라면 바로 되받아쳤을 텐데……. 제혁은 한결 누그러진 투로 말했다.

"지금 우는 겁니까?"

"아뇨."

지은은 부정했지만, 눈물이 또르르 그녀의 뺨으로 흘러내렸다. 제혁은 손을 들어 그녀의 젖은 눈가를 조심스레 어루만졌다.

"그럼 이건 눈물이 아니고 뭐죠?"

지은은 대답 대신 고개를 돌려 그를 외면했다. 슬프거나 겁이 나서 우는 건 아니었다. 제혁의 침대에 이불을 뒤집어쓰고 앉아 있다는 사실에 기겁해야 정상이거늘, 나사가 빠진 것처럼 얼굴이 달아오르고 가슴이 두근거렸다.

절대로 넘어가지 않을 거라고 장담했던 남자에게 홀려버렸나? 민제혁이 남자로 느껴지기 시작한 걸까?

하지만 어떻게 그럴 수 있지? 우빈 씨를 좋아하는데. 좋아했는데. 아니, 좋아했다고 믿었는데…….

그런 자신에게 실망해서, 마음이 복잡해서, 과부하가 걸린 뇌가 더는 버티지 못하고 눈물을 내보내고 있었다. 그렇게라도 하지 않으면 머리가 폭발해버릴 것 같았다.

"알았으니까 울지 말아요."

그녀가 계속해서 눈물을 흘리자 제혁은 한숨 쉬듯 속삭이며 손으로 눈물을 닦아냈다.

"다음부터 조심하고."

지은은 얌전히 고개를 끄덕거렸다.

당한 만큼 돌려주려고 했는데 이렇게 약한 모습을 보이면 어쩌라고. 제혁은 왠지 자신이 그녀를 울린 것 같아 씁쓸했다.

"나와 약속 하나 해요. 앞으론 내가 옆에 없을 땐 절대로 취하지 않는다."

"저 원래, 자기 관리 잘해요. 오늘 태어나서 처음으로 취한……."

"됐고."

지은의 말을 매몰차게 자르며 제혁이 말을 이었다.

"무조건 약속해요. 내가 없을 때는 취하지 않는다고. 아예 술도 마시지 말라고 하고 싶은데 그건 너무한 것 같아서 봐준 겁니다."

"네."

지은은 더 이상 반론을 펴지 않고 그의 말에 동의했다.

"일어나요. 집에 바래다주죠."

이번에도 그녀는 잠자코 제혁이 하라는 대로 따랐다. 집으로 가는 도중 지은은 차 안에서 한마디도 하지 않았다. 창밖에 시선을 둔 채로 입을 꾹 다물고 있었다. 제혁도 아무 말도 하지 않고 운전에만 집중했다.

지은을 집에 바래다주고 돌아오니 새벽 4시에 가까워지고 있었다. 출근하려면 조금이라도 눈을 붙여야 했지만 아무리 누워 있어도 정신은 말짱하기만 했다.

그럴 수밖에. 침대엔 온통 지은의 흔적뿐이었다.

달콤한 그녀의 향기, 여기저기 묻은 화장품 자국. 갈색의 꼬불거리는 머리카락까지.

결벽증까진 아니더라도 깔끔한 걸 좋아하는 성격이라 평소였다면 당장에라도 시트와 이불을 새 걸로 바꿨을 것이다. 그런데 그러기가 싫었다. 오히려 지은의 향수 냄새가 밴 베개에 얼굴을 묻었다.

하하, 드디어 미쳤군.

그런 자신이 한심하게 느껴져 자꾸만 헛웃음이 흘러나왔다. 누구는 뜬눈으로 밤을 새우게 생겼는데 누구는 쿨쿨 단잠에 빠졌을 거라고 생각하니 괘씸하다는 생각이 들었다.

한참이나 몸을 뒤척이던 제혁은 결국 몸을 일으켰다. 스탠드 불을 켜던 제혁의 눈에 침대 옆에 올려둔 하늘색 푸들 인형이 들어왔다. 제혁은 손을 뻗어 인형을 집어 들었다.

—꼭 고백에 성공해서 돌려받으러 갈게요. 그편이 나에게 더 큰 동기 부여를 줄 테니까요.

결연에 찬 얼굴로 인형을 건네던 지은의 얼굴이 떠올랐다. 수의사 선생에게 고백하면 이걸 돌려받으러 올까? 다른 건 몰라도 이 인형만큼은 절대로 우빈에게 넘기기 싫었다.

수의사 선생에게 건넬 바에는 그냥 내 손에…….

제혁은 자신도 모르게 두 손으로 인형의 목을 비틀어버렸다. 하늘색 푸들 인형의 목이 꽈배기처럼 흉측하게 옆으로 돌아갔다.

"헉."

퍼뜩 정신을 차린 제혁은 손에서 인형을 떨어뜨렸다.

제길, 내가 지금 무슨 짓을!

제혁은 다시 인형을 집어 들어 손으로 머리를 툭툭 털었다.

잠이 모자라고 피곤해서 잠깐 정신이 나간 게 분명했다. 화풀이할 상대가 없어서 이런 헝겊 쪼가리 인형에게 화를 내다니.

제혁은 길게 한숨을 내쉬며 다시 침대에 몸을 누였다.

억지로 눈을 감고 잠을 청했지만 결국 동이 틀 때까지 한숨도 잘 수 없었다.

—근데…… 이 남자 위험하긴…… 해. 나 막 육체적으로 끌리거든.

—……키스도…… 얼마나 잘하는데.

그녀의 목소리만 계속해서 귓가에 맴돌았다.

정말 단순한 술주정이었을까?

그래도 조금은 그녀의 진심이 섞이지 않았을까?

—……그런데 나 그쪽이…… 그쪽……이…… 끄을…….

만약에 '나 그쪽이 끌려요.'라고 말하려던 것이었다면? 그녀가 나를 좋아하게 된 거라면? 갑자기 두근거리던 가슴이 폭발할 것처럼 거세게 뛰기 시작했다. 제혁은 침대에서 벌떡 몸을 일으키고 무언가를 골똘히 생각하더니 급히 책상으로 걸어갔다. 맨 밑 서랍을 열고 그 안에 든 검은 가죽 파일을 꺼냈다. 파일을 열자 냅킨에 휘갈겨 쓴 계약서가 눈에 들어왔다.

정말로 그런 거라면? 제혁은 잠시 계약서를 바라보다 이내 손을 뻗어 냅킨을 손에 쥐었다.

집에 도착한 지은은 침실에 들어서자마자 제일 먼저 드레스룸으로 향했다. 그리고 구석에 놓인 서랍장으로 걸어가 맨 위 서랍을 열었다.

색깔별로 나열된 화려한 보석이 조명을 받아 찬란하게 반짝거렸다. 보석 트레이를 들어 올리자 그 밑으로 숨겨진 냅킨이 모습을 드러냈다.

지은은 긴장한 얼굴로 냅킨을 집어 들었다. 냅킨 위에는 글씨가 빽빽하게 채워져 있었고 글씨 아래엔 붉은 립스틱 지문이 선명하게 찍혀 있었다. 계약서를 내려다보던 지은의 얼굴에 어두운 그림자가 내려앉았다.

나, 신지은은 민제혁을
절대로 좋아하지 않을 것을
맹세한다.
만약에 이를 어기면,
현재 보유한 SB그룹
지분과 유산으로 받게 될
지분 모두를 민제혁에게
양도한다.

"후우."

그녀의 입에서 긴 한숨이 흘러나왔다. 대단해. 좋아하지 않을 거라고 맹세까지 했구나. 지은은 다리에 힘이 빠져 털썩 제자리에 주저앉았다. 하지만 그때만 해도 정말 확고했는데…….

"……오로지 우빈 씨뿐이었다고."

지은이 떨리는 목소리로 작게 중얼거렸다. 그가 비집고 들어올 틈은 손톱만큼도 없었다. 그런데 어쩌다 일이 이 지경까지 오게 된 걸까?

하지만 누구를 탓하랴. 문제는 그녀 자신에게 있었다. 제혁은 우빈과 잘되게 도와주기까지 했는데……. 솔직히 그의 연애 지도 덕분에 예전에 비해 우빈과 가까워진 것도 사실이었다.

'지은 씨, 항상 고맙고 사랑해요!'라는 문구가 쓰인 생일 케이크도 받았잖아. 우빈은 이야기할 상대가 필요하면 언제든지 연락하라고 했지만, 그녀는 한 번도 연락하지 않았다. 수줍어서 먼저 연락하지 못한 건 절대 아니었다. 아예 연락할 생각도 하지 못하고 있었다. 그녀의 신경은 온통 다른 곳에 쏠려 있었으니까.

"아아, 진짜."

지은은 두 손으로 얼굴을 감싸며 탄식을 내뱉었다. 상대는 순수한 마음으로 도와주는데 괜히 이상한 마음을 품으면 안 되는 거잖아. 목표물에 던지라고 준 폭탄을 생뚱맞게 아군에게 던진 꼴이 아니면 뭐냐고. 아무리 경험이 없다지만 진한 실습 몇 번에 스킨십 부작용이 생기다니.

그러나 그것보다 더 무서운 건 '육체적인 것뿐만 아니라 정신적으로도 홀라당 넘어간 게 아닐까?' 하는 불길한 예감이었다. 어쩌면 계약서를 작성한 날, 입술에 묻은 위스키를 혀끝으로 핥는 제혁을 보며, 이미 빠져버렸는지도 모르겠다. 심장이 덜컹 내려앉고 두 뺨이 화끈하게 달아오른 건 위스키 때문만은 아니었던 게 분명했다.

심각하다면 아주 심각한 상황이었다. 그런데 이 와중에도 문득 제혁이 보고 싶다는 생각이 들었다. 벌써부터 그의 따뜻한 품이 그리웠다.

"바보야. 널 어쩜 좋니?"

허탈하게 중얼거리는 지은의 눈에 투명한 눈물이 차올랐다. 홍건히 젖은 눈가에서 흘러내린 눈물이 냅킨 위로 툭 떨어졌다.

"이제 어떡해! 책임져!"

다음 날 지은은 퇴근하자마자, 미나에게 달려가 그녀를 닦달했다. 하지만 미나는 전혀 아랑곳하지 않고 열심히 스테이크를 썰었다.

"뭐 어때? 어차피 너희 두 사람 결혼할 사이인데……."

"야! 채미나! 결혼은 결혼이고, 창피한 건 창피한 거야."

"연인끼리 그게 왜 창피하니? 그리고 결혼할 사이에 육체적으로 끌리면 좋은 거지 뭐. 부부 사이에 속궁합이 얼마나 중요한데. 게다가 너희 둘 연애도 아니고 선봐서 만나는 사이잖아. 그런데도 육체적으로 끌리는 거면 그거 완전 대박이야. 그 남자 정말 키스를 그렇게나 잘해?"

"몰라."

"궁금하다. 말 좀 해줘라. 얼마나 키스를 잘하면 애들 다 있는 데서 자랑하니?"

"술 취해서 그런 거잖아."

"취중 진담 몰라?"

지은은 입을 꽉 다물고 미나를 매섭게 노려보았다. 비교할 상대가 없어 확실하진 않지만, 그가 키스를 잘하는 건 분명했다. 그래도 미나와 그런 사실까지 공유할 생각은 없었다. 지은이 입을 다물고 노려보기만 하자 미나는 다시 스테이크를 썰며 키득거렸다.

"그렇게 노려보지 마라. 부러워서 그런다."

"부럽긴 뭐가?"

지은은 퉁명스럽게 말하며 포크로 앞에 놓인 푸성귀를 콱 찍었다. 미나는 어떨지 모르겠지만 지금 지은은 스테이크를 바라보는 것만으로도 속이 울렁거렸다. 그나마 수프와 샐러드라도 먹을 수 있는 게 얼마나 다행인지 몰랐다. 다신 폭탄주 마시나 봐라.

"민제혁, 그 남자. 너한테 완전 빠졌더라고. 네 일이라고 하니까 전화 끊고 15분 만에 달려왔어. 얼마나 걱정되면 그랬을까. 안 그래?"

'그건 아니지. 그때 바로 아래층에 있었으니까 가능했던 거지.'라고 말하고 싶었지만 지은은 침묵을 지켰다. 제혁이 제이라는 사실은 절대 비밀이었다. 가뜩이나 제이의 열광적인 팬인 미나가 그 사실을 알게 되면 수습 불가능이 될 것이다.

"하여간 그 남자 널 정말로 사랑하나 봐. 완전 간, 쓸개 다 빼줄 것 같은 얼굴이었어. 하늘의 별이라도 따 올 기세더라고."

제혁의 연기가 수준급이라는 걸 미나가 알 리 없었다. 가끔 지은도 제혁이 진심으로 자신을 좋아하는 건 아닐까 착각했을 정도니까. 하지만 사실일 리 없잖아.

"나, 그런 거 안 믿어."

"응? 뭘 안 믿어?"

"상대가 날 사랑하는 거. 나보단 내 재산을 사랑하는 걸 거야."

미나가 또 시작이냐는 듯 어깨를 으쓱거렸다.

"그것도 조금은 사실이긴 하겠지. 네 뒤에 SB그룹이 있는데 그걸 마다할 남자는 없잖아. 너 아직도 이상후 트라우마에서 못 벗어난 거야? 그 녀석은 그냥 찌질이라니까."

"그런 거 아니야."

도경이라면 몰라도 미나에게는 제혁과 어떤 계약을 했는지 털어놓을 수 없었다. 지은이 상대해주지 않자 미나는 잠자코 스테이크를 입으로 가져갔다. 그러다 혼잣말처럼 중얼거렸다.

"세상에 승후 같은 찌질이만 있는 건 아니지. 예전에 영국 왕은 사랑을 위해서 왕관도 버렸잖아. 에드워드 8세 말이야. 이혼녀인 심프슨 부인과 결혼하기 위해서 왕위를 버린."

"그런데 그게 뭐?"

"민제혁이란 남자, 에드워드 8세 같은 타입은 아닐까? 차가운 남자가 사랑에 한 번 빠지면 오히려 더 순애보적인 인물이 되거든. 자기 여자를 위해서라면 뭐든지 다 할 거 같아."

"정말?"

"응. 어제 보니까 그 남자 너를 진심으로 좋아하는 것 같았어."

진심으로 좋아하긴. 전혀 아니거든! 그는 단지 연기를 하고 있을 뿐이었다.

그때 어떤 생각이 지은의 뇌리를 스치고 지나갔다.

연기라 하더라도 대본이 있는 것도 아니잖아. 그런데도 그렇게 연기한다는 건…….

어쩌면 제혁은 그 자신을 연기하고 있는 건지도 모르겠다. 그렇다면 그는 실제 그런 연인이 될 가능성이 높다는 뜻일 것이다. 만약에 그가 그런 진지한 사랑을 하는 남자라면……. 아마도 배경과 관계없이 그녀를 SB그룹 상속녀가 아닌 신지은이란 여자로 봐줄지도 모르겠다. 그렇게만 된다면 두 사람이 어떤 계약을 했든 크게 상관없는 건 아닐까? 물론 그가 진심으로 그녀를 사랑하게 된다는 가정하에 말이다.

후, 내가 지금 무슨 생각을 하는 거야?

방울토마토를 입으로 가져가던 지은은 씁쓸하게 웃으며 힘없이 포크를 내려놓았다.

그가 나를 좋아하게 될 리가 없잖아.

환하게 밝아지던 얼굴빛이 다시금 어두워졌다. 그에게 고백했다가 얼마나 매정하게 퇴짜 맞는지 두 눈으로 똑똑히 보았으면서. 강선아 팀장이란 여자, 첫눈에 보기에도 '헉' 소리가 날 만큼 아름다웠던 걸로 기억한다. 그뿐인가? 공경민 상무의 오른팔로 불릴 만큼 명석한 두뇌까지 겸비했다고 들었다.

그런 여자도 단번에 내치는 제혁을 연애 경험도 없는 풋내기 그녀가 어떻게 해볼 순 없었다. 게임을 시작하기도 전에 완패당하고 말 거다. 더 이상은 그에게 넘어가지 않게 조심해야만 했다. 그런데 이미 넘어갈 대로 넘어간 건 아닐까 불안했다.

"하아."

지은은 고개를 숙이고 한숨을 내쉬었다. 짝사랑 하나가 끝나니 또 다른 짝사랑의 시작인가!

"왜 다 죽어가는 얼굴로 한숨을 쉬어?"

미나가 호기심 어린 얼굴로 물었다.

"새로 배우기 시작한 게 있거든. 근데 그게 좀 어려워서."

연애 지도를 받다가 부작용이 왔다는 말을 할 순 없어서 지은은 대충 둘러댔다.

"그래도 너는 뭐든지 배우기 시작하면 끝장을 보잖아."

"끝장을 본다고? 내가?"

"응. 너랑 나랑 스위스에서 같이 공부했는데 난 고작 영어 하나 배울 때 너는 영어, 독어, 불어 모두 마스터했잖아. 네가 언어에 재능이 있기도 하지만 한 번 배우면 끝장내고 마는 근성 때문 아니겠어?"

"맞아."

지은은 떨리는 목소리로 미나의 말에 동의했다.

왜 그걸 생각하지 못했을까?

다른 건 몰라도 배우는 건 자신 있었다. 지금 그녀에게 연애 지도를 해주는 사람은 다른 누구도 아닌 제혁이었다. 우빈에게 고백할 수 있게끔 가르쳐주는 거지만 그의 취향이 많이 반영돼 있을 게 분명했다.

그렇다면 그에게 배우면서 열심히 실습한다면……?

고백 대상이 꼭 우빈 씨여야만 한다는 법은 없잖아?

방금까지도 어둡던 지은의 얼굴에 화색이 돌기 시작했다.

금요일 퇴근 시간.

직원들 대부분이 불타는 금요일 밤을 위해 설레는 마음으로 퇴근 준비를 했다.

지은 역시 두근거리는 마음으로 퇴근 준비를 서둘렀다. 하지만 그녀가 설레는 이유는 다른 이들과는 조금 달랐다.

불타는 밤을 위해서가 아니라 결판을 내기 위해서였다.

지은은 아침에 출근하자마자 제혁에게 문자를 보냈다.

긴히 할 말이 있는데
10분만 시간 내줄 수 있어요? 사무실로 갈까요?

얼굴을 붉히는 일이 있고 나서 처음 하는 연락이라 가슴을 졸이며 제혁의 답을 기다렸다.

온종일 미팅이라 힘들 것 같군요.

곧바로 답 문자가 왔지만, 내용은 냉정한 거절이었다. 어차피 주말이면 만날 테니까 결판은 다음으로 미뤄도 된다. 하지만 지은은 결심한 이상 하루도 낭비하고 싶지 않았다.

퇴근 후 어때요? 옥상 정원에서 기다릴게요.

문자를 던진 지은은 그대로 휴대폰을 꺼버렸다. 그가 거절하든 아니든 결과는 퇴근 직전에 확인하면 된다. 그게 아니면 싱숭생숭해서 도저히 업무에 집중할 수 없을 것 같았다. 퇴근을 10분 남겨두고 휴대폰을 켜자, 제혁으로부터 온 문자가 화면 위에 떠올랐다.

그러죠.

"후우."

'그러죠.'란 한마디에 안도의 숨이 흘러나왔다.

"지은 씨, 오늘 특별한 약속 있어요?"

휴대폰을 핸드백에 넣고 자리에서 일어서려는데 유 비서가 물었다.

"약속 없는데요?"

"불금인데 약속 없어요? 난 또 예쁘게 차려입고 와서 데이트라도 하는 줄 알았죠."

"예쁘게 차려입었다고요?"

지은은 재빨리 앞에 놓인 전신 거울로 시선을 돌렸다. 유 비서의 말이 괜한 말은 아니었다. 거울에 비친 그녀의 모습은 당장 데이트에 나선다고 해도 전혀 이상할 것 없어 보였다. 제혁과의 결판을 앞두고 비장한 각오를 다지느라 저도 모르게 차림에 신경을 썼나 보다.

"날씨가 풀려서……. 기분 좀 내려다보니까."

지은은 어색한 변명을 던지며 냉큼 핸드백을 집어 들었다.

"전 이만 들어가볼게요. 유 비서님, 주말 잘 보내세요."

"네, 지은 씨도."

회장실에 불려간 경민이 아직 돌아오지 않은 탓에 유 비서는 좀 더 있다가 퇴근하겠다고 했다. 경민은 한 번 회장실로 올라가면 서너 시간 이상 잡혀 있는 적도 종종 있었다.

"월요일에 봐요."

인사를 마친 지은은 서둘러 옥상 정원으로 향했다. 금요일 퇴근 시간 이후에 옥상을 찾는 이는 없었다. 철문을 열자 텅 빈 옥상 정원이 그녀를 기다리고 있었다. 아직 도착하지 않았는지 제혁의 모습은 어디에도 보이지 않았다. 지은은 예전에 제혁을 만날 때 이용했던 화단 옆 벤치로 걸어갔다.

떨지 말자, 신지은.

지은은 제혁 앞에서 해야 할 말을 속으로 중얼거리며 진정하려 애썼다. 고백하는 것도 아니면서 왜 이렇게 더 긴장되는지 모르겠다.

"……우빈 씨."

우빈을 떠올리자 자연스럽게 그녀의 입에서 그의 이름이 흘러나왔다.

1년 넘게 우빈을 짝사랑했으면서 지조도 없이 새로운 남자에게 홀딱 넘어가버리다니. 이 남자라고 정했으면 뭐가 됐든 끝까지 가봐야 하는데……. 도중에 배를 갈아타게 되리라곤 꿈에도 생각하지 못했다.

지은도 이리 변해버린 자신이 낯설기만 했다. 뭔가에 홀린 게 틀림없었다. 하긴 제혁 앞에만 가면 강한 힘에 훅 빨려 들어가는 느낌이었다. 이 모든 일의 시작은 우빈에게 할 고백을 제혁에게 했기 때문이다.

그때 제대로 고백했더라면 우빈과 사귀게 되었을까?

"흠……."

애석하지만 그렇다는 확신이 서지 않았다. 제혁과 했던 진한 스킨십을 우빈과 한다는 건 상상도 할 수 없는 일이었다. 마치 죄를 짓는 느낌마저 들었다.

"우빈 씨."

지은은 다시금 우빈의 이름을 작게 중얼거려 보았다. '우빈 씨'라고 다정하게 불러보지도 못하고 이대로 파란만장한 짝사랑을 끝마치게 되었네. 괜스레 눈물이 핑 돌았다.

"오래 기다렸습니까?"

눈가에 고인 눈물을 닦으려는데 뒤에서 익숙한 목소리가 들렸다. 뒤를 돌아보자 제혁이 싸늘한 얼굴로 서 있었다. 지은은 허둥지둥 눈물을 닦아내며 자리에서 일어났다.

"저도 방금 왔어요."

그녀의 눈에 눈물이 괸 것을 뻔히 보고서도 제혁은 무슨 일인지 물어보지 않았다.

"우선 수요일에 있었던 일은…… 정말 미안하게 됐어요. 그날 경황이 없어서 제대로 사과도 못했네요."

"됐습니다."

제혁은 별거 아니라는 투로 대답했다. 그도 이성을 잃어버리고 그녀에게 깊은 키스를 해버렸다. 술 취한 상대에게 그래선 안 된다는 걸 알면서도 도저히 참을 수 없었다. 그도 그 점에 대해 사과하고 싶었다. 하지만 지은이 기억하지 못하는 것 같아 가만히 입 다물기로 했다. 괜히 말을 꺼내서 그녀를 당황스럽게 만들고 싶지 않았기 때문이었다.

"술 마시고 실수한 거니까 없던 일로 하죠."

"이해해줘서 고마워요."

"단, 내 앞에서만 취하겠다고 한 약속은 지켜요."

"물론이죠."

그쪽 앞이 아니라 누구 앞에서도 안 취할 거예요. 사실 그녀는 지금까지 필름이 끊어지게 취해본 적도 없었다. 위스키, 보드카, 맥주가 섞인 폭탄주를 마시게 될 거라고 누가 상상이나 했겠어!

"만나자고 한 이유가 뭡니까? 딱 10분 시간 있습니다."

제혁이 손목시계를 들여다보며 말했다. 지금부터 땡! 하고 시간을 잴 태세였다.

"저 이제부터 열심히 할게요!"

지은은 제혁이 뭐라고 말을 꺼내기도 전에 그를 빤히 바라보며 소리치듯 말했다. 그러자 제혁이 무슨 뜻이냐는 듯 미간을 찌푸렸다. 지은은 숨을 크게 들이마시고는 어젯밤 정리해두었던 말을 차근차근 순서대로 꺼냈다.

"어제 곰곰이 생각해봤는데요. 지금껏 이것저것 핑계만 대고 제대로 배우지 않은 것 같아요. 일부러 신경 써서 도와주는데 내 태도가 너무 안일했네요. 고백에 성공할 수 있게 앞으론 열심히 배울게요!"

"긴히 할 말이라는 게……."

왠지 모르게 제혁의 얼굴이 험상궂게 일그러졌다. 그는 잠시 말을 끊고 길게 숨을 내쉬더니 툭툭 내뱉듯 말을 이었다.

"이거였습니까?"

지은은 단단히 각오한 얼굴로 고개를 끄덕거렸다.

"네. 앞으론 적극적으로 배울 테니까, 주말 말고 평일에도 틈틈이 가르쳐주세요."

"지금 평일에도 만나자는 겁니까?"

"그게 어려우면 회사에서 부딪칠 때마다…… 조금씩?"

제혁이 못마땅한 눈으로 바라보자 지은은 슬슬 눈치를 보며 설득에 들어갔다.

"고백할 날까지 시간이 넉넉한 게 아니거든요. 그런데 아직 갈 길은 멀고. 주말에 한두 번 만나는 걸로는 모자랄 것 같아서요."

"내가 보기엔 이제 어느 정도 수의사 선생과 허물없이 가까워진 것 같던데."

"아뇨. 아니에요."

열심히 배운다고 하면 기특하게 여길 줄 알았는데 예상외로 제혁은 내키지 않는 표정이었다.

"아직 멀었는데……."

제혁의 날카로운 시선에 지은은 어느새 말꼬리를 흐렸다.

그러면 그렇지. 무슨 기대를 한 걸까?

제혁은 바보 같은 자기 자신에게 실소를 던지며 그날 밤 지은이 속삭이던 말을 떠올렸다.

—……그런데 나 그쪽이…… 그쪽……이…… 끄을…….

'나 그쪽이 끌려요.'일 거라고 생각했는데 아닌 건가? 그렇다면 '나 그쪽이 끄을' 다음에 이어질 말은 도대체 뭐란 말인가. 하지만 무슨 말이 됐든 그게 무슨 상관이랴. '끌려요'가 아닌 것만은 확실한데.

혹시라도 그녀가 자신을 좋아하게 된 것이라면 계약서부터 없애버리려고 했다. 지은의 성격에 말도 못하고 혼자 끙끙 앓을 게 뻔하니까. 그런데 뭐? 고백에 성공할 수 있게 더 열심히 배우겠다고?

수요일에 있었던 일은 그저 술주정일 뿐이고 오로지 정우빈을 좋아한다는 사실을 확인시키려는 걸까? 지은이 울먹거리며 '우빈 씨'라고 중얼거릴 때부터 눈치챘어야 했다. 우빈을 좋아하면서 다른 남자와 키스한 죄책감에 눈물을 보인 게 분명했다. 순간 유치한 심술이 발동했다.

"특별 과외라도 받겠다는 각오처럼 들리는군요. 공짜론 안 되겠는데."

그래서 제혁은 조금 짓궂게 대응하기로 했다.

"물론이죠."

예상과 다르게 지은은 당연하게 받아들였다.

"과외비 챙겨줄게요. 대신 모든 걸 가르쳐줘요."

당신에 관해 모두 알고 싶어요.

지은은 제혁의 눈을 똑바로 바라보며 말을 이었다.

"내가 배우는 거 하난 자신 있거든요. 원래 언어에 재능이 있었지만, 또 그만큼 열심히 노력했어요. 한 번 배운 언어를 까먹지 않으려고 매일……."

"그렇다면……."

지은을 향해 상체를 숙이며 제혁이 그녀의 말을 잘랐다.

"까먹지 않게 매일 스킨십을 해야겠군. 그렇죠?"

어? 내용이 왜 그쪽으로 튀는 거지? 의도를 정확히 알 순 없었지만 지은은 우선 동의하기로 했다. 그녀가 긍정의 의미로 고개를 끄덕이자 제혁은 한쪽 입꼬리를 비틀었다.

"그러면 여기서 마지막으로 했던 키스를 해봐요. 내가 어떻게 했는지 똑같이 할 자신 있습니까?"

아무리 각오했다지만 시작부터 수위가 이렇게 높으면 곤란하잖아!

"그게…… 그땐 정신이 없어서 통 기억이……."

지은은 슬그머니 뒤로 물러섰다. 물론 하나도 빠짐없이 다 기억하고 있었다. 너무나 잘 기억해서 시도 때도 없이 심장이 쿵쾅대서 탈인 것을……. 그렇다고 해도 이렇게 사방이 훤히 뚫린 곳에서 그럴 순 없었다. 지은이 자꾸만 뒤로 멀어지자 제혁의 눈이 가늘게 변했다.

"열심히 배우겠다고 하더니 태도가 그게 뭡니까?"

제혁이 손을 뻗어 지은의 팔을 잡아 자신 쪽으로 끌어당겼다. 그때 '덜컹' 소리와 함께 옥상 철문이 활짝 열렸다.

"헐!"

철문 쪽을 바라보는 방향에 서 있던 지은이 화들짝 놀라며 제혁을 잡고 그대로 자리에 주저앉았다. 난데없는 행동에 제혁이 인상을 찡그리자 지은은 손가락을 입으로 가져가며 조용히 하라는 시늉을 했다. 이어서 뒤쪽에서 누군가의 목소리가 들려왔다.

"아버지, 추워 죽겠는데 왜 옥상으로 올라가자는 거예요?"

목소리의 주인은 경민이었다. 제혁은 화단 뒤에 몸을 숨긴 채로 황급히 뒤를 돌아보았다. 경민과 공 회장이 두 사람이 있는 방향으로 걸어오고 있었다. 제혁은 지은을 끌어안고 서둘러 화단 뒤쪽으로 몸을 숨겼다. 지은은 제혁의 품에 안긴 채 가만히 숨을 죽였다. 다행히 경민과 공 회장은 화단 앞에서 걸음을 멈추었다.

퍽—. 동시에 둔탁한 소리가 울려 퍼졌다.

"회장실에서 아들 녀석 두들겨 팼다고 소문나면 좋겠어?"

그건 바로 공 회장의 두꺼운 손이 경민의 등을 내리치는 소리였다.

"아야!"

경민이 짜증 난 듯 소리치자 공 회장은 한 번 더 경민의 등을 '퍽' 소리 나게 내리쳤다.

"제가 뭘 그렇게 잘못했는데 그러세요?"

"몰라서 물어?"

눈에 띄지 않게 몸을 숨기려면 지은과 제혁은 숨이 막힐 정도로 꽉 껴안아야만 했다. 제혁의 커다란 손이 그녀의 머리를 감싸 그의 가슴에 꾹 눌렀다. 경민에게 들킬까 봐 가슴이 두근거리는 건지, 제혁의 품에 안겨서 두근거리는 건지, 아니면 둘 다인지는 알 수 없었다. 지은은 콩콩거리는 가슴을 진정하며 경민과 공 회장의 대화에 귀를 기울였다.

"호주에 사람 풀었다. 그다음은 네가 알아서 해. 나도 여기까지다."

공 회장이 착 가라앉은 목소리로 말했다.

"……아버지."

화가 나서인지 감격해서인지는 정확히 모르겠지만 경민의 목소리가 가늘게 떨렸다.

"밥상을 차려줘도 못 먹는 녀석. 밥을 숟가락에 떠서 입에 넣어줘야 먹어? 에라, 그래도 네 형은 이런 일로 속 썩이진 않았어."

다시 또 '퍽' 하는 소리가 들리더니 잠시 후 옥상 철문이 '쾅' 닫히는 소리가 이어졌다. 이윽고 지은을 안은 제혁의 팔이 느슨해졌다.

"하아."

제혁의 품에서 벗어난 지은은 힘겹게 숨을 몰아쉬며 화단에 등을 기대었다. 너무 꽉 안겨버린 탓에 얼굴이 발갛게 상기돼버렸다. 지은은 서둘러 구두를 벗어버리고 저린 발을 주물렀다. 발끝으로 피가 돌며 짜릿한 아픔이 퍼졌다.

"내가 그래서 여기서 만나는 거 꺼림칙했던 건데……."

그는 혼잣말처럼 투덜거리며 넥타이를 느슨하게 하고 셔츠 단추를 풀었다.

"다음부턴 여기로 불러내지 말아요. 출입문이 하나밖에 없어서 위험하니까."

은근히 그녀를 원망하는 말투였다.

"드라마나 영화에서 보면 비밀 회동은 옥상에서 하더라고요. 그래서……."

"하."

지은이 변명조로 중얼거리자 제혁은 손으로 이마를 짚으며 짧게 웃음을 터뜨렸다.

"드라마와 현실이 같습니까? 드라마에선 배경이 확 트이게 나오니까 옥상으로 장소를 정하는 거고. 현실은 궁지에 몰린 쥐가 되기 십상이지."

하나 더 배웠다. 옥상은 밀회 장소로 적합하지 않구나. 역시 그는 고수야. 지은은 존경 어린 눈으로 제혁을 바라보았다.

"오늘 이거 써먹을 겁니까?"

"네?"

"내일 수의사 선생 만나면 방금 있었던 스킨십 써먹을 거냐고?"

"아, 그렇네요. 꼭 써먹어야겠다."

지은의 대답에 제혁의 눈길이 사나워졌다. 하지만 지은은 별로 심각하게 생각하지 않았다. 그저 경민에게 들킬 뻔해서 기분이 가라앉은 거라고만 짐작했다. 제혁은 굳은 표정으로 그대로 자리에서 일어나 옷에 묻은 먼지를 툭툭 털고는 지은에게 손을 내밀었다.

"내일 봉사 활동 끝날 때쯤 데리러 가죠. 몇 시에 끝납니까?"

"내일은 좀 일찍 끝나요. 3시면 끝날 거예요."

"그럼 저녁 먹기 전에 영화라도 보죠."

"영화요?"

"다들 그렇게 데이트하니까."

제혁은 무심한 투로 말했지만 지은은 '영화'라는 단어에 얼굴색이 밝아졌다. 다들 그렇게 데이트한다지만 그와 한다고 하니까 왠지 마음이 들떴다. 그에겐 가짜 데이트겠지만 그녀에게는 이제야말로 진짜 데이트를 하는 느낌이었다.

빨리 내일이 왔으면…….

지은은 고개를 숙이며 남몰래 미소 지었다.

그렇게나 좋을까?

제혁은 입가를 실룩거리는 지은이 못마땅했다. 지금 그녀는 방금처럼 우빈과 꽉 껴안은 장면을 상상하고 있는 게 분명했다.

엉터리로 가르쳐줄까? 아니면 정나미가 뚝 떨어지게 해

줄까?

자꾸만 나쁜 생각이 그의 머릿속을 파고들었다.

결국 제혁은 지은에게 인사도 하지 않고 먼저 옥상 정원을 벗어났다. 지은은 혹시라도 경민이 다시 돌아올까 봐 들키지 않기 위해 그곳을 빠져나갔다고 생각할 것이다.

집에 도착한 제혁은 저녁도 거르고 뜨거운 물로 샤워한 후 그대로 침실로 향했다. 침대로 가자 하늘색 푸들 인형이 베개 옆에서 얌전히 그를 기다리고 있었다.

잠시 푸들 인형을 노려본 제혁은 인형을 옆으로 툭 밀어내 버리고 이불 속으로 들어갔다.

잠을 청하기 위해 몇 번이나 몸을 뒤척이던 제혁은 결국 다시 손을 뻗어 푸들 인형을 이불 속으로 끌어들이고 침대 스탠드의 불을 껐다.

컴컴한 어둠이 침실로 흘러내렸다.

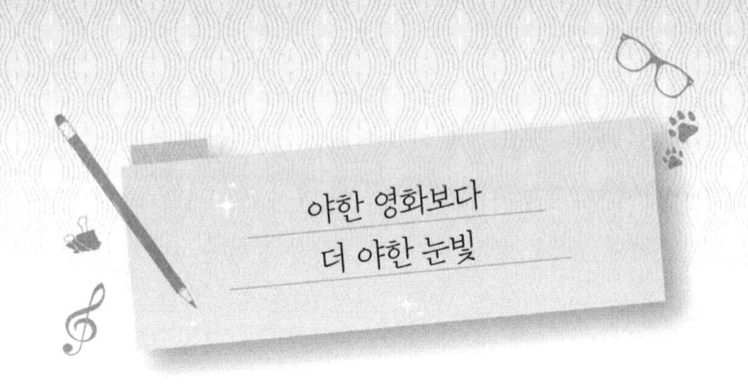

야한 영화보다 더 야한 눈빛

"앗, 지은 씨!"

지은이 물기가 있는 복도에서 발을 헛디디자 복도 맞은편에서 걸어오던 우빈이 그녀를 잡아주었다. 비틀거리던 지은은 어제 옥상 정원에서 제혁에게 안겼듯이 우빈의 품에 안기고 말았다.

꼭 써먹을 거라고 말하긴 했지만 진짜 그럴 생각은 아니었는데 말이 씨가 되었다. 예전이었다면 기쁨의 환호를 질렀겠지. 그러나 이젠 아니었다. 지은은 어색한 기분에 숨을 들이켰다.

하필이면 그때 제혁이 센터 건물 안으로 들어와 우빈의 품에 안겨 있던 지은과 눈이 마주쳤다.

"지은 씨, 괜찮아요?"

우빈은 문 쪽으로 등을 돌린 자세라 제혁의 존재를 깨닫지 못했다. 지은만 혼자 당황해하며 서둘러 그의 품에서 벗어났다.

"네, 괜찮아요. 고마워요, 정 쌤."

우빈의 손은 아직도 지은의 허리에 올라와 얹혀 있었다. 그렇다고 냉정하게 뿌리칠 수도 없어 지은은 저 멀리 서 있는 제혁의 눈치를 보았다. 제혁은 무심한 얼굴로 두 사람을 바라보고 있었다.

당연하지. 아무 사이도 아닌 여자가 다른 남자 품에 안기든 말든 무슨 상관이겠어.

"민 실장님."

그때 제혁을 발견한 우빈이 재빨리 그녀의 허리에서 손을 치웠다. 그제야 제혁이 두 사람에게 천천히 다가왔다.

"다 끝났습니까?"

제혁은 방금 두 사람이 끌어안은 장면을 보지 않았다는 듯 태연한 표정으로 물었다.

"네."

지은은 빠르게 고개를 끄덕이며 제혁의 옆으로 다가갔다. 제혁은 예의상 우빈을 향해 고개를 끄덕이고는 그녀의 어깨를 끌어안고 센터 건물을 나섰다. 뭐라고 한마디 할 줄 알았는데 그는 차에 타서도 아무 말도 하지 않았다. 결국 그녀가 먼저 말을 꺼냈다.

"복도가 미끄러워서 넘어질 뻔했어요. 그래서 정 쌤이……."

"안 물어봤습니다."

"아…… 네."

깜빡하고 말았다. 그는 그녀가 우빈에게 안겨 있거나 말거나 관심도 없을 것이다. 지은의 얼굴이 곤혹스럽게 일그러졌다.

"표정이 왜 그래요? 배운 거 열심히 써먹고 있다고 칭찬해주길 원했나?"

"아뇨. 칭찬은 무슨……."

지은은 서운한 표정을 애써 감추며 창밖으로 고개를 돌렸다. 그의 냉정한 말 한마디에 가슴이 바늘로 콕콕 찔린 것처럼 아팠다. 그러나 낙담하는 것도 잠시뿐 지은은 곧 생각을 고쳐먹었다.

솔직히 말해서 제혁의 잘못은 하나도 없었다. 엊그제까지만 해도 그녀는 우빈을 좋아했으니까. 그녀가 노선을 바꾸었다고 해서 제혁까지 노선을 바꿀 거라고 기대하면 안 되는 거였다.

이제 시작인데 벌써 기운을 잃어선 안 돼! 억지로라도 활짝 웃어야 한다. 지은은 다시 제혁에게로 고개를 돌리며 반달 모양으로 눈꼬리를 휘었다.

"무슨 영화 볼까요? 보고 싶은 영화라도 있어요?"

"아뇨."

한껏 상냥하게 물어봤지만 무뚝뚝한 대답만이 돌아왔다. 그렇다고 그냥 물러날 그녀가 아니었다.

"어떤 장르 좋아해요? 액션? 스파이? 미스터리?"

"딱히 구분해놓고 좋아하는 건 없습니다."

변함없이 무뚝뚝했지만 그래도 조금은 긴 대답이었다.

"난 로맨스보단 미스터리나 SF를 좋아해요."

아무리 기다려도 그가 어떤 장르를 좋아하느냐고 묻지 않자, 지은은 스스로 답을 내놓았다. 제혁은 그녀가 어떤 장르를 좋아하는지 아무 관심이 없다는 듯 운전에만 집중했다. 혼자만 떠드는 게 머쓱해진 지은은 결국 창밖으로 고개를 돌렸다.

영화관에 도착할 때까지 두 사람은 침묵을 지켰다. 사실 제혁은 지은을 껴안던 우빈의 모습이 눈앞에 아른거려 아무것도 생각할 수 없었다. 두 사람을 떼어놓고 싶은 걸 참느라 어금니가 아플 정도로 이를 악물어야만 했다.

미끄러운 바닥 때문에 넘어질 것 같으면 옆에서 잡아주면 되지, 껴안을 필요까진 없잖아. 나쁜 자식! 기회를 노린 거라고밖엔 생각할 수 없었다.

저러다 그녀가 고백하기도 전에 녀석이 먼저 고백하는 건 아니겠지? 지은과 우빈이 서로 껴안은 모습을 보자 자연스럽게 두 사람이 키스하는 모습까지 그려졌다. 제혁은 참을 수 없는 분노에 숨이 막히는 것만 같았다. 봉사하러 왔다면서 지은에게 한눈파는 우빈이 눈에 영 거슬렸다.

영화관에 도착할 때까지 제혁은 자신이 어떤 표정을 하고 있는지 알지 못했다. 벽에 붙은 전신 거울을 보고 나서야 화난 듯 인상을 찌푸리고 있다는 것을 깨달았다. 그 옆에 겁먹은 듯 다소곳이 서 있는 지은의 모습이 들어왔다. 제길! 제혁은 속으로 자기 자신에게 욕설을 내뱉었다. 이건 그녀의 잘못이 아니었다. 처음 약속과 다르게 지은에게 끌리게 된 그에게 모든 잘못이 있었다. 제혁은 씁쓸하게 웃으며 팔을 올려 지은의 어깨를 끌어안았다.

"어떤 영화 볼까요?"

영화 상영 시간표를 뚫어지게 바라보던 지은이 천천히 그를 향해 고개를 돌렸다. 그녀의 말간 눈동자와 마주치자 제혁은 입가에 미소를 띠며 그녀의 이마에 입술을 맞췄다.

제혁의 돌발적인 행동에 깜짝 놀랐는지 그녀의 눈이 동그랗게 커졌다. 그러나 지은은 뭐라고 한마디 하는 대신 영화 포스터를 손가락으로 가리켰다.

"얼마 전에 해외 영화제에서 작품상을 받았다고 들었어요. 지금 재개봉하는 거래요."

지은이 가리킨 영화는 정하라, 주상욱 주연의 '따뜻한 심장'이었다. 정하라 팬인 경민에게 끌려와 이미 본 영화였지만 그녀가 원한다면 두 번 볼 수도 있었다.

"그래요."

그러나 말이 끝나기가 무섭게 '판매 중'이란 초록색 글씨가 '매진'이라는 붉은 글씨로 바뀌었다. 딱 한 곳에서만 상영 중이라 다음 편을 보려면 2시간 이상 기다려야 했다.

"지금 볼 수 있는 영화는 '아주 은밀한 침대'인데……."

상영 시간표를 훑어보며 지은이 혼잣말처럼 중얼거렸다. 그런데 제목이 좀 이상하지 않나? '아주 은밀한 침대'라니?

헉, 역시나! 영화 제목 앞에는 빨간 동그라미에 숫자 '19'가 들어 있었다. 청소년 관람 불가, 그러니까 19금 성인용 영화였다.

"그럼 그걸로 볼까요?"

얼굴이 빨개진 지은과 달리 제혁은 담담한 표정으로 물었다. 지은은 대답하는 대신 재빨리 주위를 둘러보았다. 애석하게도 지금 여기서 당황한 사람은 그녀뿐인가 보다. 대부분은 아무렇지 않은 얼굴로 표를 사고 있었다. 여기서 부끄러운 척하면 괜히 내숭 떠는 것 같겠지?

"그래요. 어차피 시간 보내려고 보는 건데, 어떤 영화를 고르든 상관없죠. 들어가요."

하지만 영화가 시작되고 10분도 지나지 않아 지은은 속으로 비명을 질렀다.

헐! 무슨 영화가! 아무리 청소년 관람 불가 영화라도 그렇지, 영화는 시작부터 살색만 가득했다. 물론 동성 친구와 함께였다면 킥킥거리며 즐겼겠지만 지금 옆에는 다른 누구도 아닌 제혁이 앉아 있었다.

[으흥……. 좀 더…… 세게.]

여배우의 교성에 가까운 신음이 상영관 안에 쩌렁쩌렁 울려 퍼지자 지은은 힐끗 제혁을 훔쳐보았다. 그는 의자 등받이에 편히 기댄 자세로 덤덤하게 스크린을 응시하고 있었다.

뭐야? 저게 안 야해?

[아아.]

살색 향연 막바지에 이른 것 같은 여배우의 교성이 다시금 상영관을 가득 메웠다.

이제 끝났구나. 지은은 안도의 한숨을 쉬며 감았던 눈을 천천히 떴다. 그런데 몸을 일으켜 대화를 나누는 것 같던 남녀 배우가 다시 침대 위로 쓰러졌다. 이제 그만 옷 좀 입으라고! 지은은 속으로 소리를 지르며 주먹을 불끈 움켜쥐었다. 그러나 그녀의 외침이 스크린 속 배우에게까지 들릴 리가 없었다. 길지 않은 그녀의 평생, 지금까지 야하다고 본 영화 중에서 지금 저 영화가 제일 야한 것 같았다.

도대체 감독은 무슨 생각으로 저런 영화를 찍은 거야! 그리고 나는 또 무슨 생각으로 이 영화를 보자고 한 걸까.

할 수 없다. 지은은 잠든 척 눈을 감아버리기로 했다. 나중에 물어보면 너무 피곤해서 잠들어버렸다고 하면 그만이다. 좀 더 그럴싸하게 연기하려면 그의 어깨에 살짝 기대는 것도 나쁘진 않을 것이다. 지은은 졸린 척 고개를 꾸벅거렸다.

두 남녀가 침대 위에 엉켜 있든 말든 제혁은 전혀 관심이 없었다. 머릿속이 복잡해 스크린을 보고 있어도 아무 내용도 들어오지 않았다. 그렇다고 대사가 특이한 것도 아니고. 지은도 그와 마찬가지로 영화에 흥미가 없는지 꾸벅꾸벅 조는 것 같았다.

그때였다. 불안하게 흔들리던 지은의 머리가 제혁의 어깨 위로 툭 떨어졌다. 동시에 그녀의 향긋한 샴푸 향이 코끝에 흘러들었다. 살며시 옆을 내려다보자 지은이 그의 어깨에 얼굴을 기댄 채 곤히 잠들어 있었다.

"하아."

날숨과 들숨이 바뀔 때마다 그녀의 가슴이 살며시 오르락 내리락 움직였다. 제혁은 지은을 깨우기 위해 어깨를 살짝 비틀어 보았지만 그것도 그때뿐이었다. 살짝 미간을 찌푸리더니 지은은 이내 갓난아기처럼 새근새근 숨을 쉬었다.

"으음."

지은이 고개를 돌리자, 그녀의 풍성한 곱슬머리가 그의 가슴 위로 흘러내렸다. 제혁은 손을 들어 지은의 머리카락을 위로 쓸어 올려주었다. 손끝에 닿는 머리카락이 녹아버릴 것처럼 부드러웠다. 그 부드러운 감촉에 제혁의 가슴이 간질간질 이상 반응을 일으켰다. 제혁은 재빨리 스크린으로 고개를 돌렸다. 그러나 그것도 잠시뿐 고개는 다시금 지은 쪽으로 돌아갔다. 화면에서 흘러나오는 빛으로 지은의 도톰한 입술이 아련하게 반짝거렸다.

열린 입술 사이로 그녀의 분홍색 혀가 살며시 모습을 드러냈다. 통통하고 촉촉한 그녀가 그를 애타게 부르고 있는 것만 같았다. 색색 고른 그녀의 숨결은 지속적으로 그의 목덜미를 간질였다. 주먹 크기의 눈덩이로 시작된 유혹은 계속해서 부피를 키워나갔다.

그렇다. 이건 그녀의 잘못이었다. 무방비 상태로 늑대 옆에서 잠들어버린 푸들의 잘못이었다.

지은을 말없이 바라보던 제혁은 이윽고 고개를 숙이며 살포시 입술을 포갰다. 도톰한 입술이 닿는 순간, 묘한 전율과 함께 타는 것 같은 달콤함이 입 안으로 흘러들었다.

으응?

눈을 감고 자는 척 시늉하던 지은의 머릿속에 느낌표가 떠올랐다.

이거 분명 입술이 닿은 거 같은데……?

하지만 확실하게 느끼기도 전에 곧바로 떨어져나갔다. 뜨거운 입술이 닿았다 떨어진 곳에 차가운 공기가 내려앉았다.

입술이 닿은 순간은 1초도 안 될 정도로 짧았지만 이미 제혁에게 익숙해질 대로 익숙해진 육체는 반응을 나타냈다. 심장박동은 걷잡을 수 없이 빨라지고 살며시 벌어진 지은의 입술이 바르르 떨렸다.

"……하아."

제대로 맛보지 못한 아쉬움에 그녀의 입에선 저절로 한숨이 흘러나왔다. 또 한 번 뜨거운 입술을 느끼고 싶다고 생각하던 찰나 그가 다시 입술을 겹쳐왔다.

처음엔 얼떨결에 반응이 느렸지만 이번엔 애타게 원했기에 입술이 닿자마자 온몸이 파르르 떨렸다.

그런데 왜 그는 내게 키스하는 걸까? 야한 영화를 보다가 욕구가 발동하기라도 했나?

아냐. 그녀가 아는 민제혁이란 남자는 야한 영화 따위에 자제력이 무너질 리가 없는데…….

지은은 저도 모르게 그만 눈을 뜨고 말았다. 그 순간 입술을 떼고 뒤로 멀어지는 제혁과 눈길이 마주쳤다. 지은은 아무 말도 하지 못한 채 눈만 휘둥그레 떴다. 그러자 그녀를 바라보는 제혁의 눈이 가늘게 좁혀졌다.

아니, 도둑 키스를 한 사람이 누군데 왜 그런 눈초리로 바라보는 거야?

지은도 제혁을 따라서 가늘게 눈을 좁혔다. 하지만 강렬한 제혁의 시선을 버티지 못하고 이내 원래대로 돌아갔다. 제혁의 어깨에 기댔던 머리도 슬그머니 들어 올렸다. 이젠 깨어 있다는 걸 들켰으니 그의 어깨에 계속해서 기대고 있을 순 없었다.

지은은 뚫어질 듯 자신을 바라보는 제혁의 눈빛에 꿀꺽 마른침을 삼켰다. 제혁의 눈에서 무언가가 터지듯 반짝 빛이 났다. 마치 불꽃이 일어나는 것 같았다. 지은은 살색 가득한 청소년 관람 불가 영화보다 그의 눈빛이 더 야하다는 것을 깨달았다.

그녀에게 시선을 고정한 채 그가 느린 속도로 다가왔다. 이제는 이유 따윈 중요하지 않았다. 그저 그와 키스한다는 사실이 아찔하게 좋았다.

입술이 닿자마자 '끄응' 앓는 것 같은 소리가 흘러나왔다. 부드럽고 촉촉한 감촉이 그녀의 입술을 뒤덮으며 뜨겁고 단단한 느낌이 입 안으로 거칠게 밀려들어 왔다.

키스에는 전과 후가 있다. 좋아한다는 사실을 깨닫기 전에 하는 키스와 마음을 깨닫고 하는 키스. 전자가 적당히 분위기를 즐기는 키스라면 후자는 머리끝에서 발끝까지 찌릿찌릿한 전율에 둘러싸이는 키스였다.

극장 안이라는 것도 잊어버리고 둘은 서로의 입술을 탐하는 데 바빴다. 다행히 두 사람이 만들어내는 자극적인 소리는 상영관을 채우는 입체 음향에 묻혀버렸다. 맨 뒷줄 좌석에 앉은 덕분에 두 사람의 행위를 눈여겨보는 이도 없었다. 양옆 좌석도 텅 빈 상태였고 몇몇 관객은 저 멀리 떨어져 있었다.

제혁은 그녀와 좀 더 밀착하기 위해 손으로 그녀의 뒤통수를 감쌌다. 숨이 막힐 때까지 밀어붙이던 그가 한참 후에야 가까스로 입술을 떼어냈다.

제혁은 거친 숨을 몰아쉬며 지은을 품에 꼭 끌어안았다. 지은 역시 그의 품에 얼굴을 묻고 벅찬 호흡을 가다듬었다. 비상계단에서 나누었던 키스보다 적어도 2단계는 높은 수위 같았다.

그는 그녀에게 마음이 없을지 몰라도 그녀는 그에게 마음이 있었기에 온몸이 노곤해지는 것처럼 기분이 좋았다. 하지만 한편으론 불안했다.

이러다 내가 좋아하고 있다는 걸 그에게 들키면 어떡하지?

제혁은 지은을 품에서 놓아주고는 살며시 그녀의 이마에 입을 맞췄다. 키스로 헝클어진 머리를 어루만져준 후, 그녀의 손을 잡아 가만히 깍지를 끼웠다. 그리고 그녀와 손깍지를 낀 채로 다시 스크린으로 고개를 돌렸다.

지은은 스크린을 향하는 대신 자신의 손을 쥔 제혁의 손을 말없이 바라보았다. 이렇게 손을 잡는 것도 그에게는 아무 의미 없는 행동이겠지만 상관없었다. 그와 손가락이 엇물렸다는 사실 하나만으로도 가슴 설레게 좋았다.

지은은 살며시 미소 지으며 제혁의 어깨에 얼굴을 기대었다. 강렬한 키스 때문이었을까. 눈앞에 펼쳐진 살색 장면이 하나도 야하게 느껴지지 않았다.

화면 속 여자가 얼마나 크게 교성을 내지르든 남자가 얼마나 격렬히 상대를 밀어붙이든 이제는 관심도 없었다. 저들보다 훨씬 더 그녀의 가슴을 두근거리게 하는 존재가 바로 옆에 있었으므로.

제혁은 영화가 끝날 때까지 깍지 낀 손을 풀지 않았다. 마찬가지로 지은 역시 그의 어깨에 얼굴을 기댄 채 꼼짝도 하지 않았다.

토요일 저녁이었지만 특별한 약속이 없는 경민은 운동이나 할 겸, 회원으로 있는 G호텔 피트니스 클럽을 찾았다.

우선 워밍업으로 땀을 빼기 위해 러닝머신이 있는 쪽으로 걸어갔다. 클럽 창가에는 경민과 그의 친구들만 사용할 수 있는 전용 러닝머신이 따로 준비되어 있었다.

아무 생각 없이 러닝머신으로 다가가던 그가 우뚝 제자리에 멈춰 섰다. 전용 러닝머신 위에 이미 누군가가 있었던 것이다. 뒷모습으로 보아 여자였다. 여자를 바라보는 경민의 미간이 찌푸려졌다.

경민은 러닝머신을 차지한 사람이 누구인지 확인하기 위해 가까이 다가갔다.

"실례지만, 제 전용입니다만."

우우우웅—. 경민의 말을 들었는지 여자가 러닝머신 속도를 천천히 줄였다. 이윽고 러닝머신이 완벽하게 정지하자 여자가 경민을 향해 뒤를 돌았다. 여자를 본 순간 경민의 얼굴이 금세 딱딱하게 굳어버렸다.

"……너?"

여자가 경민을 향해 환하게 미소 지었다.

"안녕, 오랜만이야."

"……너, ……너."

"뭘 그렇게 놀라?"

여자는 가벼운 몸짓으로 러닝머신에서 내려와 경민 앞으로 다가갔다. 그러곤 아무 말도 하지 못한 채 인상만 찡그리는 그에게 손을 내밀었다.

"악수라도 해야지. 안 그래?"

"……해수…… 너."

경민의 입에서 탄식 같은 소리가 흘러나왔다. 자신이 내민 손을 잡으려 하지 않자 해수는 킥 웃으며 두 팔을 벌려 경민을 끌어안았다.

"너무 반가워서 할 말을 잃었어?"

더 세게 경민을 끌어안으며 그녀가 유혹하듯 낮게 속삭였다.

엔딩 크레디트가 올라오기 시작하자 불이 들어오며 캄캄하던 상영관 안이 서서히 밝아졌다. 하지만 아직도 제혁은 그녀의 손을 꼭 쥐고 있었다. 조금 전까지 불타는 키스를 나누었으면서도 꽉 맞물린 손을 보자 괜스레 그녀의 두 뺨이 발그레 물들었다.

"우리도 그만 일어나요."

자리에서 일어나려던 지은의 눈에 제혁의 재킷 어깨 부분에 생긴 얼룩이 들어왔다. 딱 봐도 그녀의 화장품 때문에 생긴 얼룩이었다. 지은은 당황한 얼굴로 손수건을 꺼내 재킷 어깨 부분을 빡빡 문질렀다. 하지만 그럴수록 오히려 자국이 번질 뿐이었다.

"미안해요."

"괜찮아요. 나중에 세탁 맡기면 되니까."

"그래도……."

지은은 울상이 된 얼굴로 얼룩진 재킷에서 눈길을 돌리지 않았다. 지금 재킷이 얼룩진 게 문제인가? 제혁은 그런 지은을 바라보며 씁쓸하게 웃었다. 그의 마음을 온통 얼룩지게 해놓고 고작 재킷 하나 가지고.

"그만 나가죠."

제혁이 좌석에서 일어나자 지은도 허둥지둥 그를 따라서 일어났다. 상영관을 빠져나오자 제혁은 말없이 그녀의 어깨에 팔을 둘렀다. 지은은 흠칫 몸을 움츠렸지만, 그의 팔을 뿌리치진 않았다. 하지만 그렇다고 그에게 좀 더 가깝게 다가가지도 않았다.

"재킷, 세탁소에 맡기게 해줘요. 만약에 세탁해도 얼룩이 빠지지 않으면 새로 사줄게요."

"됐습니다. 신경 쓰지 말아요."

저번에는 골탕 먹이려고 일부러 셔츠에 화장품 자국을 냈으면서…….

"훗."

순간 제혁의 입에서 짧은 실소가 흘러나왔다. 키스해버린 것에 관해 어떻게 설명할까 고민했는데……. 그녀는 온통 재킷 이야기뿐이었다.

자연스럽게 화제를 돌리려는 걸까?

연애 풋내기인 주제에 연애 고수처럼 나오는 지은이 귀엽게 느껴졌다. 그녀의 말대로 배우는 거 하난 자신이 있나 보다.

확실히 지은은 처음에 그가 가르쳤을 때보다 눈에 띄게 발전해 있었다. 손도 제대로 잡지 못하던 여자가 지금은 어깨를 끌어안고 걸어도 괜찮게 되었으니까. 이젠 키스를 해도 다리에 힘이 빠져서 주저앉지도 않고…….

지은은 열심히 공부해서 수의사 선생에게 고백할 거라고 말했다. 그녀가 우빈에게 고백하는 장면을 상상하는 순간 제혁은 저도 모르게 지은의 어깨를 꽉 움켜쥐었다. 그의 거친 손길에 지은이 의아한 표정으로 그를 올려다보자, 제혁은 아무 말이나 내뱉었다.

"수의사 선생과는 단둘이 영화 보지 말아요. 아직은 아닙니다."

"네, 걱정하지 마세요. 당분간은 정 쌤과 영화 보러 갈 일 없을 거예요."

제혁을 향한 지은의 눈꼬리가 반달 모양으로 휘어졌다. 뭐가 그리도 좋은지 그녀의 입가에는 환한 미소가 걸렸다. 생글생글 눈웃음치는 지은을 바라보던 제혁의 가슴에 뭔가 뜨끔한 충격이 느껴졌다.

어떻게 지금까지 저 눈웃음에 반응하지 않았을까. 수의사 선생도 저 눈웃음에 반한 걸까? 그래, 당연히 반했겠지.

어쩌면 우빈도 지은에게 마음이 있을지도 모른다는 짐작은, 우빈은 분명 지은에게 반했다는 확신으로 바뀌었다.

그렇다면 두 사람이 당장 내일 사귀게 된다고 해도 이상할 게 없었다.

만약 우빈이 지은에게 자신의 감정을 알려준다면 그녀는 곧장 우빈에게 달려갈 것이다. 우빈과 잘 안 된다고 하더라도 결과는 마찬가지였다. 두 사람은 6개월이란 계약 기간 동안만 서로에게 종속될 뿐이었다. 결혼 준비에 들어가면 계획한 대로 다투기 시작하고 곧 헤어질 것이다.

이별을 떠올리는 순간, 제혁은 등줄기가 서늘해지는 것을 느끼며 우뚝 걸음을 멈췄다. 그럴 순 없었다. 그는 지은과 결코 헤어질 수 없었다.

그가 걸음을 멈추자 지은이 의아한 얼굴로 제혁을 올려다보았다. 그러나 제혁은 한마디도 꺼낼 수 없었다. 밀려드는 벅찬 감정에 숨을 쉬기가 버거웠기 때문이었다.

한 가지 확실한 건 지은과 헤어질 수 없다는 사실이었다. 그녀에게 끌리는지, 그녀를 좋아하는지, 그녀를 원하는지는 알 수 없었다. 한 번도 여자에게 이런 감정을 느껴본 적이 없었으니까.

해수에게도 이런 감정은 느껴보지 못했다. 활활 타올랐던 사랑이지만 그래도 그는 헤어짐을 두려워하진 않았다. 그런데 지은과는 '헤어짐'이란 단어조차 떠올리고 싶지 않았다.

어째서지?

입을 꽉 다문 제혁의 표정이 점점 더 심각해지자 지은은 가슴을 졸였다. 혹시 내가 좋아한다는 걸 눈치챈 건 아니겠지? 그렇다고 해도 상관은 없었다. 딱 잡아떼면 그만이니까.

두 사람은 주차장에 도착할 때까지 한마디도 하지 않았다. 차에 올라타서도 굳게 다문 제혁의 입은 열릴 줄 몰랐다.

어색한 침묵이 지속되자 지은은 슬그머니 오디오 버튼을 눌렀다. 무거운 분위기에 음악이라도 있어야 그나마 숨통이 트일 것 같았다. 그런데 오히려 더 답답해지고 말았다. 잔잔한 클래식 음악이 흘러나올 거라고 예상했는데 전혀 생각지 못했던 곡이 흘러나왔기 때문이었다.

아침이면 까마득히 생각이 안 나. 불안해할지도 몰라.

지은의 얼굴이 곤혹스럽게 일그러졌다.

'취중 진담'이 여기서 왜 나와!

음질 좋은 스피커에서 흘러나온 노래는 아주 선명하게 울려 퍼졌다.

이제 고백할게. 처음부터 너를 사랑해왔다고.

제혁이 그녀를 놀리려고 일부러 곡을 지정해놓은 게 분명했다. 지은은 원망스러운 눈빛으로 제혁을 흘겨보았다.

이 남자 알고 보니까 뒤끝 엄청 기네! 그녀는 저도 모르게 이를 악물며 무릎 위에 놓인 손을 꽉 움켜쥐었다. 지은은 애써 아무렇지 않은 표정을 지으며 창밖으로 고개를 돌렸다.

취중 진담 좋아하네.

제혁은 귀에 흘러드는 가사를 들으며 속으로 실소를 내뱉었다.

아침이 밝아오면 다시 한 번 널 품에 안고 사랑한다 말할게.

날이 밝자 그녀는 사랑한다고 말하는 대신 다른 남자를 입에 담았다. 제혁은 운전대를 잡지 않은 손으로 가슴을 지그시 내리눌렀다.

지금까지는 여자가 먼저 그에게 다가왔지, 그가 먼저 다가간 적은 한 번도 없었다. 해수도 마찬가지였다. 그녀는 항상 그의 주위에서 맴돌았고 노골적으로 그를 유혹했다. 불타는 20대였던 제혁은 그런 해수의 당당함이 좋았었다. '당신을 좋아해요. 사랑하게 됐어요.'라는 간절한 고백보다는 '너는 나를 좋아하게 될 거야.'라는 도발적인 해수의 접근이 마음에 들었다.

하지만 지은은 그를 간절히 원하지도, 먼저 다가오지도 않았다. 그와 함께 있다고 해도 그녀는 일편단심 수의사 선생만 생각했다. 해수가 다른 남자와…….

"……하."

순간 제혁의 입에서 짧은 탄식이 흘러나왔고, 이어서 자조적인 미소가 뒤따랐다. 믿어지지 않았다. 제혁은 곪아 터지는 한이 있어도 절대로 꺼내지 않았던 과거의 상처를 덤덤하게 되짚는 자신을 깨달았다.

빨간불에 차를 세운 제혁은 옆에 앉은 지은에게로 고개를 돌렸다. 그녀는 창밖을 내다보느라 그의 눈길을 느끼지 못했다. 제혁은 그녀의 옆모습을 하나하나 자세히 감상했다. 지은의 모든 것이 새롭게 그의 눈에 새겨지기 시작했다. 얼굴을 부드럽게 감싸며 흘러내리는 머리카락부터 눈을 깜박일 때마다 긴 속눈썹이 만들어내는 음영까지 모두.

이 여자, 이렇게나 사랑스러웠던가?

그런 제혁의 눈길을 느꼈는지 지은이 그를 향해 천천히 고개를 돌렸다. 자신을 바라보는 제혁의 시선을 깨달은 지은의 얼굴에 의아해하는 표정이 떠올랐다. 다른 여자들은 제혁이 그저 유심히 바라만 봐도 단번에 넘어왔는데 지은은…….

"왜 그렇게 봐요? 얼굴에 뭐라도 묻었어요?"
"아닙니다."
제혁은 짧게 대답하며 앞으로 고개를 돌렸다. 동시에 파란 불이 들어왔고 그는 힘껏 가속 페달을 밟았다. 역시 청정 지역 1등급과의 연애가 쉬울 리가 없었다. 하지만 그래서 더욱 더 가슴이 설레었다. 이 가슴 떨리는 설렘을 다른 누구에게 양보할 수 있을까? 운전대를 잡은 그의 손에 힘이 들어갔다.
아무래도 안 되겠어. 우선은 뺏고 봐야겠다. 정신 차리지 못하게 공략하려면 처음부터 강하게 나가야 한다. 제혁은 세 번째 단계로 곧장 들어가기로 했다. 집으로 초대해 요리해주기!
"오늘은 집에서 먹죠."
앞쪽에 시선을 고정한 채 그가 무심코 말했다.
집으로 가자고? 지은은 잠시 자신의 귀를 의심했다. 그리고 이내 가슴이 두근거렸다. 아무 감정 없이 그의 집에 갔던 것과 지금은 느낌이 전혀 달랐으니까.
"네, 그래요."
지은이 순순히 동의하자 제혁은 살며시 미간을 찌푸렸다.
"혹시 전에 사귀었던 남자들 집에 가본 적 있습니까?"
"물론이죠. 자주 갔어요. 집에서 노는 게 더 편하거든요."
지은은 당연하다는 듯 위아래로 고개를 끄덕였다.
"집에서 노는 게 편하다?"
"네. 경호원이 옆에 따라붙으니까 사람들이 힐끗힐끗 쳐다봐서요. 집에서 만나면 경호원과 다 함께 게임도 할 수 있으니까."

"잠깐!"

내용이 이상하게 흘러가자 제혁이 그녀의 말을 중단시켰다.

"지금 경호원과 게임을 했다고 했나요? 그럼 경호원도 함께 남자 친구 집에?"

"네."

지은은 또다시 당연하다는 얼굴로 고개를 끄덕거렸다. 왜 그녀가 지금껏 남자 친구들과 손 한 번 잡아보지 못하고 끝났는지 알 것 같았다. 얼굴도 보지 못한 경호원이 고맙게 느껴지긴 처음이었다.

"경호원 없는 상황에서 남자 집에 쉽게 따라가는 거 아닙니다."

제혁은 목소리에 감정을 담지 않으려 노력하며 무뚝뚝하게 말했다. 그러자 지은은 '그러는 당신 집은 남자 집이 아니고 뭔데?'라는 눈빛으로 바라보았다. 제혁은 그 눈빛을 간단히 무시해버리고 다음 말을 이었다.

"절대로 혼자선 수의사 선생 집에 따라가지 말아요."

반대할 줄 알았던 지은은 가볍게 고개를 끄덕거렸다.

"그럴게요."

지은은 그를 전적으로 신뢰하는 것 같았다. 그가 어떤 흑심을 품고 있는지도 모르는 채…….

오늘까지 제혁은 지은을 세 번 집에 데려왔다. 첫 번째 방문엔 클램차우더를 준비했지만, 지은이 잠드는 바람에 먹지 못했고 두 번째 방문엔 물 한 컵 제대로 마시지 못했다. 그러고 보니 한 번도 그녀에게 제대로 된 손님 대접을 해주지 못했다.

"그럼 우리 장부터 보러 가요. 예전에 잡지에서 읽었는데 남녀가 함께 장을 보면 친밀감이 상승한대요."

누가 이론의 여왕 아니랄까 봐, 지은의 입에서 출처를 알 수 없는 이론이 쏟아져 나왔다.

"어떻게 하면 함께 장 보면서 가까워지는지 알려줘요."

제혁을 바라보는 그녀의 눈이 초롱초롱 빛났다. 지은은 정말 진지한 열공 모드였다.

"와!"

과일 코너로 들어선 지은의 입에서 감탄사가 흘러나왔다.

"마트 처음 와봤습니까?"

놀이터에 놀러 온 아이처럼 신나는 표정으로 빨간 사과를 집어 드는 지은에게 제혁이 시큰둥한 얼굴로 물었다. '그쪽이랑은 처음 와봤거든요!'라고 쏘아붙이는 대신 지은은 못 들은 척 한 귀로 흘렸다.

남산 타워 다음으로 그녀가 데이트해보고 싶었던 장소는 마트였다. 드라마나 영화에서 남녀가 함께 장 보는 장면을 보면서 얼마나 부러워했는지 모른다. 기분 탓인지 매대에 쌓인 빨간 사과가 루비처럼 반짝반짝 빛나 보였다.

만약에 선보고 나서 곧바로 결혼했다면 신혼부부로서 함께 장을 보러 나왔겠지?

상상의 나래를 펼치던 지은은 퍼뜩 정신을 차렸다. 너무 진도가 빠른 상상이었다. 우물에서 숭늉을 찾는 수준이 아니라 달걀에서 프라이드치킨을 찾는 수준이라니. 지은은 마음을 가라앉히며 사과 고르기에 집중했다.

"예전부터 묻고 싶었는데……."

먹음직스러워 보이는 사과를 골라 지은에게 건네주며 제혁이 물었다.

"그렇게까지 경호원을 붙인 이유가 뭐죠? 아무리 과보호라고 해도 좀 지나친 것 같아서."

그 말에 지은은 쓴 미소를 떠올리며 제혁이 건네준 사과를 봉지에 담았다.

"어렸을 때 함께 놀던 친한 언니가 유괴를 당한 적이 있어요. 매스컴에서 떠들썩했다는데. 혹시 알아요? 제이 그룹 장녀 유괴 사건이라고."

"제이 그룹 도지민 실장을 말하는 겁니까?"

"네. 공개수사 덕분에 언니는 무사히 구출됐고 유괴범도 잡았죠. 하지만 뒤에서 계획을 세운 범인은 따로 있었대요. 다음 유괴 대상으로 저를 노렸고."

부모님의 과보호가 시작된 것은 그때부터였다.

"공범을 잡을 때까지 부모님은 한시도 마음을 놓으실 수 없었어요. 그래서 같은 해에 사촌인 미나와 함께 나를 유럽과 미국으로 조기 유학을 보내셨죠. 그러고도 어디를 가나 항상 경호원이 옆에 붙었어요. 성인이 돼서도 마찬가지였죠.."

지은은 담담한 얼굴로 설명을 이어나갔다.

"사실 내가 식음을 전폐하고 난리를 쳐서 경호를 그만두게 한 것도 있지만 그때쯤에 공범을 검거했거든요. 비슷한 수법으로 또다시 유괴했다가 꼬리를 잡혔대요."

자기 일인데도 지은은 무덤덤하게 말했다. 그런데 그런 무심한 태도가 오히려 보호 본능을 자극했다.

"나도 예전부터 묻고 싶었는데……."

사과 고르기를 끝낸 지은은 봉투를 카트 안에 넣으며 제혁과 시선을 맞췄다.

"공 상무님은 경호원이 없더라고요? 그래도 가끔은 필요할 텐데. 왜 경호원이 없는지 아세요?"

"선배는……."

다른 여느 재벌 후계자와는 다르게 경민은 각종 격투기에 능한 유단자에 특공대 출신이었다. 그래서 경민은 경호원을 대동하고 다니는 게 거추장스럽단다.

하지만 그렇게 말하면 멋있어 보이겠지?

"……공 상무님은 경호원 필요 없을 겁니다."

제혁은 대충 대답하고는 카트를 밀고 다음 칸으로 넘어갔다.

언제나 우빈에 대해서만 줄기차게 이야기하더니 이젠 경민에게까지 관심 대상을 넓힌 건가?

질투까지는 아니지만, 은근히 기분이 나빴다. 절대로 질투는 아니었다.

"와아!"

제혁이 요리한 해물 크림 파스타를 본 지은의 입에서 감탄사가 흘러나왔다. 마치 미슐랭 3스타 셰프의 요리를 보는 것 같이 감동한 얼굴이었다.

"파스타 처음 봅니까?"

지은은 '그쪽이 해준 파스타는 처음이거든요!'라고 대답하는 대신 재빨리 포크를 집어 들었다. 장보기 데이트 다음으로 그녀가 원한 건 남자 친구가 해준 요리를 먹어보는 거였다. 드라마에서 남자 주인공이 해준 음식을 맛있게 먹는 여자 주인공을 보며 얼마나 부러웠는지 모른다.

만약에 결혼하게 되면 그는 가끔이라도 이렇게 요리를 해줄까?

이런 또! 지은은 서둘러 머릿속에서 펼쳐지는 상상을 지워버렸다. 또다시 진도가 너무 빠른 상상이었다.

그나저나 지은은 계란 프라이 하나 제대로 못하는 자신의 실력이 은근히 불안해졌다. 혹시 실망하면 어쩌지?

"음, 난 요리 잘 못하는데……."

그래서 지은은 슬쩍 상대를 우빈으로 바꿔 질문을 던져보았다.

"정 쌤이 싫어할까요?"

그 말에 제혁은 차가운 눈으로 그녀를 노려보았다.

요리 못하는 여자 싫어하나 봐!

그녀의 심장이 불안하게 뛰기 시작했다.

"크게 상관이 있습니까? 둘 중에 아무나 잘하는 사람이 하면 되는 거지. 밥 먹으려고 결혼하는 것도 아니고."

제혁은 지은의 질문이 거슬렸다. 수의사 선생이 싫어할 것 같다고 하면 요리라도 배우려고? 그런 제혁의 속마음도 모른 채 지은은 파스타를 집어 입으로 가져갔다.

"진짜 맛있어요."

보기에 좋은 떡이 맛도 좋다고 제혁이 해준 파스타는 입에서 사르르 녹는 맛이었다. 이탈리아 레스토랑에서 이런저런 요리를 추천해줄 때부터 알아챘어야 했다.

이 남자, 은근히 미식가구나! 게다가 요리까지 잘하다니.

"어머니가 요리하는 걸 좋아해요. 아버지도 그렇고. 주말이면 온 가족이 모두 함께 요리했죠. 누나들은 파를 다듬고 형들은 마늘을 다지고 나는 양파를 까는 등……"

그의 어머니가 어릴 때부터 자녀에게 요리를 가르친 모양이었다.

"요리뿐만 아니라 세탁하고 나면 옷 개는 방법에서 옷장 정리하는 방법까지 남녀 차별 없이 가르쳐주셨죠."

대박! 옷 정리하는 방법까지? 까칠해서 손가락 하나 까딱하지 않게 생겼으면서 왜 이리 반전이 있는 거야!

지은은 왜 신 회장이 제혁을 최고 신랑감으로 꼽았는지 알 것 같았다. 민 교수님 자제라면 안 봐도 훤하단 말에는 이런 것까지 포함되었나 보다.

식사가 끝나고 제혁은 디저트로 티라미수를 꺼냈다.

"이런 다 떨어졌군."

냉동실을 열어본 제혁이 살짝 미간을 찌푸렸다.

"잠깐 있어요. 바닐라 아이스크림 사 올 테니까."

그는 티라미수는 바닐라 아이스크림과 함께 먹어야 제맛이라며 황급히 집을 나섰다. 얼떨결에 혼자 남은 지은은 거실 소파에 앉아 얌전히 제혁을 기다렸다.

하지만 얼마 안 가 머릿속에서 폭풍우가 몰아치기 시작했다. 지금이야말로 기회가 아닐까? 계약서를 찾아내서 없애버리는 거야. 저번에 보니까 침실에 책상이 있던데 거기에 두었을까?

지은은 열심히 머리를 굴리며 손목시계를 들여다보았다. 그가 나간 지 5분이 지난 상태였다. 아무리 빨리 갔다 온다고 해도 15분은 더 걸릴 텐데.

그사이 잠시 둘러만 볼까?

계약서를 발견하면 대박인 거고 아니라고 해도 슬쩍 둘러만 보는 것도 나쁘진 않을 것이다.

지은은 서둘러 제혁의 침실로 향했다. 그녀의 눈에 제일 먼저 띈 건 침대 가운데를 차지하고 누운 하늘색 푸들 인형이었다. 우빈에게 줄 때까지 간직해달라고 했던 인형.

저번엔 침대 옆 테이블 위에 있었던 것 같은데 언제 침대를 차지했지? 아냐. 내가 지금 이럴 때가 아니지.

지은은 재빨리 침실 안을 둘러보았다.

책상 서랍에 두었을까?

다행히 서랍은 잠겨 있지 않았다. 건드린 티가 나지 않게 조심조심 서랍을 뒤져봤지만, 계약서는 보이지 않았다.

드레스 룸에 두었나?

눈앞에 두 개의 문이 보였다. 첫 번째 문은 잠겨 있었고 두 번째 문은 욕실과 드레스 룸으로 통하는 문이었다. 욕실 옆에 마련된 드레스 룸은 벽 양쪽에 붙박이장이 붙은 작은 공간이었다.

다행히 열어볼 수 있는 서랍은 딱 6개뿐이었다. 첫 번째 서랍엔 겨울 스웨터가 가득 들어 있었다. 어머니에게 옷 개는 방법을 배웠다고 하더니 색상별로 깔끔하게 정리되어 있었다. 두 번째 서랍엔 티셔츠가 채워져 있었다.

서둘러야 해.

막 세 번째 서랍을 여는 순간, 문이 열리며 제혁이 안으로 들어왔다.

"지은 씨?"

으악! 어떡해! 서둘러 서랍을 닫으려던 지은은 안에 든 내용물을 확인하고 눈을 휘둥그레 떴다. 서랍 안에는 남성용 속옷이 차곡차곡 들어 있었다.

하고많은 것 중에 왜 하필 이런 게 서랍 안에 들어 있어서……. 나 지금 완전 변태 같잖아!

1초도 안 되는 찰나였지만 지은의 머릿속에선 수많은 생각이 오갔다.

보통은 맨 위 서랍에 속옷을 넣고 그 밑으로 스웨터나 셔츠를 넣는 거 아닌가? 왜 거꾸로 넣어서 사람을 변태로 몰고…… 흑. 아니야. 몰래 뒤진 사람이 잘못인 거지, 주인이 무슨 잘못이겠어? 우선은 서랍부터 닫고.

"아얏!"

허둥지둥 서랍을 닫던 지은의 손톱 끝이 서랍 사이에 끼고 말았다. 눈앞에 별이 번쩍하는 걸 보니 제법 심하게 찧은 것 같았다.

"왜 그래요?"

지은은 서랍에 낀 손을 뒤로 감추며 당황한 눈으로 제혁을 바라보았다. 지금은 손가락 다친 게 문제가 아니었다. 이대로 있다간 변태로 몰리기 십상이었다.

"아니에요. 아니라고요. 지금 그쪽이 상상하는 거 절대 아니에요. 난 그냥 저기 그러니까."

"알아요. 알았으니까. 손부터 치료해요. 피 나잖아."

"네?"

그제야 지은은 그녀의 손끝에서 피가 뚝뚝 떨어진다는 걸 깨달았다. 제혁은 네 번째 서랍에서 수건을 꺼내 지은의 손가락을 감쌌다. 그러곤 그녀를 드레스 룸에서 끌고 나와 침대 위에 앉혔다.

지은은 찢기고 피 흘리는 자신의 불쌍한 손가락을 내려다보았다. 네가 주인을 잘못 만나서 고생이 많구나. 거실로 나갔다가 다시 돌아온 제혁의 손엔 응급 상자가 들려 있었다.

"그래도 다행이군요. 손톱이 부러지지 않아서."

피가 멈춘 손가락에 연고를 바르며 제혁이 중얼거렸다.

"손톱이 짧아서……."

제혁에게 손가락을 맡긴 채 잠자코 있던 지은이 조심스럽게 말을 꺼냈다. 우선은 아무 말이나 꺼내 그의 신경을 다른 곳으로 돌려야 했다. 왜 남의 속옷을 들여다보고 있었냐는 물음이 나오게 하면 안 된다.

"번역 일을 하다 보면 타자를 많이 치니까 손톱이 길면 불편하거든요. 봉사 활동할 때도 거추장스럽고. 특히 강아지를 다룰 때 손톱이 길면 위험해요. 몸집이 작은 강아지는 갓난아기 대하는 것처럼 조심하면서……."

'안 물어봤습니다.'라고 대꾸할 줄 알았는데 제혁은 묵묵히 상처 치료에만 집중했다. 뭐라고 계속 말을 해야 하는데……. 여기서 대화가 끊기면 왜 남의 드레스 룸에 들어가서 옷장 서랍을 뒤졌느냐는 말이 나올 수 있었다.

"안에서 자꾸 이상한 소리가 들리더라고요. 그래서 혹시 쥐가 있는 건 아닐까 해서……. 그게……."

미치겠다. 말도 안 되는 변명이었다. 요즘 세상에 쥐 나오는 아파트가 어디 있다고. 지은은 멋대로 나불거리는 혀를 콱 물어버리고 싶었다.

사실대로 털어놓을까? 아무리 생각해도 황당한 계약이라 몰래 계약서를 없애려고 했다고 말할까? 혹시 알아? 그도 피식 웃으며 좋은 생각이라고 할지. 하지만 만에 하나라도…….

지은은 불안한 눈으로 제혁의 눈치를 살폈다.

치료를 끝낸 제혁은 응급 상자를 닫고 자리에서 일어섰다. 그러곤 아무 말도 하지 않고 지은의 팔을 잡아 침대에서 일으켰다. 그에게 이끌려 침대에서 일어난 지은의 속은 바짝바짝 타들어갔다.

치료 끝났으니까 쫓아내려는 걸까? 사실 집주인이 없는 동안 집 안을 뒤지는 사람한테는 정나미가 떨어질 거야. 내가 왜 그랬지? 지금이라도 용서를 빌까?

그녀의 예상과는 달리 제혁은 침실을 나서는 대신 주머니에서 열쇠를 꺼내 잠겨 있던 첫 번째 문을 열었다. 문이 열리며 어두운 방 안이 눈앞에 펼쳐졌다. 제혁은 불을 켜지 않은 채 지은을 데리고 안으로 들어섰다. 테이블 위에 놓인 기기에서 불빛이 흘러나와 불을 켤 필요는 없었다.

지은은 조심스럽게 주위를 둘러보았다. 제혁이 굳이 설명해주지 않아도 이곳이 어떤 곳인지 알 수 있었다. 한쪽 벽을 빽빽하게 채운 오디오 믹서와 구석에 세워진 마이크 스탠드와 스피커 등으로 보아 이곳은 그의 개인 작업실이 분명했다.

제혁은 지은을 오디오 믹서 앞으로 이끌었다. 집중해서 들어보니 오디오 믹서에서 '삑삑' 소리가 미세하게 흘러나오고 있었다.

“전원을 켜놓고 가서 그럴 겁니다. 언뜻 들으면 쥐 소리처럼 들리기도 하겠군요.”

“네, 이 소리였어요!”

지은은 재빨리 그의 말에 동의했다.

“믹서를 놓은 자리와 옷장이 붙어 있어서 서랍 안에서 쥐 소리가 나오는 것처럼 착각할 수도 있겠군요.”

“맞아요. 이상한 소리가 서랍 안에서 들리는 것 같아서…… 그래서…….”

그냥 해본 소리였는데……. 이렇게도 구사일생이 되는구나. 하느님, 감사합니다!

지은은 눈물을 글썽이며 더 착하게 살겠노라 다짐했다.

“솜이도 저 소리를 듣고 갑자기 짖기 시작했었죠.”

오디오 믹서의 전원을 끄며 제혁이 말했다.

“생긴 것만 푸들 같은 줄 알았는데 귀 밝은 것도 같네.”

다음 말은 혼잣말처럼 중얼거렸는데 지은의 귓속에 쏙 들어오고 말았다. ‘푸들’이란 단어를 그녀가 놓칠 리가 없었다.

“방금 뭐라고 했어요. 푸들? 저 어렸을 때 별명이 푸들이었는데. 짓궂게 부를 때는 ‘푸들 푸드들’이라고도 했고.”

지은에겐 흑역사였지만 변태 이미지에서만 벗어날 수 있다면 어떤 이야기도 할 수 있었다.

“참, 솜이 어떻게 됐습니까?”

다행스럽게도 그의 관심은 속옷 서랍이 아니라 솜이로 넘어갔다.

"우리 집에서 임시 보호 중인데 요즘 아빠 혼이 쏙 빠지게 애교를 부리고 있어요. 어쩌면 우리가 입양할지도 몰라요."

지은의 이야기는 거실로 나와서도 계속 이어졌다.

"아빠는 어릴 때 키우던 강아지를 먼저 보낸 적이 있어서 그때 너무 슬퍼서 다신 강아지 안 키운다고 하셨거든요. 그런데 솜이에게 정들어서, 솜이를 다른 집에 보내면 그게 더 슬플 것 같대요."

"강아지도 다른 집에 보내는 게 슬프면 나중에 당신이 결혼할 땐 어쩌시려고?"

"음…… 상관없을 거예요. 나는 어릴 때부터 외국에 나가 있었고 애교도 잘 안 부리니까."

애교를 안 부린다고? 지금도 눈꼬리를 휘면서 생글생글 웃으면서? 머리카락을 쓰윽 올리면서 사람 혼을 빼놓고 있으면서? 그런 지은이 못마땅한 제혁의 눈이 가늘게 좁혀졌다.

기분 탓일까? 그녀를 바라보는 제혁의 눈빛이 싸늘해지는 것 같았다. 영화에선 함께 소파에 앉아만 있어도 남자의 눈에서 꿀이 뚝뚝 떨어지던데……. 왜 저 남자의 눈에선 한기가 뚝뚝 떨어지는 걸까? 그렇게도 내가 여자로서 매력이 없나?

하아, 지은은 속으로 길게 숨을 내쉬었다.

"어떻게 하면 사랑스러워 보일까요?"

지은은 용기를 내어 물어보기로 했다. 배우는 학생으로서 궁금한 것이 있으면 바로바로 물어봐야 한다.

"아무것도 하지 말아요."

그런데 아주 의외의 대답이 돌아왔다. 아무것도 하지 말라니?

"그게 무슨……."

"괜히 억지로 노력하다가 이상해 보일 수 있으니까 지금은 아무것도 하지 말라는 뜻입니다."

그 정도로 구제 불능이라는 거야? 지은은 시무룩한 얼굴로 투덜거리듯 말했다.

"전에는 팔짱도 끼고 스킨십도 하라고 그러더니……."

"사랑스럽지 않게 무덤덤하게 팔짱 끼고 스킨십하면 됩니다. 티 나지 않게 자연스럽게 다가가요. 계속하다 보면 무슨 뜻인지 이해하게 될 거니까 우선 내 말대로 해요."

당신은 존재 자체로 이미 위험한 수준으로 사랑스러우니까! 제혁은 무뚝뚝하게 대답하며 바닐라 아이스크림을 티라미수 위에 올려 지은에게 내밀었다.

"디저트나 먹죠."

왠지 모르게 서늘한 분위기에 지은은 더는 반문할 수 없었다. 대신 그가 내미는 접시를 얌전히 받아 들었다.

피트니스 클럽을 나온 해수와 경민은 G호텔 스카이라운지로 자리를 옮겼다. 해수는 무심한 얼굴로 창밖을 바라보며 칵

테일을 들이켰다.

"잘 지냈어? 내 눈에는 좋아 보이는데."

"경민 씨 눈에는 그렇게 보여?"

해수는 입꼬리를 비틀며 칵테일 잔을 내려놓았다. 제혁과 동갑이면서 그녀는 한 번도 경민에게 존댓말을 쓴 적이 없었다. 처음 만났던 순간부터 말을 놓았다.

"제혁이는 어때? 잘 지내지?"

"나에게 물어볼 자격이 있다고 생각해?"

"그렇게 따지면 경민 씨는 본인이 제혁이 옆에 있을 자격이 있다고 생각해?"

과거나 지금이나 그녀는 말을 돌리지 않고 직설적으로 말했다.

"나보단 경민 씨가 더 자격 미달인 것 같은데. 아니야?"

경민의 안색이 어둡게 변하자 해수는 '큭' 짧은 웃음을 터뜨렸다.

"그게 아니면 아주 그럴싸한 변명이라도 했나 봐? '난 아무것도 몰랐다. 다 해수가 꾸민 일이다.' 제혁이에게 이렇게 말했어?"

20대의 경민이었다면 그녀의 도발에 넘어갔겠지만, 이젠 아니었다. 실수는 한 번으로 족했다. 경민은 싸늘한 눈으로 해수를 노려보며 위스키를 들이켰다. 경민에게서 아무런 반응이 없자 해수는 비아냥거리는 투로 말을 이었다.

"그런데 경민 씨. 정말 아무것도 몰랐어? 전혀 눈치도 못 채고? 내가 아는 공경민이란 남자가 그럴 리가 없는데. 나뿐만 아니라 제혁이도 믿지 않을 거야. 겉으로만 믿어주는 척하는 거겠지. 경민 씨가 얼마나……."

"그만해."

잠자코 듣기만 하던 경민은 거칠게 위스키 잔을 내려놓았다.

"7년이나 지난 후에 갑자기 나타나서 뭘 어쩌자는 거야?"

"날 7년이나 밖에서 떠돌게 한 사람이 누군데 그래?"

"넌 제혁이 가슴에 비수를 꽂고 떠났어. 이제 와서 뭘 어쩌겠다고."

"그건 인정할게. 내가 비수를 꽂았지. 그것도 한 번도 아니고 두 번씩이나."

서로를 노려보는 두 사람의 시선이 허공에서 부딪치며 불꽃이 일었다. 한 치의 물러섬도 없이 차갑게 얽히는 시선에서 격해진 감정이 그대로 드러났다.

"얼마 전에야 알게 됐어. 내가 어떻게 해서 오디션을 따냈는지 말이야."

해수는 단번에 잔을 비우고는 자리에서 일어났다.

"다시 또 나를 멀리 보낼 생각이라면, 이번에는 좀 더 괜찮은 미끼를 던져야 할 거야. 내가 만족할 만한 미끼."

해수가 자리를 떠나려 하자 경민은 벌떡 일어나 그녀의 팔을 움켜쥐었다.

"그동안 도대체 무슨 일이 있었던 거야?"

그녀는 대답 대신 차가운 미소를 떠올렸다.

"알아서 뭐하게? 지금 와서 후회라도 하려고?"

"해수야."

"날 다시 내보내고 싶으면 이번엔 어떤 미끼를 준비할지 잘 고민해봐. 서둘러야 할 거야. 요즘 내가 인내심이 바닥이라서."

말을 마친 해수는 경민의 손을 매몰차게 뿌리쳤다. 그리고 그대로 라운지 입구를 향해 걸어갔다. 경민은 그녀를 가지 못하게 잡을까 이대로 보낼까 하는 고민에 빠졌다.

하지만 둘 중 어떤 결정을 해도 지금 상황에 그리 도움이 될 것 같진 않았다.

영화도 봤고 저녁도 먹었고 디저트로 티라미수와 아이스크림까지 해치웠다. 지은은 아쉬운 눈으로 벽에 걸린 시계를 바라보았다. 9시를 넘어서 어느새 10시에 가까워지고 있었다. 그만 돌아가야 할 시간이었지만 헤어지기 싫었다.

"내일도 봉사 활동 갑니까?"

"내일은 아니에요. 이번 달은 갑자기 봉사자들이 많이 지원해서 스케줄이 바쁘지 않아요."

내일도 봉사 활동을 가는지 물어본 건, 이제 그만 가보라는 신호일까?

집주인이 저리 나오는데 아무리 더 있고 싶어도 그럴 순 없었다. 지은은 주섬주섬 핸드백을 챙겨 소파에서 일어났다. 그 순간 제혁이 손을 뻗어 그녀의 팔을 잡았다. 자연스럽게 두 사람의 시선이 마주쳤다.

"좀 더 있다 가요."

그 말 한마디에 그녀의 심장이 아래로 툭 내려앉았다.

"그럴까요?"

지은은 빠르게 핸드백을 내려놓으며 도로 소파에 앉았다.

"오늘은 토요일이니까 더 오래 지도받을 수 있겠네요. 그렇죠?"

더 오래 지도를 받겠다는 지은의 말이 그의 심기를 건드렸다.

나중에 수의사 선생 집에 가면 디저트를 챙겨 먹고도 계속해서 눌러앉을 생각인가? 그 다음에 무슨 일이 일어나는지 뻔히 알면서?

그녀가 지금 이토록 열심히 배우는 이유가 우빈 때문이라고 생각하니 제혁은 울화가 치밀었다.

"어떤 걸 더 배우길 원합니까?"

"네?"

전혀 예상하지 못한 질문이었는지 그녀의 눈이 커다래졌다.

"이론의 여왕이라고 그랬죠? 저녁을 먹고 디저트까지 끝낸 남녀가 단둘이 할 일이 뭐라고 생각합니까? 지금 그걸 배우겠다는 거잖아요."

내용이 그런 쪽으로 흘러가는 거였어? 지금까지 즐겨 읽었던 19금 소설의 내용과 오늘 봤던 살색 향연의 영화가 지은의 머릿속에 떠올랐다. 그녀는 황급히 뒤로 물러나며 빠르게 오해를 바로잡았다.

"아뇨. 그런 고수위를 원한 건 아니에요."

"고수위?"

헉! 말이 잘못 나갔어. 지은은 말실수를 덮기 위해 속사포처럼 말을 쏟아냈다.

"물도 빨리 마시면 탈이 난다고 옛 조상은 버드나무 잎을 띄워서 마시라고 했어요. 그러니까 내가 지금 배우겠다는 말은 그런 수준까진 아니고. 그리고 그쪽도 잘 알겠지만 원래……읍."

갑자기 다가온 제혁의 입술 때문에 그녀의 다음 말은 이어질 수 없었다. 뜨겁고 짜릿한 감각이 거칠게 밀려들었다. 그가 옆으로 고개를 틀자 서로의 입술이 더욱더 가깝게 맞물렸다.

"아하."

빈틈없이 겹쳐진 입술 사이로 깊은 숨결과 달뜬 신음이 흘러나왔다. 어쩌면 그녀는 극장에서의 키스 이후 또다시 그가 다가오기를 기다렸는지도 모르겠다. 입 안을 가득 채우는 촉감이 너무 좋아서 온몸이 덜덜 떨릴 정도였다. 잠시 입술을 떼어낸 제혁이 나직이 속삭였다.

"……고수위라……."

제혁은 양손으로 그녀의 뺨을 감싸며 지은을 소파 등받이로 밀어붙였다. 또 다른 격정적인 키스를 기다리는 듯 그녀의 입술이 살며시 벌어졌다. 촉촉한 분홍색 살결이 조명에 반짝거리며 그를 유혹했다. 하지만 제혁은 이마와 코끝, 눈꺼풀 주위만 입을 맞추며 그녀를 애태우게 했다. 몇 번이나 닿을 듯 말 듯 그녀의 입술 위를 배회하다 그대로 스쳐 지났다.

"오늘은 진도보단 복습을 하죠."

제혁은 그녀의 귓가에 입술을 묻고 나직하게 속삭였다. 뜨거운 숨결이 귓속으로 훅 스며들자 짜릿한 감각이 온몸에 퍼져 나갔다.

"강하게 밀어붙이지 말고 천천히 다가갈 것."

"……이렇게 하면 상대가 안달하게 되나요?"

떨리는 목소리를 힘겹게 진정하며 지은이 물었다. 그녀의 질문이 마음에 들지 않는지 그가 눈살을 찌푸렸다. 그리고 대답 대신 거칠게 입술을 겹쳤다.

솔직히 그녀도 대답을 기다린 건 아니었다. 키스가 깊어지면 깊어질수록 소파 등받이에 기댄 몸이 서서히 옆으로 무너졌다. 어느새 그의 몸이 완전히 지은의 몸을 뒤덮었다. 서로의 입술과 혀가 엉킬 대로 엉키며 파고들 때까지 파고들었다.

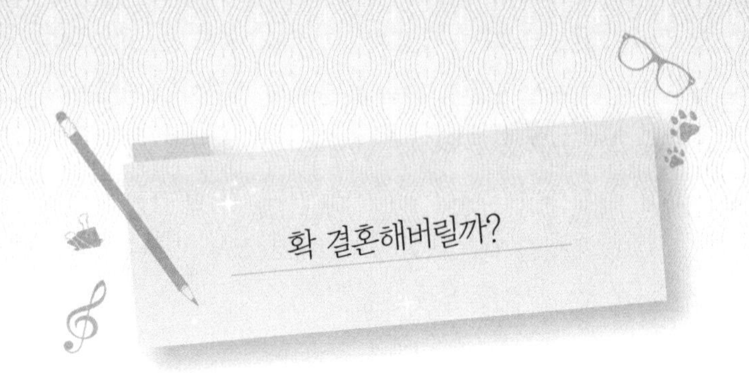

확 결혼해버릴까?

지은을 바래다주기 위해 제혁이 집을 나선 것은 그로부터 한참이 지난 후였다.

"내일 봉사 안 나간다고 했죠? 그러면 내일도 수업할 수 있겠군요."

지은의 집 앞에 차를 세우며 제혁이 말했다.

"수의사 선생과 해보고 싶었던 거 없습니까?"

우빈 씨 말고 그쪽이랑 하고 싶은 일은 많은데요. 우빈에 관한 자료는 꽤 있었지만, 제혁에 관해선 아는 게 별로 없었다. 그가 'Broken Wings'의 기타리스트 '제이'라는 사실도 얼마 전에야 알게 됐는데.

"그러지 말고 내일은 제혁 씨가 하고 싶은 거 해요. 지금까지 내가 하고 싶은 것만 했잖아요."

"내가 하고 싶은 거?"

"정 쌤이랑 하고 싶었던 일만 하면서 배울 순 없죠. 응용도 필요한 거니까."

"흐음."

잠시 침묵을 지키던 제혁이 툭 던지듯 말했다.

"바다 보러 갈래요? 가끔 속이 답답하면 탁 트인 바다를 보러 가거든요."

"좋아요."

제혁과 함께 바다를 보러 간다고 생각하니 기분이 마구 들떴다. 자연스럽게 지은의 얼굴에 환한 미소가 떠올랐다.

다음 날 아침, 제혁은 지은을 차에 태워 바다로 차를 몰았다.

"지금 출발하면 점심때쯤엔 도착할 겁니다."

당일치기였지만 처음으로 제혁과 서울을 벗어나는 거라, 지은은 어젯밤부터 가슴이 두근거려 밤잠을 설쳤다.

"어디로 가는 거예요?"

바다를 보러 가자는 말에 오케이했을 뿐 어디로 가는지 물어보지도 않았다.

"동해로 가죠."

"그런데……."

지은은 제혁의 눈치를 보며 조심스럽게 말을 이어나갔다.

"속이 답답하면 바다 보러 간다고 했잖아요. 지금 속이 답답해서 가는 거예요?"

"아뇨. 단순히 바다가 보고 싶어서 가는 겁니다."

대답은 그렇게 했지만 반은 진실이고 반은 거짓말이었다. 지금 그는 숨이 막힐 것처럼 답답했다. 다른 남자만 바라보는 지은을 옆에 두고 있는데 어찌 답답하지 않을 수 있을까.

자신을 좋아하지 않는 상대를 혼자 마음에 둔다는 게 이렇게도 가슴 아픈 일이었나?

제혁은 지금까지 몰랐던 감정을 깨달으며 씁쓸히 웃었다.

"동해에 갈 때마다 들르는 카페가 있어요. 'The Sun'이라고. Broken Wings 1기 멤버였던 친구가 운영하는 곳이에요."

"거기로 가는 건가요?"

"우선 간단하게 식사하고 산책하다가 그곳으로 가죠. 커피와 디저트가 괜찮으니까."

"좋아요. 바다 보면서 커피 마셔요."

지은은 빠르게 고개를 끄덕이며 들뜬 목소리로 말했다.

지지지찌징—. 지지지찌징—. 고속도로에 진입하려는데 제혁의 휴대폰이 울렸다.

[제혁아, 너 지금 어디야?]

스피커에서 착 가라앉은 경민의 목소리가 흘러나왔다.

"어딘지 알아서 뭐하게요?"

[볼일이 있어서 그런다.]

"일요일까지 부려먹으려고요? 오늘은 안 됩니다."

[잠깐이면 돼.]

"잠깐도 안 됩니다. 내일 회사에서 이야기해요. 이만 끊겠습니다."

제혁은 단번에 거절하고 통화를 끊으려 했다.

[잠깐 제혁아!]

스피커에서 경민의 다급한 목소리가 흘러나왔다.

[내가 집 근처로 갈게.]

"오지 마세요. 오늘은 정말 안 됩니다."

제혁은 짧게 한숨을 내쉬며 지은을 힐끔 바라보았다.

"내일 회사에서 봐요."

[제혁아, 너 혹시…….]

경민은 전화를 끊는 대신 심각한 목소리로 물었다.

[지금 옆에 여자 있어서 그래?]

그 말에 지은의 가슴이 뜨끔해졌다.

그녀는 숨소리라도 잘못 새어 나갔다가 경민에게 들킬까 봐 급히 양손으로 입을 막았다. 당황한 그녀와 달리 제혁은 무덤덤하게 말했다.

"네, 여자와 함께 있어요. 그게 문제라도 됩니까?"

그걸 말해버리면 어떡해요? 지은은 놀란 듯 휘둥그레 눈을 떴지만, 제혁의 얼굴은 여전히 무표정했다.

"사생활까지 일일이 보고하고 싶지 않은데요."

잠시 침묵이 흐른 후, 경민이 순순히 물러섰다.

[……그래, 알았어. 데이트 잘해라. 내일 회사에서 이야기하자.]

지은은 확실히 전화가 끊겼다는 걸 확인하고서야 입을 막고 있던 손을 떼어냈다.

"중요한 일은 아니겠죠?"

아까는 들킬지도 모른다는 두려움에 아무 생각 없었는데 막상 전화를 끊고 나니 은근히 걱정되기 시작했다. 경민의 목소리가 평소와 다르게 느껴졌기 때문이다. 그러나 제혁은 크게 개의치 않는 것 같았다.

"별거 아닐 겁니다. 경민 선배, 주말에 할 일 없으면 전화 걸어서 만나자고 조르니까."

"두 분 꽤 가까운가 봐요."

"그런 편이죠. 어쩌다 보니까 계속 옆에 있게 돼서……."

제혁은 어깨를 한번 으쓱하더니 다시 운전에 집중했다.

제혁을 설득하는 데 실패한 경민은 통화가 끊어진 휴대폰을 잠자코 들여다보았다.

"……흠."

제혁의 목소리는 평소와 같았다. 다행스럽게도 옆에 있는 여자 역시 해수인 것 같진 않았다. 만약에 그랬다면 그가 그리 평온한 목소리로 전화를 받을 수 없었을 테니. 아무리 제혁이 이성적이라곤 하지만, 해수 앞에선 무너지곤 했으니까. 그나저나 해수가 불쑥 나타나기 전에 먼저 말해줘야 하는데…….

"하아, 답답해 미치겠네."

경민은 크게 한숨을 내쉬며 서늘한 유리창에 이마를 기대었다.

"바다나 보러 갈까?"

한참 동안 밖을 내다보던 경민이 혼잣말처럼 중얼거렸다.

두 사람이 동해에 도착한 것은 점심때가 약간 지나서였다. 제혁은 따뜻한 국물이 먹고 싶다는 지은을 데리고 동해에 갈 때마다 들르는 황태 해물 칼국수 집으로 향했다. 허름한 식당에 소박한 음식이 나왔지만 지은은 국물이 개운하다며 한 그릇을 싹 비웠다.

"입맛이 까다로운 줄 알았는데 보기보다……."

"보기보다 털털하다고요?"

제혁의 말을 도중에 끊으며 지은이 생긋 웃었다.

"그런 소리 자주 들어요. 외동딸에 외국에서 오래 살았다고 그렇게 지레짐작하더라고요."

그녀의 입에는 계산하고 받은 막대 사탕이 물려 있었다.

"맛있습니까?"

딱 하나 남은 막대 사탕을 지은에게 양보한 제혁의 손에는 커피 자판기에서 뽑은 종이컵이 들려 있었다.

"네."

저번에도 그러더니 이번에도 지은은 무슨 광고를 찍듯이 막대 사탕을 음미하고 있었다. 막대 사탕을 입에 넣어 한쪽 뺨이 볼록해질 때까지 빨더니 다시금 밖으로 꺼냈다. 그러더니 눈꼬리를 휘며 할짝할짝 사탕을 혀로 핥기 시작했다. 빨간색으로 물든 혀가 눈앞에서 아른거리자 제혁은 재빨리 커피를 들이켜며 시선을 비켰다.

하지만 그것도 잠시뿐 다시 그녀의 입으로 시선이 돌아갔다. 지은은 마치 유혹이라도 하듯 막대 사탕을 입에서 넣었다 뺐다 오물거렸다. 사탕 맛에는 전혀 관심이 없었다. 어떤 맛이 든 그녀의 입술만큼 달진 않을 테니까.

순간 제혁은 지은과 키스하고 싶은 충동에 휘말렸다. 도톰한 지은의 입술 안으로 빨려 들어가는 막대 사탕이 부러울 지경이었다. 제혁은 다시금 커피를 들이켰다. 씁쓸한 커피 맛이 혀끝을 통해 입 안을 채웠다.

미쳤지. 미친 게 분명하다. 훤한 대낮에 그것도 길 한복판에서 키스하고 싶어 안달이 나다니.

피 끓던 20대 시절에도 일어나지 않던 충동이었다.

제혁은 차가운 바람에 격해진 감정을 식힐 겸 바닷가를 향해 걸음을 재촉했다. 지은은 아무 말도 하지 않고 종종걸음으로 제혁을 따라왔다. 그녀가 옆으로 다가오자 제혁은 말없이 그녀의 어깨에 팔을 둘렀다.

"내 걸음이 빠르면 천천히 가라고 말해요. 그렇게 뛰지 말고. 막대 사탕 입에 물고 뛰면 위험하니까."

음, 뭔가 애 취급하는 느낌인데? 괜히 머쓱해진 지은은 슬그머니 사탕을 입에서 꺼냈다. 제혁은 반쯤 작아진 사탕을 물끄러미 바라보더니 빈 종이컵을 그녀에게 내밀었다.

"다 먹었으면 이제 버리죠."

끝까지 먹겠다고 하면 애 취급할 것 같아 지은은 아쉽지만 컵에 막대 사탕을 넣었다. 그는 막대 사탕이 담긴 종이컵을 한 손으로 우그러뜨리더니 옆에 있는 휴지통에 집어 던졌다. 그러고는 바닷가에 도착할 때까지 아무 말도 하지 않았다.

쏴아아아—. 세찬 바람과 함께 높은 파도가 하얗게 부서지며 바닷가로 몰려오고 있었다. 아직 바다를 찾기에는 쌀쌀한 날씨라 주위에는 두 사람 외엔 아무도 없었다.

"흐음."

지은은 신선한 바다 냄새를 맡으려 깊게 숨을 들이마셨다. 왜 그가 속이 답답할 때마다 탁 트인 바다를 보러 가는지 알 것 같았다. 끝이 보이지 않게 펼쳐진 파란 바다가 오늘처럼 아름다워 보이긴 처음이었다. 바람에 출렁이며 햇빛에 반짝이는 바다가 커다란 사파이어처럼 느껴졌다.

"……속이 답답하면 바다를 보러 오는 이유 궁금하지 않아요?"

물끄러미 바다를 바라보던 제혁이 나직한 목소리로 말을 꺼냈다.

"탁 트인 바다를 보면 기분이 나아져서?"

"……그것보다는……."

제혁은 지은의 어깨에 올렸던 손을 내리고 바다 쪽으로 조금 더 가까이 걸어갔다. 그리고 잠시 후 그녀에게 등을 돌린 채로 말을 이었다.

"이곳에서 헤어졌기 때문입니다."

그 뒤를 이어 제혁의 입에서 무슨 말이 나올지 알 것 같았다. 지은은 불안한 마음에 저도 모르게 아랫입술을 깨물었다.

"……죽을 만큼 상처를 받았던…… 사랑과."

마음이 차갑게 식었다고 말했지만, 그는 아직도 그 옛사랑을 못 잊는 걸까? 아직도 아파하는 걸까? 뭐라도 한마디 해야 하는데 지은은 무슨 말을 해야 할지 알 수 없었다.

한동안 어색한 침묵이 흘렀다. 그녀에게서 말이 없자 제혁은 지은을 향해 천천히 등을 돌렸다. 슬픈 표정을 짓고 있을 거라고 생각했는데 그는 아무런 표정 없이 그녀를 응시할 뿐이었다. 텅 빈 눈빛에선 아무 감정도 느낄 수 없었다. 지은이 입을 꼭 다문 채 가만히 서 있자 제혁은 고개를 저으며 짧게 웃었다.

"이럴 땐……."

그가 한 걸음 내디뎌 그녀의 앞으로 다가오더니 상체를 숙여 그녀와 눈높이를 맞췄다.

"위로해주는 겁니다."

이에 지은은 말없이 팔을 벌려 제혁을 끌어안았다.

"이렇게요?"

지은이 아이를 달래듯 그의 등을 토닥거리며 물었다. 다행히도 제혁은 그녀의 위로 방법에 만족한 것 같았다. 제혁도 팔을 올려 그녀를 껴안고 커다란 손으로 그녀의 뒤통수를 감쌌다.

이곳을 찾을 때마다 제혁은 갈가리 찢기는 아픔을 마주해야 했다. 자꾸만 그날의 잔인한 이별이 떠올라 바다를 노려보고 또 노려보았다. 하지만 오늘은 아픔을 떠올릴 새도 없었다. 지은 때문이었다. 바닷바람에 빨개진 뺨과 머리가 헝클어진 지은이 너무나도 사랑스러웠다.

이제는 인정해야 한다. 나는 지금 이 여자를 좋아하고 있노라고. 그래서 헤어지기 싫은 거고. 그래서 누구에게도 절대로 빼앗길 수 없는 거다.

제혁은 지은을 안은 팔에 더욱더 힘을 주었다. 그녀의 달콤한 향기와 따뜻한 체온이 그의 마음을 포근히 어루만지고 있었다.

카페에 들어갈 때까진 완벽한 데이트였다. 예기치 않은 불청객을 마주하기 전까진…….

실내에 들어선 순간 제혁은 제자리에 얼어붙고 말았다.

"어째서……."

창가에 닿은 제혁의 시선이 불안하게 흔들렸다. 그는 자신의 눈을 믿을 수가 없었다. 서울에 있어야 할 경민이 창가 테이블에 앉아 있었기 때문이었다. 다행히 경민은 바다 풍경을 감상하느라 제혁과 지은이 카페 안에 들어온 것을 깨닫지 못하고 있었다. 제혁은 서둘러 다시 밖으로 나가려고 등을 돌렸다.

"제혁 씨, 어서 오세요."

하지만 한발 늦고 말았다. 그를 알아본 매니저가 반갑게 웃으며 다가온 것이다.

"마침 오랜만에 공 상무님도 오셨습니다."

제혁이 이러지도 저러지도 못하고 인상을 찌푸리는데 경민의 고개가 입구 쪽으로 홱 돌아갔다. 그때까지도 경민의 존재를 눈치채지 못한 지은이 제혁의 팔에 팔짱을 낀 상태였다.

"어? 제혁아!"

입구에 선 제혁을 발견한 경민의 얼굴에 미소가 떠올랐다. 그는 자리에서 일어나 빠른 걸음으로 제혁에게 다가왔다.

헉, 상무님!

경민을 본 지은은 너무 놀란 나머지 팔짱을 빼는 대신 제혁에게 바짝 달라붙었다.

지은은 곧 자신의 바보 같은 행동을 깨닫고 화들짝 놀라 팔을 뺐지만 이미 경민의 눈에 들켜버린 뒤였다.

"데이트한다더니 여기까지 온 거야?"

두 사람의 앞으로 다가온 경민은 호기심 어린 표정으로 지은을 바라보았다. 그는 지은을 곧바로 알아보지 못했다. 회사에선 항상 생머리에 사무 정장 차림이던 그녀가 오늘은 화려하게 꾸몄기 때문이다. 굵게 웨이브 진 머리카락이 공들여 화장한 얼굴을 반쯤 가리고 있었다. 그러나 행운은 그리 오래가지 못했다. 지은을 알아본 경민의 입가에서 미소가 서서히 지워졌다. 이내 그의 표정이 싸늘하게 굳었다.

"……지은 씨?"

경민은 믿을 수 없다는 얼굴로 지은을 바라보았다. 그의 표정은 완전 '브루투스 너마저도!'를 외쳤던 카이사르 시저의 표정이었다.

"그때 분명 나에게…… 만나는 사람 있다고 했잖습니까?"

철석같이 믿었던 사람에게 배신당해서일까? 경민의 목소리가 가늘게 떨렸다.

"아, 저 그게……."

지은은 경민의 시선을 피하며 작게 웅얼거렸다. 둘이 팔짱을 끼지 않았다면 우연히 카페 앞에서 만났다고 변명할 수도 있겠지만 불행히도 경민은 그녀가 제혁에게 딱 달라붙은 모습을 보고 말았다.

"선배, 내가 설명할게요."

제혁은 경민의 앞으로 나서며 자신의 등 뒤로 지은을 숨겼다. 지은은 두 손으로 제혁의 허리를 붙잡으며 그의 등에 머리를 기댔다.

"넌 빠져. 난 지금 지은 씨에게 묻는 거야. 지은 씨, 말해봐요. 저번에 만나는 남자 있다고 했잖아요? 네?"

'그 만난다는 사람이 바로 이 남자인데요.'

하지만 입 안에서 맴돌 뿐 말이 되어 나가지는 못했다.

"이게 도대체! 아니!"

경민은 두 손으로 머리를 감싸며 뒤로 물러섰다. 경민으로서는 정말 미치고 팔짝 뛸 일이었다. 강선아 팀장을 그렇게 떠나보내고 이제야 좀 자리를 잡아간다고 한숨 돌리려던 참이었다. 통·번역을 전담해주는 지은에게 점점 기대게 되어 이젠 그녀 없는 글로벌 미팅은 꿈도 못 꾸게 되었는데……. 그랬는데 믿었던 지은마저 제혁의 마수에 걸려들다니! 왜? 왜? 어째서!

"내가 그랬죠."

격해진 감정을 억누르며 경민이 힘겹게 말했다.

"……민제혁 실장은 사람이 아니다. 그저 잘 깎아놓은 대리석 조각일 뿐이다."

"죄송합니다. 상무님."

지은은 제혁의 등 뒤에서 걸어 나와 경민을 향해 꾸벅 허리를 숙였다.

"흐윽."

경민은 이루 말할 수 없는 비통한 심정에 가슴을 움켜쥐었다. 제혁이 녀석, 하고많은 사람 중에 왜 하필 지은 씨와. 해수마저 돌아온 지금…….

"선배, 내가 설명할 테니까……."

제혁이 앞으로 나서며 또다시 지은을 등 뒤로 숨기려 하자 경민의 인내가 한계에 다다랐다.

"내가 또 우리 회사 직원 건드리면 죽여버린다고 했지!"

경민은 소리를 지르며 제혁의 멱살을 덥석 움켜쥐었다.

"앗, 상무님!"

깜짝 놀란 지은이 두 사람 사이에 끼어들었다. 아침 막장 드라마에서나 일어나는 일이 코앞에서 벌어지다니!

"제발 그만하세요!"

지은은 제혁에게서 경민을 떼어놓기 위해 경민의 팔에 매달렸다. 각종 격투기에 능한 유단자에 특공대 출신답게 경민의 팔은 근육이 아니라 단단한 강철 같은 느낌이었다.

"아!"

경민의 팔을 세게 움켜쥐는 바람에 지은은 다친 손가락에 힘을 주고 말았다. 따끔한 통증과 함께 상처가 벌어지며 피가 흘렀다. 그때까지 반항하지 않던 제혁은 피를 보자마자 단번에 경민의 손을 뿌리쳤다.

"지은 씨, 괜찮아요?"

제혁은 냅킨으로 지은의 손을 감싸며 걱정스러운 눈으로 들여다보았다.

"괜찮아요. 상처가 벌어져서."

지은의 설명에도 불구하고 제혁은 날이 선 눈으로 경민을 노려보았다. 방금까지 얼굴을 붉히며 화를 냈던 경민은 흐트러진 앞머리를 쓸어 올리며 슬그머니 제혁의 시선을 피했다. 자신이 생각하기에도 도가 지나치게 흥분했으니까.

"그래서……."

그제야 경민은 한층 가라앉은 목소리로 물었다.

"어떻게 된 거야? 설명해봐."

잠시 후…….

자리에 앉아 제혁으로부터 자초지종을 들은 경민이 기가 막힌다는 듯 입을 벌렸다.

"그래서 지금 두 사람 선본 사이라고? 지은 씨가 SB그룹 신 회장님 외동딸이고?"

어쩐지 지은의 신원 조회가 쉽지 않아 이상하다 했다. 선이라면 질색하던 녀석이 맞선 상대와 사귀고 있었다니. 그건 바로 결혼까지 염두에 두고 있다는 뜻인가?

"결혼을 전제로 만나고 있다면서 왜 내게 숨겼어? 내가 아무리 회사 직원에게 눈길 주지 말라고 했다지만 이런 것까지 이해 못 할 줄 알았어?"

화가 난 듯 경민의 얼굴이 일그러졌다. 제혁은 가짜 연애까지 경민에게 털어놓아야 하나 잠시 고민했다.

"너와 나, 고작 그런 사이였어? 결혼식 하루 앞두고 청첩장 건넬 생각이었냐?"

"그건 아닙니다."

"내가 그 말을 어떻게 믿어? 너 아직도 날……."

혹시 두 사람 사이가 이 일로 벌어지는 건 아닐까 지은은 초조해지기 시작했다. 한 번 털어놓은 거 숨김없이 전부 다 털어놓아야 할 것 같았다.

"그래서 그런 거 아니에요. 상무님. 어차피 결혼까진 안 갈 거니까, 청첩장 돌릴 일도 없을 거예요."

그 말에 경민은 이해가 가지 않는다는 듯 미간을 좁혔다.

"그게 무슨 소리입니까? 결혼까진 안 갈 거라니? 두 사람 지금 결혼을 전제로 사귀는 거 아닙니까?"

"사귀는 척 연기하는 것뿐이에요."

"지은 씨, 거기까지 말할 필요는 없어요."

"이왕 이렇게 된 거 다 털어놔요. 그게 나을 거예요."

제혁의 말대로 경민이 눈치가 빠르다면 괜히 어설프게 반 숨기고 반 털어놓는 것보단 모두 털어놓고 협력을 요청하는 게 나을 것이다.

"그건 또 무슨 소립니까?"

경민의 물음에 지은은 제혁을 빤히 바라보았다. 그의 허락을 구하는 눈빛이었다. 경민이 오해하는 게 싫어서일까? 제혁은 할 수 없이 동의의 뜻으로 고개를 끄덕였다.

"상무님, 다 말씀드릴게요."

제혁의 허락이 떨어지자 지은은 가짜 연애 사실과 제혁이 그녀의 짝사랑을 도와서 연애 지도를 해주고 있다는 것까지 전부 털어놓았다. 모든 이야기를 들은 경민의 표정이 곤혹스럽게 바뀌었다.

"그래서 지은 씨가 좋아하는 상대는 따로 있다고요?"

"네."

"그러면 좋아한다고 말했던 사람이 제혁이가 아니라 그 사람입니까?"

우빈을 좋아한 건 맞지만 그때 말한 그 사람은 제혁이었다. 그러나 경민이 그녀의 속에 들어갔다가 나온 것도 아닌데 어떻게 속속들이 모든 사정을 알 수 있을까. 그게 그거라는 식으로 지은은 가만히 고개를 끄덕였다.

"하. 참."

경민은 잠시 할 말을 잃었다. 모든 것이 예상외로 꼬여버려 도무지 뭐가 뭔지 구분할 수 없었다. 경민은 뭐라고 말하는 대신 잠자코 맞은편에 앉은 두 사람의 표정을 살폈다. 이만하면 숨기는 것 없이 모두 털어놓은 것 같았다. 그런데도 자꾸만 물음표가 머릿속에 떠올랐다.

제혁의 행동이 쉽게 이해가 가지 않았기 때문이다.

가짜 연애라면서 굳이 이 먼 곳까지 올 필요가 있을까? 정말 그뿐인가?

제혁은 자신의 차에 여자를 태우는 것조차 극도로 꺼렸다. 지금까지 그의 옆자리에 탄 여자는 가족을 제외하곤 손에 꼽을 정도였다. 경민은 제혁에게 해수가 돌아왔다는 사실을 알리는 걸 잠시 미뤄야겠다고 생각했다. 잘못했다가는 상황이 더욱더 복잡해질 테니까.

어째 산 넘어 산이냐. 경민은 속으로 투덜거리며 커피 잔을 입으로 가져갔다. 달짝지근한 커피의 최고봉인 캐러멜 마키아토를 마시면서도 입 안 가득 쓴맛이 올라왔다.

집 앞에 도착하자 제혁은 말없이 차의 시동을 끄고 좌석 등

받이에 몸을 기댔다.

"후우."

안도의 숨이 저절로 입에서 흘러나왔다. 솔직히 어떻게 운전하고 서울로 돌아왔는지도 모르겠다. 머릿속이 실타래처럼 엉켜버려 도대체 어디서부터 풀어야 할지 엄두가 나지 않았다.

"오늘 고마웠어요. 조심해서 돌아가세요."

'찰칵' 안전벨트가 풀리는 소리와 함께 지은의 목소리가 옆에서 들렸다. 하지만 제혁은 시선을 앞에 고정한 채 입을 다물고만 있었다. 서울로 돌아오는 내내 그는 거의 입을 열지 않았다. 어색한 침묵을 못 견디고 지은이 말을 걸어오면 제혁은 짧게 단답형으로 대답하는 게 고작이었다.

솔직히 제혁은 지금 말할 기분이 아니었다. 경민에게까지 수의사 선생을 좋아한다고 털어놓는 지은에게 서운한 감정이 들었지만 사실 그게 다는 아니었다. 서두르지 않으면 두 사람의 관계가 정말 가짜로 끝날 거라는 경고음이 켜졌다.

바닷가에서 포근하게 안아주던 지은은 경민 앞에선 단호한 얼굴로 좋아하는 사람이 따로 있다고 말했다. 이미 아는 사실이었지만 지은의 입에서 흘러나온 말은 비수가 되어 그의 가슴을 찔렀다.

"제혁 씨?"

제혁에게서 아무런 대꾸가 없자 지은은 조심스럽게 그의 이름을 불러보았다.

장기 운전으로 피곤해서 그런가? 아니면 아직도 상무님께 들킨 사실이 마음에 걸려서?

지은은 슬그머니 제혁의 눈치를 살폈다. 그는 앞을 바라본 상태에서 '찰칵' 안전벨트를 풀었다. 그러곤 말도 없이 차 문을 열고 차에서 내렸다. 반대쪽으로 돌아온 그는 지은을 위해 조수석 차 문을 열어주었다. 지은이 어리둥절한 표정으로 차에서 내리자 제혁은 한숨 돌릴 사이도 없이 그녀를 와락 끌어안았다.

또 연기하는 거야?

지은은 속으로 한숨을 내쉬며 제혁의 등 뒤로 팔을 둘렀다. 모두 가짜라는 것을 알면서도 가슴이 두근거리는 건 어쩔 수 없었다.

"데이트 망치게 해서 미안해요."

잠시 후 그가 부드러운 목소리로 속삭였다. 지은은 아무 말도 하지 않고 그를 끌어안은 손에 힘을 주었다.

"……배고프지 않아요? 저녁도 못 먹었는데."

"아뇨. 점심을 워낙 배불리 먹어서 괜찮아요."

경민과 한바탕 소동을 겪은 후 두 사람은 카페를 나와 그대로 서울로 향했다. 그 기분으론 더는 그곳에 머물 수 없었기 때문이다. 탁 트인 바다 풍경이 눈에 들어올 리가 없었고 달콤한 디저트의 유혹 역시 저 멀리 날아가버렸다. 그래서 자연스럽게 저녁도 거르고 말았다.

"이젠 앞으로 어떻게 되는 거예요?"

“평소와 다를 건 없을 겁니다. 선배에게 가짜 연애하는 비밀까지 전부 다 털어놓았으니까. 내일부턴 조금 편할 겁니다.”

그때 지은은 그 말이 정확하게 무엇을 의미하는지 알지 못했다. 다음 날 회사에 출근하고 나서야 사태의 심각성을 깨닫게 되었다.

음……. 지은은 난처한 얼굴로 제혁과 경민을 번갈아 바라보았다. 내일부턴 조금 편할 거라는 게 바로 이런 의미였어? 깊이 생각하지 않고 가볍게 흘려 넘겼는데……. 그녀가 예상한 것과는 상황이 전혀 다르게 돌아가고 있었다.

—이젠 신원도 확실하게 확인했으니 기밀 자료 번역도 맡길게요.

경민은 출근하자마자 지은을 집무실로 부르더니 다짜고짜 이렇게 통보했다. 그러곤 곧바로 제혁을 호출했다.

—민 실장과 함께 의논하면서 작업을 진행할 겁니다.

거기까진 아무 문제가 없어 보였다. 경민은 예전에도 몇 번이나 제혁을 집무실로 불러들여 오랫동안 의논하곤 했으니까.

다만 이번엔 지은이 두 사람 사이에 끼었을 뿐이다.

경민의 옆에 앉는 지은에게 제혁이 자신 옆에 앉으라고 했을 때부터 뭔가 이상하게 돌아간다 싶었다. 그녀가 어디에 앉든 모니터를 보며 번역하는 건 마찬가지였기에 경민은 눈살만 찌푸렸을 뿐 크게 반대하진 않았다. 그러나 10분 지나지 않아 경민이 버럭 소리를 질렀다.

"야, 뭐 하는 거야? 지금!"

빠르게 번역한 문장을 적어 내려가던 지은의 앞머리가 흘러내리자 제혁이 손을 들어 머리카락을 넘겨주었다. 문제는 거기서 끝나지 않고 손등으로 지은의 뺨까지 스윽 훑어 내린 데 있었다. 업무 도중 딴짓을 하는 것도 모자라서 감히 노골적으로 애정을 표현하다니!

화난 듯 얼굴을 일그러뜨리는 경민과 달리 제혁은 어깨를 한 번 으쓱할 뿐 더 이상의 반응은 보이지 않았다. 지은은 두 남자 사이에서 어쩔 줄 몰라 하며 마른침을 꿀꺽 삼켰다.

"야, 민제혁! 너 지금 나랑 한번 해보자는 거야?"

그 후 10분도 채 지나지 않아 또다시 경민의 고함이 집무실 안에 쩌렁쩌렁 울려 퍼졌다. 이번에는 지은이 모니터에서 번역할 문장을 찾으려 하자 제혁이 한쪽 팔로 그녀의 어깨를 끌어안으며 다른 손으론 레이저 포인트를 잡은 그녀의 손을 감싼 것이다. 모니터에 레이저를 쏘려는 행동이라고만 보기에는 다소 무리가 있었다.

"왜 그런 눈으로 봅니까?"

제혁은 펄펄 뛰는 경민을 바라보며 느긋한 표정을 지었다.

"선배 때문에 이번 일요일 수업을 망쳤거든요. 그래서 지금 보충 수업이라도 하려고 하는데……."

지은은 제혁의 뻔뻔함에 아무 소리도 못하고 조용히 눈동자만 굴렸다.

"너 지금 나 일부러 골탕 먹이려고 이러는 거지."

경민은 제혁을 날카롭게 노려보며 답답한 듯 넥타이를 풀어헤쳤다.

"알면 됐습니다."

제혁은 경민에게 보란 듯이 자신 쪽으로 지은을 약하게 끌어당겼다.

"두 사람 떨어져! 지금 여긴 회사야! 공과 사 구분 못 해?"

"여기서 누가 제일 공과 사 구분을 못하는지 모르겠군요."

"뭐야?"

"지금도 사적인 감정으로 언성 높이는 거잖아요."

그렇게 내내, 2시간이 넘는 시간 동안 두 남자의 신경전은 계속해서 이어졌다. 지은은 왜 두 남자의 기 싸움에 그녀가 희생되어야 하는지 도저히 이해가 되지 않았다.

'정말 저 두 사람 사이에 뭔가 있는 건 아닌가?'라는 의혹이 생길 정도였다. 신체적인 비밀이 있는지 확 물어볼까? 지은은 깊은 충동에 빠졌다.

회의가 끝나고 제혁이 사무실로 돌아가고 나서야 비로소 지은은 안도의 숨을 내쉴 수 있었다. 얼마나 긴장했는지 손바닥에 땀이 고일 정도였다. 왜 꼭 두 남자 사랑싸움에 끼어든 것 같을까?

지은은 말도 안 되는 상상에 씁쓸한 미소를 떠올리며 서둘러 자리에서 일어났다. 그러나 채 한 걸음도 떼기 전에 경민에게 붙들렸다.

"지은 씨, 나와 함께 점심 먹죠."

"……네."

어딘지 모르게 굳어 보이는 경민의 표정에 거절할 수 없었다. 지은은 경민을 따라 회사 근처에 있는 프렌치 레스토랑으로 자리를 옮겼다. 수개월 전에 예약해야 하는 곳으로 유명했지만, 매니저는 경민을 보자마자 곧바로 프라이빗 룸으로 안내했다.

"사적인 질문 하나만 하죠. 괜찮습니까?"

주문을 받은 직원이 룸을 나서자마자 경민은 곧바로 본론을 꺼냈다.

"네."

"지은 씨는 지금 가짜 아닌 거 맞죠?"

"네? 가짜가 아니라니요?"

질문을 이해하지 못한 지은이 눈을 가늘게 뜨며 되물었다.

"내 눈엔 지금 지은 씨가 제혁이를 진심으로 좋아하고 있는 걸로 보여서요."

전혀 예상하지 못한 경민의 말에 지은은 급히 숨을 들이켰다.

어떡해? 그렇게 티가 난 거야? 경민을 바라보는 지은의 눈빛이 불안하게 흔들렸다. 아니라고 해야 하는데 머릿속이 텅 비어버려 아무 말도 할 수 없었다. 경민이 알아챌 정도라면 제혁도 이미 아는 건 아닐까? 지은은 눈앞이 핑 돌며 입 안이 바짝바짝 마르는 것만 같았다. 아니라고 부정해야 하는데. 속을 꿰뚫어보는 것 같은 눈빛에 지은은 입이 얼어붙고 말았다.

지은이 넋 나간 표정으로 입을 다물고 있자 경민은 속으로 한숨을 내쉬었다. 저렇게 티가 팍팍 나는데……. 도대체 무슨 생각으로 다른 남자에게 고백하게 도와주겠다니. 제혁이 녀석, 제정신인가? 저 애절한 눈빛을 몰라보고 천하의 민제혁이 이 무슨 허튼짓인지 모르겠다. 사랑에 빠지면 눈에 콩깍지가 쓰인다지만, 이건 그런 것도 아니고……. 잠깐! 혼자 상황을 정리하던 경민의 표정이 난데없이 굳어졌다.

혹시……?

그는 제혁이 어떻게 지은을 대하는지 곰곰이 짚어보았다.

—지은 씨, 괜찮아요?

동해의 카페에서 제혁은 지은의 손에서 피가 나자마자 단번에 경민을 뿌리치고 그녀에게 달려갔다. 큰일이라도 난 것처럼 지은의 손을 냅킨으로 감쌌던가? 자신을 원망의 눈빛으로 노려보던 제혁의 얼굴은 아직도 경민의 눈에 선했다.

지금까지 제혁이 그렇게까지 챙긴 여자는 어머니와 누나, 조카를 제외하곤 없었다. 제혁이 연애 지도를 해준다는 것 역시 믿기 어려웠다. 그 멀리 동해까지 가면서?

백번 양보해서 순수한 마음으로 지은을 돕는다고 해도 보충 수업까지 해준다고? 그럴 리가…….

확실하진 않지만, 머릿속에서 뭔가 가닥이 잡혔다. 경민은 안절부절못하는 지은을 빤히 쳐다보았다. 제혁을 떠보는 것보단 지은을 떠보는 게 쉬울 것이다.

"내가 넘겨짚은 거라면 미안합니다."

그러나 경민은 전혀 미안하지 않은 얼굴로 계속해서 말을 이었다.

"지금까지 제혁이에게 넘어가지 않은 여자는 유 비서가 유일했거든요. 행여나 지은 씨도 넘어간 건 아닌가? 노파심에 물어봤습니다. 그래서 수의사 선생에게는 언제 고백할 겁니까?"

"……고백이요?"

지은은 경민이 질문한 의도를 파악하기 위해 잠시 뜸을 들였다. 사적인 질문이라서 말하기 곤란하다고 할 수도 있었다. 하지만 모든 것을 알게 된 경민에게 이제 와서 숨기는 것도 우스웠다.

"예정대로라면 다음 달 말이에요."

모든 건 처음 계획과 다름없었다. 단지 고백 상대가 우빈에서 제혁으로 바뀌었을 뿐이다.

"그 고백 이번 달로 앞당겨요."

"네?"

지은이 무슨 말이냐는 듯 미간을 찌푸렸다.

"지은 씨라면 지금 당장 고백한다고 해도 가뿐히 성공할 겁니다. 그러니까 괜히 시간 끌지 말고 빨리 끝내버려요."

"상무님."

"지은 씨 같은 여자가 고백하는데 거절하는 놈이 바보지. 그런 놈이라면 좋아할 필요 없어요."

이게 지금 칭찬이야? 욕이야? 경민의 황당한 말에 지은은 웃어야 하나? 말아야 하나? 고민에 빠졌다.

"그럼 제가 지금 상무님께 고백한다고 하면 받아주실 건가요?"

"아……."

경민은 잠깐 이마에 주름을 모으더니 이내 고개를 가로저었다.

"그건 아닙니다. 미안하게도 내가 좀 많이 바보라서."

"풉."

예상하지 못한 대답에 지은은 그만 웃음을 터뜨렸다. 그러자 경민은 씩 웃으며 와인 병을 들어 올렸다. 그가 잔에 와인을 따르려 하자 지은은 빠르게 사양했다.

"근무 중이라 마실 수 없습니다."

"오늘 지은 씨는 오전 근무만 해요. 그러니까 지금은 근무 중이 아닌 겁니다."

"하지만……."

"이런 기분으로 일할 수 있어요?"

경민의 말대로 솔직히 이런 기분으로 어떻게 회사로 돌아가 업무를 볼지 눈앞이 캄캄하긴 했다.

"제혁이 녀석도 엄청 바보이긴 한데……."

지은이 잠자코 있자 경민은 그녀의 잔에 와인을 따르기 시작했다.

"그래도 나만큼은 아닐 겁니다. 승산이 있으니까 한번 해봐요. 수의사 선생이 아니라 제혁에게 고백할 거 맞죠?"

"컥!"

아까보다 더 황당한 말에 지은은 사레에 걸리고 말았다.

"쿨럭, 쿨럭."

지은이 기침을 진정하기 위해 손바닥으로 가슴을 치자 경민은 입가에 부드러운 미소를 떠올렸다.

"고백, 성공할 수 있게 내가 도와주죠."

"……도와주신다고요?"

"지은 씨도 처음부터 제혁일 좋아한 건 아닐 겁니다. 처음에는 수의사 선생을 좋아했겠죠. 그런데 수업을 받으면 받을수록 제혁이에게 끌렸을 겁니다. 내 말이 맞죠?"

경민은 마치 그녀의 마음속에 들어갔다 나온 것처럼 확신에 찬 어조로 말했다. 지은은 아무런 대꾸도 하지 못하고 가만히 눈만 깜빡거렸다. 괜히 잘못 말했다가 경민에게 말려들면 큰일이니까. 하지만 애석하게도 경민은 제혁보다 한 수 위인 것 같았다. 그녀가 가만히 있어도 다 안다는 표정이었다.

"떨려서 고백 못 할 것 같으면 이대로 결혼해버리든가. 결혼식 준비하면서 싸우긴 뭘 싸워요? 그냥 일사천리로 진행해 버리면 되지. 제혁이 성격에 지은 씨가 안 싸우고 가만히 있으면 혼자선 결코 결혼을 깨지 못할 겁니다."

말을 마친 경민은 잔을 들어 느긋하게 와인을 음미했다.

"상무님은 제가 민 실장님을 좋아한다고 확신하고 계신 것 같네요."

지은은 목소리를 가다듬고 최대한 무감정한 목소리로 말했다. 일부러 '제혁 씨'라고 호칭하지 않고 '민 실장님'이라고 했다. 그런데도 경민에겐 전혀 먹히지 않는 것 같았다.

"그럼 아닌가요?"

그는 수수께끼 같은 미소를 떠올리며 다시금 와인을 들이켰다.

"지은 씨는 내숭과는 거리가 먼 사람이라고 봤는데, 나는. 아닌 척 연기하는 것도 서툴고."

이렇게까지 나오는데 아니라고 딱 잡아뗄 수 있을까?

"후우."

지은은 크게 한숨을 내쉰 후, 와인 잔을 들어 단숨에 비워버렸다. 그녀가 빈 잔을 내려놓자 경민은 다시 잔에 와인을 따랐다. 이어서 지은은 두 번째 잔도 말끔하게 비웠다.

"제혁 씨도 알까요?"

빈 잔을 내려놓으며 지은이 자포자기 상태로 물었다. 호칭이 민 실장에서 제혁 씨로 바뀐 것을 알아챈 경민의 얼굴에는 승리의 미소가 떠올랐다.

"아직은 눈치채지 못한 것 같더군요."

경민의 말에 어두웠던 지은의 안색이 조금이나마 밝아졌다. 불행 중 다행이었다. 사실 지은은 경민에게 들킨 것보다 만에 하나라도 제혁이 그녀의 감정을 알게 된 건 아닐까 두려웠다.

"걱정하지 말아요. 지은 씨의 감정을 눈치챈 사람은 나밖에 없을 겁니다. 나도 어제 우연히 마주치기 전까진 상상도 못했고."

사실 그녀조차도 제혁을 향한 마음을 깨달은 지 그리 오래되지 않았다.

"지금부터는 나만 믿어요. 내가 녀석이 지은 씨에게 넘어가게 도울 테니까."

"그런데 왜 도와주시려는 거죠?"

불안감이 사라지자 이번에는 의혹이 고개를 들었다.

순수하게 받아들여도 되는 걸까? 무슨 꿍꿍이가 있는 건 아닐까?

"지은 씨라면 제혁이를 휘어잡을 수 있어요. 녀석이 결혼하면 골치 아픈 일도 덜할 테고."

내가 제혁 씨를 휘어잡을 수 있다고?

"배경 때문에 제가 제혁 씨를 휘어잡을 수 있을 거라고 생각하시나요? 제가 재벌 상속녀라서?"

"전혀 아니라고는 말 못합니다. 하지만 배경보다는 지은 씨 자체죠."

지은은 이해가 되지 않는다는 얼굴로 미간을 찌푸렸다. 그러자 경민은 느긋하게 와인을 들이켜곤 말을 이어나갔다.

"제혁이와 주말마다 만나면서 연애 지도를 받았다고 했죠. 그런데도 표가 날 정도로 흔들리지도 않았고 가장 중요한 건 아직까지 고백하지 않았다는 것. 좋아하는 감정을 들키지도 않았고. 그 정도면 승산이 있을 것 같더군요."

그 말에 지은은 금방이라도 울음을 터뜨릴 것처럼 얼굴을 일그러뜨렸다.

"……상무님이 생각하는 그런 거 아니에요."

갑자기 후회가 물밀 듯이 밀려왔다.

내가 미쳤지. 왜 그런 계약을 해서는……. 위스키 몇 잔에 정신이 어떻게 된 게 분명해!

눈가에 맺힌 눈물 한 방울이 밑으로 툭 떨어졌다. 지은이 갑자기 눈물을 흘리자 경민은 당황한 얼굴로 자리에서 일어섰다.

"지은 씨?"

"티 내지 못한 거, 그거 다…… 계약 때문이에요."

"계약?"

와인 두 잔을 연속해서 마신 탓일까? 아니면 같은 재벌 상속자끼리 동질감을 느꼈기 때문일까?

"사실은 그게……."

지은은 경민에게 계약서에 관한 내용을 전부 털어놓았다. 모든 설명을 들은 경민의 얼굴이 창백하게 질려버렸다. 그는 기가 막힌다는 듯 눈을 크게 떴다.

"그래서 사인도 하고 지장도 찍었다?"

"네."

"아니, 왜 그런 실수를! 냅킨에 휘갈겨 쓴 계약서라도 법적 효력이 있다는 거 몰랐어요?"

"알아요. 하지만 그땐 절대로 안 흔들릴 자신이 있어서."

"그렇다고 전 재산을 걸게 합니까? 제혁이 이 녀석, 그렇게 안 봤는데 칼만 안 들었지, 완전 강도 아냐? SB그룹을 통째로 먹겠다고?"

경민은 지은이 했던 말을 똑같이 되짚으며 마치 자신의 일인 것처럼 흥분했다. 역시 가재는 게 편이요, 비송은 푸들 편인가 보다!

"너무 걱정하진 말아요. 녀석이 지은 씨에게 넘어가기만 하면 그따위 계약서는 휴지 조각이 될 테니까."

경민은 눈물을 글썽이는 지은에게 넌지시 손수건을 건넸다.

"그래도 앞으론 명심해요. 어떤 계약이든 변호사 검토 없이는 절대로 사인하지 않을 것."

"네."

아주 뼈저리게 후회하고 있답니다. 지은은 경민의 손수건으로 눈물을 훔쳐내며 고개를 끄덕거렸다.

"흠, 계약서가 문제이긴 한데……."

경민은 생각에 잠긴 얼굴로 테이블을 톡톡 두드렸다.

"크게 걱정할 건 없어요. 녀석이 지은 씨에게 먼저 고백하게 하면 되니까."

전략의 귀재답게 경민은 곧 해결책을 찾아냈다. 그는 지은을 집 앞까지 바래다주고는 차에서 내리는 그녀에게 지시 사항을 내렸다.

"오늘은 제혁이가 전화해도 받지 말아요. 문자가 와도 확인하지 말고, 답장도 하지 말고."

"왜죠?"

"조금은 녀석을 안달 나게 해야 하니까. 내일 회사에서 만나면 두통이 심해서 일찍 잠들었다고 해요."

"저보고 지금 거짓말을 하라고요?"

"가벼운 꾀병 정도라고 해둡시다."

꾀병 부리는 건 마음에 들지 않았지만 지은은 고개를 끄덕였다. 그녀의 본능이 경민을 믿어야 한다고 속삭이고 있었기 때문이었다.

"난 이제 회사로 돌아가서 제혁이에게 지은 씨가 두통이 심해서 일찍 집에 갔다고 할 겁니다."

경민은 과연 제혁이 어떻게 나올지 기대가 됐다. 아마도 제혁은 당장 지은에게 전화를 걸고 문자를 보낼 것이다.

퇴근할 때까지 아무런 답이 없다면 지은의 집으로 달려갈까? 아니면 얌전히 다음 날까지 그녀가 출근하길 기다릴까?

해수는 일이 생각대로 풀리지 않거나 기분이 언짢으면 종종 꾀병을 부리곤 했다. 공연을 코앞에 앞둔 리허설 중에도 두통이 온다며 모두 팽개치고 집에 가버리기 일쑤였다. 그런 해수의 불성실한 태도 때문에 공연에 차질을 빚은 적이 한두 번이 아니었다.

"후."

과거를 회상하던 경민의 얼굴에 씁쓸한 미소가 떠올랐다.

"오늘은 일찍 퇴근했네?"

지은이 현관문을 열고 들어오자 거실에 있던 안 여사가 솜이를 안고 다가왔다.

"에유, 솜이가 언니 왔다고 난리가 났다."

솜이는 지은에게 가겠다고 안 여사의 품에서 발버둥을 쳤다. 안 여사가 품에서 내려놓자 솜이는 단번에 지은에게 달려가 '왈왈' 짖으며 깡충깡충 뛰어올랐다. 지은은 서글픈 눈으로 솜이를 내려다보았다. 어쩌면 이리도 좋아하는 감정을 숨기기 못하는 걸까? 혹시 나도 경민 씨 눈에 솜이처럼 보이는 건 아니겠지? 지은은 짧게 한숨을 내쉬며 솜이를 끌어안았다.

"지은아. 내가 어제 깜빡 잊고 말 못했거든. 이번 달 말에 양가 만나서 결혼식 준비하기로 했어."

"벌써?"

오늘은 정신없이 여기저기서 뭔가 터지는 날인가 보다. 경민에게 받은 충격에서 벗어나기도 전에 또 다른 충격이라니!

"벌써는 뭐가 벌써야? 너희 만난 지……."

"아직 6개월 안 됐잖아!"

안 여사의 말을 도중에 자르며 지은이 외쳤다. 그러자 안 여사는 그게 뭐 대수냐는 듯 어깨를 으쓱해 보였다.

"그때까지 기다릴 필요 있어? 너희 지금 죽고 못 살잖아. 아니야?"

나는 그런데 제혁 씨는 아니라고!

"지금 서로 불타오를 때 확 결혼해버려."

지은의 속도 모르고 안 여사는 아주 신이 난 얼굴이었다. 하지만 지은은 아니었다. 원래 계획대로라면 결혼식 준비에 들어가면서 싸우기로 했기에 결혼식 준비는 곧 이별을 의미했다.

지은의 얼굴 위로 어두운 그림자가 내렸다. 그때 갑자기 경민의 말이 떠올랐다.

—결혼식 준비하면서 싸우긴 뭘 싸워요? 그냥 일사천리로 진행해버리면 되지. 제혁이 성격에 지은 씨가 안 싸우고 가만히 있으면 혼자선 결코 결혼을 깨지 못할 겁니다.

정말 그렇게 할까? 슬금슬금 악마의 유혹이 지은의 마음을 잠식하기 시작했다. 확 결혼해버릴까?

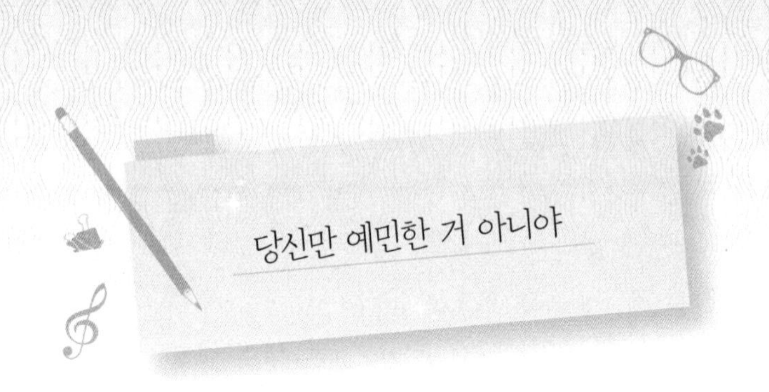

당신만 예민한 거 아니야

"지은 씨 어디 갔습니까?"

지은이 자리에 보이지 않자 제혁은 의아한 눈으로 주위를 둘러보았다. 그러자 경민은 기다렸다는 듯 말했다.

"먼저 퇴근했어. 두통이 심하다고 해서 들어가보라고 했지."

"두통이요?"

두통이 심하다는 말에 제혁의 얼굴이 눈에 띄게 굳어졌다.

"왜 갑자기?"

표정과 목소리에서 지은을 걱정하는 티가 역력했다. 재작년 경민이 급성 맹장염으로 쓰러졌을 때 제혁은 표정 하나 바꾸지 않고 '초기에 발견해서 생명에는 지장이 없을 겁니다.'라고 무뚝뚝하게 말했었다. 그렇게 매정했던 그가 지은이 두통으로 일찍 퇴근했다는 말에는 즉각 반응을 나타낸 것이다.

쯧쯧, 내 참 눈꼴셔서……. 속으론 혀를 찼지만, 겉으론 태연한 표정을 지으며 경민은 비아냥거리듯 말했다.

"나라도 두통이 났을 거야. 오늘 오전 회의 내내 누군가 하도 진상을 떨어서 말이지."

그 누군가가 바로 자신을 가리키는 것을 알기에 제혁은 차갑게 경민을 노려보았다. 경민은 볼일이 끝났으면 나가보라는 듯 손을 내젓고는 서류로 시선을 내렸다. 제혁은 한동안 서류에 사인하는 경민을 지켜보다 사무실을 나갔다.

집무실을 나온 제혁은 복도를 걸으며 지은에게 전화해야 하나 고민에 빠졌다. 두통이 심하다고 일찍 퇴근한 사람에게 괜히 전화해서 귀찮게 하고 싶진 않았다. 벌써 두통약을 먹고 잠을 청하고 있을지도 모를 일이었다.

그래도 제혁은 걱정돼서 가만히 있을 수가 없었다.

혹시 어제 바닷바람을 쏘여서 감기에 걸린 거면 어떡하지? 괜히 그 먼 데까지 가자고 해서 고생시킨 건 아닌가? 퇴근할 때쯤 전화해보면 될까?

제혁은 복도에 선 채 고민에 빠졌다.

지은은 침대에 누워 휴대폰 화면을 말똥말똥 노려보았다. 경민은 제혁에게 전화가 오거나 문자가 와도 절대로 답하지 말라고 했다. 그게 왜 제혁을 안달 나게 하는지는 모르겠지만…….

역시나 퇴근 시간에 가까워지도록 제혁에게선 전화 한 통,

문자 한 개도 없었다. 지은은 휴대폰을 내려놓으며 힘없이 눈을 감았다. 분명히 두통이 심해 먼저 집에 갔다고 그에게 알려준다고 했는데……. 경민이라면 제혁의 사무실에 찾아가는 한이 있더라도 분명 말해주었을 것이다.

그런데 왜 아무 연락이 없지? 역시 사귀는 척 연기하는 사이 그 이상도 그 이하도 아닌 걸까? 이러다간 진짜로 두통이 몰려올 판이었다. 생각 같아선 제혁에게 먼저 전화를 걸어 '걱정도 안 돼요?'라고 따지고 싶었다. 물론 생각만이었다.

제혁에게선 퇴근 시간이 지나서까지 아무 연락이 없었다. 이젠 진짜로 머리가 지끈지끈 아픈 것만 같았다. 결국 지은은 자리에 드러누웠다.

"……너무해."

갑자기 눈물이 핑 돌아 지은은 두 손으로 얼굴을 감쌌다.

그때였다.

띠링—. 옆에 놓아둔 휴대폰에서 문자 알림 소리가 들렸다. 지은은 화들짝 놀라며 자리에서 벌떡 몸을 일으켰다. 문자를 확인한 지은의 두 눈이 튀어나올 것처럼 휘둥그레졌다.

> **집 앞입니다.**
> **잠깐 얼굴 볼 수 있습니까?**

지금 집 앞에 와 있다는 거야?

지은은 침대에서 일어나 그대로 발코니로 달려갔다. 커다란 자작나무에 가려 밖이 잘 안 보이자 지은은 발코니에서 앞으로 몸을 내밀어 대문 앞 도로를 내려다보았다. 집 앞에 세워진 제혁의 차를 발견한 지은은 빠르게 차 주위를 둘러보았다.

"앗!"

제혁이 운전석 차 문 옆에 몸을 기댄 채 서 있었다.

—오늘은 제혁이가 전화해도 받지 말아요. 문자가 와도 확인하지 말고, 답장도 하지 말고. 조금은 녀석을 안달 나게 해야 하니까.

경민의 지시 사항이 다시금 머릿속에 떠올랐다. 하지만 이건 전화를 받지 않거나 문자를 씹는 수준이 아니었다. 집 앞까지 찾아온 제혁을 모른 척 돌려보낼 순 없었다. 제혁을 본 순간 지은의 머릿속에서 경민의 말은 모두 날아가버리고 흔적도 남지 않았다. 지은은 한걸음에 계단을 뛰어 내려갔다. 그녀가 '쿵쾅쿵쾅' 소리를 내며 아래층으로 내려오자 소파 위에서 잠자던 솜이가 귀를 쫑긋거리며 일어났다. 그러자 안 여사도 부리나케 현관으로 달려가는 지은을 놀란 눈으로 바라보았다.

"지은아, 무슨 일이야?"

"나중에 엄마, 나 바빠."

그녀는 안 여사의 질문을 무시하고 현관문을 열고 밖으로 달려나갔다. 현관에서 대문까지의 거리가 마치 서울에서 부산만큼이나 멀게 느껴졌다.

"제혁 씨!"

대문이 열리자마자 지은이 밖으로 뛰어나왔다. 두통이 심하다더니 지은은 창백한 얼굴에 입술마저 바짝 말라 있었다. 제혁은 차에서 몸을 일으켜 지은에게 다가갔다.

"두통은 좀 어때…… 윽."

말이 채 끝나기도 전에 지은이 제혁의 품으로 와락 뛰어들었다.

"……엄마가 지켜보고 있어요."

그러니까 연기하자는 거군. 제혁은 피식 웃으며 지은의 등에 팔을 둘러 그녀를 꽉 끌어안았다.

연기든 아니든 그녀를 품에 안고 있으니 가슴이 포근해졌다. 겨우 반나절 못 보았을 뿐인데 오랜만에 다시 만난 것처럼 심장이 두근거렸다. 근무하다 보면 온종일 보지 못할 때도 많았는데 그땐 어떻게 견뎠는지 모르겠다.

"두통이 심하다고 들었는데 괜찮아요?"

"두통약 먹어서 이젠 괜찮아요."

지은은 제혁이 조금이라도 걱정할까 봐 재빨리 머리를 내저었다. 경민은 제혁을 안달 나게 하라고 했지만 아무래도 그녀 자신이 먼저 안날 나게 된 것 같았다.

"어머, 이게 누구예요? 민 실장님?"

그때 뒤에서 안 여사의 목소리가 들렸다. 제혁은 지은을 안고 있던 팔에 힘을 풀고 옆을 바라보았다. 안 여사가 대문 앞에 서서 호기심 어린 얼굴로 그들을 바라보고 있었다.

"안녕하십니까."

제혁은 지은을 품에서 떼어내고 안 여사를 향해 허리를 굽혔다.

"어서 와요, 민 실장님."

안 여사도 환한 미소를 떠올리며 고개를 살짝 숙였다. 지은을 바래다주는 제혁을 CCTV로 볼 때마다 나가서 아는 척하고 싶은 걸 꾹 참았는데 드디어 기회가 왔네!

"지은이 만나러 온 거예요?"

안 여사는 제혁 옆에 딱 붙어 있는 지은을 힐끗 쳐다보고는 다시 제혁을 향해 활짝 웃어 보였다.

"네. 지은 씨가 두통이 심하다고 해서 와봤습니다."

"두통이 심해요? 누가? 지은이가?"

안 여사는 금시초문이라는 얼굴로 지은을 바라보았다.

"너 아까 그런 말 없었잖아?"

당연히 그랬지. 꾀병이었으니까.

"……으응, 그게……"

지은은 눈치가 느린 안 여사를 지그시 흘겨보며 말을 이었다.

"약 먹고 한숨 자면 나을 것 같아서 말 안 했어. 엄마가 걱정할까 봐."

지은의 말도 안 되는 변명에 안 여사의 표정이 미묘하게 변했다. '엄마가 걱정할까 봐.'라고? 어머, 얘가 지금 입에 침도 안 바르고 거짓말이네. 안 여사는 자신의 딸이 그런 것까지 신경 쓰는 효녀가 아니란 걸 너무나 잘 알고 있었다. 애가 꾀병도 다 부리고. 무슨 일이지?

"괜찮은 거 봤으니까 됐습니다. 전 그럼 이만 가보겠습니다."

제혁의 말에 안 여사는 퍼뜩 현실로 돌아왔다. 사진으로만 보던 미래의 사위를 이제서야 가까이서 보게 되었는데 이대로 보낼 순 없었다. 말보다 손이 먼저라고 안 여사는 두 손으로 제혁의 팔을 덥석 잡았다.

"집 앞까지 왔는데 그러지 말고 들어와요. 저녁 먹고 가요."

"아닙니다. 제가 갑자기 와서 실례가 될 텐데."

"무슨 소리예요? 실례라니? 민 실장이라면 언제나 환영이에요. 지은아, 뭐 하니?"

안 여사가 눈짓을 보내자 지은도 제혁의 팔을 움켜잡았다. 지은 역시 집에까지 찾아온 제혁을 이대로 돌려보내긴 싫었다.

"제혁 씨, 저녁 먹고 가요."

모녀가 양쪽 팔을 잡은 상황이 되자 제혁은 더 이상 거절할 수 없었다. 결국 제혁은 계획에 없던 저녁 식사를 위해 지은의 집에 발을 들여놓았다.

"왈, 왈."

그가 안으로 들어서자 솜이가 쏜살같이 달려왔다. 지은이나 안 여사에게 달려갈 줄 알았던 솜이는 모두를 제치고 제혁에게로 달려갔다. 마치 기다렸다는 듯 두 발로 서서 다리에 매달리자 제혁은 얼떨결에 솜이를 들어 품에 안았다. 그러자 솜이는 제혁의 얼굴을 마구 핥기 시작했다.

"솜이야, 이제 그만해."

보다 못한 안 여사가 솜이를 제혁의 품에서 건네받았다.

"거실에서 조금만 기다려요. 금방 상 차릴 테니까."

신 회장도 없고 지은도 밥 생각이 없다고 해서 조촐하게 저녁을 먹으려고 했던 안 여사는 부랴부랴 가사 도우미에게 반찬을 준비하게 했다. 미리 오는 줄 알았으면 미래의 사위를 위해 씨암탉이 아니라 돼지 한 마리, 아니, 소 한 마리라도 잡았을 텐데…….

"차린 건 없지만 많이 들어요."

잠시 후, 안 여사는 상다리가 휘어지게 차려진 식탁으로 제혁을 안내했다.

"어떤 음식을 좋아하는지 몰라서 이것저것 준비해봤는데……."

호텔 도시락을 보냈을 때부터 알아봤지만 안 여사의 사위 사랑은 차고도 넘쳤다. 캐비어, 트뤼프 무스, 푸아그라 파떼, 훈제 연어, 브리 치즈, 크래커 등등 화려한 애피타이저로 시작해 버터처럼 입 안에서 사르르 녹는 바다 농어 구이에 이르기까지…….

"먹을 만한 게 있을까 모르겠네."

그런데도 안 여사는 차린 게 없다는 말을 반복했다.

"감사합니다. 잘 먹겠습니다."

안 여사는 제혁의 맞은편에 자리를 잡고 잠자코 그가 식사하는 모습을 지켜보았다. 교과서에 실려도 될 만큼 완벽하게 젓가락을 잡는 자세며 깔끔하면서도 맛있게 먹는 모습까지 안 여사는 제혁의 모든 게 마음에 쏙 들었다. 아들이 없어서 허전했던 마음을 사위로 대리 만족할 생각을 하니 그녀의 입에선 미소가 끊이지 않았다.

"이달 말에 양가가 만나서 구체적으로 결혼식 준비에 들어가기로 했는데……. 이야기 들었어요?"

"아뇨."

"민 교수님이 아직 말씀하시지 않으셨나 보네요."

"네. 그런데 어머님, 말 놓으셔도 됩니다."

'어머님'이란 호칭에 안 여사의 얼굴이 환하게 밝아졌다. 마주 보고 앉아서 함께 저녁을 먹는 것만으로도 꿈이야 생시야 할 정도로 행복한데 거기다 한술 더 떠 바로 어머님이라고 불러주다니! 안 여사는 사위가 아니라 새로 아들을 들인 것만큼이나 행복했다.

"그…… 그럴까, 그럼?"

안 여사는 소녀처럼 수줍게 웃으며 말을 이었다.

"내가 민 서방이랑 저녁을 다 먹고. 너무 기뻐서 실감이 안 나거든. 호호호. 오늘 같은 날 회장님도 함께 계셨으면 좋으련만. 하필 오늘 홍콩으로 출장을 가셔서. 이번 주말에 혹시 시간 날까? 식사 초대하고 싶은데……."

"네. 물론입니다."

제혁은 '민 서방'이란 호칭에 별다른 반응을 보이진 않았다.

"그런데 자네, 결혼식에 관해서 뭐 생각해둔 거 있나?"

식사가 끝나갈 무렵, 안 여사가 넌지시 물었다.

"엄마, 무슨 벌써부터 결혼식 이야기야?"

지은이 당황한 얼굴로 끼어들자 안 여사는 곱게 눈을 흘기며 지은을 타박했다.

"얘는 벌써부터는 뭐가 벌써부터야? 시간 별로 없어. 다들 일 년간 준비하고도 시간이 빠듯해서 혼났다더라."

"그래도 엄마, 아직 상견례도 안 했는데……."

그때였다. 옆에서 묵묵히 모녀와의 대화를 듣고만 있던 제혁이 불쑥 끼어들었다.

"지은 씨가 원하는 건 다 해주고 싶습니다. 그녀가 원하는 꿈의 결혼식이 됐으면 합니다."

"어머나!"

당사자인 지은보다 안 여사가 훨씬 더 기뻐하며 흥분한 듯 손뼉을 마주했다.

"민 서방 마음 그대로 받아서 내가 완벽하게 준비해줄게. 어떤 결혼식이 될지 기대해."

이번에도 제혁은 '민 서방'이란 호칭에 별다른 반응을 나타내지 않았다. 어휴, 엄마는 참. 아까부터 계속 '민 서방'이라고 부르고. 지은만 괜히 민망해져 얼굴을 붉히며 고개를 숙였다.

"내 생각엔 야외 결혼식이 좋을 것 같아. 우리 지은이가 답답한 걸 싫어하거든. 그리고 말이지……."

안 여사는 마치 그녀가 결혼식을 올리는 것처럼 이것저것 계획을 설명했다. 그러다 웨딩드레스로 화제가 넘어가자 안 여사의 표정이 단호하게 변했다.

"웨딩드레스 준비는 하루라도 빨리 시작해야 일정에 차질이 생기지 않을 거야. 이르면 이번 주 토요일부터 하자. 어머, 바로 내일모레다."

"엄마, 웨딩드레스를 벌써 준비해? 됐어. 천천히 해."

"아니, 왜?"

지은이 눈살을 찌푸리며 반대하자 안 여사는 흥분한 듯 펄쩍 뛰어올랐다.

"웨딩드레스가 제일 오래 걸리는 거 몰라? 적어도 두 달은 넘게 시간 잡아먹어."

두 달이 넘든 일 년이 걸리든! 아직 제혁의 마음을 얻지 못한 상태에서 무작정 웨딩드레스를 고르긴 싫었다.

"잔소리 말고 내 말 들어. 앞으론 주말마다 결혼식 준비해야 하니까 앞으로 봉사 활동을 줄이든지 전부 평일로 옮겨."

"알았어."

지은은 끝까지 반대하고 싶은 걸 꾹 참으며 묵묵히 음식을 입으로 가져갔다.

저녁 식사가 끝나자 안 여사는 과일을 올려다주겠다며 먼저 2층에 올라가 있으라고 했다. 지은과 제혁이 식사를 끝내고 나오자 거실에 있던 솜이가 소파에서 폴짝 뛰어내려 쪼르르 달려왔다.

"왈, 왈."

솜이가 두 사람을 따라서 2층에 올라가려 하자 안 여사가 부리나케 달려와 솜이를 안아 올렸다.

"솜이야, 너는 나랑 여기 있자."

2층으로 간 지은은 곤혹스러운 얼굴로 제혁을 바라보았다.

"미안해요. 정신 하나도 없죠?"

"아뇨. 괜찮아요."

지은은 2층 거실로 제혁을 데려갔다. 제혁이 올 거라곤 상상도 못했기에 방을 하나도 정리하지 못한 상태였다. 깔끔하게 정리된 그의 침실과 비교를 안 하려야 안 할 수가 없었다.

"결혼식 준비를 이렇게 빨리 하게 될 줄은 몰랐어요. 적어도 6개월은 교제한 다음에 말이 나올 줄 알았는데 일이 꼬여버렸네요."

"할 수 없죠."

제혁은 큰 표정 변화 없이 말을 이었다.

"그렇다고 계속 결혼식을 미루면 행여 눈치를 채게 될지도 모릅니다."

"그렇긴 하네요."

'사실은 깽판 놓지 말고 그대로 결혼하고 싶어요!'라고 말하고 싶었지만 그렇게 말했다간 제혁은 그 자리에서 심장 마비를 일으킬지도 모른다. 두통이 심한 그녀가 걱정돼 찾아왔다는 게 꼭 여자로서 끌리게 됐다는 증거는 아니니까.

한배를 탄 동지로서 어제 일도 있고 해서 잠깐 들렀을 수도 있었다. 동지로서 유대감이 높아졌다고 해서 그녀를 이성으로 느끼게 되었다는 보장은 어디에도 없었다.

과연 고백이 성공할 수 있을까? 지은은 입시를 앞둔 수험생 같이 초조해지기 시작했다.

제혁 역시 그런 지은을 불안한 눈으로 바라보았다.

"제혁이가 집으로 찾아왔다고요? 어제?"

어젯밤에 일어난 일을 전해 들은 경민은 믿을 수가 없다는 듯 미간을 찌푸렸다.

"그래서 만났습니까?"

"네. 집에까지 찾아왔는데 돌려보낼 순 없어서……."

"그래요. 잘했어요. 내가 전화 받지 말고 문자 답하지 말라고 했지, 찾아온 녀석 문전박대하라고는 안 했으니까."

다행히 경민은 크게 문제 삼지 않고 넘겨주었다. 거기서 사적인 대화가 끝났다고 생각했는지 지은은 다시 번역할 서류로 시선을 옮겼다. 그런 지은을 빤히 바라보던 경민이 툭 던지듯 물었다.

"지은 씨. 지은 씨는 나 안 믿죠?"

"네?"

지은은 그게 무슨 소리냐는 듯 미간을 좁히며 경민을 바라보았다. 경민은 어깨를 한 번 으쓱거리고는 손가락 끝으로 테이블을 톡톡 두드렸다.

"뭐 이해는 해요. 내가 지은 씨라고 해도 안 믿었을 테니까. 맨날 실없는 소리만 하는데……. 누가 믿겠어. 그렇죠?"

이거 유도 질문인가?

지은은 대답하는 대신 눈을 가늘게 뜨고 경민을 바라보았다. 경민은 그런 그녀에게 씁쓸한 미소를 날렸다.

"그런데 이번만은 날 믿어줘요. 무슨 일이 있어도 제혁이가 지은 씨에게 넘어가게 할 테니까."

"상무님, 믿어요."

"좋아요, 그럼. 스킨십 실습은 이만하면 충분하니까 이번 주말까지 제혁이 접근 금지시켜요."

"접근 금지요?"

"곧 있으면 다른 남자에게 고백할 사람에게 자꾸만 스킨십하면 부정 타지 않겠어요?"

또 장난하는 건가? 고백할 상대는 우빈이 아니라 제혁이라는 걸 뻔히 알면서 경민은 왜 저런 말을 하는지 모르겠다.

"상무님. 제가 고백할 사람은 제혁 씨예요. 그런데 부정 탄다는 말은 뭐죠?"

"압니다. 하지만 그 사실은 지은 씨와 나만 아는 사실이죠. 제혁인 수의사 선생 때문에 지은 씨가 그렇게 나오는 줄 알겠죠. 아닙니까?"

원래 가지지 못하게 하면 더 가지고 싶은 법이다. 사랑도 마찬가지였다. 경민은 그렇게 생각했다. 그리고 백이면 백. 그가 옳았다.

"약효가 떨어지면 슬슬 금단 현상이 나오듯 제혁이도 그럴 겁니다. 한번 시험해봐요."

지은은 슬슬 짜증이 나기 시작했다. 그거야 제혁이 그녀에게 빠져 있다는 가정하에 벌어질 수 있는 일이었다. 떡볶이 사줄 사람은 생각도 않는데 어묵 국물부터 마시라고?

"상무님. 제혁 씨는 아직 저를 그런 대상으로 보고 있지 않아요."

"정말 그렇게 생각합니까? 나와 내기할래요? 뭘 걸고 내기할까? 아, SB그룹 지분 어때요?"

"상무님!"

사람 약점을 저리도 후벼 파다니! 지은은 저도 모르게 버럭 언성을 높였다. 그러자 경민이 고개를 뒤로 젖히며 웃음을 터뜨렸다.

"하하하, 농담입니다. 농담."

한동안 경민을 노려보던 지은은 도저히 일을 계속할 수 없다는 듯 탁 소리 나게 노트북을 닫았다. 그러곤 경민을 향해 몸을 틀었다.

"이왕 이렇게 된 거 짚고 지나가야 할 게 있어요. 저는 아직도 이해가 가지 않거든요."

"말해봐요."

"제혁 씨와 상무님이 아주 친한 선후배 사이라는 건 알겠어요. 그리고 제혁 씨에게 반하는 여직원 때문에 골치 썩힌 것도 잘 알겠고……."

지은은 적당한 말을 고르듯 잠시 뜸을 들이더니 다시 말을 이었다.

"그래도 이렇게까지 제혁 씨와 저를 맺어주려고 하는 이유가 뭐죠? 진짜 이유는 따로 있는 거 아닌가요?"

기분 나쁜 질문일 수도 있겠지만 지은은 꼭 알아야만 했다. 그녀가 뚫어질 듯이 바라보자 경민은 입매를 비틀며 살며시 고개를 갸웃거렸다.

"그렇게 빤히 쳐다보면 내가 아니라고 거짓말을 할 수 없는데……."

그는 혼잣말처럼 투덜거리고는 책상에서 일어나 창가로 걸어갔다. 지은에게 등을 돌린 채 밖을 내다보던 그가 다시 입을 연 건 어색한 침묵이 흐르고 나서였다.

"나는 녀석에게 큰 빚이 있습니다. 그걸 어떻게 갚을까? 평생 이러다 못 갚는 건 아닐까? 걱정했는데 이번 일로 싹 갚을 수 있을 것 같아서요."

경민은 창밖에 시선을 고정한 채 말을 이어나갔다.

"제혁이가…… 다신 사랑을 믿지 못하게 될까 봐 걱정했어요. 그러던 녀석이 지은 씨를 만나서 조금이지만 변화를 보이는 것 같아서 솔직히 지은 씨에게 고맙게 생각하고 있습니다."

"……죽을 만큼 상처를 받았던 사랑 때문인가요?"

지은의 물음에 경민은 놀란 얼굴로 그녀를 향해 고개를 돌렸다. 그는 믿을 수 없다는 듯 미간을 찌푸렸다.

"그거, 제혁이가 말해줬습니까?"

"네. ……자세하게는 아니고. 상처가 치유되자 마음이 식었다고. 그래서 사랑이 별거 없다는 걸 깨달았다고 했어요."

"그랬군요. ……후우."

경민은 한숨을 내쉬고는 착 가라앉은 목소리로 말을 이었다.

"그 뒤에 그 상처 뒤에…… 내가 있었어요."

과거를 회상하듯 그의 얼굴에 어두운 그림자가 내려앉았다.

뭔가 이상하다. 제혁은 키보드를 두드리던 손을 잠시 멈추고 모니터를 뚫어지게 노려보았다. 요 며칠 사이 그를 대하는 지은의 태도에 미묘한 변화가 있었다. 평일에도 수업하겠다고 열공 모드였던 그녀가 밀린 업무가 많다며 이리저리 그를 피하고 있었다.

뭔가 꺼림칙했다. 솔직하게 말하면, 이제는 하루라도 지은을 껴안지 못하면 뭔가 허전했다. 부드러운 살결을 만지고 싶고, 녹아든다는 착각이 들 때까지 입술을 탐하고 싶고, 숨도 쉴 수 없게 그녀를 끌어안고 싶었다. 사실은 더한 것도 하고 싶어 미칠 지경이었다. 하루에도 수십 번, 이상한 상상이 머릿속에 떠올랐다.

언제부터 내가 이 여자에게 중독된 거지?

"훗."

제혁은 그 자신에게 실소를 날렸다. 저러다 지은이 덜컥 우빈에게 고백이라도 해버리면 큰 낭패인데……. 왜 지은이 빳빳하게 굴면서 자신을 피하는지 도통 알 수가 없었다.

혹시 경민이 지금까지 그에게 고백한 여자 리스트라도 보여준 건 아닐까 하는 의혹이 들었다. 솔직히 억울했다. 그가 먼저 유혹해서 고백을 받은 것도 아니고, 존재한다는 이유만으로 수많은 여자에게 러브콜을 받은 건데……. 바람둥이 카사노바 이미지가 박힌 건 그의 잘못이 아니었다.

모니터를 노려보던 제혁은 컴퓨터를 끄고 자리에서 일어났다. 가만히 앉아서 기다릴 수만은 없었다. 손목시계로 시간을 확인하자 퇴근 시간에서 10분이 지나고 있었다.

지은은 정시 퇴근보다는 항상 30분쯤 늦게 사무실을 나섰다. 지금 바로 올라간다면 퇴근길의 그녀와 마주칠 수 있을 것이다. 예상한 대로 그가 엘리베이터에서 내리는 동시에 지은이 막 사무실에서 걸어 나왔다.

그녀는 제혁을 발견하곤 깜짝 놀란 듯 자리에 멈춰 섰다. 잠시 뭔가 망설이는 것 같은 표정이 그녀의 얼굴에 떠올랐다. 아주 찰나였지만 제혁은 그 순간을 놓치지 않았다. 그는 뚜벅뚜벅 그녀 앞으로 걸어갔다.

"바쁩니까?"

"네. 갑자기 번역 업무가 몰려서. 다음 주 화요일에 프랑스 측과 계약을……."

"그런 거라면 굳이 내게 설명해주지 않아도 잘 압니다. 그

계약, 우리 부서에서 추진하는 거니까."

"아, 그러네요."

뻔한 변명이었다. 계약에 필요한 검토 서류 대부분은 영어와 불어, 두 개의 언어로 작성되어 있었다. 미국에서 공부한 경민은 영어 서류쯤은 아무 문제 없이 처리할 수 있었기에 굳이 지은이 번역할 필요가 없었다.

"저녁 같이 먹죠."

"미안해요. 요새 다이어트 중이라서……."

지은은 어색하게 웃으며 조심스럽게 말을 이었다.

"다음 주부터 웨딩드레스 보러 다녀야 하니까 아무래도 몸매에 신경 써야 할 것 같아요."

제혁은 이해할 수 없다는 눈길로 지은의 몸을 바라보았다. 지금도 충분히 날씬한데 여기서 더 빼겠다는 건가?

"그러면 차라도 한잔하죠."

이제 더 이상 순순히 물러날 수 없었다. 이렇게 어영부영 있다간 우빈에게 그녀를 빼앗길지도 모른다.

어쩌면 좋지? 지은은 난처한 얼굴로 제혁을 바라보았다. 그녀야말로 요 며칠 제혁을 만나지 못해서 제혁 금단 현상에 미칠 지경이었다. 마음 같아선 저녁뿐만 아니라, 차도 마시고 디저트도 먹고 야식도 먹고 싶었다. 하지만 이번 주말까지 절대로 제혁과 단둘이 있어선 안 된다는 경민의 충고를 허투루 넘길 수는 없었다.

"요새 예민해졌나 봐요. 저녁때 커피는 물론이고 차를 마셔도 막 가슴이 두근거려서 잠이 안 오거든요."

물론 말도 안 되는 변명이었다. 지은은 한밤중에 커피를 주전자로 마셔도 곧바로 쿨쿨 잠들 수 있었다. 하지만 제혁을 피하려면 어쩔 수 없었다.

"그럼 내일 봬요."

지은은 살짝 고개를 숙인 뒤 제혁을 지나쳐 엘리베이터로 걸어갔다. 제혁은 포기한 듯 그녀가 지나가도록 놔두었다. 지은은 고개를 빳빳이 들고 점점 가까워지는 엘리베이터 문을 똑바로 바라보았다.

그가 잡아주었으면 하는 마음과 이대로 가게 해주었으면 하는 마음이 서로 공존……. 아, 아니다. 공존은 개뿔! 왜 잡아주지 않는 거지? 울컥 서러워졌다. 로맨스 소설이나 영화에서 보면 남자 주인공이 가지 못하게 가로막던데. '가지 마! 너밖에 없어.'라는 느끼한 대사도 마구 던지며 불타는 키스를 퍼붓던데……. 그러나 그건 허구의 세계에서나 일어나는 일일 뿐, 현실은 냉정하고 건조했다.

지은이 엘리베이터 앞에 멈추자마자 '띵' 소리와 함께 문이 열렸다. 엘리베이터 안으로 한 발 들이미는데 어찌 된 일인지 강한 힘에 의해 밖으로 빨려나갔다.

"어? 어?"

미처 정신을 차릴 새도 없이 지은은 자신이 비상계단 구석에 서 있다는 사실을 깨달았다. 등 뒤로 차가운 벽을 느끼는 동시에 앞으로는 제혁의 따뜻한 품에 갇혀버렸다. 그는 숨도 쉬지 못할 정도로 그녀를 세게 끌어안으며 불평하듯 나직이 속삭였다.

"당신만…… 예민한 거 아니야."

뭐라고 한 마디 항의할 새도 없이 그의 뜨거운 숨결이 그녀의 입술을 틀어막았다.

"하아."

숨이 막혔다. 입술에서 시작된 짜릿한 쾌감은 순식간에 전신으로 퍼져나갔다. 맞닿은 가슴으로 거칠게 날뛰는 심장 박동이 느껴졌고 겹쳐진 입술 사이로 열기가 파고들었다.

키스가 깊고 짙어질수록 어렴풋이나마 서로의 마음이 스며들었다. 딱히 뭐라고 표현할 순 없었지만, 확실히 예전과는 느낌이 달랐다. 지금의 행위는 결코 실습이 아니었다. 그러기엔 두 사람 모두 너무나도 절박했다.

하지만 두 사람 모두 선뜻 마음을 확인할 용기가 나지 않았다. 행여 한쪽 입에서 거절의 말이 나온다면 계약은 둘째 치고라도 둘의 관계는 싸늘하게 식어버릴 것이다. 마음을 털어놓으려면 결정적 확신이 필요했다.

입술을 떼어낸 지은과 제혁은 아무 말도 하지 않고 서로의 눈을 응시했다. 눈빛만 보면 속마음을 알 수 있을 것도 같은데……. 분위기가 이쯤 고조되면 영화에서는 내레이션으로 속마음이 표현되고 만화에서는 말풍선으로 설명되지만 현실은 아니었다. 그저 고요한 침묵만이 두 사람 사이를 메꾸었다.

지은과 제혁은 약속이라도 한 듯 아무 말도 하지 않고 서로를 꽉 끌어안았다. 어쩌면 이 상황에선 침묵이 가장 적절한 해답이 될지도 모르겠다. 말은 하지 않았지만 마음은 통하는 느낌. 두 사람은 한참 동안 서로를 품에 안고 가만히 서 있었다.

"……차 마시기 싫으면 우유나 주스는 어때요? 그건 카페인 안 들었으니까……."

침묵을 깨고 먼저 말을 꺼낸 사람은 제혁이었다. 예민해서 차를 마실 수 없다고 한 말은 속이 보이는 뻔한 변명이었다. 그걸 알면서도 제혁은 또다시 정중하게 물었다.

"좋아요."

지은은 제혁의 가슴에 얼굴을 묻은 채로 살며시 고개를 끄덕거렸다. 경민의 말을 따르려면 주말까지 제혁을 피해야 했지만 우선은 그녀부터 살고 봐야겠다. 더 이상 제혁과 떨어져 있다간 불안하고 답답해서 죽기 직전의 상태가 될 것 같았다. 이제는 제혁을 만나기 전에 어떻게 혼자 지냈는지 기억조차 나지 않았다. 우빈을 향한 감정과 제혁을 향한 감정은 하늘과 땅 차이였다. 우빈을 보지 못하면 그저 시무룩하고 기운이 빠졌지만, 제혁을 보지 못하면 온 세상이 그녀를 향해 등 돌리는 것처럼 절망스러웠다. 며칠 동안 그를 보지 않고 버텨낸 자신이 기특할 뿐이었다.

"……그전에……."

제혁은 한 손으로 지은의 턱을 그러쥐더니 고개를 들게 해 자신을 바라보게 했다. 그녀의 촉촉한 시선을 내려다보던 그의 입가에 부드러운 미소가 떠올랐다.

"그동안 빼먹었던 수업 보충해야죠."

말을 마친 그는 고개를 숙이고 다시금 입술을 겹쳤다.

토요일 아침 일찍 유기 동물 센터에 들른 지은은 봉사 일정 변경을 위해 경애를 찾았다. 지은이 안으로 들어오자 경애는 하던 일을 멈추고 환하게 웃어 보였다.

"지은 씨, 벌써 왔어요?"

"부탁할 게 있어서 일찍 왔어요. 다음 주부터 주말 봉사를 평일로 바꾸려고 하는데 괜찮을까요?"

"그럼요."

경애는 흔쾌히 말하며 컴퓨터 폴더에서 봉사 활동 일정표를 열었다.

"사실 요새 주말 봉사 지원자는 늘었는데 평일은 없어서 곤란했거든요. 저희야 좋죠."

"그러면 시간 변경 좀 부탁할게요. 아침 이른 시간도 괜찮고 퇴근 후 저녁 시간도 괜찮아요."

지은이 일정을 변경하고 사무실에서 걸어 나오는데 휴대폰이 울렸다. 안 여사였다.

[지은아. 이따 3시에 보기로 했으니까 늦지 마.]

"알았어."

안 여사는 적어도 1년 전부터 예약해야 한다는 웨딩 플래너와 용케도 약속을 잡았다. 앞으로는 웨딩 플래너와 웨딩드레스에서부터 결혼식장 준비, 신혼여행 등 결혼과 관련된 모든 일을 처리할 예정이었다.

안 여사와의 전화를 끊으려는데 마침 도경이 센터 건물로 들어섰다. 일주일 동안 보지 못했다고 도경은 오랜만에 만난 것처럼 반가운 얼굴로 지은에게 뛰어왔다.

"이모에게 이야기 들었어. 곧 양가가 만나서 결혼 준비 들어간다며?"

도경은 주위를 보며 눈치를 살피더니 지은의 팔을 잡고 인적이 드문 복도 구석으로 이끌었다.

"어떻게 된 거야? 원래 6개월 동안 사귀는 척하기로 한 거 아냐? 왜 이렇게 진행이 빨라?"

"나도 몰라. 불도저식으로 밀어붙이기로 했나 봐."

"그럼 너희 이제 슬슬 삐거덕거려야 하는 거네."

"응. 아마도……."

지은은 시무룩한 얼굴로 한숨을 내쉬었다. 지은과 반대로 도경은 기분 좋은 듯 활짝 웃었다.

"그래? 그거 잘됐네."

"뭐?"

남은 초조해서 미치겠는데 잘됐다니! 지은은 자신도 모르게 매서운 눈으로 도경을 째려보았다. 하지만 한껏 흥분한 도경의 눈에는 지은의 쌀쌀맞은 표정이 전혀 들어오지 않는 것 같았다. 도경은 양손으로 지은의 어깨를 움켜쥐고 속사포처럼 말을 쏟아냈다.

"민 실장이랑 싸우다 결혼 깨지면 혼자 슬퍼할 거잖아. 정 쌤이 너에게 자연스럽게 다가갈 기회라고. 상심한 널 위로해 주다가 정 쌤이 널 좋아한다고 고백할 거야. 와, 타이밍 완전 딱이다!"

"잠깐, 잠깐!"

도경의 말을 건성으로 흘려듣던 지은이 흠칫 몸을 굳혔다.

"언니, 방금 뭐라고 그랬어? 누가 누구에게 뭘 고백해?"

그녀의 커다란 눈이 동공 지진을 일으켰다.

"정 쌤이 너에게 좋아한다고 고백할 거라고."

"언니, 그게 갑자기 무슨 소리야? 정 쌤이 왜?"

지은이 생각보다 격하게 반응하자 도경은 뒤로 한 걸음 물러섰다.

"확실해질 때까지 말 안 해주려고 그랬는데 아무래도 정 쌤이 너 좋아하는 것 같아."

이게 무슨 마른하늘에 날벼락 같은 소리야? 지은의 눈이 튀어나올 것처럼 커다래졌다.

"저번에 부산에 갔다가 우연히 술집에서 정 쌤을 만났거든. 그런데 글쎄 정 쌤 친구가……."

도경은 지난번에 부산에서 있었던 일을 자세하게 설명했다. 이게 도대체 무슨……. 지은은 믿을 수 없다는 듯 입을 벌렸다.

"그 후에도 내가 정 쌤 옆에서 찬찬히 지켜봤어. 근데 완전

빼박으로 정 쌤이 너 좋아하더라고. 경애 씨도 아는 것 같았어. 정 쌤이 너 봉사 나오는 날 언제냐고 은근히 물어보고 그랬대. 될 수 있으면 너랑 일정 맞추려고 노력도 하고."

"그런데 그 말을 왜 지금 해주는 거야?"

잠시 멍한 표정으로 있던 지은이 떨리는 목소리로 말했다. 만약에 미리 알았더라면 우빈 씨와 사귀게 됐을까? 제혁 씨가 아니라? 그랬다면 지금의 이 초조하고도 불안한 감정에 휩싸이지 않았겠지? 우빈 씨와 행복하게……. 아니! 아니야!

지은은 빠르게 고개를 내저었다. 불안하고 두려웠지만, 지금의 이 감정이 좋았다. 우빈과의 미래가 꽃길이고 제혁과의 미래가 가시밭길이라고 해도 그녀는 제혁을 선택할 거라고 속으로 중얼거렸다.

나, 민제혁 씨를 진심으로 좋아해!

그를 떠올리는 것만으로도 미칠 것처럼 가슴이 두근거렸다.

"……난 확실하지도 않은데 괜히 들뜨게 할까 봐 그랬지. 이젠 확실하니까 말해주는 거야. 이모는 민 실장 사위로 삼는다고 엄청 들뜨셨던데. 어쩌니? 나중에 실망하시겠네……."

현실로 돌아오자 도경의 목소리가 귓가에 흐릿하게 흘러들었다.

"그만!"

지은은 도경의 말을 끊으며 양손으로 도경의 어깨를 움켜잡았다. 그것으로도 모자라 도경의 몸을 힘껏 흔들었다. 갑작스러운 지은의 행동에 도경은 깜짝 놀란 표정을 지었다.

"야, 갑자기 왜 그래?"

"언니……."

"어?"

지은은 심각한 눈빛으로 도경을 바라보더니 갑자기 그녀를 확 끌어안았다. 이번에도 도경은 깜짝 놀란 듯 얼떨떨한 표정을 지었다. 지은은 도경을 꽉 끌어안은 채로 그녀의 귓가에 낮게 속삭였다.

"언니 내 말 잘 들어. 정 쌤이 나 좋아하는 거, 누구에게도 말하면 안 돼. 알았지?"

"어, 그래."

도경이 순순히 동의하자 지은은 끌어안았던 팔에 힘을 빼며 뒤로 물러섰다. 그러곤 어리둥절한 도경의 어깨를 툭툭 두드려준 후 천천히 몸을 돌렸다.

우빈이 그녀를 좋아하고 있을 거라곤 정말 상상도 하지 못했다. 항상 옆에 함께 있던 도경도 빠르게 눈치채지 못했다면 우빈은 철저하게 자신의 감정을 숨긴 게 분명했다.

"정 쌤, 미안해요."

지은은 견사로 향하며 혼잣말처럼 작게 속삭였다. 그에겐 미안했지만 어쩔 수 없었다. 그녀는 이미 우빈이 아닌 제혁을 선택했으므로.

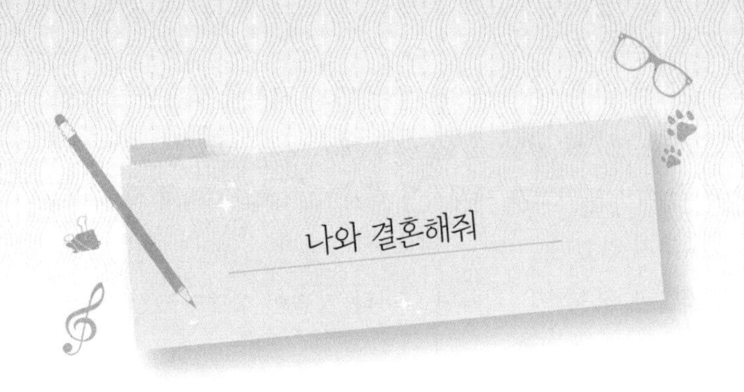

나와 결혼해줘

절대로 늦지 말라는 안 여사의 성화에 지은은 약속 시간보다 30분이나 일찍 만나기로 한 장소에 도착했다.

"괜찮아요. 먼저 들어오세요."

그레이스 박이라고 자신을 소개한 웨딩 플래너는 안 여사를 기다리는 동안 웨딩드레스를 둘러보는 것이 어떠냐고 제안했다.

"우선은 예식에 입을 웨딩드레스와 피로연에 입을 드레스를 골라야 할 거예요. 특별 제작이라 시간이 걸리거든요."

그레이스가 지은을 데리고 들어간 룸의 유리 진열대 안에는 드레스 수십 벌이 걸려 있었다.

"어떤 스타일을 좋아하세요? A라인이나 벨 라인, 머메이드, 아니면 엠파이어 라인이 좋을까요? 어깨는 시원하게 드러내는 게……."

그레이스의 지시를 받은 직원 두 명이 지은을 따라다니며 그녀의 의견을 물었다.

솔직한 의견? 가짜가 아니라 진짜로 제혁과 결혼하는 거라면 하얀 셔츠만 입고 결혼한다고 해도 상관없을 것 같았다. 앞에 펼쳐진 드레스가 세계적인 디자이너의 작품인지 아닌지는 중요하지 않았다.

정말로 결혼하는 거라면 얼마나 가슴이 설렐까? 못내 아쉽고 서운하기만 했다.

"어머, 벌써 시작했네."

"어서 오세요, 여사님."

뒤늦게 도착한 안 여사가 안으로 들어오자 그레이스는 재빨리 직원에게 무언가 지시를 내렸다. 잠시 후 직원 두 명이 웨딩드레스가 걸린 행거를 밀고 들어왔다.

"눈으로 보는 것과 입는 것은 다르니까 한번 입어보세요."

"오늘은 그냥 둘러보러 온 거예요. 입어볼 필요까진."

"왜? 그러지 말고 입어봐. 웨딩드레스를 입어봐야 진짜로 결혼한다는 실감이 나지."

엄마, 그래서 입기 싫은 거라고! 진짜 결혼이 아니니까. 하루에도 몇 번이나 고백할까 말까 고민하며 속을 태우고 있는데……. 지금 여기서 드레스를 입는다면 힘겹게 버틴 감정이 와르르 무너질지도 모른다.

그래도 웨딩드레스의 유혹을 뿌리치기는 쉽지 않았다. 몇 번의 실랑이 끝에 지은은 직원의 도움을 받아 피팅룸으로 들어갔다. 첫 번째 웨딩드레스부터 그녀의 혼을 쏙 빼놓고 말았다. 드레스는 어깨를 훤히 드러낸 디자인으로 가슴 굴곡이 아슬아슬하게 보일 만큼 적당하게 파인 브이넥이었다.

웨딩드레스를 입은 지은은 넋이 나간 듯 거울에 비친 자신의 모습을 바라보았다. 당장이라도 결혼식을 올리는 신부처럼 화사해 보였다. 지은이 웨딩드레스를 입고 피팅룸을 나오자 안 여사의 얼굴에 환한 미소가 떠올랐다.

"어머, 첫 번째 드레스부터 너무 마음에 든다."

"그러네요. 완전 지은 씨를 위해서 만들어진 드레스 같아요."

"지은아, 넌 어때?"

"……예뻐."

지은은 거울에 비친 자신을 멍한 눈으로 바라보았다.

"……엄마, 드레스가 너무 예뻐."

어느새 그녀의 눈가가 촉촉하게 젖어들었다. 이 드레스를 입고 제혁과 결혼할 수만 있다면 소원이 없을 것 같았다.

그러려면 우선 고백을 해야 하는데……. 만약에 자칫 잘못되기라도 하면…….

"흡."

상상하는 것만으로 숨이 막히는 것 같아 지은은 한 손으로 가슴을 꾹 내리눌렀다. 그때 문이 열리며 누군가 안으로 들어왔다. 아무 생각 없이 고개를 돌리던 지은은 입구에 서 있는 제혁을 발견하고 그대로 얼어붙었다.

그가 이곳에 올 것이라곤 전혀 예상하지 못했기에 지은은 깜짝 놀라고 말았다. 지은의 표정이 바뀐 걸 눈치챈 안 여사가 의아한 얼굴로 입구 쪽을 돌아보았다.

"민 서방 왔군. 어서 와."

지은과 달리 안 여사는 반가운 표정으로 제혁에게 다가갔다. 그녀는 제혁이 이곳에 오는 줄 미리 알고 있었던 모양이었다.

"시간 되면 오라고 내가 연락했어. 함께 웨딩드레스 보면 좋잖니."

제혁이 자신을 바라보자 지은은 재빨리 시선을 피했다. 왠지 그에게 웨딩드레스를 입은 모습을 보여주는 게 부끄러웠다. 그 앞에서 벌거벗고 서 있는 느낌이었다. 결혼하고 싶다는 마음을 들킬까 두려웠다.

제혁은 감탄의 눈으로 웨딩드레스를 입은 지은을 바라보았다. 어느 정도 예상은 했지만, 이렇게 아름다울 줄은 몰랐다. 봉사 활동을 끝내고 곧장 온 탓에 화장기 없는 얼굴에 머리카락도 하나로 질끈 묶은 상태였다. 그래도 세상 그 어느 신부보다 빛나 보였다.

하지만 지은의 얼굴에는 어두운 그림자가 내려앉아 있었다. 표정까지 굳은 것으로 보아 그의 등장이 반갑지 않은 것 같았다.

그래도 조금은 나를 좋아하는 건 아닐까 희망을 품었는데 역시 착각이었나?

그때 안 여사의 목소리가 제혁을 상념에서 깨어나게 했다.

"지은아, 어서 들어가서 다른 걸로 갈아입어봐."

"됐어."

지은은 짜증 어린 목소리로 단번에 거절해버렸다.

첫날부터 너무 밀어붙였나?

안 여사는 슬그머니 딸의 눈치를 살폈다. 순한 성격의 지은이었지만 한 번 고집을 부리면 신 회장도 어쩔 수 없었다. 6개월은 사귀고 난 후 결혼에 관해 이야기하자고 해놓고 정신 차릴 새도 없이 결혼을 밀어붙이니 지은이 슬슬 불만을 나타낼 만도 했다.

그레이스 역시 갑자기 냉랭해진 분위기를 알아챈 것 같았다. 그녀는 직원에게 눈짓으로 웨딩 앨범을 가져오라고 지시했다.

"디자인도 중요하지만, 착용감도 중요하답니다. 결혼식 내내 입고 있어야 하는데 불편하면 안 되죠. 갈아입지 말고 잠시 입고 있으세요."

그레이스는 웨딩드레스 치맛자락을 잡고 지은을 소파로 이끌었다. 그러곤 직원이 가져온 앨범을 내려놓았다.

"지금까지 맡아서 진행했던 결혼식 사진이랍니다. 보시고 어떤 스타일이 좋을지 생각해보세요."

"민 서방, 자네도 와서 같이 고르게나."

안 여사는 제혁을 불러 지은의 옆에 앉게 하곤 서둘러 소파에서 몸을 일으켰다.

"앨범 보면서 이야기하고 있어. 난 그레이스 박과 일정에 관해서 의논하고 올 테니까."

순식간에 두 사람만 남긴 채 모두 웨딩드레스 룸을 빠져나갔다. 지은은 입을 꾹 다문 채 사진첩을 한 장 한 장 넘겼다. 제혁도 침묵을 지키며 사진첩을 내려다보는 지은을 가만히 지켜보았다.

정말 해도 해도 너무하다.

사진을 들여다보던 지은의 얼굴이 서서히 어둡게 가라앉았다.

왜 모든 사진이 이토록 아름다운 걸까?

지금까지 지은은 결혼식 사진을 보면서 두근거린다거나 부러운 적이 한 번도 없었다. 그저 남의 일이라고만 느꼈었다.

그런데 지금은 꽃으로 장식된 웨딩 케이크에서 케이크를 자르는 웨딩 나이프마저 황홀할 정도로 아름답게 보였다. 사진 속 커플이 너무너무 부러웠다.

과연 나는 이 남자와 함께 웨딩 케이크를 자르게 될까? 그게 아니면 어떡하지?

너무 골똘히 생각한 탓일까. 그녀도 모르게 눈에서 흘러나온 눈물이 뺨을 타고 또르르 사진 위로 톡 떨어졌다. 그러자 제혁이 당황한 목소리로 물었다.

"지은 씨? 지금 우는 겁니까?"

그 물음이 도화선이 돼버리고 말았다. 긴장으로 경직된 감정이 터지면서 눈물이 펑펑 쏟아졌다.

"흐흐흑."

결혼하고 싶었다. 그의 아름다운 신부가 되고 싶었다. 고백해야 하는데, 몸이 굳어버려 입이 열리지 않았다.

"제길."

애처롭게 흐느끼는 지은을 바라보던 제혁은 짧게 욕설을 내뱉고는 그녀를 품에 끌어안았다. 벌써부터 싸우는 척하자는 건가? 오늘은 그저 첫날이라고!

"갑자기 울어버리면 나만 나쁜 사람 되잖아요."

제혁은 달래듯 지은의 등을 어루만졌다. 이대로 그녀와 싸우는 척 연기할 순 없었다. 그는 진심으로 그녀와 결혼하길 원했다.

"그만 울어요."

당신이 울면 내 마음이 아프잖아. 제혁은 지은을 더욱더 세게 끌어안으며 그녀의 이마에 입술을 내리눌렀다.

"제……혁 씨."

그녀가 울먹거리며 힘겹게 입을 열었다.

"……제혁 씨, ……제혁 씨, 나, 이 결혼……."

더 늦기 전에 그에게 고백해야 한다.

"잠깐, 나부터 말할게."

지은이 말을 이어가려는 순간 제혁이 재빨리 그녀의 말을 끊었다. 거절을 당하는 한이 있어도 그녀가 결혼을 깨자고 말하기 전에 먼저 해야 한다.

"그래, 이젠 인정할게. 내가 내기에 졌어."

마음이 급해서인지 반말이 튀어나갔다. 하지만 제혁은 개의

치 않고 계속해서 말을 이었다.

"경고한 대로 당신에게 푹 빠져버렸다고."

지은은 울음을 멈추고 멍한 얼굴로 제혁을 바라보았다.

너무 울어서 헛것이 들리나? 방금 뭐라고 한 거지? 당신에게 푹 빠져? 당신이면…… 나?

"내가 진 거니까 당신이 하라는 대로 다 할게. 계약서대로 당신이 정한 상대와 누가 됐든."

계약서란 말에 지은은 정신이 번쩍 들었다. 그가 졌다고 말한 건, 계약 내용을 따르겠다고 하는 건, 그건 바로 그가 그녀를 좋아하게 됐다는 뜻이었다. 그가 자신의 입으로 마음을 고백한 거다.

"나랑 해요."

지은은 행여 그의 마음이 변하기라도 할까 봐 재빨리 말했다.

"그 결혼, 나랑 하자고요. 나, 신지은과."

"방금 뭐라고 했지?"

제혁은 자신의 귀를 믿을 수 없다는 듯 미간을 찌푸렸다. 지은은 제혁의 품에서 빠져나와 촉촉해진 눈으로 그를 바라보았다.

"나, 제혁 씨 좋아해요. 그래서 이 결혼 깨고 싶지 않아요. 제혁 씨 나와 결혼해줄래요?"

"하."

제혁은 기가 막힌 듯 짧게 웃음을 터뜨렸다. 이럴 줄 알았으면 더 빨리 고백하는 건데…….

"내가 하고 싶은 말이었는데 당신이 먼저 하다니."

그는 그녀가 숨을 쉴 수 없을 정도로 꽉 껴안았다. 그러곤 그녀의 귀에 입을 맞추며 부드럽게 속삭였다.

"지은아, 나와 결혼해줘."

그녀가 빠르게 고개를 끄덕이자 제혁은 고개를 숙여 살며시 입을 맞췄다. 처음은 부드럽게 시작했지만, 마음을 확인한 두 사람의 키스에 망설임이 있을 리 없었다. 점점 거칠게 서로를 탐하고 집요하게 서로를 요구하는 키스로 변해갔다.

살며시 벌어진 입술 사이로 들어온 달콤한 숨결이 혀끝을 강하게 휘감았다. 강렬한 열기 때문에 온몸이 젤리처럼 말랑말랑 부드러워지며 이대로 허물어질 것 같았다. 제혁은 두 손으로 그녀의 뺨과 머리를 연신 어루만졌다. 더는 숨을 참지 못한 그녀가 살짝 고개를 들며 입술을 떼었다.

"흐응."

자유로워진 입술에서 거친 숨결과 달뜬 신음이 동시에 흘러나왔다. 키스가 짙어질수록 지은의 몸이 소파 등받이로 밀리며 제혁의 단단한 가슴에 그녀의 가슴이 으깨질 듯이 짓눌렸다. 촉촉한 입술이 깊게 마찰하는 소리가 웨딩드레스 룸을 가득 채웠다.

제혁은 한참이 지나서야 그녀에게서 입술을 떼어냈다. 하지만 그러고도 못내 아쉬운지 그녀의 입술과 뺨, 이마와 코끝에 계속해서 짧게 입을 맞추었다.

"……제혁 씨."
"응?"
얼굴에 쏟아지던 자잘한 키스는 어느새 하얀 목덜미로 내려가고 있었다.
"우리 오늘부터 진짜 1일이에요."
"그런가?"
그녀의 목덜미에 얼굴을 묻은 채 제혁이 나직이 대꾸했다.
"음…… 그런데 왜 아까부터 말꼬리가 짧아졌어요?"
순간 그는 몸을 흠칫 굳히더니 서둘러 몸을 일으켜 그녀와 시선을 마주했다. 그는 자신이 계속해서 반말을 하고 있었다는 사실을 깨닫지 못하고 있었던 것 같았다.
"내가 그랬나요? 미안합니다. 감정이 격해져서 그만……."
지은은 킥킥 웃으며 고개를 내저었다.
"그대로 말 놓아요. 더 친근해진 것 같아서 좋던데. '지은아'라고 불러주는 것도 좋고."
"정말 그렇습니까?"
제혁이 의심 어린 눈으로 그녀를 바라보았다. 지은은 고개를 끄덕이며 그의 뺨을 한 손으로 부드럽게 감쌌다.
"대신 나도 가끔 말 놓을게요. 기분 내킬 땐 오빠라고도 부르고. 그래도 되지, 오빠?"
오빠라고 불리자 제혁의 미간이 미묘하게 좁혀졌다. '제혁 씨'라고 불러주기는커녕 대부분 '그쪽'이라고 하던 지은이 애교 섞인 목소리로 '오빠'라고 불러주다니. 혹시 이 모든 게 꿈은 아니겠지?

"나보다 나이가 많은데 '제혁아'라고 부를 순 없잖아요. 왜요? 오빠라는 호칭 싫어요?"

"아닙니다. 좋아요. 오빠라고 불러줘요."

"가끔이요. 계속 그렇게 부른다는 건 아니고."

그녀는 기분 좋은 듯 눈꼬리를 반달 모양으로 휘었다.

"그래도 회사에선 깍듯이 존대해요. 상무님은 우리가 선본 사실을 알지만 다른 사람들은 모르니까요. 그리고……."

"지은아."

제혁은 말을 끊으며 자신의 뺨을 감싼 그녀의 손에 가만히 손을 포갰다.

'지은아'라는 호칭이 혀끝에 달짝지근하게 착 달라붙었다.

"지은아."

제혁은 주문이라도 외우듯 그녀의 이름을 또다시 나직이 중얼거렸다. 제혁은 그런 자신이 소름 끼치게 유치하다고 느껴졌지만 그래서 더욱더 소름 끼치게 행복했다.

"지은아."

제혁은 또다시 그녀의 이름을 중얼거리며 그녀를 와락 껴안았다. 꿈인지 아닌지 확실히 알기 위해선 그녀의 감촉과 체취, 체온을 다시 한 번 확인해야 할 것 같았다. 그녀의 쿵쿵거리는 심장 박동이 꽉 맞닿은 가슴을 타고 제혁에게 전해졌다. 안심이 되는 동시에 왠지 모르게 불안했다. 이대로 그녀가 사라져 버릴 것 같아서……. 제혁은 더욱더 힘껏 그녀를 품에 끌어안았다.

웨딩 스튜디오를 나온 두 사람은 곧바로 지은의 집으로 향했다. 둘 사이에 무엇보다 먼저 처리할 일이 있었기 때문이었다.

"여기예요."

지은은 침실 문을 열자마자 제혁의 손을 이끌고 드레스 룸으로 향했다.

"먼저 계약서부터 없애요."

그것부터 없애야 앓던 이를 뽑은 것처럼 속이 시원할 것 같았다. 지은은 보석 트레이 밑에 보관한 문제의 냅킨 계약서를 꺼냈다. 그런데…….

어라?

지은은 곤혹스러운 눈으로 계약서를 들여다보았다. 냅킨 위에는 촘촘한 글씨 대신 이리저리 얼룩진 검은 잉크 자국만 남아 있었다.

"어머!"

유성 잉크가 아니라 수성 잉크였어? 지은은 계약서를 읽다가 눈물을 떨어뜨렸다는 걸 기억해냈다. 그러곤 아무 생각 없이 다시 넣었는데 그 안에서 서서히 잉크가 번졌나 보다.

제혁은 지은의 어깨 너머로 검게 얼룩진 냅킨을 흘끔 바라보더니 지은이 팔짝 뛸 말을 내뱉었다.

"계약서 난 이미 없앴는데……. 예전에 태워버렸어."

당연히 고이 간직하고 있을 줄 알았는데 이미 없애버렸다고? 그래서 서랍을 샅샅이 뒤져도 찾을 수 없었던 거야?

"그럼 있지도 않은 계약서 때문에 맘고생했다는 거잖아요."

지은은 무척이나 억울한 듯 얼굴을 찡그렸다. 그러나 곧 생각을 바꾸었는지 고개를 흔들었다.

"아니다. 솔직히 계약서 때문만은 아니었어요. 민제혁이란 남자가 얼마나 까다로웠는데."

"내가 까다롭다고?"

"그럼 아니에요?"

민제혁이란 남자가 공략하기 쉬운 상대는 아니잖아?

"내가 제혁 씨 어떻게 처음 만났는지 기억해요? 매정하게 거절하는 모습을 내 눈으로 똑똑히 봤는데 어떻게 쉽게 고백하겠어요? 지금까지 한 번도 고백을 받아준 적 없다면서요."

"누가 그래?"

"상무님이요."

"후."

제혁은 씁쓸하게 웃으며 지은을 가만히 끌어안았다. 그러곤 그녀의 귀에 다정하게 속삭였다.

"널 기다리느라 그런 건데. 기분 나빠?"

그가 다른 여자의 고백을 뿌리치고 사귀지 않았기에 그녀에게 올 수 있었던 건 맞다. 지은은 투덜거림을 멈추고 그의 가슴에 얼굴을 기대었다. 그러다 뭔가 생각이 난 듯 다시 그를 향해 고개를 들었다.

"참, 상무님이 뒤에서 도와주셨어요. 이런저런 조언도 해주면서."

"그럴 줄 알았어."

괘씸했지만 솔직히 경민의 계략이 효과가 있었다는 건 부정할 수 없었다. 지은이 피해 다닌 3일 때문에 감정이 빠르게 무르익었으니까. 그래도 이렇게 잠자코 당하고 있을 수만은 없었다.

제혁은 지은을 품에 안은 채, 가장 효과적으로 경민을 골려줄 방법을 머릿속에 떠올렸다.

"이거, 이거 내가 물어보지 않아도 알겠네."

월요일 아침, 경민은 지은이 집무실로 들어오자마자 자리에서 일어나 그녀에게 다가왔다.

"얼굴에 다 나타나 있군요."

그렇게 티가 나나? 지은은 어리둥절한 눈으로 경민을 바라보았다.

"주말 동안 성공했죠?"

족집게인가? 어떻게 그것까지 알았지? 지은의 궁금증은 곧 풀렸다.

"어젯밤에 제혁이가 전화했어요. 앞으로 자기와 지은 씨 사이에 끼어들면 가만히 안 있을 거라고 경고하던데요."

"죄송해요. 전 상무님이 도와주셨다고 한 건데."

"괜찮아요. 걱정하지 말아요. 녀석도 고마워서 그런 거니까."

경민은 아무것도 아니라는 듯 손을 내저었다.

"이런 걸로 틀어질 사이면 녀석과 나, 이미 예전에 남남이 됐을 겁니다. 하여간 이제부터 바빠지겠네요. 결혼식 날짜는 정했어요?"

"아뇨. 날짜는 상견례를 하면서 정할 거예요. 그래도 2~3달 안에 정할 것 같아요."

"표정 보니까 내일이라도 당장 결혼하고 싶은 거 같은데, 아닙니까?"

지은은 대답 대신 얼굴을 살짝 붉혔다.

"즐겁게 준비해요. 결혼식 준비로 일찍 갈 일이 생기면 언제든지 이야기하고. 나 때문에 결혼식에 차질 생기면 제혁이 녀석이 날 죽이려고 할 테니까."

"네, 감사합니다. 상무님."

그 대화를 마지막으로 두 사람은 곧바로 업무에 들어갔다. 2시간 동안 경민의 집무실에 머물다 밖으로 나오는데 마침 제혁이 사무실 안으로 들어오고 있었다. 유 비서는 자리를 비웠는지 보이지 않았다. 지은은 제혁을 향해 사무적으로 고개를 숙였다.

"안녕하세요, 민 실장님. 상무님 지금 안에 계시니까 들어가 보세요."

말을 마친 지은이 그대로 지나치려 하자 제혁이 재빨리 손을 뻗어 그녀를 끌어안았다.

"둘만 있을 때도 그렇게 사무적으로 대할 거야?"

"제혁 씨!"

깜짝 놀란 지은이 품에서 빠져나오려고 하자 제혁은 그녀가 꼼짝 못하게 팔에 힘을 주었다.

"놔줘요. 유 비서님이 언제 들어올지 모르잖아요?"

"들어오면 들어오는 거고."

"그러다가 유 비서님까지 알게 되면 어떻게 해요?"

"사내 커플 하면 되지. 왜 싫어?"

"……아뇨. 싫은 건 아니지만."

그때였다.

"야! 민제혁. 너 지금 신성한 사무실에서 뭐 하는 거야?"

문이 벌컥 열리며 경민의 쩌렁쩌렁한 목소리가 실내에 울려 퍼졌다. 제혁은 지은이 빠져나가지 못하게 그녀의 머리를 손으로 꽉 누르며 심술궂은 눈으로 경민을 마주 보았다. 아무리 소리쳐도 제혁이 지은을 놓아주지 않자 경민이 더욱더 목청을 올렸다.

"너 지금 나랑 해보자는 거야?"

"보고도 몰라요?"

제혁의 얼굴에 놀리는 듯한 미소가 떠올랐다. 그 틈을 타

지은이 재빨리 제혁의 품에서 빠져나왔다. 그때 문이 열리고 유 비서가 안으로 들어섰다. 노련한 유 비서는 사무실 안에 들어서는 순간 미묘한 분위기를 곧바로 눈치챘다. 경민은 붉으락푸르락한 얼굴로 제혁을 노려보고 있었고, 제혁은 무심한 얼굴로 경민의 불타는 시선을 받아내고 있었다. 그 사이에서 지은이 당황한 듯 어쩔 줄 모르고 서 있었다.

"두 분 또 시작인가 봐요?"

제혁이 경민을 따라 집무실로 들어가자 유 비서는 그러려니 하는 표정을 지으며 자리에 앉았다.

"너무 신경 쓰지 마세요. 두 분 자주 저러니까."

"자주 충돌하나 봐요?"

지은은 충돌의 이유가 자신이라는 것을 감춘 채 유 비서를 슬쩍 떠보았다.

"보통은 상무님 혼자 소리 지르시죠. 민 실장님이 상무님 신경을 종종 긁거든요. 강 팀장 퇴사하고 나서 한동안 잠잠한가 했더니……. 또 시작인가 보네."

파일을 열기 위해 마우스를 클릭하며 유 비서가 무심한 말투로 말했다.

"강 팀장 퇴사하고 나선 왜 잠잠했는데요?"

"상무님에게 미안해서 민 실장님이 한동안 자제한 거죠. 자신 때문에 강 팀장이 퇴사한 거니까."

후, 정말 못 말리는 두 사람이다. 지은은 속으로 한숨을 내쉬며 컴퓨터 모니터로 시선을 돌렸다.

"그런데 두 분 언제 결혼하세요?"

갑자기 날아온 질문에 지은은 어리둥절한 표정으로 유 비서를 바라보았다. 유 비서는 모니터에 시선을 고정한 채 말을 이었다.

"아까 들었거든요. 아, 미안해요. 몰래 엿들으려고 한 건 아니고. 두 분이 너무 깨가 쏟아져서 방해될까 봐."

그 말에 지은의 얼굴이 빨갛게 물들었다.

"상무님 괜히 저러시는 거예요. 민 실장님 결혼하면 제일 기뻐할 사람은 상무님이거든요. 아 참."

빠른 속도로 키보드를 두드리던 유 비서가 뭔가를 깨달은 듯 지은에게 고개를 돌렸다.

"당분간은 두 분 사이 비밀로 하세요. 다른 여직원에게서 질투 어린 시선 받기 싫으면."

"그렇겠죠?"

유 비서는 대답 대신 고개를 끄덕인 후, 다시 모니터로 고개를 돌렸다. 그런데 조금 이상했다.

지은은 뭔가 어긋난 듯한 느낌에 유 비서에서 눈길을 뗄 수 없었다. 어떻게 된 거냐고 꼬치꼬치 캐물을 법도 한데 유 비서의 반응은 너무나 건조했다. 방금 문밖에서 두 사람이 결혼할 사이라는 말을 들었다면 물어보고 싶은 게 한둘이 아닐 텐데 그녀는 입을 다물고 업무에만 집중하고 있었다.

어째서일까? 유 비서가 남의 일에 관심 없는 무관심한 성격의 소유자였다면 모르겠지만, 그것도 아닌데……. 지은의 시선을 느꼈는지 키보드를 두드리던 유 비서의 손놀림이 서서히 느려졌다.

얼마 지나지 않아 유 비서는 동작을 멈추고 지은에게로 고개를 돌렸다.

"지은 씨, 하는 김에 한 가지 더 사과할게요."

유 비서가 조금은 진지한 얼굴로 말을 꺼냈다.

"이번이 처음은 아니에요. 본의 아니게 전에도 몇 번 엿들었어요. 비상계단이 소리가 참 잘 들리거든요. 소리가 울려서 그런지 다른 층에 있어도 아주 잘 들려요. 세세한 것까지."

"비상계단이요?"

지은은 이해가 안 된다는 듯 미간을 좁혔다. 그러자 유 비서는 지은의 귀에 얼굴을 대고 작게 속삭였다.

"저, 다 들었어요. 아는 척하면 지은 씨가 곤란해할까 봐 지금까지 가만히 있었거든요."

"네?"

충격으로 지은의 눈이 튀어나올 듯 커다래졌다. 유 비서님! 지금 뭐라고 하신 거죠?

"다 들었다고요?"

"네. ……전부 다."

유 비서는 의미심장한 표정을 지으며 고개를 끄덕거렸다. 그녀를 빤히 쳐다보는 유 비서의 눈빛이 모든 걸 말해주고 있었다.

엄마야!

사태의 심각성을 깨달은 지은은 목덜미까지 빨개졌다.

요 며칠 지은은 같은 회사 건물에 있으면서도 도통 제혁을 만날 기회가 없었다. 예전에는 어떻게 그를 보지 않고 하루하루를 잘 견디었는지 모르겠다. 시무룩하게 앉아 있는 지은에게 유 비서가 다가왔다.

"상무님이 호출하셔서 이제 그만 나가봐야 해요. 지은 씨 오늘 점심은 해외 마케팅팀과 한다고 했죠?"

"네. 구내식당에서 먹기로 했어요."

"맛있게 먹어요. 난 외근 나갔다가 그대로 퇴근할 것 같아요."

유 비서가 나가고 얼마 지나지 않아 진 대리에게 구내식당으로 오라는 문자가 날아왔다. 구내식당으로 가는 길에 우연이라도 엘리베이터에서 제혁과 마주쳤으면 하고 바랐지만, 그런 행운은 일어나지 않았다. 예전에는 출근길에도 수시로 로비나 엘리베이터에서 부딪쳤는데……. 우연이란 녀석은 멍석을 깔아주면 제 기능을 발휘하지 못하나 보다.

"지은 씨, 여기요."

그녀가 구내식당에 들어서자 먼저 자리를 잡은 진 대리가 손을 들어 지은을 불렀다. 이미 음식을 가져왔는지 모두의 앞에는 식판이 놓여 있었다. 지은이 다가오자 진 대리는 새로 팀에 합류한 직원을 소개했다.

"인사해요. 지은 씨. 여긴 박보연 씨예요. 홍콩 지사에서 근무하다가 이번 주부터 서울 본사로 발령 받았어요."

호리호리한 몸매를 가진 보연은 여자인 지은의 눈에도 꽤 예뻤다. 찰랑찰랑 윤기 나는 생머리에 청순하게 생긴 보연은 한 듯 안 한 듯 화장도 매우 세련되고 자연스러웠다.

"안녕하세요. 신지은이에요. 통역과 번역 일을 맡고 있어요."

"임시직인가 봐요?"

"네."

그 말에 보연은 고개를 까닥거리는 것으로 인사를 대신하더니 다른 쪽으로 고개를 돌려버렸다. 정직원인 자신이 계약직인 지은에게까지 신경 쓸 필요가 없다는 느낌이었다. 눈에 띌 정도로 건방진 보연의 태도에 진 대리는 미안한 표정으로 지은을 바라보았다. 프리랜서로 일하면서 종종 겪었던 일이기에 지은은 아무렇지 않다는 듯 어깨를 으쓱거렸다.

정직원이 무슨 벼슬쯤 되는 걸로 여기고 은근 빼기는 사람들은 심심찮게 있었다. 하지만 하나하나 모두 상대하다간 스트레스가 이만저만이 아닐 것이다. 지은은 가볍게 웃어넘겼다.

"저도 가서 음식 가져올게요."

식권함에 식권을 넣고 막 식판을 집어 드는데 제혁이 식당 안으로 들어섰다. 지은은 그를 보는 순간 놀란 나머지 손에서 힘이 빠져버렸다. 그 탓에 지은의 손에 있던 식판이 바닥으로 쨍그랑 소리를 내며 떨어졌다. 그 소리에 식당 안을 둘러보던 제혁이 지은 쪽으로 고개를 돌렸다.

그녀를 발견한 제혁이 성큼성큼 앞으로 다가와 지은보다 먼저 식판을 집어 들었다.

"괜찮습니까? 안 다쳤어요?"

"네. 괜찮아요. 그만 손이 미끄러져서……."

"잠시만 여기 있어봐요."

제혁은 더럽혀진 식판을 식판 개수대에 밀어 넣고 다시 지은에게 돌아왔다.

"오늘 해외 마케팅팀과 점심 먹는다고 유 비서님이 그러더군요."

지은은 고개를 끄덕이며 손으로 해외 마케팅팀이 앉은 테이블을 가리켰다. 제혁은 못마땅한 눈으로 지은이 가리킨 테이블을 바라보았다. 지은만 남겨두고 외근 나간다는 소리에 함께 점심 먹으려고 했는데……. 인기 많은 지은은 벌써 다른 이들과 점심 약속을 잡아버렸다.

이대로 손을 잡고 끌고 가버릴까 하는 생각도 해봤지만 그랬다간 뒷감당이 안 될 게 뻔했다. 제혁은 새 식판을 집어 들어 지은에게 건네주었다. 그러고는 지은이 식판을 받자 슬그머니 그녀의 손에 자신의 손을 겹치며 그녀만 알아들을 수 있도록 작게 속삭였다.

"내일은 약속 잡지 마."

그러곤 뒤도 돌아보지 않고 지은을 지나쳐 식당을 걸어나갔다. 지은은 아쉬운 얼굴로 멀어지는 제혁의 뒷모습을 바라보았다.

"민 실장님이 여긴 웬일이시래요?"

그녀가 테이블로 돌아오자 모두의 관심이 지은에게로 쏠렸다.

"유 비서님과 함께 점심 먹는 줄 알고 오셨나 봐요. 상무님께 급히 전달할 사항이 있어서."

"아……."

모두는 알았다는 듯이 고개를 끄덕인 후 다시 식사를 계속했다. 인기남과 사귄다는 애로 사항이 바로 이런 건가 보다. 모두의 관심과 시선을 끌게 되는 것. 회사 내에선 제혁과의 관계를 숨길 계획이었지만 잠시 후, 그 결심이 흔들리기 시작했다.

"누구예요?"

그때까지 지은을 없는 사람 취급하던 보연이 불쑥 질문을 던졌다. 그러자 직원 중 한 명이 재빨리 끼어들었다.

"우리가 말했던 민제혁 실장님이 바로 저분이야. 어때? 보연 씨가 보기에도 멋있지?"

처음엔 시큰둥한 표정으로 제혁이 나간 쪽을 바라보던 보연이 피식 입꼬리를 비틀었다.

"글쎄요. 나쁘진 않네요. 그래도 그 많은 고백을 뿌리칠 정도까진 안 돼 보이는데……. 흠, 또 모르죠? 어떤 매력을 숨기고 있는지는……. 몸매는 좋네요."

뭐? 몸매가 좋아? 숟가락을 쥔 지은의 손에 힘이 들어갔다. 뭐랄까, 다른 여자에게 내 남자에 관한 평가를 듣는 게 영 거슬린다고나 할까?

"여기서 오래 근무하려면 멀리서 바라보기만 해, 보연 씨."

"왜요? 난 재미있을 것 같은데……. 얼마나 대단한 남자인지 알고 싶기도 하고."

재미있어? 지은은 울컥한 마음에 밥 먹던 숟가락을 내려놓았다. 그때 옆에 앉은 진 대리가 말을 걸었다.

"지은 씨, 이번 금요일에 회식 있을 거예요. 이번엔 상무님도 참석하신대요. 지은 씨도 꼭 와요."

"회식이요?"

"네. 보연 씨가 새로 와서 환영 회식하려고요."

그렇다면 회식 주인공인 보연이 제혁 씨 옆을 차지한다는 소리잖아! 순간 지은은 기분이 언짢아졌다. 이런 게 질투라는 걸까? 예전에는 아무렇지 않았는데 이제는 달랐다. 우빈에게 팔짱을 끼는 가을을 보면서 부럽다는 생각은 했었지만, 우빈에게서 떼어놓고 싶다는 생각은 들지 않았었다.

하지만 제혁의 경우는 보연이 눈을 반짝이며 그의 이름을 들먹이는 것만으로도 불쾌했다. 결국 지은은 거의 손대지 않은 식판을 들고 자리에서 일어났다. 그러자 진 대리가 의아한 표정으로 물었다.

"지은 씨? 왜 벌써 일어나요?"

"속이 좀 안 좋아서……. 먼저 가볼게요."

지은은 어색한 변명을 둘러대고는 서둘러 자리를 떠났다. 음식을 남기면 안 되겠지만, 불편한 분위기에서 계속 먹었다간 체하고 말 것이다. 그녀는 식판을 개수대에 밀어놓고 구내식당을 빠져나왔다.

회식이 있는 날, 비서들과 함께 점심을 먹던 지은은 다시금 고민에 빠졌다. 지은과 유 비서가 자리에 앉자마자 정보 소식통인 전 비서의 입에서 따끈따끈한 새로운 소식이 쏟아져 나온 것이다.

"이번에 해외 마케팅 부서로 발령된 박보연 씨 알지? 알고 보니까 경영 전략팀 박 이사님 조카딸이래."

"그래서 그렇게 콧대가 높았던 거야? 저번에 회장님 만나러 와서 얼마나 재수 없게 굴던지……. 나한텐 완전 하녀 부리듯 땍땍거리더니 회장님을 보자마자 눈웃음을 살살 치더라고."

전 비서의 말을 받으며 김 비서가 못마땅한 표정으로 투덜거렸다. 평사원인 보연이 왜 공 회장을 만나러 오나 의아했었는데 이제야 궁금증이 풀렸다.

"역시. 홍콩 지사에 있을 때 말이 많았대. 삼촌 빽만 믿고 일도 제대로 하지 않고, 남자 문제도 복잡하고 등등. 엊그제 홍콩 지사 남 대리랑 통화했었는데 폭탄이라고 조심하라더라."

"그런 폭탄이 왜 본사로 온 거야?"

짜증 나는 얼굴로 고개를 내젓던 김 비서는 문득 뭔가 생각이 났다는 듯 유 비서에게로 고개를 돌렸다.

"오늘 해외 마케팅팀이랑 TF팀, 회식 있다고 했지? 유 비서도 갈 거야?"

"응. 상무님이 참석하시니까 나도 가야지."

"오늘 보면 진짜 폭탄인지 아닌지 알겠네."

대화에 끼지 않고 가만히 식사에 열중했지만, 지은은 전 비서가 말하는 폭탄의 의미를 알 것 같았다. 눈치가 느린 지은조차 느낄 정도였으니까. 해외 마케팅팀과 함께 일하는 경우가 많았기에 앞으로 싫든 좋든 보연과 마주쳐야만 했다. 마음이 무거워졌지만, 별일이야 있을까 하며 가라앉은 기분을 달랬다.

"김 비서님이랑 전 비서님에겐 제혁 씨와의 관계 말해도 되지 않을까요?"

지은은 점심 식사를 마치고 사무실로 돌아가는 길에 유 비서에게 슬그머니 물어보았다.

"밝히고 싶으면 밝혀요. 하지만 그러고 나면 하루도 가기 전에 사내에 쫙 퍼질 거예요."

"네?"

지은이 깜짝 놀란 듯 눈을 크게 뜨자 유 비서는 피식 웃으며 어깨를 으쓱거렸다.

"꼭 비밀로 해달라고 애원하면 하루까진 아니고 일주일은 걸릴 거예요. 비밀이란 게 그래요. 철저하게 막든지 다 털어놓든지, 둘 중에 하나예요. 한두 사람에게 털어놓다 보면 어느새 주위에 쫙 퍼지게 되거든요."

그 상사에 그 부하라고 가끔 유 비서는 경민처럼 말하곤 했다.

"밝히고 싶으면 아예 오늘 회식 자리에서 해요. 그게 더 뒷말 없고 좋을 거예요. 몇몇 직원의 질투 어린 시선을 받긴 하겠지만 뭐, 어때요? 민 실장님을 쟁취했는데 그까짓 부작용쯤은 견뎌야죠."

오늘 회식 자리에서? 제혁 씨와 의논해봐야 하나?

지은은 심각하게 고민하기 시작했다.

"오늘 주인공은 나니까 민 실장님 옆에 앉는 거죠?"

회식 장소인 레스토랑에 도착하자마자 보연은 진 대리를 향해 생긋 웃어 보였다. 질문을 받은 진 대리는 묘하게 표정을 일그러뜨렸다. 지금까지 보연처럼 당당하게 나오는 사원은 없었다. 보통 '정말요?'라고 하며 얼굴을 붉히거나, '아뇨. 괜찮아요.'라고 사양하는 경우가 대부분이었다.

새로 온 직원에게 베풀던 배려를 보연은 마치 자신의 권리처럼 요구했다. 얼굴은 청순가련하게 생겼는데 어째 속에는 꼬리 아홉 개 달린 여우가 들어 있는 것 같았다.

"응. 그렇지."

진 대리의 허락이 떨어지기가 무섭게 보연은 TF팀 테이블로 걸어갔다. 그녀는 제혁의 옆으로 다가가더니 생머리를 찰랑거리며 수줍게 고개를 숙였다.

"안녕하세요. 해외 마케팅 부서에 새로 온 박보연이에요. 홍콩 지사에서 서울 본사로 발령받았거든요. 민 실장님 말씀은 많이 들었습니다. 앞으로 잘 부탁드려요."

그때 막 지은이 경민, 유 비서와 함께 레스토랑 안으로 들어섰다.

"민제혁입니다. 잘 부탁합니다."

제혁은 보연과 짤막하게 인사를 나누고는 지은을 향해 고개를 돌렸다. 지은과 제혁, 두 사람의 시선이 잠시 허공에서 부딪쳤다. 제혁이 손을 들어 아는 척을 하려고 하자 지은은 황급히 시선을 피해버렸다. 두 사람의 관계를 누군가 알아챌까 봐 긴장한 것 같았다.

"오늘 저는 민 실장님 옆에 앉아야 한다고 하더라고요."

제혁의 관심이 다른 곳으로 향하자 보연은 손을 뻗어 제혁의 팔에 손을 얹었다. 닿을 듯 말 듯 조심스러운 동작이었지만 제혁의 관심을 도로 가져오는 데 성공했다. 그가 아무 말 없이 팔에 놓인 손을 힐끔 쳐다보자 보연은 살며시 웃으며 재빨리 손을 거두었다. 들이밀 때 들이밀고 빠질 때 확 빠지는 고수다운 움직임이었다.

"제가 오늘 회식의 주인공이거든요."

"그렇군요."

제혁은 무뚝뚝하게 말하며 차가운 눈으로 보연을 바라보

았다.

귀찮군. 그는 살며시 눈살을 찌푸리며 다시금 지은을 찾아 주위를 둘러보았다. 그녀는 레스토랑 입구 쪽에서 경민과 함께 마케팅 김 팀장과 대화를 나누고 있었다.

같은 테이블에 앉지 않을 건가? 회사 안에선 아무 사이 아닌 것처럼 연기하기로 했지만 약간 서운한 감정이 들었다.

"저기, 민 실장님."

보연의 목소리에 제혁은 상념에서 벗어나 그녀를 향해 고개를 돌렸다. 유혹하라는 여자는 왜 가만히 있고 쓸데없는 여자만 들러붙는 걸까? 제혁은 씁쓸하게 웃으며 속으로 한숨을 내쉬었다.

저 여자, 뭐지?

지은의 눈길은 경민과 김 팀장을 향하고 있었지만, 머릿속은 온통 제혁과 보연을 향하고 있었다.

"……알았어. 조사한 거 다음 주까지 보고서 만들어서 줘. 내가 검토해볼게."

"네. 상무님."

지은은 두 사람의 대화에 집중하는 것처럼 고개를 끄덕거리며 제혁 옆에 딱 달라붙은 보연을 힐끔 훔쳐보았다. 제혁은 전혀 관심 없다는 얼굴이었지만 보연은 생글생글 눈웃음치기에 바빴다.

정말 대단하다는 말밖에 나오지 않았다. 저렇게 대놓고 접근할 수도 있는 거구나. 유 비서도 같은 생각인지 쓴웃음을 짓더니 지은의 귀에 대고 작게 속닥거렸다.

"전 비서가 말한 그대로네요."

"그런 거 같죠?"

"응? 뭐?"

귓속말인데도 어떻게 알아들었는지 경민이 호기심을 나타냈다. 김 팀장은 이미 자리로 돌아간 후였다. 유 비서는 설명을 생략한 채 고갯짓으로 제혁과 보연 쪽을 가리켰다.

"저, 저, 저, 또 시작이다!"

무슨 일이 벌어지는지 바로 감을 잡은 경민은 미간을 잔뜩 일그러뜨렸다.

"아니, 그새를 못 참아서……."

화난 표정으로 제혁에게 가려던 경민은 불현듯 걸음을 멈추더니 지은을 향해 등을 돌렸다.

"지은 씨."

그의 심각한 눈빛이 지은을 향해 쏟아졌다.

"내 남자에게 달라붙은 파리를 보고도 가만히 있을 겁니까?"

내 남자에게 달라붙은 파리? 경민의 입에서 나온 말은 도발하는 것처럼 잠자던 그녀의 소유욕을 건드렸다. 지은은 두 눈을 부릅뜨며 주먹을 꽉 움켜쥐었다.

하지만 마음먹은 걸 실천에 옮기는 것은 쉽지 않았다. 파리를 쫓아내려고 씩씩하게 다가갔지만, 막상 두 사람 앞에 서게 되자 주춤하고 말았다. 그러다 보니 어영부영 같은 테이블에 합석하게 되었다. 경민이 제혁의 맞은편에 앉는 바람에 유 비서와 함께 나란히 앉게 되었다. 바로 코앞에서 제혁과 보연이 함께 앉은 모습을 보려니 기분이 싸했다.

"아, 그래서 그렇구나."

보연은 눈웃음을 살살 치며 흘러내리지도 않는 머리카락을 연신 손으로 쓸어 올렸다. 그녀가 생머리를 찰랑거릴 때마다 모든 남자들의 시선이 보연에게 꽂혔다. 같은 테이블에서 관심을 나타내지 않는 남자는 제혁과 경민뿐이었다. 제혁은 무표정으로 일관했고 경민은 가끔 하품을 참는 듯 손으로 입을 가렸다. 그러다 지은과 유 비서의 잔이 비게 되면 바로바로 술을 따라주었다.

"이런 잔이 비었네."

지은이 빈 잔을 내려놓자 경민은 잔이 찰랑찰랑 넘치기 직전까지 맥주를 가득 부었다.

"감사합니다, 상무님."

맞은편에 앉은 제혁은 지은에게 그만 마시라는 눈빛을 보냈지만 지은은 모르는 척 회피하며 맥주잔을 입으로 가져갔다. 아무 말도 하지 못하고 꼬리를 내린 자신이 실망스러워 술이라도 마셔야 할 것 같았다.

"호호호."

전혀 웃기지 않은 농담에도 보연은 한 손으로 입을 가리며 수줍게 웃었다. 그런 모습이 매력적으로 느껴지는지 보연을 바라보는 남자들의 눈에선 꿀이 뚝뚝 떨어졌다.

하아, 이럴 줄 알았으면 멀리 떨어져 앉을 걸. 지은은 속으로 투덜거리며 끊임없이 맥주를 들이켰다.

"민 실장님은 술 안 드세요?"

"운전해야 해서요."

"그럼 건배만 할게요. 짠!"

보연은 해맑게 웃으며 그녀의 잔을 제혁의 잔에 부딪쳤다. 그러곤 제혁과 시선을 맞추며 살며시 입꼬리를 올렸다. 눈꺼풀을 깜박거리며 고개를 옆으로 갸웃거리는 모습이 어떻게 하면 자신이 가장 매력적으로 보일지 연구한 느낌이었다. 지은은 아무렇지 않은 척 맥주를 들이켰지만, 그런 꼴을 보고 있자니 심기가 몹시 불편했다.

장희빈을 바라보는 인현왕후의 기분이 이랬을까?

"그런데 민 실장님, 혹시 여자 친구 있으세요?"

보연의 질문에 떠들썩하던 주위가 돌연 조용해졌다. 당황한 지은은 저도 모르게 꿀꺽 맥주를 삼키다 사레에 들리고 말았다.

"컥."

지은이 캑캑거리며 기침하자 제혁은 재빨리 앞에 놓인 물컵으로 손을 뻗었다. 그러나 제혁보다 경민의 행동이 더 빨랐다.

"괜찮아요, 지은 씨?"

경민은 지은의 등을 손바닥으로 두드리며 물컵을 내밀었다.

"……쿡쿡 …… 괜찮아요."

지은은 목덜미까지 빨개진 얼굴로 간신히 대답했다.

"대답이 없는 걸 보니까 여자 친구 없나 보네요. 그렇죠?"

제혁의 대답을 기다리다 못한 보연이 다시 말을 걸었다. 보연의 당돌한 도발에 제혁은 씁쓸히 입매를 비틀었다. 이 여자 보통은 아니군.

"사생활에 관한 질문은 피해줬으면 하는데요."

제혁이 정떨어질 만큼 싸늘한 말투로 말했다. 그러나 보연은 전혀 동요하지 않고 미소를 유지했다.

"기분 상하셨다면 죄송해요. 저는 다만 희망을 품어도 될까 해서 물어본 거예요."

희망이라는 단어로 그럴싸하게 포장했지만 결국은 노골적인 유혹이었다.

"아뇨. 그럴 일은 결코 없을 겁니다."

"미래는 아무도 모르는 거죠."

매몰찬 대답에도 제혁을 향한 보연의 대시는 계속해서 이어졌다. 이쯤 되자 여사원들끼리 눈살을 찌푸리며 숙덕거리기 시작했다.

"보연 씨, 박 이사님 믿고 너무 나가는 거 아냐?"

"그러니까. 뭐니 저게?"

"청순가련형 팜므파탈 코스프레인가?"

지은은 그저 담담히 맥주만 마셨다. 구태여 그녀가 나설 필요는 없었다. 제혁이 보연이 비집고 들어올 틈을 주지 않고 완벽하게 방어하고 있었으니까. 하지만 두 사람의 사이를 계속 비밀로 한다면 결혼할 때까진 이런 일이 계속될 것이다.

과연 그때까지 잘 버틸 수 있을까? 지금도 속이 부글부글 끓어오르는데…….

지은은 맥주잔을 입으로 가져가며 힐끗 보연을 훔쳐보았다. 그녀는 이제 아예 제혁 쪽으로 몸을 돌린 채 그의 얼굴을 빤히 바라보고 있었다. 쳐다본다고 제혁의 얼굴이 닳아 없어지는 건 아니겠지만 불끈 화가 났다. 그만 좀 쳐다봐! 할 수만 있다면 제혁의 팔을 잡아 밖으로 끌고 나가고 싶었다. 하지만 회식 자리에서 짝꿍을 빼앗긴 초등학생 아이처럼 반응할 순 없었다. 참자, 참아야지.

"아까 내가 해준 말 기억하죠?"

어느 정도 기분이 진정되려는데 불쑥 경민이 끼어들었다.

"내 남자에게 달라붙는 파리는 내 손으로 떼어내야 한다."

여기서 내 남자는 제혁, 파리는 보연을 뜻하는 게 분명했다. 경민은 씩 웃으며 단숨에 술잔을 비웠다. 그러곤 혼잣말처럼 중얼거렸다.

"아무렇게나 지어낸 말인데 입에 착착 달라붙는단 말이지. 역시 난 천재야."

"상무님, 술이나 드세요."

유 비서는 입을 다물라는 듯 경민의 술잔에 술을 가득 따랐다.

"왜? 유 비서는 안 재밌어?"

"그냥 드세요."

유 비서가 나직한 목소리로 재차 술을 권하자 경민은 못 이기는 척 잔을 들었다.

힘겹던 1차 회식이 겨우 끝나고 모두 자리에서 일어섰다. 하도 신경을 썼더니 맥주를 꽤 마셨는데도 지은은 전혀 취기를 느끼지 못했다.

그래도 이게 어디야?

회식의 주인공을 제혁의 옆자리에 앉게 하는 규칙은 오로지 1차 회식뿐이었다. 2차 회식부터는 보연을 의식할 필요 없다는 뜻이었다.

"2차는 어디로 갈까요?"

"글쎄 어디가 좋을까? 추천할 사람 없어요?"

사원들은 레스토랑을 나가며 2차를 어디로 갈 것인지 의논했다. 지은은 유 비서와 함께 레스토랑 안에 남아 경민이 계산을 끝내기를 기다렸다. 사실은 제혁을 따라서 먼저 밖으로 나가고 싶었다. 보연이 그새 또 어떤 짓을 할지 지켜봐야 하니까. 하지만 지은은 곧 생각을 고쳐먹었다.

1차에서는 제혁의 옆에 앉아서 그랬던 거고, 밖에까지 나가서 그러지는 않겠지?

그러나 잠시 후 밖에 나간 지은은 자신이 안일했다는 사실을 깨달았다. 보연은 누구보다 한 수 위인 연애 고수였다.

"……저기요."

분명 맥주 한 잔밖에 마시지 않은 걸로 아는데 보연은 티가 나게 비틀거렸다. 호리호리한 몸매로 비틀거리는 모습이 보호 본능을 자극하는지 남자들의 시선이 일제히 보연에게로 쏠렸다.

"죄송해요."

보연은 수줍게 웃어 보이며 제혁의 옆으로 다가갔다.

"좀 많이 마셨나 봐요. 잠깐 기대도 될까요?"

그러곤 제혁의 허락이 떨어지기도 전에 그에게 몸을 기대었다. 제혁은 황당하다는 얼굴로 보연을 노려보았다. 동시에 지은의 머릿속에서 폭탄이 '펑' 하고 터져버렸다.

보자 보자 하니까! 그제야 지은은 왜 보연이 폭탄이란 별명으로 불리는지 알 것 같았다.

마시기는 내가 더 많이 마셨거든! 지금 여기서 어지럽다고 제혁에게 기댈 사람이 있다면 그건 보연이 아닌 그녀 자신이어야 했다. 지은은 빠른 걸음으로 두 사람에게 걸어갔다.

"보연 씨."

연약한 척 연기하던 보연은 지은이 자신의 이름을 부르자 두 눈에 살며시 힘을 주었다.

"아까 했던 질문, 내가 대답해줄게요."

대답은 무슨! 솔직한 심정으로 지은은 '내 남자한테서 손 떼!'라고 소리 지르고 싶었지만 보연은 제혁이 싱글인 줄 알고 꼬리를 치는 것이니 무턱대고 화를 낼 순 없었다. 지은은 애써 화를 참으며 제혁에게 이미 여자 친구가 있다는 사실만 밝히기로 했다.

이 정도로 말하면 한두 살 먹은 애도 아닌데 알아듣겠지.

"무슨 질문이요?"

"아까 민 실장님께 여자 친구 있느냐고 물었죠? 네. 민 실장님 여자 친구 있어요."

지은의 말에 보연은 미간을 찌푸리며 똑바로 몸을 일으켰다. 그러곤 가슴 앞으로 팔짱을 꼈다.

"지은 씨가 그걸 어떻게 알아요? 두 분 그 정도로 가까운 사이였어요?"

여자 친구가 있다고 알려주는 걸로 끝내려고 했는데 예상과 달리 보연은 순순히 물러설 것 같지 않았다.

모두 밝혀야 하나?

지은은 곤혹스러운 표정으로 입을 다물었다. 그녀가 대답을 하지 못하고 뜸을 들이자 보연은 비아냥거리는 목소리로 대답을 재촉했다.

"왜 대답을 못 해요?"

지은은 숨을 고르며 잠시 뜸을 들였다. 저렇게 도발하는데 도저히 참고 있을 수만은 없었다.

"네. 맞아요. 민 실장님과 저, 곧 결혼할 정도로 가까운 사이예요."

"네?"

전혀 예상하지 못한 지은의 대답에 보연의 얼굴이 순식간에 일그러졌다. 아닌 밤중에 홍두깨도 아니고 이게 무슨!

"지은 씨, 아까 보니까 많이 마시던데 지금 술주정하는 거예요? 술 깨는 약 사다줘요?"

보연의 무례한 반응에 지은은 주먹을 꽉 움켜쥐었다.

"술주정 아닙니다."

지은이 뭐라고 말하려는데 제혁이 먼저 끼어들었다.

"신지은 씨와 저, 곧 결혼하는 거 맞습니다."

제혁은 지은의 허리에 팔을 두르며 그녀를 자신 쪽으로 가까이 끌어당겼다. 그러곤 사랑스러워서 견딜 수 없다는 듯 그녀의 옆 이마에 입을 맞추었다. 보연은 당황한 얼굴로 그런 두 사람을 바라보았다.

"어머!"

"진짜예요?"

여자 친구라고만 해도 큰 충격인데 곧 결혼할 예정이라니!

진 대리를 비롯한 다른 여자 사원들도 깜짝 놀란 듯 입을 벌렸다.

"크크크."

경민만 겨우 웃음을 참는 듯 끅끅거리며 주먹을 입으로 가져갔다. 너무 힘들게 웃음을 참았는지 경민의 눈가에 눈물이 고이고 있었다. 그런 경민을 바라보던 유 비서는 짧게 한숨을 내쉬며 설레설레 고개를 흔들었다.

"쌍우로 오기 전부터 이미 사귀는 사이였군요."

2차 회식 장소를 와인 바로 옮긴 후, 지은은 진 대리를 비롯한 다른 여사원들에게 자초지종을 설명했다. 처음엔 모두 멍한 표정으로 할 말을 잃었지만, 지은의 설명에 차차 고개를 끄덕거렸다.

"정말 미안해요. 미리 말씀드렸어야 했는데……."

지은이 거듭 사과하자 진 대리는 사람 좋은 웃음을 지으며 고개를 내저었다.

"아니에요. 사내 커플이라고 밝히기가 쉽진 않죠."

"그럼요. 결혼하기로 한 건 얼마 되지 않았다면서요."

다행히 모두 지은의 입장을 이해해주었다.

"그나저나 보연 씨가 안 보이네?"

그때 사원 중 한 명이 보연의 부재를 끄집어냈다. 그러자 누군가가 말했다.

"아까 택시 타고 가던데? 본인도 창피했겠지. 은근슬쩍 여우 짓 하다가 꼬리 밟힌 거잖아."

다들 지은이 제혁의 약혼녀란 사실보다는 보연이 한 방 먹었다는 사실에 더 관심을 갖는 것 같았다.

"아까 그 표정 봤어? 완전……."

"내 말이……. 3일 동안 쌓였던 체증이 싹 내려갔다니까."

"쌤통이지, 뭐."

모두 고소하다는 얼굴로 소리 죽여 키득거렸다. 하지만 지은은 함께 웃을 수 없었다. 왠지 마음이 불편했기 때문이었다. 보연을 창피하게 할 생각은 없었다. 단지 제혁 옆에 딱 달라붙어 있는 모습을 참을 수 없었을 뿐이다.

조금만 더 참을 걸 그랬나?

지은은 와인을 홀짝거리며 제혁을 찾아 주위를 두리번거렸다. 제혁은 다른 테이블에서 남자 사원들에게 둘러싸여 있었다. 그 역시 동료 직원들에게 그녀와의 관계에 대해 설명하고 있는 듯했다.

"음……."

순간 초점이 흔들리며 제혁의 모습이 흐릿해졌다. 지은은 눈꺼풀을 깜박거리며 손에 들고 있던 와인 잔을 내려놓았다. 맥주만 마실 땐 괜찮았는데, 와인을 마시자 술이 섞여서인지 은근히 취기가 올라왔다. 갑자기 실내 공기가 탁하게 느껴진 지은은 양해를 구하고 자리에서 일어났다. 아무래도 찬 바람을 쐐야 할 것 같았다. 건물 앞 벤치에 앉아 숨을 돌리는데 경민이 밖으로 걸어 나왔다.

"지은 씨, 여기서 뭐 해요?"

"안이 좀 답답해서……. 상무님은 왜 나오셨어요?"

"난 지은 씨 나가는 거 보고 따라 나왔죠. 까먹기 전에 아까 멋졌다는 말 꼭 해주고 싶어서."

경민은 지은에게로 상체를 굽히더니 자신의 어깨를 손으로 툭툭 치는 시늉을 해 보였다.

"내 남자에게 붙는 파리는 내 손으로 처리해야 한다."

"큭."

갑자기 튀어나온 농담에 지은은 웃음을 터뜨렸다.

"하하하."

경민도 지은을 따라 낮게 웃음을 터뜨렸다.

"고백하는 것도 중요하지만……."

통쾌하게 웃던 경민은 잠시 후 웃음을 멈추곤 진지한 얼굴로 말을 꺼냈다.

"지키는 것도 중요합니다. 그러니까 손에 쥔 사랑 잘 지켜요."

"네? 그게 무슨 뜻이죠?"

지은의 물음에 경민은 대답 대신 손바닥으로 그녀의 어깨를 툭툭 내리쳤다. 무언가 해줄 말이 있는 듯 입술을 달싹거리던 그는 결국 애매모호한 미소를 지으며 고개를 내저었다.

"난 지은 씨가 절대로 흔들리지 않을 거라고 믿어요."

경민은 알 수 없는 말을 남기고 그대로 등을 돌려 안으로 들어갔다. 지은은 조금은 당황한 표정으로 경민의 뒷모습을 쳐다보았다. 왠지 모르게 그녀를 바라보는 경민의 눈빛이 슬퍼 보인 것 같기도 했다.

무슨 일이지? 상무님 취하셨나?

지은은 멀어지는 경민을 의아한 표정으로 바라보았다.

고마워, 그리고 사랑해

지은은 제혁과 함께 결혼식 준비를 하려고 했지만, 일정이 맞지 않아 무산되고 말았다. 저녁 식사를 하면서 잠깐 얼굴을 보는 것으로 만족해야만 했다.

“뭐? 비빔밥을 어떻게 만드는지 가르쳐달라고?”

일요일. 지은은 외출하기 전, 잠시 틈나는 시간을 이용해 간단한 요리를 배우기로 했다. 할 줄 아는 요리가 몇 개는 있어야 한다고 판단해서였다. 예전에 지나가는 말로 제혁에게 무슨 음식을 좋아하는지 물었을 때 그는 ‘비빔밥’이라고 대답했었다.

“진심이야?”

솜이를 품에 안고 책을 읽던 안 여사가 혹시 잘못 들은 것은 아닌지 재차 확인했다.

“응. 나물을 어떻게 만드는지 가르쳐줘.”

요리라곤 학교 다닐 때 요리 실습한 게 전부였으면서. 겨우 달걀 프라이나 할 줄 알고 준비된 재료로 샌드위치나 만드는 게 고작인 지은의 입에서 나물 만드는 법을 가르쳐달라는 말이 나오다니.

"잘 걷지도 못하는 애가 묘기 부리는 것부터 가르쳐달라고 하네. 쌀 씻을 줄은 알아?"

"쌀 씻는 게 뭐 어렵다고? 물로 씻으면 되잖아."

"내 이럴 줄 알았어. 안 되겠다. 너 이번 기회에 정 여사님께 밥 짓는 것부터 제대로 배워."

60대 초반의 정 여사는 30년 넘게 신 회장 집 가사를 돌보는 도우미로 '가정식의 대모'라고 불렸다. 입맛이 까다롭던 돌아가신 왕 회장도 정 여사가 해준 음식만큼은 아무 불평 없이 드셨다고 했다.

"정 여사님, 우리 지은이 쌀 씻는 것부터 해서 제대로 밥 짓는 법 좀 가르쳐주세요."

"밥은 즉석 제품 사용하면 되지. 무슨 쌀 씻는 것부터 배워?"

왠지 모르게 일이 커지는 것 같아 지은은 불만스러운 얼굴로 투덜거렸다. 내일이라도 당장 제혁에게 비빔밥을 만들어주려고 했는데 쌀 씻는 것부터 해서 언제 다 배우려고.

"진짜 뭘 모르는 소리네. 비빔밥은 밥이 맛있어야 맛있는 거야. 왜 이름에 밥이 들어갔겠어, 응?"

어, 그러고 보니 그런 것 같기도 하고? 지은이 고개를 갸우뚱하자 안 여사는 빠르게 말을 이었다.

"쌀 씻는 법 배우고 나면 쌀밥, 보리밥, 잡곡밥, 발아 현미밥, 팥밥 순서대로 이번 기회에 다 배워!"

"엄마!"

"요샌 전기밥솥으로 하지만 냄비로 밥 짓는 것도 배워보고. 오늘은 우선 쌀밥이랑 죽 끓여봐. 정 여사님, 우리 지은이 기초 단단하게 가르쳐주세요."

"네, 사모님."

어느새 주방에서 나온 정 여사가 힘차게 대답했다. 밥하는 거 배울 시간 없는데……. 나물하는 거나 빨리 가르쳐주지. 지은은 뽀로통한 얼굴로 안 여사를 흘겨보고는 마지못해 정 여사를 따라 주방으로 들어갔다.

"쌀 씻는 법은 순서가 제일 중요하단다. 대부분 쌀을 넣고 물을 붓는데 제대로 쌀의 풍미를 간직하려면 물을 먼저 붓고 그 위에 쌀을 살살 넣어야 해."

지은은 오전 내내 정 여사에게 쌀 씻는 법과 전기밥솥으로 쌀밥 하는 법, 냄비로 하는 법, 그리고 마지막으로 쌀밥을 이용해 죽 끓이는 법까지 배웠다. 한 가지 위안을 삼자면 그래도 죽은 하얀 쌀죽이 아닌 쇠고기 야채 죽이었다.

결국 지은은 콩나물 무침 하나 배우지 못하고 웨딩드레스를 고르러 가야만 했다. 웨딩드레스를 고르고 밖으로 나오자 시간은 어느새 5시에 가까워지고 있었다.

지은은 차에 오르자마자 제혁에게 전화를 걸었다. 신호 음이 몇 번 들리고 제혁의 목소리가 흘러나왔다.

[여보세요? 다 끝났어?]

"네. 제혁 씨는요?"

[나도 끝났어. 지금 웨딩 스튜디오로 가는 중이야.]

"그러지 말고 시간도 아낄 겸 각자 이동해요."

[좋아. 그렇게 해.]

지은은 서로에게서 가장 가까운 곳으로 약속 장소를 정했다.

"주소 보내줘요?"

[그럴 필요 없어. 어딘지 아니까. 그런데…….]

콰쾅—. 제혁의 말이 끝나기도 전에 순간 커다란 굉음이 휴대폰을 통해서 흘러나왔다.

[윽!]

이어서 제혁의 고통스러운 신음이 뒤를 따랐다.

"제혁 씨? 왜 그래요?"

시동을 걸고 차를 출발하려던 지은은 깜짝 놀라 외쳤다. 그러나 제혁에게선 아무 대답도 돌아오지 않았다.

"제혁 씨? 오빠?"

무슨 일이 일어난 거지? 걱정스러운 마음에 지은의 심장이 미친 듯이 날뛰었다.

"오빠, 무슨 일인데? 오빠, 대답해!"

애타는 외침에도 불구하고 대답 없이 전화가 툭 끊어졌다. 다시 제혁에게 전화를 걸었지만, 신호만 갈 뿐 제혁은 끝내 전화를 받지 않았다. 커다란 굉음이 들린 것으로 보아 교통사고가 난 게 틀림없었다.

큰 사고가 난 거면 어떻게 하지? 많이 다치기라도 했다면?

"안 돼!"

지은은 눈물이 나오려는 걸 참으며 힘겹게 호흡을 골랐다. 이럴 때일수록 침착해야 한다. 바보처럼 징징 울면서 시간을 낭비할 순 없었다.

지은은 휴대폰을 움켜쥐고 빠르게 번호를 눌렀다. 다행히도 신호가 몇 번 가기도 전에 전화가 연결되었다.

"여보세요? ……네, 저예요. ……도움이 필요해서 전화 드렸어요. 방금 제혁 씨와 통화 중이었는데……."

지은은 애써 떨리는 목소리를 진정시키며 또박또박 말을 이었다.

"제혁 씨!"

응급실 침대 머리맡에 기대 있던 제혁이 소리가 나는 쪽으로 고개를 돌렸다. 지은이 창백한 얼굴로 그를 향해 달려오고 있었다.

"어떻게 된 거예요?"

지은은 이마에 커다란 반창고를 붙인 제혁을 보고 당장에라도 울음을 터뜨릴 것처럼 인상을 찌푸렸다.

"걱정하지 마. 단순한 접촉 사고였어."

"그런데 이마는 왜 그래요?"

지은이 손을 들어 제혁의 이마에 붙은 반창고를 조심스럽게 어루만졌다.

"별거 아니야. 약간 찢어져서."

이마가 찢어졌다는 말에 지은은 자신의 심장이 찢어지는 듯한 기분이었다. 이토록 완벽한 얼굴에 흠집을 내다니!

"이마까지 찢어졌는데 어떻게 단순한 접촉 사고예요? 정밀 검사는 받아봤어요?"

"가벼운 뇌진탕 증상이 있는데 걱정할 정도는 아니래. 오늘 하루만 푹 쉬고 나면 괜찮다고 했어."

제혁은 괜찮다고 했지만 지은은 그녀 자신이 교통사고를 당한 것처럼 몸 여기저기가 욱신거렸다. 내 남자의 다친 모습을 보는 건 그 어느 것보다 고통스러운 일이었다.

"안 아파요?"

"하나도 안 아파."

차라리 아프다고 투정이라도 부리면 얼마나 좋을까. 제혁은 계속해서 괜찮다며 그녀를 달래기만 했다.

"그런데 어쩌다 사고가 난 거예요?"

"갑자기 아이가 도로로 뛰어드는 바람에 앞차가 급정거를 했거든. 나도 곧바로 브레이크를 밟았는데 뒤차가 너무 바짝 붙어 있어서 제동 거리가 짧았나 봐. 그래서 살짝 들이받혔어."

살짝 들이받았는데 에어백이 터지고 이마가 찢어질 리가 없었다. 안전거리 미확보에 전방 주시 역시 소홀히 한 게 틀림없었다. 도대체 누가 내 남자를 다치게 한 거야!

"안전거리도 확보하지 않고 운전하다니. 누구예요? 낼모레 결혼하는 신랑 얼굴을 망가뜨려놓고. 내가 가만히 안 둘 거야!"

지은은 화난 얼굴로 소매를 걷어 올리며 주위를 둘러보았다.

"지은아, 흥분하지 마."

"오빠는 지금 내가 흥분 안 하게 됐어?"

지은은 눈물을 글썽거리며 양손으로 제혁의 뺨을 감싸 안았다.

"많이 아팠지, 오빠? 응?"

정말 흥분했나 보다. 지은은 말꼬리를 뭉텅 잘라버리고 분해 죽겠다는 얼굴로 씩씩거렸다. 제혁은 팔을 뻗어 그런 지은을 끌어안았다.

"미안해."

"오빠가 왜 미안해요?"

제혁이 안아주자 조금 진정되었는지 지은은 속삭이듯 투덜거렸다.

"걱정하게 했으니까. 앞으로는 안 다치게 조심할게."

그 말에 지은은 가만히 고개를 끄덕거렸다.

다리를 다친 것도 아니고 뇌진탕도 아주 가벼운 정도라고 거듭 말했지만, 병원에서 제혁의 집까지 오는 내내 지은은 그의 팔을 잡아 부축했다.

"어지럽지 않아요?"

"괜찮아."

"우선 앉아 있어요."

그녀는 중환자를 다루는 것처럼 제혁을 거실 소파에 앉혔다.

"저녁도 못 먹었는데 먹을 것 좀 사 올게요. 아, 아니다. 아무리 그래도 뇌진탕은 뇌진탕이니까 소화가 안 될지도 몰라. 내가 죽 끓여줄게요."

"죽?"

죽이란 말에 제혁은 미간을 살짝 찌푸렸다. 다친 건 이마였고 위장이 아니었기에 소화에는 아무 문제가 없었다. 그런데 죽이라니.

"괜찮아. 그러지 말고……."

"안 돼요."

제혁이 반대 의견을 내려고 하자 지은은 단호하게 그의 말을 잘라버렸다.

"오빠는 그냥 여기 가만히 앉아 있어요."

오늘 그녀는 정 여사에게 죽 끓이는 법 하나는 완벽하게 배웠다. 지금이야말로 까먹기 전에 바로 써먹을 수 있는 기회였다. 주방으로 간 지은은 제일 먼저 냉장고를 열어보았다. 다행히 간 쇠고기도 있었고 당근과 양파, 호박 등 필요한 야채도 보였다. 전기밥솥 안에도 넉넉한 양의 밥이 들어 있었다.

지은은 정 여사에게 배운 방법을 떠올리며 하나씩 따라 했다. 키친타월로 간 쇠고기의 핏기를 빼내고 조물조물 밑간한 다음, 팬에 기름을 넣고 볶다가 다진 야채를 넣어 살살 볶고 맨 마지막으로 밥을 넣었다. 멸치와 다시마로 만든 육수를 넣으면 더 깊은 맛이 나겠지만 아직은 그럴 수준은 아니었기에 이번에는 그냥 맹물을 부었다. 얼마 지나지 않아 생각한 것보다 더 그럴싸한 쇠고기 야채 죽이 완성되었다.

"음."

맛을 본 지은의 얼굴에 환한 미소가 떠올랐다. 이 정도면 첫 작품치곤 그리 나쁘지 않았다.

"냉장고에 있는 재료로 만든 거야?"

제혁도 적잖이 놀란 얼굴로 식탁을 내려다보았다. 반찬이라곤 달랑 잘게 부순 구운 김과 동치미뿐이었지만 꽤 그럴싸해 보이는 상차림이었다. 제혁은 숟가락으로 죽을 떠 천천히 입으로 가져갔다. 고소한 냄새가 확 풍기며 입맛을 자극했다. 지은은 선생님의 평가를 기다리는 학생처럼 긴장된 얼굴로 제혁을 바라보았다.

"어때요?"

"맛있어. 담백하고 고소한데."

진심 어린 칭찬에 지은은 활짝 웃으며 제혁을 따라 숟가락을 들었다.

"오빠, 비빔밥 좋아한다고 그랬죠? 나중에 비빔밥도 해줄게요. 나, 비빔밥 잘 만들거든요."

자신감 충만한 목소리로 지은이 말했다. 아직 나물 만드는 법은 배우지 못했지만, 뚝딱 죽을 끓여내는 실력이면 어렵진 않을 것이다.

"그래, 기대할게."

솔직하게 말하면 제혁은 비빔밥을 특별히 좋아하진 않았다. 어릴 때부터 편식하지 않고 뭐든 잘 먹었기에 딱히 더 좋아하는 음식은 없었다. 만들기 간편한 음식을 고르다 보니 비빔밥이 걸렸을 뿐이었다.

지은이 무슨 음식을 좋아하냐고 물었을 때 이상하게도 그녀가 만들어주고 싶어서 물어봤다는 예감이 들었다. 비빔밥은 나물을 사다가 참기름과 고추장을 넣고 비비기만 하면 되니까, 만약에 지은이 만들게 된다면 달걀 프라이 정도 하는 게 전부일 거니까. 그 정도라면 지은도 어렵지 않게 만들 수 있을 거라고 생각해서 얘기한 거였다.

저녁 식사가 끝나자 지은은 설거지를 하겠다며 제혁에게는 꼼짝 말라고 명령했다.

"그러지 말고 같이 하자. 손을 다친 것도 아닌데……."

제혁이 자신이 먹은 그릇을 들고 자리에서 일어나려고 하자, 지은은 엄한 표정을 지으며 그의 손에서 그릇을 빼앗았다.

"안돼요. 그래도 오늘은 환자니까 손가락 하나 까딱하지 말아요."

이마만 약간 찢어졌으니 망정이지 만약에 다른 곳을 다쳤다면 지은은 꼼짝도 하지 못하게 제혁을 침대에 묶어놓았을 것이다.

"내일 하루 쉬어야 하는 거 아니에요? 내가 상무님께 연락해서 하루 뺄까요?"

"그 정도 아니라니까."

제혁이 자꾸 괜찮다고만 하자 지은은 속상해지려고 했다. 하루 정도는 집에서 쉬는 것도 좋을 텐데……. 하지만 당사자가 싫다는데 어쩌겠는가? 본인의 뜻에 따를 수밖에.

"정 그러면 내일 아침 일찍 데리러 올게요. 어차피 차가 정비소 들어가서 운전 못 하잖아요."

"내일 아침에 데리러 오겠다고?"

그렇다면 지은은 조금 있다가 집에 간다는 소리일까? 제혁은 급히 벽에 걸린 시계로 시선을 돌렸다. 어느새 시간은 9시에 가까워지고 있었다. 내일 출근하려면 그녀도 이제 그만 슬슬 집으로 돌아가야 한다. 설거지하는 지은을 물끄러미 바라보던 제혁은 자리에서 일어나 그녀의 뒤로 다가갔다.

그릇을 모두 씻고 나면 그녀는 그를 두고 떠날 것이다. 혼자 남게 된다고 생각하니 왠지 모르게 가슴 한쪽이 시큰거렸다.

물로 헹군 마지막 그릇을 막 마른행주로 닦으려는데 제혁이 등 뒤에서부터 지은을 끌어안았다.

"지은아."

지은의 목덜미에 얼굴을 묻으며 제혁이 나직한 목소리로 속삭였다.

"오늘 자고 갈래?"

"왜요? 이마밖에 안 찢어졌다면서."

당연히 자고 간다고 할 줄 알았는데 지은의 입에서 의외의 말이 튀어나왔다. 지은을 안심시키려고 괜찮다고 한 건데 뒤늦게 후회되기 시작했다.

"……가볍긴 하지만 그래도 뇌진탕은 뇌진탕이야. 그러니까 가지 마."

제혁은 조금은 아픈 것 같은 목소리로 작게 속삭였다.

"혼자 있기 싫어."

지은은 손에 든 그릇을 내려놓으며 제혁을 향해 뒤돌아섰다. 진짜 뇌진탕은 뇌진탕인가 보다. 생전 약한 소리 안 하던 남자의 입에서 혼자 있기 싫다는 말이 나오다니……. 몸이 아프면 아무리 강한 남자라도 어리광을 부리게 되는 걸까?

"알았어요."

지은은 고개를 들어 제혁의 얼굴을 마주 보며 두 팔로 그를 꽉 껴안았다.

"혼자 있게 안 할게요."

"……고마워."

"고맙긴요."

지은은 살며시 미소 지으며 제혁의 널찍한 등을 손바닥으로 부드럽게 쓸어내렸다. 강한 모습도 멋있었지만, 모성 본능을 자극하는 모습 역시 그녀를 설레게 했다. 아니, 뭔들 안 멋있을까!

그때였다. 띠릭—. 띠리릭—. 현관 쪽에서 도어락 열리는 소리가 들렸다.

"어? 누가 왔나 봐요."

지은은 제혁을 끌어안았던 손을 풀고 재빨리 현관 쪽으로 걸어갔다. 동시에 현관문이 열리며 한 손에 종이 상자를 든 경민이 집 안으로 들어섰다.

"제혁아, 괜찮아?"

"상무님?"

"아, 지은 씨도 마침 있었군요."

비밀번호를 알기에 당연히 가족 중 한 명인 줄 알았는데 경민이라니, 전혀 예상치 못했다. 경민은 지은을 따라 주방에서 나온 제혁에게 종이 상자를 넘겼다.

"복숭아 통조림 사 왔어. 병문안 올 땐 이게 최고잖아."

"병문안이요?"

"교통사고 나서 다쳤다며?"

아무리 경민의 별명이 천리안이라지만, 어떻게 안 걸까?

제혁은 당황한 눈으로 지은과 경민을 번갈아 바라보았다.

"아, 맞다!"

그제야 지은은 깜빡했다는 듯 손바닥을 마주쳤다.

"내가 상무님께 연락했어요. 상무님이 수소문해주신 덕분에 제혁 씨가 어디 있는지 알아냈고요."

"그래, 내가 네 위치 알아내려고 완전 쇼 부렸다. 쇼!"

아까는 경황이 없어서 깨닫지 못했는데 교통사고로 휴대폰이 망가져버려 지은에게 연락할 수 없는 상황이었다. 그녀가 걱정할까 봐 아무 말도 하지 않았지만 사실 차가 반파될 만큼 심각한 교통사고였다. 하지만 정말 천만다행으로 가벼운 뇌진탕과 이마가 찢어지는 선에서 끝이 난 것이다.

"차 완전 망가졌다면서. 많이 다쳤어?"

"크게 다쳤으면 지금 집에 있겠습니까?"

제혁은 피식 웃으며 종이 상자 안에서 복숭아가 담긴 유리병을 꺼내보았다.

"애도 아닌데 뭐 이런 걸 사 와요. 하여간……."

"그런데 얼굴에 그게 뭐야!"

대수롭지 않게 대응하는 제혁과 달리 경민은 흥분한 표정으로 제혁의 이마 위에 붙은 반창고를 가리켰다.

"별거 아닙니다. 이마가 좀 찢어졌어요."

"뭐? 이마가 찢어져? 아니, 낼모레면 결혼할 신랑 얼굴을 누가 이렇게 망가뜨렸어. 어!"

매일 붙어 다니면서 일하더니 이젠 말투까지 비슷해졌나?

경민은 지은과 똑같이 말하며 화난 듯 씩씩거렸다.

"그러게나 말이에요. 가벼운 뇌진탕 판정도 받았대요."

지은은 몹시도 안타까운 얼굴로 경민의 말에 장단을 맞추었다.

"뇌진탕도? 제혁아, 너 내일 출근하지 말고 병가 내."

"병가는 무슨……."

제혁은 손으로 이마를 짚으며 고개를 내저었다. 걱정해서 와준 건 고마웠지만, 지금 경민은 불청객 그 이상도 그 이하도 아니었다. 지은과 단둘이 있으려고 했던 제혁은 못마땅한 얼굴로 경민을 노려보았다. 그녀도 함께 경민에게 눈치를 주면 좋으련만……. 지은은 경민과 대화하느라 바빴다.

"그거 황도에요? 백도에요?"

"둘 다 들었어요. 선물 세트라서 망고랑 파인애플도 있고. 하나 먹어볼래요?"

"와! 그러면 하나만 따볼게요."

그녀는 신나는 얼굴로 종이 상자를 들고 주방으로 향했다. 병문안 온 사람을 오자마자 내쫓을 수도 없고……. 제혁은 애써 표정 관리를 하며 다시 소파에 앉았다. 벽시계로 힐끔 시간을 확인하니 그새 9시 반이 넘어가고 있었다. 아무리 경민이 눈치가 없다고 해도 10시 전에는 돌아갈 거라고 믿으며 마음을 달랬다. 그런데 그건 그만의 착각이었다. 복숭아를 접시에 담아 돌아온 지은이 마지막 조각을 해치우자, 경민이 걱정스러운 얼굴로 물었다.

"지은 씨, 오늘 많이 놀랐죠?"

"네. 지금도 심장이 벌렁벌렁해요. 이 정도로 끝났으니 다행이지 정말 큰일 날 뻔했어요."

다시금 악몽 같았던 순간이 떠올랐는지 지은은 손바닥으로 가슴을 누르며 눈물을 글썽거렸다.

"오늘 힘들었을 텐데 지은 씨는 이제 그만 가요. 지금부터 제혁인 내가 돌볼게요."

"네?"

경민의 말에 깜짝 놀랐는지 지은의 눈가에 맺힌 눈물이 쏙 들어갔다.

"선배가 왜 여기 남아요?"

제혁도 지은과 마찬가지로 놀란 눈으로 경민을 바라보았다.

"왜 이래? 나 이래 봬도 의대 다녔던 사람이야."

"공부하기 힘들다고 1년 만에 때려치우고선……."

"그래도 너 하나 돌볼 실력은 돼."

경민은 제혁의 황당한 눈길은 아랑곳하지 않은 채 손목시계를 들여다보았다.

"이런, 벌써 시간이 이렇게 됐네. 지은 씨, 피곤하죠?"

"아뇨. 저 하나도 안 피곤한데……."

"그래도 내일 출근하려면 집에 가서 쉬어야죠. 온종일 결혼식 준비하느라 바빴을 것 아닙니까."

기분 탓일까? 갑자기 제혁의 눈에 지은이 무척이나 지쳐 보였다. 어쩌면 사고를 당한 자신보다 지은이 더 놀라고 힘들었을지도 모른다는 생각이 들었다. 그녀가 옆에 있어주길 바랐지만 그렇다고 그녀를 힘들게 할 순 없었다.

"그래, 난 괜찮으니까 이만 가봐."

지은을 잡고 싶은 마음을 꾹 누르며 제혁이 말했다.

뭐라니? 말리기는커녕 제혁까지 옆에서 거들자, 지은은 저도 모르게 눈을 가늘게 좁혔다. 방금까지 혼자 있기 싫다고 칭얼대더니 경민 씨가 왔다고 이젠 가보라고? 혼자 있기가 싫었을 뿐 누구라도 상관없다는 건가? 은근히 배신감까지 들었다. 지은은 뾰로통한 얼굴로 소파에 놓아둔 가방을 집어 들었다.

"그래요. 이만 가볼게요."

"오늘 고마웠어."

제혁은 현관까지 배웅할 뿐 끝까지 지은을 잡지 않았다. 그런 그가 조금은 야속했지만 그렇다고 아픈 사람한테 뭐라고 할 순 없었다.

"무리하지 말고 푹 쉬어요. 알았죠?"

말을 마친 지은은 제혁의 대답을 기다리지 않고 곧바로 문을 닫았다.

그날 밤 지은은 제혁이 걱정돼 깊게 잠들지 못했다. 몇 번이나 잠에서 깨어나 몸을 뒤척이다 결국 새벽 일찍 침대에서 일어나고 말았다. 제혁에게 전화할까 말까 망설이던 지은은 묵묵히 그의 연락을 기다리기로 마음먹었다. 먼저 연락했다가 혹시라도 곤히 잠든 그를 깨우게 되면 안 되기에…….

대신 서둘러 출근 준비를 끝내고 회사로 향했다. 일이라도 하고 있으면 기다리는 시간이 덜 지루할 테니까. 이른 시간이어서인지 주차장은 텅 비어 있었다. 지은은 지정 구역에 차를 세우고 빠르게 엘리베이터로 걸어갔다. 그런데 원수는 외나무다리에서 만난다고 엘리베이터 문이 열리자 먼저 타고 있던 보연과 맞닥뜨렸다.

마음 같아선 다른 엘리베이터를 타고 싶었지만 이미 그녀와 눈길이 부딪친 후였다. 지은은 할 수 없이 엘리베이터 안으로 발을 들여놓았다. 지은이 먼저 고개를 숙여 아는 척하자, 보연은 살짝 고개를 까닥이는 것으로 인사를 받았다. 하지만 인사를 받았다고 못마땅한 표정까지 숨길 생각은 없어 보였다.

보연은 가슴 앞으로 팔짱을 끼며 싸늘한 시선으로 지은을 위아래로 훑어보았다. 왠지 사람을 깔보는 것 같은 기분 나쁜 눈초리였다. 지은은 모른 척 고개를 돌려 그녀의 시선을 외면했다.

보연이 그녀에게 좋은 감정이 아니라는 건 어렵지 않게 알 수 있었다. 그때 보연의 날카로운 목소리가 귓속으로 흘러들었다.

"흥, 꼬리를 치려면 공 상무님에게나 치지."

응? 지금 뭐라는 거야?

지은은 의아한 표정을 지으며 보연을 향해 고개를 돌렸다. 지은과 눈이 마주치자 보연은 어깨를 으쓱거리며 싱긋 웃어 보였다.

"아 맞다, 그쪽 수준이 거기까진 못 미치겠네. 뱁새가 황새 따라가려면 가랑이가 찢어지니까."

"그 말, 나한테 하는 소리예요?"

"어머, 지금 여기에 또 누가 있나 봐?"

엘리베이터 안이라 주위 시선을 의식하지 않아도 되자, 보연은 아예 대놓고 반말을 퍼부었다.

와! 옆에 사람 없다고 완전 본색을 드러내네!

지은이 아무 말도 하지 않고 바라만 보자 보연의 막말은 계속해서 이어졌다.

"민 실장님도 참 여자 보는 눈 없다. 이렇다 할 배경도 없는 여자가 뭐가 좋다고. 사업하려면 인맥이 얼마나 중요한데……."

경영 전략팀 박 이사의 조카라고 하더니 주말 사이 지은의 뒷조사를 했나 보다. 신 회장은 지은이 사회생활하는 데 방해받을까 봐 그녀에 관한 정보를 철저하게 막아놓았다. 그 이유로 아무리 뒷조사를 했다고 해도 그녀가 SB그룹 상속녀라는 사실을 알아내지는 못했을 것이다.

평범한 보통 사람이니까 가뿐히 지르밟아도 된다고 생각했나?

"하!"

지은은 허리에 손을 올리며 어이없다는 듯 실소를 내뱉었다. 평소 같았으면 아무리 보연이 무례해도 꾹 참았을 것이다. 하지만 어제부터 그녀는 제혁의 교통사고로 스트레스가 극에 달했고 엎친 데 겹친 격으로 밤잠까지 설치고 말았다. 그런 상태에서 바다와 같은 넓은 이해심이 생겨날 리 없었다.

"야, 너! 삼촌만 믿고 눈에 뵈는 게 없나 보다?"

지은의 태도가 180도로 확 변하자, 보연의 눈이 깜짝 놀란 듯 휘둥그레졌다.

"세상에서 제일 못난 사람이 배경 믿고 설치는 사람이란 건 아니?"

"뭐? 너 지금 말 다 했어?"

보연은 분한 듯 주먹을 움켜쥐며 크게 소리쳤다. 그렇다고 눈 하나 깜짝할 지은이 아니었다.

"아니, 할 말 더 많은데 회사니까 참는 거야."

"뭐 이런 게 다 있어?"

보연이 한마디 하려는데 고속으로 올라가던 엘리베이터가 속도를 늦추더니 스르르 문이 열렸다. 지은이 내려야 할 층이었다.

"참, 그리고……."

엘리베이터에서 내리려던 지은은 잠시 걸음을 멈추고 보연을 향해 고개를 돌렸다.

"뱁새가 얼마나 귀엽게 생긴 줄은 아니? 그렇게 사랑스러운 뱁새가 왜 황새를 쫓아가니? 황새가 뱁새를 쫓아온다면 또 모를까."

지은은 얼이 빠진 보연을 남겨두고 빠르게 엘리베이터를 걸어나갔다.

사무실에 도착한 지은은 평소보다 더 업무에 열중했다. 그렇게 하면 시간이 빨리 흘러가기 때문이다. 출근하고 한참이 지나서도 제혁에게선 연락이 없었다. 경민에게라도 물어보면 좋으련만 그도 깜깜무소식이었다.

유 비서에게 경민의 소재를 물어보면 되겠지만, 하필 유 비서도 급한 일이 있어서 오후에나 출근한단다. 문자라도 보내볼까 했지만, 문자 알림 소리가 제혁의 잠을 방해할 수도 있어 포기했다. 점심시간을 한 시간쯤 남겨두고서야 경민이 회사로 출근했다.

"좋은 아침."

경민이 짤막하게 인사만 하고 바로 집무실로 들어가려고 하자, 지은은 용수철처럼 자리에서 벌떡 일어섰다.

"상무님! 제혁 씨는 좀 어때요?"

"어? 제혁이가 아직 전화 안 했어요? 아, 맞다. 수면제 먹고 자고 있지. 지금쯤이면 깨어날 때가 됐으려나?"

경민은 손목시계를 들여다보며 머릿속으로 시간을 계산했다.

"지은 씨, 오늘은 오전 근무만 하죠. 어차피 나도 중요한 건만 처리하고 오후 시간 빼려고 했으니까."

"이만 들어가보라고요?"

"네. 제혁이 간호해야죠. 아무래도 오늘까진 뇌진탕 후유증으로 시달릴 겁니다. 난 중요한 일 처리하고 이따가 가볼게요."

경민의 호의를 지은이 마다할 리 없었다. 몸은 회사에 있었지만 마음은 제혁에게 날아가 있었으므로 일이 손에 잡힐 리도 없었다.

"제혁이 깨우면 안 되니까 현관 비밀번호 알려줄게요."

약혼녀도 모르는 번호를 경민이 안다는 사실이 꺼림칙하긴 했지만 지은은 묵묵히 경민이 불러주는 비밀번호를 받아 적었다.

"아침도 못 먹고 자고 있으니까 가는 길에 먹을 것 좀 사서 가요."

"네, 감사합니다. 상무님."

지은은 책상을 정리하고 부랴부랴 회사를 나섰다. 경민의 말대로 음식을 주문하려던 지은은 아픈 사람에겐 파는 음식보다 집밥이 더 좋을 것 같아 곧장 집으로 향했다.

"뭐? 민 서방이 다쳤어?"

안 여사가 마른하늘에 날벼락이 떨어진 것처럼 화들짝 놀라며 소파에서 일어났다.

"걱정하지 마. 많이 다친 건 아니니까. 하여간 제혁 씨 간호해야 하니까 엄마가 음식 좀 준비해줘."

마음 같아선 그녀가 직접 만들고 싶었지만, 우선은 만들 시간도 능력도 없었다. 다행히 정 여사가 점심을 준비하던 참이었다.

"난 이따 먹어도 되니까 다 가져가. 냉장고에 밑반찬 있는데 그것도 챙겨가."

안 여사가 호들갑스럽게 챙긴 덕분에 지은은 한 시간도 되지 않아 음식이 가득 든 가방을 양손에 들고 제혁의 집에 도착할 수 있었다.

띠릭―. 띠리릭―. 지은은 경민이 알려준 비밀번호를 누르고 도어락을 열었다. 제혁은 아직 깨어나지 않았는지 조용한 실내가 그녀를 기다리고 있었다. 지은은 발꿈치를 들고 살금살금 주방으로 걸어가 가져온 음식을 식탁에 내려놓았다. 제혁이 깨기 전에 서둘러 준비를 끝내야 했다.

지은은 앞치마를 두르고 우선 쌀을 씻어 전기밥솥에 넣고 취사 버튼을 눌렀다. 그러곤 차갑게 해야 할 음식은 냉장고에 넣고, 데워야 하는 음식은 각각 접시와 냄비에 덜어 전자레인지와 가스레인지에 올렸다.

"……지은아?"

점심 차리기를 막 끝내려는데 제혁이 방금 잠에서 깨어난 얼굴로 주방에 들어섰다. 지은은 서둘러 앞치마를 벗으며 제혁에게로 다가갔다.

"깼어요? 시끄러워서 깬 건 아니죠?"

"아니."

제혁은 한 손으로 이마를 짚으며 고개를 내저었다.

"여기서 뭐 하는 거야? 회사는 어떻게 하고?"

"상무님이 일찍 들어가보라고 하셨어요. 그나저나 아침부터 아무것도 못 먹고 잠만 잤다면서요? 그래서 먹을 만한 음식을 간단하게 준비해봤어요."

말은 그렇게 했지만, 간단한 것과는 거리가 멀었다. 정 여사가 점심으로 준비한 도미찜과 대하 냉채, 고기 산적 그리고 각종 반찬 등 식탁에는 셀 수 없이 많은 음식이 차려져 있었다.

"이걸 모두 만든 거야?"

제혁이 믿기지 않는다는 얼굴로 식탁을 둘러보았다. 마치 '이 금도끼가 네 도끼냐?'라고 물어보는 것 같았다. 하지만 오늘 지은은 금도끼, 은도끼는커녕 쇠도끼도 준비하지 않은 나무꾼이었다. 그녀가 한 거라곤 전기밥솥으로 지은 밥이 전부였다.

“당연히 아니죠.”

지은은 숨기지 않고 사실대로 털어놓았다.

“딱 봐도 아니잖아요. 집에서 가져온 거 데우기만 했어요. 내가 만든 음식 기대했어요?”

“……아니. 이렇게 와준 것만으로도 고마워.”

제혁은 팔을 뻗어 지은을 자신의 품으로 잡아당겼다. 어제는 교통사고 충격을 느끼지 못했지만, 새벽이 되자 심한 근육통과 두통에 시달렸다. 잠을 이루지 못했던 제혁은 의사가 처방해 준 수면제를 복용해야만 했다.

얼마나 오랫동안 잠들어 있었던 걸까. 무거운 눈꺼풀이 저절로 떠졌다. 정확하게 기억나진 않았지만 밤새 악몽을 꾼 것처럼 기분이 푹 가라앉아 있었다.

“으음.”

제혁은 양손으로 얼굴을 감싸며 신음을 내뱉었다. 아파서 약해진 탓일까? 한 번도 이런 적이 없었는데 문득 혼자라는 사실에 가슴 한구석이 텅 빈 듯 허전했다.

그런데 그때였다. 어디선가 고소한 음식 냄새가 풍겨왔다. 제혁은 홀린 듯 침대에서 일어나 밖으로 나가보았다. 주방에서 달그락거리는 소리가 흘러나오고 있었다. 주방에 들어서자 앞치마를 두르고 바쁘게 움직이는 지은이 눈에 들어왔다. 상다리가 휘어지게 차렸으면서도 그녀는 해맑게 웃으며 간단하게 먹을 음식을 준비했단다. 그런 그녀가 제혁에겐 하늘에서 내려온 천사처럼 느껴졌다.

"고마워."

이제는 그녀가 없으면 단 한순간도 견딜 수 없을 것 같았다. 제혁은 지은을 품에 더 꽉 끌어안으며 나직이 속삭였다.

"……그리고 사랑해."

사랑한다는 말은 처음으로 듣는 말이었다. 푹 빠져버렸다고, 빨리 결혼했으면 좋겠다는 이야기는 들었지만, 솔직히 그에게서 직접적으로 좋아한다는 말은 듣지 못했었다. 서운하기보다는 워낙 성격이 무뚝뚝해서 그러려니 했는데…….

지은은 행복한 미소를 떠올리며 눈을 감았다. 이럴 때 영화나 소설에선 여자 주인공이 눈물을 글썽이며 키스하는 등 격정적인 반응을 나타내겠지만 막상 실제로 받아보니 그저 쑥스러울 뿐이었다. 피식 웃음만 흘러나왔다. 지은은 제혁의 팔을 잡아 식탁으로 이끌었다.

"자, 식기 전에 어서 먹어요."

점심을 먹은 후 지은은 설거지를 돕겠다는 제혁의 등을 거실로 떠밀었다.

"혼자 하기엔 양이 너무 많아."

"괜찮아요. 아무리 많아도 환자의 손을 빌릴 만큼 많은 건 아니니까."

지은이 설거지를 마치고 거실로 가자, 제혁은 눈을 감은 채 소파에 누워 있었다. 지은은 제혁에게 다가가 이마 위로 흘러내린 앞머리를 조심스럽게 올려주었다. 다정한 손길에 감겨 있던 그의 눈꺼풀이 천천히 떠졌다. 두 사람은 한동안 말없이 서로를 바라보았다. 예전 같았으면 뭔가 어색하고 어긋난 느낌에 불안했을 텐데 지금은 마음이 통한 것처럼 편안했다. 제혁이 손으로 옆자리를 툭툭 두드리자 지은은 그의 옆자리에 앉으며 그의 가슴에 얼굴을 묻었다.

"몸 여기저기가 쑤시죠?"

"……조금."

"첫날은 놀래서 모르고 지나가는데 다음 날 되면 통증이 나타나요. 상무님 말씀대로 회사 빠지길 잘했지."

"그래."

"들어가서 누울래요?"

제혁에게선 곧바로 대답이 돌아오지 않았다. 그녀가 의아한 표정으로 고개를 들자 잠시 머뭇거리던 그가 나지막하게 물었다.

"……같이 누울래?"

순간 지은의 눈이 동그랗게 커졌다. 뭘 어떻게 할 생각으로 물은 건 절대 아니었다. 그녀를 거실에 남겨두고 혼자 침대에 눕기 싫어 한 말이었는데 말하고 나니 조금 민망스러웠다. 제혁은 서둘러 말을 바꿨다.

"됐어. 나 잠들면 혼자 있기 심심할 테니까 이제 그만……."

"그래요, 같이 누워요."

제혁의 말을 도중에 자르며 지은이 빠르게 말했다. 그녀도 말해놓고 어감이 이상했는지 살짝 얼굴을 붉혔다.

"내가 꼭 안아줄게요. 들어가요."

"……지은아."

"아플 때 혼자 누워 있으면 괜히 서럽고 그렇잖아요. 나 아플 때마다 엄마가 꼭 안아주곤 했거든요. 이제부턴 제혁 씨, 내가 안아줄게요."

그녀는 제혁을 먼저 침대에 눕게 한 후 욕실로 들어가 편한 옷으로 갈아입었다. 다시 침실로 돌아온 지은은 재빨리 이불을 들추고 침대 속으로 들어가 제혁의 품에 쏙 안겼다.

"내가 옆에 있을 테니까 편히 자요. 응?"

지은은 몸을 뒤척거리며 조금 더 깊게 그의 품으로 파고들었다. 다행히도 몸의 상태가 안 좋았기에 망정이지 안 그랬음 신체가 딱딱하게 굳으며 곧바로 반응했을 것이다.

"……후."

지은의 달콤한 향과 따뜻한 체온을 느끼며 제혁은 길게 숨을 내쉬었다. 그리고 스르르 두 눈을 감았다.

하지만 아쉽게도 둘만의 행복은 그리 오래가지 못했다.

"갑자기 출장이라뇨?"

제혁은 미간을 찌푸리며 경민을 바라보았다. 오후 늦게 제혁의 집으로 찾아온 경민이 불쑥 해외 출장이라는 폭탄을 던진 것이다.

"일이 그렇게 됐어. 원래는 전무님이 영국에서 곧장 라스베이거스로 갈 예정이셨거든. 그런데 영국 쪽 일 진행이 자꾸 늦어지는 바람에 시간을 낼 수 없다고 하시네. 어떡해? 나라도 전무님을 대신해서 가야지."

이번 주 금요일까지 라스베이거스에서 열리는 정보 통신 박람회에는 세계 각국에서 몰려든 동종 업체 관계자들과 투자자가 몰려들 예정이었다. 쌍우그룹은 이번 박람회에 참가하진 않았지만 모처럼 한자리에 모인 업계 관계자들과 투자자들을 만나볼 필요는 있었다.

"그렇다면 할 수 없죠."

설명을 들은 제혁이 고개를 끄덕거렸다.

"내일 몇 시 비행기로 떠나면 됩니까?"

그 말에 지은은 걱정스러운 얼굴로 제혁을 바라보았다. 지금 상태로는 비행기 타는 건 무리일 텐데……. 어떡하지? 경민도 그녀와 같은 생각을 하는지 고개를 내저었다.

"아니. 민 실장은 이번 출장에서 빠져. 우리만 갔다 올게. 어차피 가자마자 관계자와 투자자만 만나고 바로 돌아오는 거라서 많은 인원이 움직일 필요는 없어. 나와 해외 마케팅 2팀만 움직이면 될 거야."

지금 상무님이 '우리'라고 표현한 덴 나도 포함되는 건가?

지은은 궁금한 표정으로 경민을 바라보았다. 역시나 그녀의 예상이 맞았다. 경민은 지은 쪽으로 고개를 돌렸다.

"지은 씨, 원래 계약에 해외 출장은 없었지만, 함께 갈 수 있겠습니까? 워낙 시간이 촉박해서 현지에서 통역을 구하기가 쉽지 않거든요."

"네. 갈 수 있습니다."

"그러면 지은 씨는 나와 가는 걸로 하고 민 실장은 여기서 나 대신 업무를 처리해줘."

"지은이를 데리고 가신다고요?"

제혁의 표정이 급속도로 어두워졌다. 출장 가 있는 동안은 서로 볼 수 없다는 소리였다. 지은의 얼굴도 어두워졌다. 그런 두 사람을 보며 경민은 그럴 줄 알았다는 듯 설레설레 고개를 흔들었다. 자신이 꼭 연인을 헤어지게 하는 악역이 된 것 같아 경민은 은근히 기분이 언짢았다.

"알았어. 책임지고 토요일엔 지은 씨 꼭 돌아올 수 있도록 할게. 그러니까 그런 얼굴 좀 하지 마라, 제발."

경민은 제혁을 향해 투덜거리듯 중얼거리며 눈을 가늘게 모았다.

해외 마케팅 2팀은 공경민 상무 일행보다 먼저 라스베이거스 박람회에 도착해 미팅 준비에 착수했다. 한창 준비 중에 급한 전화를 받고 밖에 나갔던 김 팀장이 황당한 얼굴로 돌아왔다.

"보연 씨, 중국어 할 줄 알아요? 홍콩에서 오래 지냈으니까 조금은 할 수 있죠? 어떤 머저리가 글쎄, 오늘이 아니라 내일인 줄 알고 중국 통역사를 돌려보냈답니다."

"통역이라면 지은 씨가 있잖아요?"

"지은 씨요?"

김 팀장이 미간을 찌푸리자 보연은 환하게 웃으며 고개를 끄덕거렸다. 공 상무가 지은을 아끼는 이유는 영어 동시통역 자격이 있으면서 불어와 독어, 스페인어에 능해서라고 했다. 또한 러시아어도 조금 한다고 들었다.

흥, 그게 뭐 그리 대단하다고. 유럽에서 학교를 나왔다면 그 정도는 당연한 거지. 하여간 그런 지은도 중국어는 못할 게 분명했다. 완전히 다른 언어니까. 그래서 보연은 못할 걸 뻔히 알면서 일부러 지은을 거론했다. 혹시라도 미팅이 펑크 날까 봐 다급한 김 팀장에겐 그런 걸 따질 겨를이 없을 것이다.

"진 대리님이 그랬어요. 지은 씨, 중국어도 유창하다고. 그러니까 일정 그대로 진행하세요."

"그래? 후우, 다행이다."

김 팀장은 안도의 숨을 내쉬며 휴대폰을 들고 다시 복도로 나갔다. 김 팀장의 모습이 보이지 않게 되자 보연은 웃음이 새어 나오는 입을 살며시 손으로 가렸다. 어디 한번 당해봐라.

"정말 정신없군."

독일 관계자와의 미팅이 끝나자 경민의 얼굴에도 피곤한 기색이 떠올랐다.

"난 미팅이 하나 더 남았지만 지은 씬 오늘 이만하고 호텔 가서 좀 쉬어요. 유 비서도 함께 들어가."

"상무님 혼자 괜찮으시겠어요?"

유 비서가 걱정스러운 듯 묻자, 경민은 건조하게 웃어 보였다.

"해외 마케팅 김 팀장이랑 함께하기로 했어. 어차피 중국 투자자라서 지은 씨가 할 일은 없을 겁니다. 중국 통역사도 오고……. 아, 저기 오네."

경민은 급하게 달려오는 김 팀장을 손으로 가리켰다. 김 팀장의 뒤에서 보연이 천천히 걸어오고 있었다. 그때였다.

"你好(안녕하십니까)?"

굵은 남자의 목소리가 뒤에서 들려왔다. 뒤를 돌아보자 50대 초반으로 보이는 남자가 수행원을 이끌고 그들에게 다가오고 있었다.

"상무님, 오늘 만나기로 약속한 리우(劉) 이사님이십니다."

김 팀장의 설명에 경민은 곤혹스러운 얼굴로 주위를 둘러보았다.

"통역사는 아직인가?"

"아, 그게……. 지은 씨가 중국어도 통역할 수 있다고 들었습니다만."

아무 생각 없이 두 사람의 대화를 듣고만 있던 지은의 눈이 휘둥그레졌다.

"네? 저요?"

"지은 씨? 할 수 있겠어요?"

지은이 이력서에 쓴 통역 능력은 영어 동시통역과 불어, 독어, 일어였다. 스페인어, 러시아어 등 다른 언어도 할 수 있다는 건 알고 있었지만, 거기에 중국어도 포함인지는 확실하지 않았다.

"중국어라면 만다린을 말씀하시는 거죠?"

지은의 질문에 김 팀장은 불안한 표정으로 고개를 끄덕거렸다. 보연은 분명 지은이 중국어도 유창하게 한다고 했다. 혹시라도 틀린 정보인가? 김 팀장은 어떻게 된 거냐는 눈으로 보연을 힐끗 바라보았다. 그러자 보연은 내 알 바 아니라는 듯 태연한 얼굴로 어깨를 으쓱거렸다. 순간 김 팀장의 등골에 식은 땀이 흘렀다.

"전문 지식이 필요한 통역은 어렵지만 가벼운 일상 대화는 가능합니다만……."

"그거면 됐습니다. 오늘은 그저 가볍게 인사하는 정도니까요. 우리 측이 먼저 만나자고 연락한 거라서 중국 측 역시 통역사를 구할 시간이 없었답니다. 내일은 차질 없이 중국어 통역사를 부르도록 하겠습니다."

김 팀장의 애원하는 듯한 눈빛에 지은은 할 수 없이 고개를 끄덕거렸다.

"그렇다면 좋아요. 제가 통역할게요."

지은은 부드러운 미소를 떠올리며 리우 이사를 향해 고개를 돌렸다.

"见到您很高兴(만나서 반갑습니다)."

뭐지? 도대체 뭐냐고! 보연은 자신의 눈을 믿을 수 없었다. 지금쯤 당황한 얼굴로 중국어를 못한다고 해야 할 지은의 입에서 중국어가 술술 흘러나오고 있었다.

보연은 지은이 중국어를 할 수 없다고 말하는 순간 앞에 나설 계획이었다. 정식으로 중국어를 배운 적은 없지만, 홍콩에서 지낸 덕분에 대화하는 데 지장이 없을 정도로 캔토니즈(광둥어)를 구사할 수 있었다.

보연이 얻은 정보에 의하면 리우 이사는 홍콩 출신이라고 했다. 그러니까 표준 중국어인 만다린(보통화)이 아니어도 캔토니즈로 대화하면 될 거라고 생각했었다. 그런데…….

뭐 저런 게 다 있어? 지은을 한 방 먹이는 동시에 자신의 능력을 보여줄 수 있는 계획이 물거품이 되자, 보연은 숨을 들이쉬며 어금니를 꽉 깨물었다. 보연을 더 화나게 하는 건 지은의 중국어 실력이 그저 가벼운 일상 대화 수준이 아니라는 점이었다. 정확히 알아들을 수는 없었지만, 꽤 진지한 대화를 나눈다는 건 쉽게 짐작할 수 있었다. 그래서 보연은 더욱더 질투가 나서 참을 수가 없었다.

20분 정도 환담이 끝나고 리우 이사는 지은을 향해 흐뭇한 미소를 떠올렸다.

"자네, 차오저우어도 할 줄 아나? 아까 보니까 내 비서가 하는 말도 알아듣던데……."

"네. 대학 동기 중에 차오저우에서 온 친구가 있었거든요."

차오저우어는 중국 고대어와 가장 가까운 중국 방언 중 하나로 싱가포르나 태국, 인도네시아, 말레이시아 등지에서 많이 사용되는 언어였다. 업무 이야기가 끝나자 분위기가 편해져서일까? 리우 이사는 악센트 강한 영어로 말하기 시작했다.

"공 상무님, 부럽습니다. 쌍우에는 정말 인재가 많군요."

"과찬이십니다."

"이런 인재가 많은 쌍우라면 믿고 맡길 수 있을 것 같습니다. 내일 미팅이 기대되는군요."

"네, 저도 기대됩니다. 그럼 내일 뵙죠."

리우 이사가 수행원을 이끌고 다른 곳으로 향하자 환하게 웃던 경민의 얼굴에서 웃음기가 사라졌다. 경민은 차가운 얼굴로 김 팀장과 보연을 쏘아보았다.

"어떻게 된 거야?"

"죄송합니다. 직원 중 누가 일정 착오를 일으켜서 중국어 통역사를 돌려보내는 바람에……."

"뭐?"

"정말 죄송합니다."

김 팀장은 황망한 표정을 지으며 거듭 고개를 조아렸다. 그러자 경민은 한숨을 내쉬며 고개를 내저었다.

"됐어. 그게 김 팀장 잘못이겠냐. 도착하자마자 누구보다 바쁘게 뛰어다녔는데. 멍청하게 실수한 직원 잘못이지."

경민은 아무렇지 않은 얼굴로 김 팀장 뒤에 서 있는 보연에게로 시선을 돌렸다. 같은 해외 마케팅 2팀이면서 보연은 자신과는 상관없는 일이라는 듯 고개를 빳빳이 든 상태였다. 경민은 보연을 지그시 노려보며 김 팀장에게 지시를 내렸다.

"통역 돌려보낸 직원이 누군지 알아봐."

"네, 알겠습니다."

은근히 찔린 보연은 살며시 옆으로 시선을 비켰다. 그 시선 끝엔 밝게 웃으며 유 비서와 이야기를 나누는 지은이 있었다. 고작 중국어 좀 통역했다고 저리 으스대는 꼴이라니. 오히려 지은의 능력만 더 알려준 셈이 된 것 같아 보연의 속이 부글부글 끓었다.

하지만 어쩌겠는가? 이번에는 그녀의 패배가 분명했다.

잠시 지은을 노려보던 보연은 아랫입술을 깨물며 획 고개를 돌려버렸다.

"정말이야? 어떻게 그런 실수를……."

지은에게 오늘 있었던 일을 전해 들은 제혁은 믿을 수 없다는 듯 되물었다.

[갑작스러운 출장이라서 모두 정신이 없긴 했어요. 현지에서 급히 중국어 통역사를 구하기도 쉽지 않았고. 김 팀장님은 도착하고 나서 시차 적응할 새도 없이 계속 강행군이세요.]

그 말에 제혁은 미간에 주름을 잡았다. 김 팀장이 눈코 뜰 새 없이 바쁘다는 건 지은 역시 바쁘다는 뜻일 테니까.

"지은이 넌? 시차 때문에 피곤하지 않아?"

[아뇨. 비행기에서 내리자마자 바로 시차 적응했어요.]

제혁의 걱정을 단번에 날려버리듯 지은이 씩씩하게 대답했다.

"그래도 제대로 쉬지도 못하고 일하고 있을 거 아냐?"

제혁은 손목시계로 시간을 확인했다. 한국 시각으로 오후 12시 반이니까 지금 그녀가 있는 라스베이거스는 밤 8시 반일 것이다. 호텔로 돌아오자마자 전화하는 거라고 했으니까 적어도 8시 넘어서까지 일했다는 뜻이었다.

"도대체 몇 시까지 잡아둔 거야?"

제혁은 자신도 모르게 목소리가 험악해졌다. 그러자 휴대폰 저편에서 지은이 작게 키득거렸다.

[어차피 한국에 있었어도 퇴근 후엔 센터에서 봉사해야 하니까, 그게 그거예요.]

"그래도……."

[그보다 제혁 씨는 어때요? 몸은 괜찮아요?]

"응. 괜찮아. 지금 병원이야. 이제 다시 회사로 들어가려고. 저녁은 먹었어?"

[아뇨. 아직. 이제 나가서 먹으려고요.]

"선배에게 맛있는 거 사달라고 해. 유명 셰프 레스토랑이 몰려 있는 곳이 라스베이거스잖아."

[아, 그렇지 않아도 오늘 저녁은 스파고로 가려고요. 상무님

이 9시로 예약해놓으셨어요.]

신나서 조잘거리던 지은의 목소리가 갑자기 낮게 가라앉았다.

[하아, 오빠도 여기 있으면 좋을 텐데…….]

그녀도 자신을 그리워한다는 사실을 깨닫자 제혁도 울컥했다.

"나와 약속한 거 잊지 마."

혹시라도 목이 멜 것 같아 제혁은 일부러 무뚝뚝하게 말했다.

"내가 옆에 없을 땐 절대로 취하지 않는다."

통역을 위해 최상의 컨디션을 유지하려면 어차피 술은 멀리해야 했다. 그런데도 그녀에게선 곧바로 대답이 돌아오지 않았다.

"지은아?"

[……알았어요.]

잠시 침묵이 흐른 후, 지은이 퉁명스러운 목소리로 대답했다.

"그래, 늦기 전에 준비하고 나가봐."

지은과 더 통화하고 싶었지만, 저녁도 안 먹었다는 그녀를 오래도록 붙잡을 순 없었다.

전화를 끊은 제혁은 쓴웃음을 지으며 걸음을 돌렸다.

그때 병원 로비를 지나가는 여자가 눈에 들어왔다. 왠지 익숙한 모습에 제혁은 눈을 가늘게 뜨고 여자의 움직임을 좇았다. 하지만 커다란 모자를 쓴 탓에 여자의 얼굴을 자세히 볼 순 없었다. 그런데 뭔가 이상한 감정이 자꾸만 그의 걸음을 여자 쪽으로 이끌었다. 여자는 제혁에게 등을 돌린 채로 로비 벽에 붙은 전광판을 올려다보고 있었다.

"그럴 리가 없는데……."

제혁은 저도 모르게 혼잣말을 중얼거렸다. 그저 비슷한 사람일 것이다. 7년 동안이나 소식이 끊겼던 그녀가 갑자기 눈앞에 나타날 리가 없었다. 전광판을 올려다보던 여자는 엘리베이터를 향하여 빠르게 걸어갔다.

……어떻게하지?

제혁은 제자리에서 얼어붙은 채 여자를 따라가야 할까 말아야 할까 고민에 빠져들었다.

드디어 한국으로 돌아갈 날이 다가왔다. 김 팀장과 보연은 업무를 마치고 이미 어젯밤에 한국으로 떠난 상태였다. 지은도 그들을 따라 돌아가고 싶었지만, 경민이 아침 일찍 프랑스 관계자를 만나야 해서 남을 수밖에 없었다. 그랬기에 마지막 미팅을 끝낸 지은은 기쁨의 비명이라도 지르고 싶었다. 곧바로 공항으로 향할 수 있게 아침에 일어나자마자 완벽하게 짐까지 싸놓은 상태였다. 이제 호텔에 돌아가서 슈트케이스만 가지고 나오면 되었다.

"지은 씨, 미안해서 어쩌죠?"

제혁을 만날 생각에 싱글벙글 웃는 지은에게 유 비서가 어두운 얼굴로 다가왔다.

"네? 뭐가요?"

"지은 씨, 아무래도 오늘 출발 못할 것 같아요. 가장 일찍 떠날 수 있는 날이 월요일이라네요."

"네? 그게 무슨 말이에요?"

지은의 얼굴이 창백하게 변해버렸다. 마른하늘에 날벼락도 유분수지!

"돌아가는 비행기 표가 없다고 방금 연락이 왔어요."

"네? 좌석이 없다니요? 왕복으로 끊은 거 아니었어요?"

"왕복은 맞는데 급하게 준비하느라 우선 가능한 날짜로 먼저 끊었거든요. 나중에 바꾸려고 했는데……. 지금 좌석이 없다고."

그렇다고 순순히 물러설 지은이 아니었다.

"꼭 여기서 출발할 필요는 없잖아요. 우선 LA나 샌프란시스코로 가서 거기서 갈아타면 되지 않나요?"

"거기도 마찬가지래요. 좌석이 꽉 찼대요. 가장 빠른 게 월요일에 떠나는 거래요."

순간 지은은 눈앞이 캄캄해지는 것만 같았다.

"그러면 시애틀을 경유해서 가든지 아니면 상하이로 갔다가 인천으로 가는 건 어떨까요?"

"그러지 말고, 지은 씨……."

옆에서 지은과 유 비서의 대화를 듣던 경민이 끼어들었다.

"마음 편히 쉬다가 월요일 비행기로 돌아와요. 호텔 경비는 내가 처리하죠."

지금 호텔 경비가 문제가 아니라고요! 그녀의 속이 바짝바짝 타들어가는 것도 모르고 경민은 계속해서 말을 이었다.

"비용은 내가 댈 테니까 스파에 가서 마사지도 받고 쇼도 관람해요. 라스베이거스에 즐길 일이 어디 한둘입니까?"

책임지고 토요일까지 보내준다고 해놓고 급한 불 껐다고 딴 말을 하다니……. 지은은 원망스러운 마음에 힐끗 경민을 노려보았다. 경민이 일부러 그러는 것도 아니니 무턱대고 화를 낼 수는 없었다.

"그러면 상무님과 유 비서님은 어떻게 하시려고요?"

예의상 물어봤는데 경민에게서 예상하지 못한 열불 터지는 대답이 돌아왔다.

"아, 우리 걱정은 안 해도 됩니다. 전용기 타고 가면 되니까."

"전용기요?"

"내 건 아니고, 친구 녀석 거예요. 녀석이 마침 프라이빗 제트기를 타고 라스베이거스에 놀러 왔더군요. 인천 들렀다가 상하이로 간다면서 가는 길에 태워준다고. 하하하."

"그럼 저도 함께 타고 가면 안 될까요?"

그 말에 경민은 난처한 얼굴로 고개를 내저었다.

"이런, 미안해서 어쩌죠? 딱 나랑 유 비서 좌석만 남아서……. 나는 월요일에 중요한 회의가 있어서 꼭 돌아가야 하거든요."

유 비서만 챙기고 난 매정하게 내팽개치겠다는 건가?

지은은 서운하다는 듯 경민을 바라보았다. 하지만 중요한 회의가 있다는데 뭐라고 따질 수도 없었다. 실 가는 데 바늘 간다고 경민이 유 비서를 빼놓고 업무를 볼 수도 없을 테고. 신 회장에게 전화한다고 해도 딱히 방법은 없을 것이다. SB그룹이 전용기를 보유하고 있는 것도 아니고, 만약에 그렇다고 해도 공적인 재산을 사적인 일에 함부로 사용해선 안 되니까.

"할 수 없죠."

지은은 암울한 현실을 묵묵히 받아들일 수밖에 없었다. 경민과 헤어지고 혼자 터덜터덜 호텔로 돌아온 지은은 털썩 침대에 쓰러지듯 주저앉았다.

이런 일이 생긴 줄도 모르고 제혁은 그녀가 돌아오기만을 기다리고 있을 텐데……. 도대체 뭐라고 설명하지?

"하아."

한동안 휴대폰을 뚫어지게 바라보던 지은은 작게 한숨을 내쉬었다. 전화 통화하기엔 한국은 아직 이른 시각이었다. 할 수 없이 지은은 한국 시각으로 아침 9시가 될 때까지 기다렸다 제혁에게 연락을 해보았다. 하지만 어쩐 일인지 신호만 가고 제혁은 전화를 받지 않았다. 한 시간 후에 다시 전화를 걸었지만 역시 마찬가지였다. 할 수 없이 지은은 짧게 음성 메시지를 남겼다.

[제혁 씨, 일이 생겨서 토요일에 돌아갈 수 없게 됐어요. 자

세한 내용은 통화하면서 설명할게요. 메시지 받으면 전화해 줘요.]

전화를 끊은 지은은 침대에 누워 멍하니 천장을 바라보았다. 그가 공항으로 마중 나오기로 했는데……. 나흘 동안 보지 못한 한을 토요일 밤에 한꺼번에 풀려고 했는데…….

아무리 라스베이거스가 환락의 도시라곤 하지만 제혁이 없는 이곳은 그저 황량한 사막일 뿐이었다.

띵—. 그때 갑자기 도어벨이 울렸다.

누구지?

지은은 흐트러진 머리카락을 정리하며 침대에서 몸을 일으켰다.

미안해서 룸서비스를 시켜주셨나?

경민은 출장 첫날에도 수고가 많았다면서 과일과 쿠키가 담긴 꽃바구니를 보냈었다.

지금 그게 중요한 게 아니잖아! 나에게 필요한 건 제혁 씨인데…….

그냥 돌려보낼 생각에 지은은 상대가 누구인지 확인도 하지 않고 문을 열었다.

"헉!"

문이 열리는 동시에 지은의 눈이 튀어나올 것처럼 커다래졌다. 설마 꿈은 아니겠지?

"누구인 줄 알고 체인도 안 걸어놓고 문을 열어?"

제혁이 슈트 케이스를 옆에 두고 문 앞에 서 있었다.

"꺄악, 오빠!"

지은은 아이돌을 만난 열성 팬처럼 비명을 지르며 제혁의 품으로 뛰어들었다. 양팔을 활짝 벌리고 격하게 끌어안는 바람에 그의 몸이 휘청 뒤로 밀렸다. 열렬하게 환영하는 지은 못지않게 제혁도 숨 쉴 수 없을 만큼 그녀를 세게 끌어안았다. 단지 며칠을 보지 못했을 뿐인데 마치 수십 년 동안 헤어졌다 다시 만난 것처럼 감격스러웠다.

"얼마나 보고 싶었는데요!"

너무 기쁜 나머지 지은은 어린아이처럼 투정을 부렸다.

월요일에나 돌아갈 수 있다는 말에 얼마나 속상했는지 나중엔 막 서럽기까지 했다. 반나절이라도 단축할 수만 있다면 비행기를 서너 번 갈아타는 한이 있어도 무조건 한국으로 출발할까 고민도 했었다. 그런데 마법을 부린 것처럼 그가 그녀 앞에 나타난 것이다.

"사랑해요."

난데없이 튀어나온 고백 같겠지만, 그녀가 하고 싶은 말은 이 말 한마디뿐이었다.

사랑해요! 당신이 여기에 있어서 너무 행복해요!

"제혁 씨, 나……."

제혁이 고개를 숙여 입술을 겹치는 바람에 하려던 말은 끝마칠 수 없었다.

"흐응."

3일간의 공백 때문일까. 입술만 닿았을 뿐인데도 머리끝에서 발끝까지 전율이 흐르는 것처럼 짜릿했다. 지은은 절대로 놓지 않겠다는 듯 제혁의 어깨를 꽉 끌어안았다. 두 사람의 입술이 하나로 엉키며 거칠게 부딪쳤다. 두 사람은 서로 부둥켜안은 채로 객실 안으로 들어갔다.

"흐응…… 제혁 씨."

그는 한순간도 입술을 떼지 않고 집요하게 그녀를 자극했다. 꼼짝도 할 수 없게 지은을 벽에 단단히 밀어붙이며 어지러울 정도로 그녀의 감각을 휘저었다. 며칠간의 공백이 짐승 같은 야성을 깨우치게 한 것 같았다. 그건 그녀도 마찬가지였다. 마치 아기 새가 먹이를 갈구하는 것처럼 그의 혀끝에 매달렸다. 둘은 물고 깨물며 서로를 정신없이 탐했다. 두 사람 모두 목구멍까지 숨이 차올라 더는 버틸 수 없을 때까지 물러서지 않았다. 한참 후에야 그가 입술을 떼어냈다.

"……하아, 하아. 어떻게 된 거예요?"

지은은 가슴에 손을 얹으며 불규칙한 호흡을 골랐다.

"어제 아침에 경민 선배한테 전화를 받았어."

숨을 헐떡이는 지은과 달리 제혁은 얄미울 정도로 변함이 없었다. 제혁은 복도에 두었던 슈트 케이스를 안으로 끌고 와 벽 쪽에 세우며 말을 이었다.

"급한 일이 생겼는데 나 아니면 해결이 안 된다고 해서……. 그 길로 비행기 타고 오는 길이야."

"급한 일이요?"

지은은 도무지 이해가 되지 않는다는 듯 미간에 주름을 잡왔다.

급한 일이라니? 금시초문이었다.

"무슨 안 좋은 일이라도 있었어?"

"아뇨. 아무 일 없었는데……. 정말 상무님이 그러셨다고요?"

한국 시간으로 아침이라면 여기 시간으론 어제 오후라는 말인데……. 어제 무슨 일이 있었더라?

곰곰이 기억을 되짚어보았지만 아무리 생각해봐도 딱히 문제될 일은 없었다. 게다가 이상한 건 급한 일이 생겼다며 제혁을 부른 경민이 정작 자신은 친구 전용기를 타고 한국으로 가버렸다는 사실이었다. 말이 안 되잖아!

지은이 고개를 갸우뚱거리는데 휴대폰이 울리기 시작했다. 호랑이도 제 말하면 온다더니 경민에게서 걸려온 전화였다.

"여보세요, 상무님?"

[지은 씨, 혹시 민 실장 지금 거기 있습니까?]

휴대폰 저 너머에서 활기찬 경민의 목소리가 흘러나왔다.

"네."

[민 실장도 들을 수 있게 스피커로 돌려줄래요?]

무슨 심각한 일이기에 이러지? 지은은 불안한 마음을 애써 진정하며 서둘러 스피커 버튼을 눌렀다.

[어이, 민 실장. 컨디션은 어때? 방금 도착한 거야?]

"네. 도대체 급한 일이라는 게 뭡니까?"

[아……. 그거? 흐음, 그게 말이지……]

경민이 뜸을 들이자 지은과 제혁은 동시에 긴장된 숨을 들이켰다.

[한국으로 돌아갈 비행기표를 구할 수가 없어서 말이지. 월요일까지 기다려야 한대. 한국에서 미국으로 오는 좌석은 넉넉한데 여기서 돌아가는 건 다 매진이더라고. 그래서 어떡하겠냐? 지은 씨가 한국으로 못 가면 너라도 여기로 와야지.]

"네?"

경민의 설명을 들은 제혁이 기가 막힌다는 듯 표정을 일그러뜨렸다.

"그래서 선배는 지금 어딥니까?"

[나야 물론 공항이지. 조금 있으면 이륙할 거야.]

"비행기표 없다면서요?"

[나는 월요일에 회의가 있어서 반드시 가야 하거든. 그래서 유 비서랑 친구 전용기 타고 돌아가기로 했어.]

아무리 둘러대도 제혁은 경민의 속셈이 무엇인지 알 것 같았다. 결혼식을 올리기 전, 둘만의 오붓한 시간을 가질 수 있게 계획을 세운 게 분명했다.

[아, 그리고 짐 풀지 말고 기다려. 내가 매니저에게 말해서 스위트룸으로 바꿨거든. 두 사람이 머물기엔 객실이 너무 좁잖아. 사적인 일을 하기에도 침대가 너무 작고.]

사적인 일이 무엇을 뜻하는지 알기에 제혁은 눈살을 찌푸렸다.

[월요일에 도착하면 화요일 하루는 푹 쉬고 수요일에 출근

해. 난 그럼 이만.]

경민은 재빨리 할 말만 하고는 그대로 전화를 끊었다. 제혁은 황당한 얼굴로 휴대폰 화면을 들여다보며 실소를 내뱉었다.

"하, 참."

전화가 끊기자 유 비서는 운전대를 잡은 채로 경민이 앉은 조수석을 힐끗 쳐다보았다.

공항이라니……. 여기가 어떻게 공항이지? 그리고 뭐? 전용기?

전용기에 몸을 싣고 한국으로 돌아가기는커녕 그녀는 지금 SUV를 운전하며 사막을 달리는 중이었다. 그놈의 특수 병원인지 뭔지 하는 곳은 왜 갑자기 가자고 하는지 모르겠다. 시간 외 수당을 넉넉히 챙겨주니까 망정이지 안 그랬으면 예전에 비서 일 때려치웠을 것이다. 아무리 경민이 그녀의 이종사촌 오빠라고 해도 말이다.

유 비서와 경민이 친척이라는 사실은 인사과장과 몇몇 중역만 아는 비밀이었다. 허구한 날 비서를 갈아치우는 경민을 보다 못한 공 회장이 그녀를 찾아와 잠시만 비서직을 맡아달라고 부탁했었다.

원래는 1년이었는데 하다 보니 어느새 5년이 넘어가고 있었다. 이제는 경민의 엉뚱한 행동이 슬슬 적응될 법도 하건만, 가끔 훅 치고 들어올 땐 어쩔 수 없이 얼이 빠졌다.

"그렇게 밥 먹듯이 거짓말하면 피노키오처럼 코가 쭈욱 늘어나요."

"정말? 이렇게?"

유 비서가 핀잔을 주자 경민은 겁먹은 시늉을 하며 코끝을 쭉 잡아당겼다.

"지금도 너무 잘생겨서 난리인데 여기서 코가 더 높아지면 어떡하냐? 나, 이러다 배우 되는 거 아냐? 그러면 아라, 네가 매니저 해줄래?"

"뭐요?"

유 비서는 황당하다는 듯 경민을 째려보았다.

쳇, 가만이나 있으면 얄밉지나 않지. 나도 모르겠다. 빨리 일 끝내고 LA에 가서 시원한 동치미 국수나 먹어야지.

유 비서는 운전대를 꽉 움켜쥐며 가속 페달을 힘껏 밟았다.

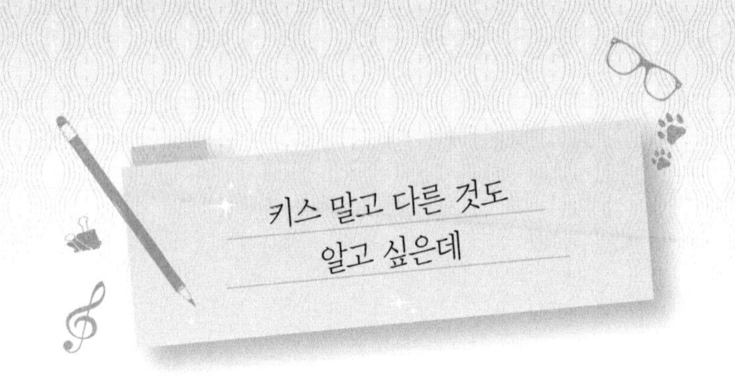

키스 말고 다른 것도 알고 싶은데

경민이 예약한 스위트룸은 거실을 가운데 두고 침실 두 개가 이어진 구조였다. 퀸 사이즈 침대가 놓인 예전 객실과 달리 스위트룸 침실에는 킹 사이즈 침대가 마련돼 있었다. 경민이 말한 대로 사적인 일을 벌이기에 꽤 넉넉하고 편안한 침대였다.

킹 사이즈 침대 잘못은 하나도 없건만 제혁은 불편한 시선으로 침대를 노려보았다. 처음엔 지은을 만났다는 사실만으로 너무 들떠서 아무 생각도 할 수 없었는데…….

—사적인 일을 하기에도 침대가 너무 작고.

경민이 야한 농담을 툭 내뱉은 후로는 자꾸만 머릿속에서 나쁜 상상이 슬금슬금 기어들었다. 한 치의 틈도 없이 밀착된 채 침대에 누운 자신과 그녀의 모습이 눈앞에 떠올랐다. 실오

라기 하나 걸치지 않은 살결과 살결이 매끄럽게 부딪치며 들뜬 신음과 거친 숨소리가 끈적끈적하게…….

"제혁 씨, 우선 한숨 잘래요?"

갑자기 등 뒤에서 들리는 지은의 목소리에 제혁은 급히 숨을 들이마시며 재빨리 해로운 상상을 지워버렸다.

"저녁은 이따가 먹어도 되니까 눈 좀 붙여요. 많이 피곤하죠?"

"……어."

제혁이 굳은 표정으로 대답하자 지은은 그의 몸 상태가 좋지 않다고 오해했다. 교통사고로 다친 몸 상태가 회복된 지 얼마나 됐다고 10시간 넘게 날아왔으니 여기저기 쑤실 게 분명했다.

"같이 누울래요? 내가 그때처럼 꼭 안아줄게요."

안아준다고? 며칠 전과 지금은 상황이 180도 달랐다. 이 상태로 침대에 눕게 된다면 절대로 얌전히 잠드는 일은 없을 것이다.

"아니, 하나도 안 피곤해."

또다시 야릇한 상상이 떠오르려 하자 제혁은 빠르게 부정했다.

"정말요? 시차 괜찮아요?"

"비행기에서 내리자마자 바로 적응했어."

이대로 그녀를 안고 침대로 직행할 순 없었다. 그랬다간 돌아가는 날까지 침대를 벗어나지 못할 게 뻔했다. 그래도 처음으로 함께한 해외 여행인데 조금이라도 추억거리를 쌓아야 했다.

"배고프지 않아? 저녁 먹으러 나가자."

"그럴래요?"

솔직히 지은은 꼬르륵 소리가 날 정도로 배가 고팠다. 비행기표가 없다는 말에 우울한 나머지 지금까지 물 한 모금 입에 대지 않고 있었다.

"멀리 가지 말고 호텔 안에서 해결해요."

"그러지."

첫날 방문했던 스파고로 가기로 정했다. 그곳으로 가기 위해선 카지노를 지나가야 했다. 사실 라스베이거스 호텔 안에서는 어디를 가든 대부분 카지노를 지나쳐야 한다. 라스베이거스 공항에 내리자마자 제일 먼저 마주하게 되는 것 역시 곳곳에 깔린 슬롯머신이었다.

띵띵띵띵띵—. 레스토랑에 거의 가까워졌을 때 어디선가 요란한 소리가 들려왔다. 아마도 누군가 슬롯머신에서 잭팟을 터뜨린 모양이었다. 사람들이 웅성거리며 잭팟이 터진 슬롯머신 주위로 모여들었다. 지은도 무심한 얼굴로 소리가 나는 쪽으로 고개를 돌렸다.

"진짜 잭팟은 여기에 있는데……."

제혁이 의아한 표정으로 바라보자 지은은 그를 향해 활짝 웃어 보였다.

"제혁 씨요. 내겐 제혁 씨가 잭팟이거든요."

자기가 말하고도 쑥스러웠는지 지은은 다소곳이 시선을 내리깔았다. 에로스가 쏜 화살에 심장을 관통 당하는 느낌이 바로 이런 걸까? 그녀의 말 한마디에 숨이 탁 막혀버렸다. 제혁은 어색한 미소를 지으며 어금니를 꽉 깨물었다. 젠장, 들뜬 마음을 겨우 진정시켰는데…….

천만다행히 몇 걸음을 옮기자 금빛으로 찬란한 스파고가 눈에 들어왔다. 두 사람은 화려한 분수 쇼와 에펠탑 조형물이 한눈에 들어오는 발코니에 자리를 잡았다.

"왠지 신혼여행이라도 온 것 같지 않아요?"

지은이 설레는 표정으로 말했다.

"우리 돌아가면 바로 상견례하고 결혼식 날짜 정하자."

"그래요."

"신혼여행은 어디로 가고 싶어?"

제혁의 물음에 지은은 고민하는 얼굴로 아랫입술을 내밀었다. 신혼여행? 거짓말 아니고 제혁과 함께라면 어디라도 상관없었다. 아무 데도 가지 않고 방콕만 한다고 해도 더없이 행복할 것 같았다.

"너무 멀지 않은 곳이면 좋겠어요. 비행기 안에서 시간을 낭비하긴 싫으니까."

아직 결혼식 날짜도 정하지 않았다는 사실에 지은은 속으로 한숨을 내쉬었다. 얼마 전까지만 해도 두세 달 후에 결혼한다니 너무 빠른 건 아닐까, 걱정했는데 이젠 아니었다. 가능하다면 다음 달에라도 결혼식을 올리고 싶었다. 결혼식장이 작으면 어떻고 준비가 좀 부족하면 어떤가? 제혁과 가족을 이룬다는 사실을 세상에 알리며 모두에게 축복받는 게 더 중요하지.

"하루라도 빨리 오빠랑 결혼하고 싶다."

그 말에 그는 부드럽게 미소 짓더니 가만히 일어나 그녀 옆으로 자리를 옮겼다. 제혁은 흘러내린 지은의 앞머리를 위로 쓸어 넘기며 그녀와 시선을 맞추었다.

"그래, 우리 되도록 빨리 결혼하자."

제혁은 부드럽게 속삭이며 그녀를 끌어당겨 가볍게 입을 맞추었다. 입술이 떨어지는 순간, 분수 쇼의 시작을 알리는 음악이 흘러나왔다.

쿠르르릉—. 쿠쿵—.

잠시 후 박자에 맞춰 분수의 거센 물줄기가 하늘을 향해 솟아올랐다. 지은은 그의 어깨에 얼굴을 기댄 채 분수 쇼를 바라보며 행복한 미소를 떠올렸다. 만약 이게 현실이 아니라 꿈이라면 절대로 깨고 싶지 않았다.

"그럼 이만 쉬어."

저녁 식사를 끝내고 스위트룸으로 들어오자 제혁은 지은의 이마에 입을 맞추고는 그대로 그의 침실로 향했다.

응? 같이 안 자고 다른 방에서 자려는 거야?

지은은 크게 당황하며 미간을 찌푸렸다.

당연히 짐만 따로 각자 침실에 풀고 침대는 함께 사용할 줄 알았다.

라스베이거스에서, 그것도 불타는 금요일에 각자 침대에서 잠이나 자자고? 은근히 다음 단계를 기대하고 있었는데…….

지은은 거실 한가운데 선 채 고민에 빠졌다. 하지만 시간이 별로 없었다. 그가 침실로 들어가기 전에 붙잡아야 했다. 지은은 재빨리 제혁에게 다가가 그의 옷자락을 스윽 움켜쥐었다. 제혁이 의아한 눈으로 그녀를 바라보았다.

"저기, 오늘 금요일인데……. 게다가 시간도 늦었는데……."

그러니까 한마디로 금요일 밤이라고요! 약간 수줍지만 먼저 유혹해야지.

"궁금한 게 있어요."

지은은 생글거리며 제혁의 목에 팔을 걸었다. 그러곤 유혹하듯 그의 입술에 그녀의 입술을 꾹 눌렀다. 잠시 후 입술을 뗀 그녀는 그의 귓가에 나직이 속삭였다.

"오빠, 혹시 키스만 잘하는 거 아니죠?"

제혁은 무슨 뜻이냐는 듯 눈을 가늘게 모았다. 이어서 지은의 입에서 나온 말이 그의 심장을 쿵 내려앉게 했다.

"……나, 키스 말고 다른 것도 알고 싶은데……."

"뭐?"

억눌렸던 제혁의 자제심이 결국 그 말 한마디에 '팡' 터지고 말았다.

미치겠군. 제혁은 표정을 굳히며 싸늘한 눈으로 지은을 바라보았다. 저녁을 먹으며 지은이 마신 술은 와인 한 잔이 전부였다. 그 정도의 술에 그녀가 취했을 리는 없었다. 그런데 왜 이리도 적극적으로 나오는지 모르겠다. 거부할 수 없는 도발에 제혁은 당장에라도 그녀를 침대로 끌고 가고 싶은 충동과 힘겹게 싸워야 했다. 하지만 그랬다가 자신을 제어하지 못하고 그녀를 거칠게 밀어붙이게 된다면……. 혹시라도 지은에게 상처를 입히는 건 아닐까 더럭 겁이 났다. 너무나 소중해서 쉽게 다가갈 수 없다는 사실을 청정 지역 1등급인 지은은 이해할 수 있을까?

"뭘 더 알고 싶은데……?"

제혁은 초인적인 힘으로 욕망을 내리누르며 무뚝뚝하게 말했다. 그런 제혁의 속도 모르고 지은은 눈꼬리를 반달로 휘며 그의 팔에 매달렸다.

"오빠에 관한 건 모두 다 알고 싶어요."

제발 오빠, 오빠라고 하지 마! 지은이 애교 섞인 목소리로 '오빠'라고 부를 때마다 제혁의 심장이 터질 듯 부풀어 올랐다. 한 번 터지면 주체할 수 없을 게 분명했다. 그녀의 하얗고 뽀얀 살결에 이를 세워 깨물고 거침없이…….

하아, 돌아버리겠군.

상상하는 것만으로도 온몸이 활활 불타올랐다. 그런데 기가 막히게도 지은은…….

"게다가 우리 한동안 제대로 된 실습 못 했거든요."

타오르는 불길에 찬물을 끼얹어도 모자란 판국에 기름까지 확 부어버렸다.

"나 아직 배울 거 많다고요. 이제 슬슬 다시 실습 시작해야 하는 거 아니에요?"

심장이 걷잡을 수 없이 날뛰는 바람에 제혁은 아무 말도 할 수 없었다. 그저 어금니를 꽉 깨물고 그녀를 노려볼 뿐이었다. 그의 자제력은 이제 서서히 한계에 다다르고 있었다. 여기서 조금만 더 건드리면 더는 참을 수 없을 것이다.

응? 제혁 씨 반응이 왜 이러지?

지은은 화난 듯 자신을 뚫어지게 바라보는 제혁을 보며 잠시 당황했다.

실습이라고 해서 뭔가 오해했나? 어머! 혹시 우빈 씨를 떠올린 건 아니겠지?

지은은 자신의 말실수를 만회하려 서둘러 입을 열었다.

"아니, 제혁 씨가 맨날 나보고 이론에만 강하다고 그랬잖아요. 그러니까 이번 기회에…… 읍."

지은은 더 이상 말을 이을 수 없었다. 제혁이 그녀의 허리를 잡아당기며 그대로 고개를 숙여 베어 물 듯 그녀의 입술을 삼켜버렸기 때문이었다. 욕망의 불꽃이 온몸에서 '팍팍' 터지고 있었다.

거실에서 시작된 키스는 침실에 들어가서도 계속해서 이어졌다. 침대에 올라 한 꺼풀, 한 꺼풀 옷이 벗겨질 때도 하나로 엉킨 입술은 떨어질 줄 몰랐다. 그와 그녀의 옷이 차곡차곡

카펫 위에 쌓여갔다.

"하아, 하아."

지은이 더는 못 견디고 거친 숨을 내쉬자 제혁은 그녀의 귓불과 목덜미로 입술을 미끄러뜨렸다. 모든 것이 처음인 지은을 위해서 좀 더 부드럽게 나가야 하는데도 한 번 폭발해버린 욕망은 쉽게 통제되지 않았다. 혀끝에 느껴지는 그녀의 달콤한 살결이 그의 머릿속을 하얗게 비워나갔다. 차가운 이성은 저 멀리 날아가고 뜨거운 본능이 그 자리에 자리 잡았다.

더 이상은 다가갈 수 없는 곳까지 그녀에게 파고들어야 한다는 원초적인 본능. 그녀의 온몸에 자신을 오롯이 새겨야 한다는 수컷의 본능.

"하아, 지은아."

제혁은 그녀의 가슴에 얼굴을 묻은 채 하얀 살결 위로 뜨거운 숨을 토했다. 그녀의 달콤한 향이 혀끝과 손끝으로 전해졌다. 마치 그녀에게 전신이 물들어가는 것만 같았다.

"지은아……."

그녀를 부르는 나직한 목소리가 가늘게 떨리고 있었다. 지은은 땀에 젖은 제혁의 머리카락을 부드럽게 어루만졌다. 그녀의 손길이 닿을 때마다 그의 몸이 세세하게 반응하며 움찔거렸다.

"후우."

낮게 헐떡거리는 그의 숨소리가 못 견디게 야했다. 스스로 자제하지 못하고 본능에 무너지는 그가 몹시도 매혹적이었다.

그리고 그를 이렇게 만든 게 자신이라는 사실에 지은은 너무나 행복했다. 제혁은 상체를 일으키더니 팔꿈치로 상체를 지탱한 채 그녀를 내려다보았다.

"지은아……."

어느새 짙게 변해버린 그의 눈동자에서 욕망이 일렁거렸다.

"여기서 더 가면 멈출 수 없어. ……괜찮겠어?"

물론 괜찮았다. 처음이라 약간 수줍긴 했지만 그렇다고 이대로 물러서긴 싫었다. 지은은 부드럽게 웃으며 그의 입술에 살포시 입술을 포갰다. 그리고 입술을 맞닿은 채 자그맣게 속삭였다.

"멈추지 말아요."

지은은 살며시 웃으며 그의 아랫입술을 살짝 깨물었다. 그녀가 적극적으로 나오자 마지막 이성의 끈마저 풀려버린 제혁은 그녀 위로 몸을 포개며 세차게 그녀의 입술을 탐닉했다. 그런 제혁을 지은이 가녀린 팔로 끌어안았다. 입술에서 시작된 키스는 곡선을 따라 점점 아래로 흘러내려가, 그의 입술이 닿는 곳마다 붉은 열기가 피어올랐다.

"흐윽, 제혁 씨."

어느 정도 뜨거울 거라곤 예상했지만, 이렇게까지 황홀할 거라곤 꿈에도 상상하지 못했다. 거친 손길이 그녀를 더욱더 안달 나게 했다. 맞닿은 맨살의 감촉만으로도 이대로 녹아내릴 것만 같은데 완만한 곡선 위로 입술이 내리자 숨이 탁 막혀버렸다. 황홀한 감각에 눈앞이 타들어가는 것만 같았다.

그가 그녀의 손가락 사이로 깍지를 끼워 어깨 위로 올렸다. 그러곤 혹시라도 그녀가 다칠까 봐 아주 조심스럽게 다가왔다. 서로를 진심으로 하나로 품는 순간, 두 사람의 심장 박동도 하나로 합쳐졌다.

"하아."

"후우."

열띤 숨소리와 함께 격렬해지는 움직임을 따라 서서히 침대가 출렁거렸다. 몸과 마음이 동시에 하나로 맞물리며 짜릿한 쾌감이 전신으로 퍼져나갔다. 고통스러운 듯 아닌 듯 살짝 찌푸린 그의 얼굴이 그녀의 시야를 가득 메웠다.

이토록 사랑스러운 남자가 내 남자라니!

제혁의 저런 표정을 볼 수 있는 사람은 이제 세상에 오로지 자신뿐이라는 사실이 그녀를 더욱더 황홀경으로 밀어붙였다.

깍지 낀 두 사람의 손마디가 하얗게 될 정도로 움켜쥔 순간, 온몸을 헤집는 것만 같은 낯선 감각이 두 사람을 몸서리치게 강타했다. 말로 표현할 수 없는 환희가 불꽃처럼 터지며 전신을 휘어 감았다.

사랑이 끝난 후에도 두 사람은 떨어지지 않고 한참이나 서로를 끌어안은 채 온기를 나누었다.

유 비서는 걱정스러운 얼굴로 맞은편에 앉은 경민의 안색을

살폈다.

경민은 앞에 놓인 동치미 국수에는 손도 대지 않고 어두운 표정으로 앉아 있었다.

LA에 도착하자, 유 비서는 니글니글한 음식 그만 먹고 동치미 국수나 먹으러 가자고 경민을 졸랐다. 순순히 따라온다 싶었는데……. 고상한 취향을 무시한 채 너무 소박한 곳으로 끌고 왔나?

"맛없어요? 다른 곳으로 갈래요?"

유 비서가 조심스레 묻자 경민은 상념에서 깨어난 듯 앞에 놓인 동치미 국수 그릇을 내려다보았다.

"아니야, 먹자."

그는 빠르게 대답하며 젓가락을 집어 면발을 들어 올렸다. 그러나 한입도 채 먹지 못하고 다시금 젓가락을 내려놓았다. 아무래도 음식 때문은 아닌 것 같은데…….

그러고 보니 경민은 병원에서 나온 후부터 표정이 좋지 않았다. 아까 두 사람이 방문한 곳은 꽤 고급스러운 병원이었다. 경민은 그녀를 로비에서 기다리게 하고 혼자 안으로 들어갔었다.

"어디 아픈 건 아닐 테고, 병원엔 왜 간 거예요?"

"응? 아…… 알아볼 일이 좀 있어서."

경민이 다시 젓가락을 들자 그제야 유 비서도 편히 국수를 먹기 시작했다. 경민은 무덤덤하게 국수를 입으로 가져가며 담당 의사에게 들었던 말을 머릿속에 떠올렸다.

—마약성 진통제 과다 복용으로 인한 폐 손상이 가장 심각한 문제였습니다.

전력 지원팀 남 팀장이 소개한 정보원의 활약으로 경민은 지난 7년간 사라졌던 해수의 행적을 조금이나마 알아낼 수 있었다. 생각했던 것보다 더 암울한 사실이 그를 기다리고 있었다. 환자의 정보를 타인에게 공개하는 건 불법이었지만, 어찌 된 일인지 해수는 경민을 그녀의 보호자로 기록해놓았다.

무슨 일이 일어나면 경민이 달려와줄 거라고 믿어서일까? 그녀를 미국으로 보낸 것도 자신이었으니까 어쩌면 그녀를 끝까지 돌봐줘야 하는 것도 자신의 몫일지도 모르겠다. 경민은 속으로 한숨을 내쉬며 묵묵히 입 안에 든 면발을 씹었다.

—한 2년 넘게 이곳에 머물며 치료한 덕분에 일상생활에는 큰 문제가 없을 정도로 호전됐습니다. 하지만…….

해수는 가장 중요한 것을 잃었다. 폐의 손상으로 전문적인 가수로서 더 이상 노래를 부를 수 없게 된 것이다. 노래는 해수에게 꿈이었고, 그녀의 모든 것이었다. 가수로 성공하기 위해서 소중한 사랑까지 버렸다. 그랬는데……. 모든 것을 잃어버린 해수에게 이제 남은 거라곤…….

"후우."

경민은 손으로 이마를 짚으며 한숨을 내쉬었다.

해수야, 그래서 돌아온 거냐?

하지만 애석하게도 그가 그녀를 위해서 해줄 일은 아무것도 없었다. 일이 이렇게 꼬일 줄 알았다면 그때 해수를 미국으로 보내는 게 아니었는데……. 그러나 그때는 그것만이 유일한 해결책이었다. 또다시 같은 일이 생긴다고 해도 경민은 주저하지 않고 똑같이 대처할 것이다. 해수가 여기 남았다면 제혁에게 돌이킬 수 없는 상처를 주었을 테니까. 아니, 그녀는 이미 제혁의 가슴을 무참하게 할퀴었다. 그것만으로도 모자라 해수는 최 여사의 가슴에도 지워지지 않을 멍울을 만들었다. 그런데도 해수의 몰락을 바라보기엔 속이 쓰렸다. 너무나도 마음이 무거웠다.

"후우."

경민은 또다시 긴 한숨을 내쉬었다.

한차례 격한 폭풍이 흐르고 지은은 그녀 위로 무너진 제혁의 등을 토닥거렸다. 그러자 제혁은 상체를 들고 나른한 눈동자로 그녀를 내려다보았다. 지은은 조심스럽게 손을 들어 그의 이마에 붙은 반창고를 톡 건드렸다. 커다란 의료 반창고에서 어느새 작은 크기의 반창고로 바뀌어 있었다.

"나중에 이마에 흉터 생기는 건 아니죠?"

"그 정도는 아니야."

"다행이다. 뇌진탕도 이젠 괜찮은 거죠?"

제혁은 부드럽게 미소 지으며 살며시 그녀의 입술에 자신의 입술을 포갰다.

"참, 빨리도 물어보네. 그게 걱정됐으면서 실습하자고 달려들었어?"

"왜요? 어지러워요?"

가벼운 농담을 그녀가 진지하게 받아들이자 제혁은 피식 웃으며 그녀를 꽉 끌어안았다.

"……아니. 난 멀쩡하니까 걱정하지 않아도 돼."

제혁은 그녀의 눈두덩 위에 입을 맞춘 후 몸을 굴려 옆으로 누웠다. 그러곤 엎드린 자세로 고개를 옆으로 틀어 지은을 바라보았다. 시트가 밑으로 흘러내려 그의 벗은 등이 한눈에 들어왔다. 보기 좋게 자잘한 근육이 그의 등을 뒤덮고 있었다.

어쩌면 등 근육까지도 이렇게 멋있을까.

지은은 몸을 일으켜 제혁의 등을 손끝으로 쓸어내렸다. 아래로 향하던 그녀의 손길이 멈칫하더니 이내 멈췄다.

"이게 뭐예요?"

지은은 눈을 가늘게 뜨며 좀 더 자세히 보기 위해 고개를 숙였다. 등 가운데 허리 부근에 쪼개진 하트 위에 천사 날개가 솟은 형상이 그려져 있었고, 테두리에는 'Broken Wings'라고 새겨져 있었다.

손으로 쓰윽 문질러도 지워지지 않는 걸 보니……. 어머, 이거 타투잖아! 지은의 눈이 동그랗게 커졌다.

"아, 이거?"

제혁이 몸을 틀어 문신이 새겨진 곳을 손바닥으로 더듬었다.

"대학교 때 그룹 멤버끼리 같은 곳에 타투를 새겼어."

"멤버끼리요?"

"처음엔 날개 모양만 넣었다가 Open Wings가 해체되고 나서 멤버끼리 더욱더 결속한다는 의미로 Broken Wings 글자까지 새겨 넣었지."

"그렇다면 멤버들 몸에 모두 같은 타투가 있는 거예요?"

"아니, 1기 멤버만. 그리고 선경인 타투 같은 거 싫다고 해서 하지 않았어."

"그랬구나."

지은은 신기한 듯 손으로 날개 모양을 따라 그려보았다. 조금만 더 건드리면 마치 살아서 날갯짓을 할 것만 같았다.

"경민 선배 등에도 똑같은 타투가 있어."

"네? 상무님 등에도 있어요?"

"내가 말 안 했나? 경민 선배도 1기 멤버거든."

예전의 수행 비서가 수영장에서 봤다는 게 바로 이거였나?

—공 상무님과 민 실장님, 둘만의 비밀이 있대요. 신체적인 비밀이라고 하는데…….

두 남자 모두 등에 똑같은 타투가 있으니까 모르는 사람이 보면 괜히 커플 타투라고 의심했을 수도 있겠다.

"풉."

지은은 당황해하는 수행 비서의 얼굴을 상상하며 짧게 웃음을 터뜨렸다.

"왜 타투 싫어? 지울까?"

"아뇨! 아뇨! 이걸 왜 지워요!"

이렇게 섹시한 타투를 왜 지워! 지은은 활짝 웃으며 고개를 숙여 제혁의 문신에 쪽 입을 맞췄다. 그녀의 행동에 제혁이 약간 놀란 듯 몸을 일으켰다.

"정말 무슨 남자가 양파처럼 까도 까도 끝이 없어요?"

지은은 키득거리며 그의 품으로 파고들었다.

"내가 모르는 거 또 없어요?"

"나에 관해서 모르는 거?"

"응. 나, 한 번 가르쳐주면 잘 안 까먹거든요."

"그래? 그렇다면……."

제혁은 그녀를 팔 안에 가둔 채 침대 위로 쓰러뜨렸다. 갑자기 그의 밑에 깔리게 된 지은이 의아한 눈으로 그를 올려다보았다. 그러자 제혁은 완만한 곡선을 이루는 그녀의 가슴을 손끝으로 쓰윽 훑었다. 맨살에서 느껴지는 짜릿한 감촉에 지은은 저도 모르게 아랫입술을 깨물었다.

"실습을 더 하자는 뜻인가?"

그가 그녀의 목덜미에 입술을 가져가며 나직이 속삭였다. 당황한 지은의 눈이 휘둥그레졌다.

"아니, 그런 뜻이 아니에요."

그녀도 모르게 목소리가 떨려 나왔다.

"그게 아니면 뭐?"

실습은 이제 그만하고 이론 수업, 그러니까 말로 해요, 말로! 하지만 아쉽게도 그 말은 입 밖으로 나오지 못했다. 그녀가 미처 입을 열기도 전에 제혁의 입술이 삼키듯 그녀의 입술을 덮어버렸기 때문이었다.

그날 밤 제혁은 지은이 절대로 까먹지 못하도록 밤새도록 몇 번이나 실습을 거듭했다.

"……흐으응."

힘없이 침대에 누워 있는 지은의 입에서 연신 신음이 쏟아져 나왔다. 엄청나게 노력해서 '흐으응'으로만 내보냈지, 사실은 '아고고' 하며 고통스럽게 비명을 내지르고 싶었다. 영화에서는 화끈한 첫날밤을 보낸 여주인공이 다음 날 아무렇지도 않게 벌떡 일어나지만, 현실은 달랐다.

온몸이 두들겨 맞은 것 같은 통증을 묘사하지 않다니, 사기가 분명했다! 지은은 인상을 찌푸리며 몸을 웅크렸다. 안 쓰던 근육을 사용해서인지 여기저기 근육과 관절이 당기고 쑤시는 것처럼 아팠다. 이래서 뭐든지 이론만 파고들지 말고 실제 경험도 꼭 병행하라고 했나 보다.

"하윽."

그 소리가 얼마나 자극적인지 모른 채 지은은 연신 여린 신음을 흘려보냈다.

"지은아, 왜 그래?"

그녀가 얼굴을 찡그리며 몸을 뒤척거리자 제혁이 커다란 손으로 그녀의 등을 다정하게 문질렀다. 딴에는 걱정돼서 하는 행동이었지만 등에 그의 손길이 닿는 순간 그녀의 몸에 파르르 불꽃이 일었다.

미치겠다. 이 와중에도 일일이 반응하다니! 신지은, 네가 아직 정신을 못 차렸구나.

지은은 아랫입술을 꼭 깨물며 제멋대로 반응하는 자신의 몸을 원망했다.

시간을 두고 천천히 하나하나씩 배워나가려고 했건만 제혁은 어젯밤부터 새벽까지 쉬지 않고 내달렸다. 지치지 않고 밀어붙이는 제혁의 군살 하나 없는 몸을 보고 있노라면 한 마리 흑표범이 떠오를 정도였다.

이런 남자를 멋모르고 건드렸다니…….

끄응, 앓는 소리가 절로 나왔다.

"시험 하루 앞두고 벼락공부시킨 꼴이잖아. 하룻밤 완전 정복도 아니고."

지은은 제혁의 품으로 파고들며 어리광 부리듯 투정을 부렸다.

"미안, 많이 힘들었어?"

제혁이 그녀를 품에 끌어안으며 나직한 목소리로 물었다. 그렇다고 어젯밤 그가 강압적으로 그녀를 몰아붙인 건 절대 아니었다. 제혁은 느긋하게 지은이 먼저 다가올 때까지 기다렸다. 그의 등을 꽉 끌어안고 환희에 떨던 장면이 머릿속에 떠오르자 금세 얼굴이 화끈거렸다. 당연한 소리겠지만 제혁은 침대 위에서마저 고수였다.

"마사지해줄까?"

"아뇨. 괜찮아요."

등을 배회하던 제혁의 손길이 점점 아래로 향하자 지은은 몸을 움찔거리며 황급히 뒤로 물러났다. 말이 마사지지, 또 사랑을 나누자고 덤벼들 게 뻔했다.

새벽에도 샤워하는 그녀에게 비누칠을 도와준다고 다가와서는 세찬 물줄기 아래서 뜨겁게 사랑을 나누었다. 그랬던 그가 얌전히 마사지만 해준다고? 한두 번 속고 말지. 더 이상은 아니다. 지은은 재빨리 일어나 침대 옆 소파에 놓아둔 가운을 걸쳤다.

"스파 내려가서 마사지 받고 올게요."

"다녀와. 난 그동안 일하고 있을 테니까."

예상외로 제혁은 그녀를 붙잡지 않았다. 갑자기 회사를 빠지게 됐기 때문에 급한 업무를 처리하겠다고 했다. 어느새 그는 이성적인 직장인으로 돌아가 있었다.

"알았어요."

그래도 혹시 모르니까 지은은 제혁의 마음이 변하기 전에 냉큼 옷을 갈아입고 호텔 건물 1층에 있는 스파로 향했다. 개인 자쿠지에 몸을 담그고 근육을 푼 그녀는 이어서 한 시간 넘게 전신 마사지를 받았다.

'난 이리도 삭신이 쑤시는데 어쩜 제혁 씨는 아무렇지 않을까?'

지은은 전문 마사지사에게 몸을 맡긴 채 골똘히 생각에 잠겼다.

'평소에 틈틈이 운동하는 것 같던데 그래서 그런가? 나도 체력을 단련해야 하나? 앞으로 계속해서 불타는 신혼의 밤을 보낼 텐데…….'

미래의 신혼 생활을 떠올리는 순간 그녀의 뺨이 붉게 달아올랐다. 제혁에 관해서 하나 더 알게 된 점이 있다면 침대 위에서 그는 완전 짐승남으로 변한다는 것. 키스가 끝나면 바로 평상시의 무표정으로 돌아가는 제혁이었기에 혹시 침대에서도 그러면 어떡하나 걱정했었는데…….

전혀 아니었다. 침대 위에서 그는 가끔 자신을 억제하지 못하고 무너지기까지 했다. 한마디로 정열의 화신이었다. 그런 모습이 얼마나 관능적인지 아무도 모를 거다.

마사지를 끝낸 지은은 부랴부랴 호텔 객실로 걸음을 옮겼다.

"어?"

바쁘게 걸어가던 그녀의 눈에 화려한 란제리 매장이 들어왔다. 지은은 저도 모르게 매장 앞에서 걸음을 멈추었다. 쇼

윈도 안에는 고급스러운 란제리를 입은 마네킹이 세워져 있었다. 그중에서도 가운데 마네킹이 착용한 연한 파스텔 색상 란제리에 지은의 시선이 쏠렸다. 란제리를 보고 있으니 한마디로 '당신, 오늘 밤 각오해요!'라고 속삭이는 것 같은 착각이 들 정도였다.

들어갈 때 확실하게 들어가고 나올 땐 확실히 나오게 도와주는 신체의 장점을 최대로 부각시킨 디자인이었다. 그뿐인가? 양옆에 리본 모양으로 달린 매듭은 살짝 잡아당기면 그대로 흘러내리는 기능까지 갖추고 있었다. 누가 디자인했는지 천재임이 분명했다.

쇼윈도를 빤히 들여다보던 지은은 서둘러 매장 안으로 걸음을 옮겼다.

띠리릭—. 띠리릭—. 책상 위에 올려둔 휴대폰이 벨을 울리며 진동하기 시작했다. 제혁은 노트북 모니터에 시선을 고정한 채로 손을 뻗어 휴대폰을 집어 들었다.

[여보세요? 제혁아?]

통화 버튼을 누르자 휴대폰 너머로 첫째 누나 제경의 목소리가 흘러나왔다.

[너 이번 주 토요일에 상견례 잡혔잖아. 그런데 미국 출장 갔다며?]

"아, 걱정하지 않아도 돼. 화요일에는 돌아가니까."

[그래? 그럼 다행이고. 어머니가 혹시라도 출장 때문에 상견례가 늦춰지는 건 아닌지 알아보라고 하셨거든.]

"어머니는 요즘 어떠셔? 괜찮으시지?"

평범한 질문이었지만, 혹시라도 좋지 않은 대답이 돌아오는 건 아닐까 제혁은 언제나 마음을 졸여야만 했다. 어머니의 건강이 나빠진 이유에는 그 자신도 포함되어 있었으므로.

[다행히 큰 문제는 없어.]

제혁의 그런 마음을 안다는 듯이 제경이 부드러운 목소리로 대답했다.

[이번 화요일에 검진이야. 나도 함께 병원에 가보려고. 의사 선생님에게 자세한 설명도 듣고 해야 하니까.]

"고마워, 누나. 누나가 좀 수고해줘."

[그래, 너도 일 잘 보고 토요일에 상견례에서 보자.]

"응, 누나."

전화를 끊은 제혁은 휴대폰을 내려놓고 다시 컴퓨터 화면으로 시선을 돌렸다. 하지만 얼마 가지 못하고 탁, 소리 나게 노트북을 닫아버렸다. 자꾸만 잡념이 떠올라 일에 집중할 수 없었다.

제경과의 대화 때문일까. 까맣게 잊고 있던 며칠 전 병원에서의 일이 떠올랐다.

우연히 마주쳤던 여자에게서 해수를 떠올렸었다. 얼굴을 정확히 볼 순 없었지만 많은 점이 해수와 비슷했다. 그대로 여자의 뒤를 따라갔더라면 누구인지 확인할 수 있었을 것이다. 그랬다면 의문이 확실히 풀렸을 텐데…….

하지만 그날 그는 여자를 따라가지 않았다.

"후우."

길게 숨을 골라 쉰 제혁은 다시 노트북을 열며 숫자로 가득 찬 화면으로 시선을 돌렸다.

"호텔 안에만 있기 심심하지 않아?"

늦은 점심 겸 이른 저녁 식사를 마친 지은과 제혁은 칵테일을 앞에 두고 근처 바에 자리를 잡았다. 처음엔 바로 객실로 돌아가려고 했지만, 그랬다간 바로 침대로 돌진할 게 뻔했기에 지은은 제혁에게 가볍게 한잔하자고 제안했다.

바 중앙에 있는 작은 무대 위에선 색소폰과 피아노가 합동으로 잔잔한 재즈를 연주하고 있었다. 지은은 제혁의 어깨에 얼굴을 기댄 채 아름다운 재즈 선율에 귀를 기울였다. 그런 모습이 제혁에겐 약간 무료하게 보였나 보다.

"쇼 보러 갈래? 지금에라도 티켓 구할 수 있는데……."

라스베이거스 하면 이젠 도박만큼이나 볼거리와 먹거리, 쇼핑으로 유명했다. 미슐랭 스타 셰프가 앞을 다투어 레스토랑을 열고 세계적으로 유명한 가수가 공연을 위해 이곳으로 몰려들었다. 웅장한 서커스 쇼와 카지노 여기저기에서 열리는 자잘한 공연까지 합하면 손으로 꼽을 수 없을 만큼 다양했다.

물론 제혁은 아무것에도 흥미가 없었다. 오로지 객실로 올라가 지은을 품에 안고 싶을 뿐이었다. 어깨에 살며시 머리를 기댄 그녀가 움직일 때마다 달콤한 향이 올라와 눈앞이 아찔할 지경이었다. 어젯밤처럼 그의 품속에서 신음을 토하며 바르르 떨던 그녀를 느끼고 싶었다. 더는 다가갈 수 없을 때까지 끝까지 밀어붙인 후, 그녀의 위에서 무너지며 얼마나 황홀했던가! 잠시 떠올리는 것만으로도 몸이 빳빳하게 굳어버릴 지경이었다.

하지만 재미난 볼거리를 놔두고 객실에만 틀어박히기엔 지은에게 미안하다는 생각이 들었다. 그녀를 위해선 걷잡을 수 없는 욕망을 내리누르는 게 옳았다. 쇼를 보자는 말에 지은은 몸을 일으키며 그에게 눈을 돌렸다.

"제혁 씨는 지금까지 무슨 쇼 봤어요?"

"전자 박람회 참가하러 매년 오니까 대부분 보긴 했어. 경민 선배가 워낙 쇼를 좋아해서. O, 르레브, 블루맨 쇼 등등."

"난 아직 셀린 디온 쇼를 보지 못했는데."

"이번 달은 공연하지 않아. 지금 유럽 공연 중이라서. 다음에 같이 보자."

이제 두 사람의 대화에선 '다음'이라는 말이 자연스럽게 나오게 되었다. 별거 아닌 말 같지만 지은은 '다음에 같이 보자.'라는 말에 함박웃음을 떠올렸다. 그와 아무렇지 않게 미래 계획을 세우는 게 좋아서 가슴이 설레었다.

"그럼 오늘은 어떻게 할까?"

"어떻게 하긴요. 오빠가 셀린 디온 대신 노래 불러주면 되지."

지금 그녀에겐 셀린 디온보다 제이의 노래가 더 매혹적이니까. 사실 제혁의 얼굴을 바라보는 게 어떤 쇼를 관람하는 것보다 더 좋았다. 제혁은 그녀의 입술에 짧게 입을 맞추고는 칵테일 잔을 들어 올렸다.

"그러면 이거 마저 마시고 올라갈까?"

그 말에 지은은 단숨에 잔을 비워버렸다. 한시라도 빨리 제이의 공연을 보기 위해서…….

그런데 뭔가 그녀가 예측한 것과 다르게 상황이 돌아갔다.

"피곤할 텐데 오늘은 일찍 자."

스위트룸으로 돌아온 제혁은 노래를 불러주기는커녕 그녀의 이마에 입을 맞추고는 그의 침실로 향했다. 지은은 침실로 들어가는 제혁의 뒷모습을 바라보며 잠시 멍한 표정을 지었다.

그냥 자자고? 왜? 아까 내가 너무 힘들다고 징징거려서?

사실 아침에 눈 떴을 때 온몸을 두들겨 맞은 것 같은 통증에 끙끙 앓은 건 사실이었다. 그렇다고 침실을 따로 쓸 필요까진 없는데…….

지은은 힘없이 터덜터덜 욕실로 향했다.

"하아, 상쾌해."

뜨거운 물로 샤워를 하고 나오니 아까보다 더 기운이 솟았다. 그를 괜히 그냥 보냈나 하는 후회가 들었다. 가운을 벗고 편한 옷으로 갈아입으려는 지은의 눈에 소파 위에 올려놓은 쇼핑백이 들어왔다. 매장에서 산 후 까맣게 잊고 있었다.

어디 한번 입어나 볼까? 지은은 쇼핑백을 열고 안에 든 란제리 세트를 꺼내 들었다. 차마 피팅룸에선 입어볼 수 없어 대충 치수만 확인하고 계산했었다. 매장 직원은 가터벨트까지 포함된 완벽한 세트를 그녀에게 권유했었다.

"와아!"

새로 사 온 란제리를 착용해본 지은은 전신 거울에 비친 모습을 보고 짧게 탄성을 내뱉었다. 자신도 모르는 낯선 여자가 눈앞에 서 있었다. 지은은 거울에 자신의 몸을 앞뒤로 비추며 감상했다. 속살이 은근히 비치는 것 같으면서도 비치지 않는 천 재질에 앙증맞게 매듭지어진 리본이 꽤 야하게 느껴졌다. 그녀의 눈에도 이렇게 야한데 제혁의 눈에는 어떻게 보일까? 제혁의 커다란 손이 매듭을 잡아당기는 장면을 상상하는 것만으로도 숨이 턱 막힐 것만 같았다.

아무래도 이건 신혼 첫날밤을 위해서 잘 모셔놓아야겠다. 나르시스처럼 거울에 비친 자신의 모습에 홀딱 빠진 탓일까? 지은은 몇 번이나 문을 두드리는 소리를 듣지 못했다.

달칵, 문이 열리는 소리가 들리고서야 지은의 고개가 자동으로 뒤로 돌아갔다. 열린 문 앞에 제혁이 휴대폰을 들고 서 있었다.

헉! 지은은 얼른 가운으로 몸을 가리려 주위를 둘러보았다.

그러나 애석하게도 가운은 저 멀리 침대 위에 덩그러니 올라가 있었다.

어떡하지? 아무렇지 않은 척 가만히 있어야 하나?

지은은 제혁과 빤히 마주 보며 커다란 눈을 깜빡거렸다.

"거실에 휴대폰을 놓고 가서 전해주려고 왔어."

거칠게 밀려오는 욕구를 힘겹게 억누르는 것처럼 그의 목소리가 깊게 잠겨 있었다.

"고마워요."

지은이 휴대폰을 받으려 손을 내밀자, 그는 그녀에게 건네는 대신 침대 쪽으로 휴대폰을 던졌다. 휴대폰은 지은이 던져놓은 가운 위로 정확히 떨어졌다.

"오늘은 힘들 것 같아서 그냥 지나가려고 했는데……. 아무래도 안 되겠어."

제혁은 한 손으로는 그녀의 가는 허리를 받치고 다른 손으로는 그녀의 뒤통수를 감쌌다.

"어젯밤을 잊지 않게 하려면……."

하얀 목덜미에 입술을 내리며 그가 나직하게 속삭였다.

"복습해야 할 것 같은데…… 어때?"

목덜미를 지분거리던 입술이 미끄러지듯 쇄골을 따라 점점 아래로 내려갔다.

"……나도 그렇게…… 생각해요."

훅 밀려드는 뜨거운 열기에 지은은 띄엄띄엄 말을 꺼낼 수밖에 없었다.

"모범생다운 대답이군. 마음에 들어."

제혁은 거친 숨을 몰아쉬며 가슴 앞에 매어진 리본으로 손을 뻗었다. 단 한 번의 손길로 저항 없이 매듭이 풀리며 나풀거리듯 하얀 천 조각이 바닥으로 떨어졌다.

또 다른 뜨거운 밤의 시작이었다.

띠리릭―. 띠리릭―. 입국 절차를 마치고 게이트를 빠져나오는데 제혁의 휴대폰이 울리기 시작했다. 제혁은 걸음을 멈추고 재킷 안에서 휴대폰을 꺼냈다.

"여보세요? ……어, 누나. 방금 도착했어. 응. ……무슨 일이야? ……응?"

아주 찰나였지만 제혁의 눈가가 경련을 일으켰다.

"무슨 일이에요?"

"아, 별거 아니야."

제혁은 어색하게 웃으며 도로 휴대폰을 재킷 안에 집어넣었다.

"난 여기서 곧바로 가야겠어."

"내 걱정은 말아요. 마 과장님이 나오기로 했거든요. 아, 저기 오시네요."

지은이 그들을 향해 다가오는 마 과장을 손가락으로 가리켰다.

"그럼 내일 푹 쉬고 회사에서 봐."

제혁은 마 과장을 향해 고개를 꾸벅 숙이고는 서둘러 택시 타는 곳으로 향했다. 뭔가 쫓기듯 바쁘게 걸어가는 제혁의 뒷모습을 보며 지은은 살며시 미간을 찌푸렸다. 무슨 일이 있는 것 같은데 설명해줄 시간이 없는 것 같아 차마 물어볼 수가 없었다.

"왈, 왈, 왈."

집에 도착하자 솜이가 가장 먼저 꼬리를 흔들며 지은에게 달려왔다.

"아앗."

아무 생각 없이 솜이를 안아주려 허리를 굽히던 지은은 갑자기 힘이 빠져 제자리에 풀썩 주저앉고 말았다. 긴장이 풀려서일까? 주말 동안 쉬지 않고 내달린 후유증이 그대로 나타났다. 다리가 후들거려 도저히 혼자 일어설 수 없었다. 솜이는 바닥에 주저앉은 지은의 무릎 위로 폴짝 뛰어오르더니 그녀의 얼굴을 마구 핥기 시작했다.

"솜이야, 그만! 읍. 읍. 진정하……고……."

솜이는 지은의 얼굴 전체를 침 범벅으로 만든 후에야 만족한 듯 혀를 할짝거리며 뒤로 물러났다. 지은이 일어서지 못하고 혼자 끙끙거리자 안 여사와 마 과장이 양팔을 잡고 자리에서 일으켜 세웠다.

"너, 왜 이리 녹초가 된 거야?"

"……나도 몰라."

지은이 쓰러질 듯 소파에 널브러지자 안 여사가 그녀를 보며 쯧쯧 혀를 찼다.

"시차 때문에 그래? 통 시차를 모르던 애가 웬일이래? 너 봉사 활동이다, 결혼 준비다 피곤해서 그런 거 아냐? 보약 지어 줘?"

보약? 피곤으로 반쯤 감긴 지은의 눈이 번쩍 떠졌다. 운동으로 체력을 보강하기엔 시간이 걸릴 것 같고 우선 보약이라도 먹어야 할 것 같았다.

"응, 엄마."

그간 보약 얘기를 꺼낼 때마다 보약은 무슨 보약이냐며 고개를 설레설레 내젓던 지은이 순순히 승낙하자 안 여사의 얼굴이 환하게 밝아졌다.

"그러면 보약 짓는 김에 민 서방에게도 한 첩 지어서 보내야겠다."

그 말에 지은의 눈이 휘둥그레졌다. 지금 누구 때문에 체력이 달려서 보약을 먹는 건데! 제혁에게도 보약을 챙겨주면 말짱 도루묵이 되고 말 것이다. 지금도 힘이 넘쳐나는 남자에게 보약이라니, 절대로 안 된다.

"안 돼! 엄마가 제혁 씨 체질을 어떻게 알고 보약을 지어? 보약 잘못 먹었다가 큰일 나려고."

"그런가? 그러면 나중에 시간 있을 때 나랑 민 서방이랑 함께……."

"그럴 시간 없어! 빨리 상견례하고 결혼식 날짜 정해야지!"

지은은 인상을 찌푸리며 안 여사의 말을 중간에 싹둑 잘라 버렸다.

토요일 밤 속옷으로 시작한 복습은 일요일을 지나 월요일 아침, 공항으로 떠나기 전까지 이어졌다. 두 사람은 스위트룸에 콕 틀어박혀서 한 발짝도 밖으로 나가지 않았다. 침대와 욕실만을 쉴 새 없이 왔다 갔다 하며 시간을 보냈다.

서로 부둥켜안고 물줄기 아래서 땀에 젖은 몸을 씻고 나면 룸서비스로 끼니를 해결했다. 식사가 끝나면 또다시 침대로 돌아가 제혁의 손길에 새로운 감각을 깨우쳐나갔다. 그렇게 스파르타식 교육으로 진행될 줄 알았더라면 에너지 드링크라도 마셔가면서 따라갈 것을…….

신혼 첫날밤을 위해 마련한 란제리 세트는 그의 거친 손길 아래 넝마가 돼버리고 말았다. 다시 사려고 했지만 제혁의 유혹에 넘어가 끝끝내 침대에서 벗어나지 못했다. 지은은 아쉬운 마음을 뒤로하고 비행기를 탈 수밖에 없었다.

"그런데 엄마……."

란제리 세트를 떠올리며 한숨짓던 지은은 안 여사에게 고개를 돌렸다.

"결혼식, 다음 달로 앞당길 수 있을까?"

"어? 다음 달?"

지은의 질문에 안 여사가 깜짝 놀란 표정을 지어 보였다.

언제는 결혼식을 서둘러야 하냐고 펄쩍 뛰더니 이젠 스스로 먼저 하자네?

"후딱 해버리면 좋잖아. 어차피 결혼식도 화려하게 안 할 거고. 그럴 돈 있으면 우리 애들 사료나 더 넉넉하게 사주는 게 나아."

사료라는 말에 안 여사가 뭔가 생각난 듯 '탁' 손가락을 튕겼다.

"맞다. 그러고 보니 몇 달 후면 유기견 센터 완공이잖니. 너, 돈은 모았어?"

유기견 지원 사업에 들어가는 비용 총 20억 중에서 지은이 스스로 충당해야 하는 자금은 2억이었다. 물론 순수한 노동으로만 마련해야 한다.

"그러니까. 빨리 결혼해서 열심히 돈도 벌어야지."

"알았어. 이따가 아빠 들어오시면 말해볼게."

"고마워, 엄마."

지은이 생글거리며 두 팔을 활짝 벌리자 안 여사는 슬그머니 뒤로 물러섰다.

"얘가 왜 이래? 생전 안 부리던 애교를 다 부리고."

아내가 마음에 들면 처갓집 말뚝을 보고도 큰절을 올린다고 했던가?

지은은 제혁을 남편으로 골라준 부모에게 진심으로 감사하고 싶었다. 그녀를 둘러싼 세상이 화사한 분홍빛으로 물든 것만 같았다.

"엄마, 사랑해."

지은은 코맹맹이를 소리를 내며 안 여사를 꽉 끌어안았다.

“어머니는 좀 어떠셔?”

제혁이 병실에 들어서자 제경이 의자에서 일어났다. 제혁은 짧게 제경과 눈을 맞추고는 병상에 누운 최 여사에게 다가갔다.

“진정제 맞고 잠드셨어. 괜찮아. 큰 이상은 없어. 그래도 혹시 몰라서 담당 의사가 오늘 하루는 입원하라고 권유했어.”

“무슨 일이야? 갑자기 혼절하셨다고?”

“응. 검진을 받으실 때만 해도 아무 이상 없으셨는데. 내가 잠깐 처방전 받으러 간 사이에 쓰러지셨어. 어머니를 혼자 두고 가면 안 되는 거였는데…….”

그녀의 잘못도 아니면서 제경은 자책하듯 말꼬리를 흐렸다. 제혁은 묵묵히 제경의 어깨에 팔을 둘러 그녀를 위로했다.

“담당 의사가 아무 이상 없다고 했다며. 그러니까 괜찮으실 거야. 너무 걱정하지 마, 누나.”

“응. 그래.”

제경은 고개를 끄덕이며 손으로 눈물을 훔쳐냈다.

“너 그런데 공항에서 바로 달려온 거지? 피곤하겠다. 여긴 내가 있을 테니까 들어가봐.”

“아냐. 어머니 깨어나시는 거 보고 갈게. 누나야말로 좀 쉬어.”

“그러면 우리 어머니 깨어나실 때까지 같이 있자.”

제혁과 제경은 나란히 침대 맡에 앉아 평온하게 잠든 최 여사를 내려다보았다. 생전 큰소리 한 번 내지 않고 상냥한 목소리로 가르치던 어머니였기에 오랜 투병으로 인해 약해진 그녀의 모습에 두 사람은 더욱더 가슴이 아팠다.

"……그런데 제혁아."

말없이 최 여사를 지켜보던 제경이 조심스럽게 입을 열었다.

"어머니가 정신을 잃기 전에 말이야……. 그게……."

어쩐 일인지 제경은 제대로 말을 잇지 못하고 머뭇거렸다. 제혁이 그녀를 향해 고개를 돌리자 제경은 가만히 한숨을 내쉬며 힘겹게 말을 이었다.

"……해수를 부르셨어."

"뭐?"

"혼잣말처럼 중얼거리긴 하셨는데 '해수야, 해수야.' 이러셨어. 그러곤 정신을 잃으셨거든."

그 말에 제혁의 얼굴이 굳어졌다. 혹시 최 여사도 해수와 닮은 여자를 병원에서 우연히 보게 된 건 아니었을까? 그래서 충격으로 쓰러진 걸까?

제혁은 그날 그녀를 쫓아가지 않은 자신을 원망했다. 그런데…… 만약에 그녀가 정말로 해수라면……?

그의 얼굴에 어두운 그림자가 내려앉았다.

너만 바라볼 거야

수요일, 회사에서 제혁을 만난 지은은 마치 오랜만에 재회한 것처럼 그가 반가웠다. 회의 중이라 사적으로 말을 걸 순 없었지만, 그와 한 공간에 있다는 것만으로도 너무나 행복했다. 가끔 눈길이 마주칠 때마다 제혁은 그녀만 알아볼 수 있게 입가에 미소를 떠올렸다. 지은도 제혁만 볼 수 있게 슬그머니 입꼬리를 올렸다.

서로 시선이 마주치고 두 사람만 아는 사랑의 불꽃이 허공에서 피어올랐다.

"민 실장이 그렇게도 좋습니까?"

회의를 마치고 집무실로 돌아온 경민은 뒤따라 들어온 지은을 향해 놀리듯 말했다. 지은은 수줍게 웃으며 살며시 고개를 끄덕거렸다. 얼굴에 뻔히 드러나는데 괜히 내숭을 떨고 싶진 않았다.

"이번 주 토요일에 상견례한다고 들었습니다."

"네, 상무님."

"되도록 결혼식 날짜 빨리 잡도록 해요. 두세 달 길게 잡을 필요 있습니까?"

경민은 마치 그녀의 속을 훤히 들여다보는 것처럼 말했다.

"당장 다음 달이라도 식 올려요. 신 회장님이 어련히 알아서 하시겠지만 만약 장소 잡는 데 애로 사항이 있으면 언제든지 말해요. 내가 무릉도원이라도 빌려줄 테니까."

푸훕, 무릉도원이라니! 경민의 엉뚱한 말에 지은은 나오려는 웃음을 참으며 꾸벅 고개를 숙였다.

"말씀만이라도 감사합니다, 상무님."

"나 잊지 말고 꼭 초대해야 해요. 나 초대 안 하면 엄청 서운해할 거예요."

"당연하죠. B.W. 멤버도 1기부터 다 초대할 거예요."

순간 경민의 얼굴이 움찔 경련을 일으켰다. 그는 잠시 지은의 눈치를 살피더니 넌지시 물었다.

"제혁이가 말했어요?"

지은은 대답 대신 빠르게 고개를 끄덕거렸다. 언젠가는 알게 될 거라는 걸 알았지만 막상 지은도 안다고 하니까 은근슬쩍 이마에 식은땀이 흘렀다.

"노파심에 하는 말인데 행여 우리한테 특별 공연 뭐 이런 거 부탁하지 말아요. 회장님이 내가 몰래 활동했던 거 알게 되면 등짝이 남아나질 않을 테니까."

"그럼요. 걱정하지 마세요."

지은은 걱정하지 말라는 듯 한쪽 눈을 찡긋거리곤 집무실을 걸어나갔다. 문이 닫히자, 환하게 웃던 경민의 얼굴에서 미소가 사라졌다. 경민은 잠시 지은이 걸어나간 문을 바라보다 어디론가 전화를 걸기 시작했다. 잠시 후, 전화가 연결되었다.

"나야. ……몸은 어때? ……우리 만났으면 하는데……. 시간 좀 낼 수 있겠어?"

경민은 굳은 표정으로 상대의 대답을 기다렸다.

"……해수야, 부탁이다."

한참을 기다려도 대답이 없자 경민이 착 가라앉은 목소리로 말했다.

며칠 동안 손을 놓았던 업무를 처리하느라 온종일 정신없었던 지은과 제혁은 아침 회의에서 마주친 이후로 만나지 못했다.

"할 수 없죠, 뭐."

그런데 회사로 돌아온 첫날부터 제혁은 늦게까지 회사에 남아야 한단다. 어쩌면 12시를 넘길지도 모른다는 말에 지은은 속으로 실망의 한숨을 내쉬었다. 그래도 어쩌겠는가? 남아서 해야 할 일이 있다는데 넓은 마음으로 이해해야지.

"그런데 제혁 씨 피곤하지 않겠어요?"

[내 걱정은 말고. 너야말로 괜찮겠어? 오늘은 봉사 쉬지 그

래?]

"안 돼요. 출장 때문에 그동안 너무 오래 쉬었어요. 그리고 어제까지 푹 쉬었고."

어제 그녀는 손가락 하나 까닥하지 않고 침대에서 시간을 보냈다. 그와 함께 있어도 침대에서만 지내고 그가 옆에 없어도 침대에서 꼼짝도 못하다니…….

[봉사를 좀 줄이라고 하고 싶지만, 그런다고 내 말을 듣지 않을 테고.]

"맞아요. 미안하지만 봉사 활동만은 양보 못 해요."

제혁이 바로 코앞에 있는 것처럼 지은은 위아래로 고개를 끄덕거리며 말했다.

"그나저나 내가 도시락이라도 사다줘요? 야근이라도 저녁은 먹어야죠."

[팀원들과 벌써 먹었어. 그러는 넌? 또 피넛버터 바른 빵으로 저녁 때우는 건 아니지?]

"걱정 말아요. 든든하게 먹고 갈게요."

[그래, 그럼 내일 보자.]

지은은 전화를 끊고 서둘러 사무실을 나와 유기견 센터로 차를 몰았다. 제혁에게 든든하게 먹겠다고는 했지만, 서랍에 넣어두었던 초콜릿 에너지 바로 저녁을 해결했다. 혼자 밥을 먹으려고 하니 통 입맛이 나지 않았기 때문이다.

유기견 보호 센터에 도착하니 평일이어서인지 도경과 우빈의 모습은 보이지 않았다.

"언니, 어서 와요. 출장은 어땠어요?"

가을이 오랜만에 나온 그녀를 반가운 얼굴로 맞이했다. 지은은 10시가 넘을 때까지 유기견 센터에 남아 가을과 함께 유기견을 돌봤다.

"가을 씨, 집까지 바래다줄까?"

"아뇨. 오늘은 남자 친구가 데리러 오기로 했어요."

"그렇구나. 오늘 수고했어. 그럼, 내일 봐."

가을을 먼저 보낸 지은은 새벽 봉사 팀에 새로 들어온 유기견의 자료를 넘긴 후에야 건물을 나섰다.

"지은아."

차를 가지러 주차장으로 향하는데 뒤에서 그녀를 부르는 목소리가 들렸다. 뒤들 돌아보자 제혁이 어둠 속에서 걸어 나왔다.

"제혁 씨?"

그가 올 거라곤 전혀 상상하지 못했기에 지은은 놀란 표정을 지으며 빠르게 제혁에게 다가갔다. 볼 수 없을 거라고 포기했는데 그가 부드러운 미소를 지으며 그녀 앞에 서 있었다.

"어떻게 된 거예요? 오늘 늦게까지 야근한다고 하지 않았어요?"

"응. 그런데 예상보다 일찍 끝났어."

"그러면 전화하고 오죠. 내가 가버렸으면 어쩌려고 했어요. 헛걸음할 뻔했잖아요."

제혁은 지은의 잔소리를 한 귀로 흘리며 팔을 뻗어 그녀를 품으로 끌어당겼다.

"지은아……."

그리고 그녀의 어깨에 힘없이 고개를 숙였다.

"나 좀 안아줄래?"

평소의 그와는 조금 다른 분위기에 지은은 걱정스러운 듯 미간을 좁혔다.

"제혁 씨? 무슨 일 있어요?"

"아니…… 그냥. 나 좀 꼭 안아줘."

제혁은 지친 듯 낮은 목소리로 중얼거리며 그가 먼저 지은을 으스러질 듯 끌어안았다. 그리고 지은의 귓가에 입술을 대며 나직이 속삭였다.

"지은아, 이거 하나만 꼭 기억해. 난…… 무슨 일이 있어도…… 너만 바라볼 거야."

절절한 고백임에도 목소리가 가라앉았기 때문일까? 어째서인지 기쁨보다는 걱정이 밀려들었다. 지은은 제혁의 품에 얼굴을 묻은 채 위로하듯이 제혁의 등을 손바닥으로 쓸어내렸다. 한참 후에야 제혁은 그녀를 품에서 놓아주며 한 발 뒤로 물러섰다.

"할 말이 있어."

진지한 눈빛으로 그녀를 바라보던 그가 조심스레 입을 열었다.

"이야기가 길어질 것 같은데…… 오늘 우리 집에서 자고 갈래?"

"그래요."
지은은 흔쾌히 고개를 끄덕였다.
"택시 타고 왔어요? 차 아직 공장에 있죠? 내 차로 가요."
"그래."
제혁은 능숙하게 운전하는 지은을 물끄러미 바라보며 여기로 오기 전에 있었던 일을 떠올렸다. 밤늦게까지 회사에 남을 계획이었지만, 예상한 것보다 일찍 업무를 끝낼 수 있었다. 컴퓨터를 끄며 손목시계를 들여다보니 시간은 막 9시가 넘어가고 있었다. 지금 출발하면 지은이 봉사 활동을 끝내기 전에 유기견 센터에 도착할 수 있을 것이다. 책상 정리를 끝내고 막 자리에서 일어서는데 전화벨이 울렸다. 휴대폰 화면에는 은우의 이름이 떠 있었다.
"어, 은우야. 무슨 일이야?"
[선배님. 저, 이번에 쌍우그룹 인턴으로 뽑혔어요.]
"그래? 축하한다. 그런데 너 우리 회사에도 지원하지 않았어?"
[네, 그래서요. 쌍우 인턴이 됐다고 형 회사에 지원한 게 무효가 되는 건 아니죠?]
"날짜만 겹치지 않으면 상관없어."
제혁의 대답에 휴대폰 너머에서 긴 안도의 숨소리가 들렸다.
[후우, 다행이다. 두 군데 중 하나만 골라야 하나 걱정했거든요. 두 군데 다 해보고 싶은데…….]

"욕심은 많아서……."

[하하하, 제가 욕심이 좀 많죠.]

"그래 나중에 보자."

제혁이 전화를 끊으려던 찰나, 허스키한 여자의 목소리가 뒤에서 들려왔다.

[……하하, 그래. 우리 은우. 욕심쟁이지.]

어딘가 익숙한 목소리에 제혁의 미간이 구겨졌다.

"은우야, 너 지금 누구랑 같이 있어?"

[네? 아…… 아뇨. 커피숍에 왔는데 뒷자리에서…… 하하, 그게…….]

은우답지 않게 말을 더듬거렸다.

"그래, 알았어."

뭔가를 숨기는 듯한 은우의 태도가 꺼림칙했지만, 제혁은 가만히 전화를 끊었다. 제혁은 도로 자리에 앉으며 잠시 생각에 잠겼다. 뒤에서 들려오던 웃음소리와 목소리……. 그건 해수가 분명했다. 특유의 허스키한 목소리를 어떻게 모를 수 있을까! 제혁은 마른세수하듯 두 손으로 얼굴을 쓸어내렸다.

만약에 해수가 돌아왔다면 그녀가 제일 먼저 연락할 사람은 은우 아니면 경민일 것이다. 은우는 B.W. 3기 멤버로 활동하기 전부터 객원 싱어였던 해수와 특별히 가까운 사이였다. 그리고 경민.

경민은 몇 번이나 그에게 힌트를 줬었다. 그럼에도 불구하고 그는 그냥 지나쳐버렸다. 어쩌면 병원에서 본 여자도 해수라는 걸 알면서도 모른 척했는지도 모른다. 혼절한 최 여사가 본 사람 역시 해수가 분명했다. 해수가 돌아왔다는 정황이 곳곳에 널렸는데 그의 이성은 끊임없이 밀어내기에만 바빴다. 그러나 더 이상 그녀가 돌아왔다는 사실을 부정할 수 없었다. 곧 해수가 그의 앞에 나타날 것이라고 본능이 속삭이기 시작했다. 그렇다면…….

"후우."

제혁은 긴 한숨을 내쉬며 자리에서 몸을 일으켰다. 해수를 만나기 전에 정확하게 매듭지어야 할 일이 있었다.

"차 한잔할래?"

지은이 간편한 옷으로 갈아입고 나오자 제혁은 그녀 앞에 찻잔을 내려놓았다.

"고마워요."

제혁은 지은이 차를 한 모금 마실 때까지 아무 말도 하지 않았다. 그저 소파 등받이에 몸을 기댄 채 그녀를 바라보았다. 이윽고 그녀가 찻잔을 내려놓자 그가 천천히 입을 열었다.

"아무래도 너에게 먼저 이야기하는 게 나을 것 같아서……. 우리 사이에 어떤 오해도 끼어드는 걸 원치 않으니까. 전에 내가 했던 말 기억해? 죽고 싶을 만큼 상처받은 사람이 있다고 했었지."

지은은 제혁과 눈길을 마주친 채로 가만히 고개를 끄덕였다.

"그 이야기를 해도 될까? 예전 여자에 관한 이야기 듣기 싫을 수도 있겠지만……."

"괜찮아요. 해줘요."

지은은 제혁의 말을 끊으며 그에게로 바짝 다가갔다. 왜 그가 그토록 상처를 받았는지 알고 싶었다. 왜 그가 그토록 오랜 시간 차갑게 마음이 식었는지도 알고 싶었다. 사랑하는 남자의 아픔까지 모두 끌어안고 싶었다.

"이름은 해수였어. 한해수. 해수와는 밴드 활동하다 만나게 됐어. 해수는 내가 다니던 대학의 음대에 다녔는데 우연히 밴드의 객원 싱어를 맡게 됐어. 그러다 자연스럽게 사귀게 되었고. 한 번은 집에 데리고 간 적이 있는데 인연이었는지 해수가 어머니 친구 딸이더라고. 두 분은 아주 어릴 때부터 친하셨대. 그러다 해수 어머니가 미국으로 이민 가면서 소식이 끊겼고……."

지은은 제혁을 빤히 바라보며 다음 말을 기다렸다.

"어머니는 처음에 연락이 끊겼던 친구를 만나게 되었다고 기뻐하셨어. 그랬는데……."

말을 잇는 제혁의 얼굴에 어두운 그림자가 내려앉았다.

"해수만 남겨두고 부모님 두 분 다 비행기 사고로 돌아가셨더군. 해수가 막 고등학교 진학할 무렵이었다고 들었어."

"그래서 한국에 온 거구나."

"응. 여기엔 친척이라도 있으니까. 사망 보험금을 꽤 많이 받은 덕분에 학교 다니고 생활하는 데 불편함은 없었어. 그런데 얼마 안 가서 그 돈이 다 없어지고 말았대. 친척들이 돈을 불려준다고 투자하다가 그만 사기를 당했나 봐."

"네?"

지은은 믿을 수 없다는 듯 미간을 찌푸렸다.

"미국에서 살던 애가 뭘 알았겠어. 친척 어른 말을 그대로 따랐겠지. 다행히 대학교 입학 후에 그런 일이 일어났고, 졸업할 때까지의 학비 정도는 남아 있었대."

"그래도 다행이네요."

지은의 말에 제혁은 씁쓸한 미소를 떠올렸다. 글쎄, 다행이라고 할 수 있을까? 그 사건으로 순수했던 한 아이의 인생관이 바뀌어버렸는데……. 그 이후로 해수는 세상을 다른 시각으로 보기 시작했다.

"해수의 딱한 사정을 알게 된 어머니는 해수를 가족처럼 챙기셨어. 가끔 해수가 내 여자 친구인지, 아니면 내 쌍둥이 동생인지 모를 정도로 말이야. 형들도 누나들도 해수를 친동생처럼 여겼고……."

"해수란 사람, 많이 사랑했나 봐요?"

"……사랑?"

제혁은 잠시 생각에 잠긴 눈으로 지은을 바라만 보았다. 그러다 가만히 손을 들어 그녀의 뺨을 감쌌다.

"부정하지는 않을게. 어쩌면 20대의 나는 그랬을지도 몰라.

그땐 어렸으니까 그게 사랑이라고 믿었어. 하지만 얼마 안 가서 정말로 상대를 사랑한다면 이렇게 괴로워선 안 된다는 생각이 들기 시작했어."

"괴롭다고요?"

제혁은 씁쓸한 표정을 지으며 가만히 고개를 끄덕거렸다.

"해수를 사랑했지만, 그녀의 모든 걸 받아들이긴 역부족이었어. 난 도저히 그 애를 이해할 수 없었거든. 서로 바라보는 시점이 너무 달랐어. 차이를 좁히기도 어려웠고……. 몇 번이나 헤어졌다 다시 만나곤 했어."

최 여사를 비롯한 가족 모두 해수를 가족의 일원으로 받아들였기 때문에 쉽게 그녀를 놓을 수 없었다. 어느 순간부터 사랑보다는 무거운 의무가 그를 해수에게 얽매이게 했다. 또한 노력한다면 해수의 삐뚤어진 인생관을 다시 정상으로 되돌릴 수 있지 않을까 하는 희망도 품었다.

그러나 그건 그만의 헛된 바람이었다. 해수는 수단과 방법을 가리지 않고 가수로서의 성공을 향해 내달렸다. 노래가 좋아서 가수가 되려는 건지, 단지 성공하기 위해 가수가 되려는 건지 모호해지기 시작했다. 그녀는 점점 더 어두운 곳으로 치달았고 그가 감당할 수 있는 범위를 벗어났다.

—제혁아, 난 너밖에 없어. 내 말 못 믿겠어?

거짓말을 감추기 위해 흘리던 그녀의 뻔뻔한 눈물에 지쳐갈 때쯤 두 사람은 동해 바닷가에서 헤어졌다. 이미 마음속으론 그녀와 헤어지길 원하고 있었지만, 그래도 꽤 잔인한 이별이었다.

"그러다 결국 오디션을 따낸 해수가 미국으로 떠나면서 헤어졌어."

제혁은 무덤덤하게 말했지만 지은의 눈에는 그런 그가 왠지 모르게 슬퍼 보였다.

"제혁 씨와 헤어지면서까지 미국행을 선택해서 상처받은 거예요?"

"아니, 그보단…… 끝까지 나에게 거짓말을 하고 속였다는 사실에 힘들었어."

어떤 거짓말이었는지, 뭘 속였는지 자세히 물어보고 싶었지만, 지은은 입을 다물었다. 그건 두 사람만의 사적인 이야기일 테니까.

"그래서 마음이 차갑게 식은 거군요. 너무나 아팠던 사랑 때문에……."

"……지은아."

제혁은 대답 대신 팔을 뻗어 지은을 품에 끌어안았다. 그리고 그녀의 어깨에 얼굴을 묻었다. 그때의 일을 털어놓는 것만으로도 괴로운가 보다. 지은은 아이를 달래듯 제혁의 등을 토닥거렸다.

그녀 역시 상후와의 기억을 떠올릴 때마다 아직도 속이 답답하고 마음이 아팠다. 아마 그는 그녀보다 훨씬 더 속이 답답하고 마음이 아플 게 분명했다.

그런데 잠시 후, 전혀 생각지도 못한 말이 제혁의 입에서 흘러나왔다.

"그것보다는…… 죄책감 때문이었어. 그것 때문에 쉽게 사랑을 시작할 수 없었어."

"죄책감이라고요?"

지은은 그의 품에서 빠져나오며 이해할 수 없다는 얼굴로 되물었다.

"너, 은우!"

경민이 커피숍 안으로 들어오자 해수는 표정을 일그러뜨리며 은우를 노려보았다.

"미안해요, 누나. 경민 선배가 꼭 누나를 만나야 한다고 해서……."

은우는 해수의 날이 선 시선을 피하며 중얼거리듯 변명했다. 은우가 해수를 만난다는 것을 알아낸 경민은 지금 당장 해수를 만나게 해달라고 요구했다. 난처해하는 은우에게 인턴 합격을 취소하겠다고 으름장까지 놓았더랬다.

"저는 이만 가볼게요."

임무를 마친 은우는 해수를 향해 어색하게 웃어 보이고는 그대로 등을 돌려 커피숍을 빠져나갔다.

"몸은 좀 어때?"

경민이 해수의 맞은편에 앉으며 물었다. 그러나 해수는 경민을 노려볼 뿐 아무 말도 하지 않았다.

"다 알고 왔으니까 내 앞에선 강한 척 연기하지 않아도 돼."

"……알고 왔다니 뭘?"

"일상생활에 큰 문제는 없게 됐다지만 아직도 많이 힘든 거 알아. 흥분하면 안 되는 거, 크게 웃으면 안 되는 거, 빨리 걸어서도 안 되는 거, 다 안다고. 폐 손상으로 그렇게 된 거 다 알고 왔어."

해수는 분한 듯 입술을 깨물며 경민을 노려보았다. 그러다 피식 입매를 비틀었다.

"그런 동정 어린 눈으로 쳐다보지 마. 기분 더러우니까. 사고였을 뿐이야. 운이 나빴고. 처음엔 왜 나만 불행할까 신을 원망하기도 했는데 이젠 아니야."

"네가 무슨 심정으로 한국으로 돌아왔는지 알겠어."

그 말에 해수의 눈가에 작게 경련이 일었다.

"너, 이제야 너에게 가장 중요한 게 뭔지 깨달았잖아. 아니야?"

해수는 분한 듯 경민을 노려보았지만 곧 빨개진 두 눈에 눈물이 맺혔다.

"해수야."

그녀의 어깨가 여리게 떨리자 경민은 당황한 얼굴로 자리에서 일어나 해수의 옆으로 다가갔다. 되도록 그녀를 울게 해선 안 된다. 해수를 담당했던 의사는 그녀가 심하게 흐느낄 경우 호흡 곤란을 겪을 수도 있다고 경고했었다.

"너, 울면 안 돼."

"……알……아."

살며시 벌어진 그녀의 입술이 바르르 떨렸다.

"나도 안다고. ……그리고 나 안 울어."

그녀가 벅찬 숨을 내쉬며 힘겹게 말을 이었다. 경민은 재킷 주머니에서 손수건을 꺼내 그녀 앞으로 내밀었다.

"치워. 그딴 친절 필요 없으니까."

하지만 경민은 그녀의 말을 무시하고 손에 손수건을 쥐어 주었다. 해수는 눈물을 닦을 생각이 없는지 물끄러미 손수건을 바라만 볼 뿐이었다. 할 수 없이 경민은 그녀의 손에서 손수건을 가져와 그녀의 뺨에 흐르는 눈물을 닦아주었다.

"해수야, 미안하지만……."

그리고 조심스럽게 말을 꺼냈다.

"그래도 제혁인 안 돼. 너무 늦었어. 이젠 네 가족이 되어줄 수 없어."

"흐윽."

동시에 해수의 입에서 낮은 흐느낌이 흘러나왔다.

"지금까지……."

한참 동안 지은을 바라보던 제혁이 천천히 입을 열었다.

"경찰 말고는 아무에게도 말하지 않은 이야기가 있어."

경찰이란 말에 지은은 눈을 가늘게 모았다.

"미국으로 떠나고 나서 얼마 안 돼 해수에게 전화가 왔어. 두 번 왔었는데 처음엔 술에 너무 취해서 대화가 안 될 정도였어. 그리고 며칠 후 다시 전화가 왔는데 그때도 마찬가지였어."

지은은 제혁의 말에 묵묵히 귀를 기울였다. 뭔가 불길한 예감이 그녀를 사로잡았다.

"어눌한 발음으로 계속 도와달라고 하더군. 솔직히 짜증이 났어. 그래서 매정하게 전화를 끊어버렸지. 얼마 안 가서 다시 전화가 왔는데……. 난 끝까지 받지 않았어. 아예 휴대폰을 꺼버렸지."

말로 표현할 수 없는 복잡한 감정이 그의 얼굴에 떠올랐다. 제혁은 두 눈을 감으며 길게 한숨을 내쉬었다. 그러곤 떨리는 목소리로 말을 이었다.

"그리고 그날 밤…… 해수가 사라졌어."

"사라지다니요? 그게 무슨……?"

지은은 당황한 얼굴로 제혁을 바라보았다. 그녀도 모르게 무릎에 놓인 두 손에 힘이 들어갔다.

"처음엔 아무도 몰랐어."

착 가라앉은 목소리가 제혁의 입에서 흘러나왔다.

"첫 번째 오디션을 통과한 해수는 2주 후에 열린 두 번째 오디션에 나타나지 않았어. 처음엔 마음이 바뀌었나 생각할 뿐 아무도 심각하게 여기지 않았어. 예전부터 자주 그랬으니까. 나중에 알게 된 사실인데 나와 통화한 날 이후로 숙소로 돌아오지 않았다더군."

정확히 한 달이 지나고서야 해수가 증발했다는 것을 알게 됐다. 두 번째 오디션에 나타나지 않아 자동 탈락하면서 오디션 참가 서류를 제출했던 경민에게로 탈락 사유 이메일이 날아갔다. 이미 두 번째 오디션이 열리고 3주가 지난 후였다. 기회를 포기한 그녀에게 화가 난 경민이 여러 번 전화를 걸었지만 연결되지 않았다.

그녀가 묵고 있던 호텔에 연락한 후에야 해수가 사라졌다는 사실을 깨달았다. 짐은 숙소에 그대로 놓아둔 채였다. 상황이 심각하게 흘러가자 경민은 서둘러 미국으로 건너갔다. 그러나 해수의 흔적은 아무 곳에도 남아 있지 않았다.

"경찰이 통화 기록을 조사했는데 나에게 전화했던 게 마지막 기록이었대. 그때 내가 해수의 전화를 받았더라면……."

그날 이후로 제혁은 끊임없이 전화벨이 울리는 악몽에 시달렸다. 전화를 받으려고 손을 뻗으면 전화기는 연기처럼 사라지고 전화벨 소리만 남았다.

그때 전화를 받았더라면, 그랬더라면 해수에게 무슨 일이 일어나지 않았을지도 모른다는 후회가 그를 무겁게 내리눌렀다.

"해수의 목소리가 어눌했던 건 술에 취해서가 아닐지도 모른다는 생각이 들었어. 혹시 사고를 당한 거였다면…… 그래서 내게 도와달라고 전화한 거였다면…….”

제혁의 목소리가 가늘게 떨리고 있었다.

“아니에요. 그렇게 생각하지 말아요.”

지은은 위로하듯 제혁의 손을 힘주어 잡았다.

“무슨 일이 있었는지 정확히 모르잖아요.”

지은의 말대로 그날 무슨 일이 있었는지는 아무도 모른다. 마지막 발신 기록이 찍힌 장소로 찾아갔지만 아무런 단서도 찾을 수 없었다. 한국처럼 곳곳에 CCTV가 설치되어 있는 것도 아니고 블랙박스를 장착한 차를 찾기도 쉽지 않았다. 미국이란 거대한 땅덩어리에서 실종된 누군가를 찾는다는 건 모래사장에서 바늘을 찾는 것과 같았다.

“그러고도 난 해수를 찾으러 미국에 가지 않았어.”

그녀가 헤어진 연인이라서 매몰차게 외면한 건 아니었다. 미국까지 가서도 그녀를 찾을 수 없다면 해수의 실종이 기정사실이 될 것만 같아 두려웠기 때문이었다. 이대로 가만히 있다 보면 어느 날 아무 일 없었다는 듯 해수에게서 연락이 올 것 같았다. 절망보단 실낱같은 희망에 기대기로 했다.

“제혁 씨가 미국에 간다고 찾을 수 있는 것도 아니잖아요.”

“알아. 하지만 머리는 그렇게 말하는데 마음은 그게 안 돼.”

그가 그녀의 어깨에 고개를 숙이며 힘없이 중얼거렸다. 지은은 위로하듯 제혁의 머리를 쓰다듬었다. 혼자 얼마나 힘들었을까! 아무에게도 털어놓지 못하고 속으로만 끙끙 앓고 있었다니…….

"……쉽지 않았을 텐데 나에게 말해줘서 고마워요."

지은은 안쓰러운 마음에 팔을 벌려 제혁을 꽉 끌어안았다. 그러곤 두 손으로 그의 널찍한 등을 도닥거렸다. 지은은 홀로 삭였던 아픔을 자신에게 털어놓는 제혁이 어느 때보다 한층 더 가깝게 느껴졌다.

'이젠 내가 옆에 있으니까 힘든 짐은 함께 들어요.'

지은은 제혁의 목덜미에 얼굴을 묻으며 마음속으로 속삭였다.

"으음……."

여린 신음과 함께 해수의 감긴 눈이 떠졌다.

"정신이 좀 들어?"

뿌옇게 흐려졌던 초점이 맞춰지며 경민의 걱정스러운 얼굴이 해수의 시야에 들어왔다. 해수는 여기가 어디냐는 듯 멍한 시선으로 주위를 둘러보았다.

"병원이야. 아까 카페 안에서 정신을 잃었는데……. 기억 안 나?"

"……아, 그래."

"그동안 어디서 뭐 하고 지낸 거야? 몸이 말이 아니게 허약해졌더라. 온 김에 영양제 하나 맞고 가자."

경민을 바라보던 그녀의 시선이 손등에 꽂힌 주사 바늘로 옮겨갔다.

"후, 이제 주사는 지겨운데……."

해수는 작게 한숨을 내쉬며 입매를 비틀었다.

"……무슨 사고였지?"

잠시 말없이 해수를 내려다보던 경민이 조심스럽게 물었다.

"마약성 진통제를 달고 살 만큼 크게 다쳤었다고 들었어."

"아, 그거?"

건조한 목소리가 떨리는 입술을 비집고 흘러나왔다.

"……계단에서 굴렀어. 다시 깨어났을 때는 이미 2년이 지나 있더라."

사랑 따위, 가족 따위 필요 없다며 모든 걸 버리고 떠났는데도 해수는 계속 뒤돌아보는 자신을 발견했다. 자꾸만 미련이 생겼다. 이미 헤어졌는데도 제혁이 보고 싶어 참을 수가 없었다. 하지만 옆에 머물렀다고 하더라도 결국은 제혁이 먼저 그녀를 떠났을 것이다. 그녀의 실체를 알았다면 그는 결코 그녀를 받아주지 않았을 테니까.

그녀가 가수로 성공하기 위해서 어떤 일을 벌였는지 알게 된다면 제혁은 그녀를 경멸의 눈으로 바라볼 게 뻔했다. 제혁을 만나기 전 그녀에겐 이미 깊은 관계의 스폰서가 있었다. 제혁과 사귀면서 잠시 정리했지만 그리 오래가진 못했다. 앨범 계획이 연기되면서 그녀는 다시 스폰서를 찾아갔다.

그는 재벌 3세로 막 신혼여행에서 돌아온 직후였다. 집안끼리의 정략결혼으로 아내에게 마음이 없던 그는 예전처럼 해수와 밀회를 이어갔다. 두 사람 사이를 눈치챈 경민이 몇 번이나 경고했지만 해수는 한 귀로 듣고 흘려버렸다. 스폰서 때문에 TV 출연 기회도 얻었고 한 달 후면 앨범이 출시될 예정이었기에……. 누구보다 제혁을 사랑했지만, 그때 그는 힘없는 대학생에 불과했다. 성공하기 위해선 사랑하는 연인이 아니라 힘 있는 스폰서가 필요했다.

앨범 출시를 보름 앞두고 스폰서와 밀회를 즐기던 날, 작은 접촉 사고가 일어났다. 범퍼가 조금 부딪치는 사고였지만 상대는 재계 인물인 해수의 스폰서를 바로 알아보았다.

한밤중 직접 차를 운전한 재벌 3세와 그 옆자리를 차지한 미모의 신인 가수에게 시선이 쏠렸다. 불행히도 그 소식은 인터넷 신문 기자의 귀에까지 흘러들어갔다. 재빨리 손을 쓴 덕분에 스캔들로 번지진 않았지만 더는 제혁을 속일 수 없다는 사실을 깨달았다.

경민의 오디션 제안을 받아들인 것도 그래서였다. 제혁과의 이별은 아름답지 못했다. 돌아오지 않기 위해서 그녀는 할 수 있는 모진 말을 그에게 모두 퍼부었다. 그랬는데 비행기에 탄 순간부터 제혁이 보고 싶었다. 그의 모습이 머릿속에서 사라지지 않았다.

견딜 수 없을 때마다 그녀는 술을 마셨다. 그리고 딱 두 번 그에게 전화를 걸었다. 첫 번째 전화는 받아줬지만 두 번째엔 그의 인내심이 한계에 이르렀는지 도중에 전화를 끊어버렸다.

다시 몇 번이나 전화를 걸었지만, 제혁은 끝내 전화를 받지 않았다.

"……내 잘못인 거 알면서도 화가 났어. 도저히 견딜 수 없어서 무작정 거리를 헤맸어."

해수는 타인의 이야기를 하듯 건조한 목소리로 말을 이었다.

당시 롱아일랜드에 머물던 그녀는 택시를 타고 맨해튼으로 향했다. 홀로 밤거리를 헤매며 아무 술집에나 들어가 술을 마셨다. 마지막으로 갔던 술집에서 강도를 만나 핸드백을 빼앗기고 계단에서 굴렀다. 다음 날이 돼서야 경비원에게 발견돼 병원으로 옮겨졌다.

"……깨어나긴 했지만 재활 훈련 없인 제대로 걸을 수도 없었어."

"왜 그때라도 나에게 연락하지 않았지?"

경민의 물음에 해수는 조소를 떠올렸다.

"그런 모습을 어떻게 보여줘? 비참하잖아."

죽으면 죽었지 절대로 그런 모습을 보여주고 싶지 않았다. 사고의 후유증은 심한 통증을 동반했고 진통제 없이는 단 하루도 견딜 수 없었다. 겨우 고통이 사라졌을 때엔 마약성 진통제 남용으로 폐가 손상된 후였다.

"가끔 그런 생각을 해. 그때 피하지 않고 스캔들에 휩싸였더라면……. 당시엔 힘들었겠지만 그래도 지금보다는 낫지 않았을까?"

허탈한 목소리로 중얼거리던 해수는 힘겨운 듯 두 눈을 감았다. 잠시 후, 눈물 한 줄기가 양 볼을 타고 흘러내렸다.

말없이 그녀를 바라보던 경민은 빨간 줄이 그어진 해수의 손목으로 시선을 돌렸다. 빨간 줄 하나는 선명했고 다른 하나는 희미했다. 미수로 그친 두 번의 자살 시도를 나타내는 흔적이었다. 언제 터질지 모르는 아슬아슬한 긴장감에 경민은 저도 모르게 어금니를 깨물었다.

원하든 원하지 않든 경민은 지금의 상황에서 벗어날 수 없었다. 그 역시 한배를 탄 공범자였기 때문이다. 그날 새벽 해수와 함께 있었던 스폰서는 다름 아닌 경민의 큰형인 공경한이었다.

어릴 때부터 공부에 뜻이 없던 경한은 장남 자리를 버거워했고 고등학교 때부터 엇나갔다. 그는 대학에 들어가자마자 본격적으로 방탕한 생활을 시작했고 그건 결혼한 후에도 마찬가지였다.

해수와 경한의 관계를 알고서도 경민은 크게 신경 쓰지 않았다. 그저 스쳐 지나가는 수많은 여자 중의 하나일 거라고 넘겨버렸다. 해수가 제혁과 사귄다는 사실을 알게 되었을 때도 마찬가지였다. 한때의 불장난이겠지. 그러다 곧 헤어질 거야. 괜히 남의 사생활에 나서지 말자. 그러나 불행하게도 상황은 그가 예상하지 못한 방향으로 흘러갔다.

"해수야."

많이 늦었지만 지금이라도 삐뚤어진 관계를 정상으로 되돌려야 한다.

"내가 도와줄 테니까 다시 미국으로 돌아가자, 응?"

이번만이라도 경민은 자신이 예측하는 방향으로 상황을 이끌고 싶었다.

"아무래도……."

한참 동안 침묵을 지키던 제혁이 다시금 입을 열었다.

"해수가 돌아온 거 같아. 아직 나에게 연락하진 않았지만 그런 거 같아."

어두운 표정을 짓는 제혁과는 반대로 지은은 기쁜 듯 밝게 미소 지었다.

"그러면 잘된 거잖아요? 해수 씨가 무사하다는 거니까. 아니에요?"

"응."

제혁은 씁쓸한 미소를 떠올리며 작게 고개를 끄덕거렸다.

"그 뜻은…… 만약에 연락이 오면…… 나 어쩌면 해수를 만나야 할지도 몰라."

"그거야 당연히 만나야죠."

"내가 해수를 만나도 괜찮겠어?"

지은은 선뜻 대답할 수 없었다. 솔직히 말하면 백 프로 괜찮은 건 아니었다. 사랑하는 남자가 헤어진 옛 연인을 만난다는데 세상에 어떤 여자가 아무렇지 않을 수 있을까. 하지만 껄끄럽다고 해서 제혁을 막을 순 없었다.

"이해해요. 그러니까 걱정하지 말아요."

"그렇게 말해줘서 고마워."

"대신……."

지은은 진지한 얼굴로 제혁과 시선을 마주했다.

"죽을 것처럼 아팠던 사랑 같은 거, 기억에서 지워버려요. 무거운 죄책감도 떨쳐내고. ……내 말 무슨 말인 줄 알죠?"

"……그래, 그럴게."

제혁이 순순히 동의하자 지은은 환하게 웃으며 장난치듯 제혁의 가슴을 손바닥으로 꾹 눌렀다.

"바보같이…… 그냥 다 말해버리지. 왜 그걸 이 속에다 감추고 끙끙거리고 있었대. 진짜 많이 답답했겠다. 가끔 막 아프거나 그러진 않았어요?"

지은은 뭉친 응어리를 풀듯이 손바닥으로 큰 원을 그리며 그의 가슴을 문질렀다. 손길은 점차 어깨와 목덜미로 범위를 넓혀나갔다. 그녀의 손길은 다정하고 부드러웠다.

"긴장해서 근육 뭉친 것 좀 봐."

한 손으론 안 되겠는지 지은은 두 손에 힘을 주어 제혁의 목덜미를 꾹 눌렀다. 그러곤 고개를 숙여 그의 목덜미에 입술을 내렸다.

"……지은아?"

갑작스러운 그녀의 행동에 제혁은 살짝 미간을 찌푸렸다.

"어디 또 아파요? 내가 안 아프게 해줄게요. 여기?"

목덜미에서 입술을 뗀 지은은 제혁의 이마에 입을 맞추었다.

"음, 아니면 여긴가?"

그가 아무 말 하지 않고 가만히 있자 이번에는 입술로 그의 입술을 부드럽게 미끄러뜨렸다. 그러곤 살며시 입술을 대었다 떼어내며 벌어진 틈으로 살짝 혀끝을 밀어 넣었다. 마치 강아지가 핥아주는 것 같은 행동에 제혁의 입가에 웃음이 번졌다.

그는 그녀가 뒤로 물러서지 못하게 두 손으로 그녀의 허리를 움켜쥐며 자신의 몸 위로 끌어올렸다. 제혁의 다리 위에 올라앉은 자세가 된 지은은 그의 목에 두 팔을 휘감았다.

"지금 뭐 하는 거지?"

그가 고개를 뒤로 젖혀 그녀를 올려다보며 나직이 중얼거렸다. 지은은 당연한 걸 물어보느냐는 듯 한쪽 눈썹을 슬쩍 치켜세웠다.

"음, 위로해준 건데……. 내가 우울해할 때마다 솜이가 와서 여기저기 핥아주거든요."

그녀의 미소에 제혁은 방금까지 그를 무겁게 내리누르던 감정이 감쪽같이 사라지는 것을 느꼈다.

"나, 위로 아주 잘하는데……."

금방이라도 입술이 닿을 듯 말 듯 가까운 거리에서 그녀가 작게 속삭였다.

"……어떻게?"

"이렇게."

지은은 부드럽게 웃으며 살며시 입술을 포갰다. 애를 태우듯 그의 입술에 그녀의 입술을 조심스럽게 문질렀다. 하지만 그뿐이었다. 그가 조금이라도 더 가까이 다가오려고 하면 슬그머니 몸을 뒤로 뺐다. 몇 번이나 같은 행동을 반복했다.

"……지금 뭐 하는 거지?"

차곡차곡 쌓여버린 욕구에 그의 목소리 끝이 갈라져 있었다. 가라앉은 분위기를 바꾸려고 슬쩍 그를 도발했는데 다행히 잘 먹히는 것 같았다.

"뭐하긴요. 위로하는 거지."

지은은 활짝 웃으며 해맑은 목소리로 대답했다.

"난 좀 더 진한 위로를 원하는데……."

"음…… 이렇게요?"

지은은 마치 약을 올리듯 이를 세워 그의 아랫입술을 물었다. 맞물린 입술 사이로 뜨겁고 달콤한 숨결이 제멋대로 흘러나와 엉켜들었다. 하지만 이번에도 키스가 깊어지려는 찰나 그녀가 먼저 입술을 떼어냈다. 어느새 지은은 어떻게 하면 그를 안달 나게 할 수 있는지 알아버린 것 같았다.

"지은아."

제혁은 도저히 참지 못하고 다급히 숨을 들이마시며 그녀의 뺨을 두 손으로 감쌌다.

"……으응, 제혁 씨."

제혁은 지은에게 입술을 겹치는 동시에 거칠게 그녀의 입술을 가르고 들어갔다. 시작은 지은이 했지만 어느새 주도권은 제혁에게 넘어가 있었다. 키스가 깊어질수록 두 사람의 몸이 서서히 옆으로 무너지기 시작했다. 이윽고 그녀의 등이 완전히 소파에 닿고 그가 그녀의 위로 올라간 자세가 되었다.

입술에서 시작된 키스는 목덜미를 지나 완만한 곡선을 타고 밑으로 내려갔다. 그녀의 셔츠 위를 더듬거리던 커다란 손이 다급하게 단추를 풀기 시작했다. 단추가 열릴 때마다 그녀의 하얀 피부가 점차 모습을 드러냈다. 차가운 공기에 드러난 맨살 위로 그의 뜨거운 숨결이 쏟아졌다.

단추가 모두 풀리자 제혁은 셔츠를 벗겨내기 위해 옆으로 옷자락을 벌렸다. 그러자 지은은 그의 손에 자신의 손을 살포시 얹으며 나지막이 속삭였다.

"……여기서 말고."

제혁이 동작을 멈추자 지은은 붉게 상기된 얼굴로 그를 향해 눈꼬리를 휘었다.

"침대에서 위로해줄게요."

이보다 더 사랑스러운 위로가 있을까? 위로이면서 동시에 심장이 멎을 것 같은 진한 유혹이었다.

"좋아."

제혁의 입가에 부드러운 미소가 떠올랐다.

"위로받은 만큼 그대로 돌려주지."

제혁은 그대로 그녀의 무릎 아래로 팔을 넣어 그녀를 소파에서 들어 올렸다.

"쯧쯧, 도대체 어젯밤 뭘 했기에 병든 닭처럼 꾸벅꾸벅 졸아요? 네?"

헉, 어떡해!

유 비서의 혀 차는 소리에 지은은 퍼뜩 정신을 차리고 자세를 바로잡았다. 그새를 못 참고 또 잠들었나 보다. 지은은 고개를 숙이고 인상을 찡그렸다.

점심 식사 후, 식곤증도 식곤증이었지만, 어젯밤 제혁을 위로해 주다 너무 무리한 탓도 있었다. 그래서 딱 두 번만 위로해주고 그만두려고 했는데……. 속으로 투덜거리던 지은은 어색한 미소를 지으며 유 비서에게로 고개를 돌렸다.

어? 뭐지?

지은은 텅 빈 유 비서의 빈자리를 멍하니 바라보았다.

방금 분명히 유 비서의 목소리였는데? 꿈이라도 꾼 건가?

"먼저 들어가든지 아니면 어디 누워서 한숨 주무세요. 불쌍하게 졸지 좀 말고."

그때 반쯤 열린 집무실 문틈으로 유 비서의 목소리가 흘러나왔다. 지은은 조용히 책상에서 몸을 일으켜 집무실 앞으로 살금살금 다가갔다. 유 비서는 문 쪽으로 등을 기댄 채 허리에 팔을 올린 자세로 서 있었다. 한 손으로 턱을 받치고 있던 경민이 실눈을 뜨고 유 비서를 바라보았다.

"아…… 그게, 어젯밤에 잠을 설쳐서……."

유 비서의 핀잔은 그녀가 아닌 경민을 향하고 있었다.

"그러니까, 왜요? 왜 밤에 잠을 못 잤냐고요. 도대체 무슨 일을 하느라."

부하 직원 같지 않은 유 비서의 태도에 지은은 고개를 갸웃거렸다. 하극상이라도 일어났나? 지은은 호기심에 문 뒤로 몸을 숨기며 두 사람의 대화에 귀를 쫑긋 세웠다.

"그러지 마라. 나 피곤해. 어제 밤새도록 간호했단 말이야."

"누구요? 누가 아픈데요? ……설마 이모 어디 편찮으세요?"

"아냐. 우리 엄마가 얼마나 강철 체력인데. 나랑 팔씨름해도 이기실 걸?"

이모? 상무님 어머님이 유 비서님 이모라고? 아니면 사모님 대신 친근하게 이모라고 호칭하는 건가? 대화가 점점 더 재미있게 돌아가자 지은은 아예 문에 귀를 바짝 가져다 대었다.

"그럼 누군데 오빠가 간호를 다 해요? 호주에 있다던 강 팀장이 돌아오기라도 했어요?"

"너, 자꾸 나 아픈데 긁지!"

"에? 표정이 왜 그래요? 오빠, 여자 생겼어요? 어머, 맞구나!"

오빠? 상무님 보고 오빠? 이게 도대체 무슨……?

"야, 야. 소리 좀 죽여라. 지은 씨 듣겠다."

"걱정 말아요. 지은 씨 지금 완전 꿈나라 헤매니까……. 식곤증이 심한지 옆에서 누가 업어가도 모르게 잠들었어요."

순간 뜨끔했지만 지은은 애써 담담한 반응을 보였다. 뭔가 두 사람만 알아들을 수 있는 내용이 오가더니 별안간 유 비서의 목소리가 커졌다.

"뭐요? 그때 그 여자요? 경한이 오빠랑 사고 쳤던……."

"쉬, 제발 목소리 좀 낮추라니까."

경민의 애원에 유 비서의 목소리가 다시금 작아졌다. 경한이라면 상무님 형을 말하는 건가?

공경한. 쌍우그룹 공 회장의 장자로 지금 그는 유럽 지사에 나가 있었다. 하지만 모두들 후계자 경쟁에서 밀려난 그를 공 회장이 멀리 보내버린 거라고 수군거렸다.

"걔랑 경한 오빠랑 아직도 그렇고 그런 관계예요? 예전에 걔 실종됐다고 하지 않았어요? 뭐야? 그거 다 사기였어? 참, 그런데 민제혁 실장도 알아요?"

"야, 야! 쉿!"

어? 왜 여기서 갑자기 제혁 씨 이름이 튀어나오지? 지은은 믿을 수 없다는 얼굴로 미간을 찌푸렸다. 애석하게도 그 이후론 내용을 알아들을 수 없게 두 사람의 말소리가 작아졌다. 마음 같아선 안으로 들어가 '방금 무슨 소리예요?'라며 대놓고 묻고 싶었지만, 몰래 엿들은 것도 잘못인데 그럴 수는 없었다.

그때였다. 흥분한 유 비서의 목소리가 다시금 커졌다.

"오빠, 미쳤어요? 오빠가 해수 걔를 왜 돌봐줘요?"

뭐? 해수? 지은은 저도 모르게 해수라는 이름을 입 밖으로 꺼낼 뻔했다. 혹시라도 안에서 소리를 들었을까, 지은은 서둘러 두 손으로 입을 막으며 놀란 가슴을 진정시켰다.

"그럼 어떡해?"

이번엔 경민도 흥분했는지 아까보단 조금 큰소리로 말을 이었다.

"조금 있으면 제혁이 결혼식인데. 하필 이럴 때 나타나야겠어?"

"그래서 어떻게 할 건데요?"

"어떻게 하긴 뭘 어떻게 해? 살살 잘 구슬려서 다시 미국으로 돌려보내야지."

"뭘 살살 구슬려요. 그냥 강제로 보내버리지. 전문가 쓸까요? 전화 한 통이면 되는데."

"야, 유아라, 넌 무슨 애가 측은지심도 없냐? 지금 해수 사정이 얼마나 딱한데……."

사정이 딱해? 지은은 지금 상황이 어떻게 돌아가고 있는 건지 빠르게 머릿속을 회전시켰다. 제혁 씨에게 상처를 주고 떠났던 옛 연인이 갑자기 사라졌고, 제혁 씬 그것에 대한 죄책감으로 힘든 나날을 보냈고, 드디어 그녀가 돌아온 것 같은데…….

그런데 왜 제혁 씨를 만나지 않고 상무님을 찾아간 거지? 딱한 사정은 뭐고? 그 여잔 제혁 씨과 연인 관계였는데 왜 상무님 형의 여자라고 하는 걸까?

지은은 혼돈스러운 표정을 지으며 아랫입술을 깨물었다.

"그러다가 괜히 민 실장 동정심이라도 건드리면 어쩌려고요. 최 여사님도 괜히 걔 걱정하다가 건강을 해친 거잖아요.

왜 착한 사람들만 만날 마음고생하는데? 잘못한 사람은 따로 있구만."

잠시 후, 긴 한숨 소리와 함께 착 가라앉은 경민의 목소리가 뒤를 이었다.

"후우. 그만해라. 그러다 또 자살 시도하면 안 되잖아."

뭐? 자살?

지은의 두 눈이 충격으로 커다래졌다.

"오늘 무슨 일 있었어?"

제혁은 멍한 눈으로 창밖을 바라보는 지은에게 두 번째 질문을 던졌다. 그러나 지은은 그의 말이 들리지 않는지 느릿하게 눈을 깜빡일 뿐이었다.

"지은아?"

제혁은 지은의 옆으로 자리를 옮기며 다정하게 그녀의 어깨를 끌어안았다. 그제야 지은은 퍼뜩 정신이 돌아온 얼굴로 그를 바라보았다.

"네?"

"오늘 회사에서 무슨 일 있었어?"

"아뇨. 아무 일 없었어요."

"그런데 안색이 왜 그래?"

샌드위치 등으로 간단히 저녁을 해결하려고 회사 근처 카페에서 만나자고 했는데 지은은 병든 닭처럼 축 처진 모습으로 나타났다. 제혁이 걱정스럽게 묻자 지은은 살며시 시선을 옆으로 피했다.

"좀 피곤해서……."

"오늘은 봉사하지 말고 집에 가서 쉬어. 꽤 지쳐 보이는데."

"그 정도는 아니에요."

봉사를 건너뛸 정도로 지친 건 아니었다. 몸이 아니라 마음이 무거운 건데……. 하지만 왜 마음이 무거운지 그 이유를 말해줄 수도 없고.

"그러지 말고 오늘은 집에 가. 너 힘든 거 보기 싫어."

그러자 지은은 다시금 고개를 설레설레 저으며 제혁의 허리를 꽉 끌어안았다.

"싫어요, 제혁 씨."

봉사를 건너뛰는 것도 싫고 그와 떨어지는 것도 싫었다. 경민과 유 비서의 대화를 몰래 엿들은 탓에라도 더더욱 그와 떨어질 수 없었다.

—그러다가 괜히 민 실장 동정심이라도 건드리면 어쩌려고요.

경민이 어젯밤 그녀를 밤새 간호했다고 했고 유 비서가 동정심 건드리고 어쩌고 하는 걸 보니 해수라는 여자의 상태가 좋지 않다는 것은 쉽게 예상할 수 있었다.

어디가 아픈 건가? 얼마나 안 좋기에 제혁의 동정심을 자극할지도 모른다고 걱정하는 거지?

띠릭—. 띠릭—. 그때 테이블 위에 놓아둔 진동 벨이 울리기 시작했다. 제혁이 손을 뻗어 진동 벨을 잡았다.

"샌드위치 나왔나 보다. 여기 있어. 내가 가져올게."

그는 자리에서 일어나 진동 벨을 가지고 음식을 타는 곳으로 걸어갔다. 지은은 제혁의 뒷모습을 바라보며 '오늘 경민에게 들은 이야기를 그에게 털어놓아야 할까?' 하는 고민에 빠져들었다. 사실대로 말해야 하는 건 아닐까?

엿들은 것은 잘못이지만 해수라는 여자가 어떤 상황이라는 것을 알면서 모른 척하는 것도 마음에 걸렸다. 초조한 표정을 지으며 옆으로 고개를 돌리자, 진동 벨을 직원에게 건네주는 제혁의 모습이 눈에 들어왔다. 잠시 후 그는 샌드위치와 음료수가 담긴 쟁반을 들고 그녀를 향해 걸어오기 시작했다. 카페에 있는 모든 이의 시선이 그를 향하는 것만 같은 착각이 들었다.

그는 첫 만남에서부터 언제나 그랬다. 그녀에게 그는 온 세상 빛을 혼자 간직한 것처럼 찬란하게 빛나는 남자였다. 쟁반을 들고 테이블로 걸어오던 제혁은 지은과 시선이 마주치자 싱긋 웃어주었다. 그 미소가 너무 아름다워서 지은은 숨이 막힐 것만 같았다. 제혁의 눈빛과 미소가 한순간이라도 다른 여자를 향할지도 모른다고 생각하자 견딜 수 없었다.

잠시 이기적이 되면 안 되는 걸까? 결혼식을 올릴 때까지만

나만 생각하는 게 그리 큰 잘못일까?

지은은 테이블 위에 쟁반을 내려놓는 제혁을 빤히 쳐다보았다. 그녀만 모른 척하면 그만이었다. 그러면 경민이 알아서 모든 것을 처리해줄 것이다.

해수의 상태가 얼마나 나쁜지는 모르겠지만, 아무리 제혁의 사랑이 견고하다고 해도 아픈 해수를 보면 흔들릴지도 모른다. 행복한 결혼을 앞두고 지은은 그 어떤 위험과도 마주하고 싶지 않았다.

미안해요, 해수 씨. 지은은 한 번도 만난 적 없는 그 누군가에게 용서를 빌었다.

"……제혁 씨."

"응? 왜?"

박스 안에서 꺼낸 샌드위치를 접시에 담으며 제혁이 지나가는 투로 대답했다. 대답 대신 지은은 그의 얼굴을 손으로 감싸고 재빨리 입을 맞췄다. 적극적인 그녀의 행동에 제혁이 의외라는 듯 한쪽 눈썹을 치켜세웠다.

"사랑해요. 나, 정말 오빠 사랑해."

지은은 선언하듯 말을 내뱉고는 다시금 그의 입술에 그녀의 입술을 밀어붙였다.

딱 한 번만. 그래, 이번 한 번만이야!

지은은 제혁의 입술을 머금으며 결혼식이 끝날 때까지 딱 한 번만 이기적이 되자고 마음먹었다.

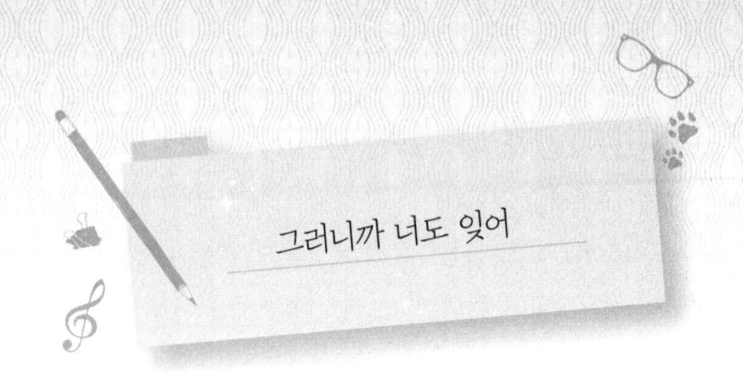

토요일 정오, 한적한 교외에 있는 한정식 레스토랑에서 상견례 자리가 마련되었다. 지은 쪽으론 신 회장과 안 여사, 친자매 같은 도경이 나왔고 제혁 쪽에선 민 교수와 최 여사, 형제자매를 대표해서 첫째인 제경이 참석했다.

"민 교수님, 제가 예전부터 그랬죠. 민 실장, 꼭 제 가족으로 만들 거라고. 그거 농담 아니라 진담이었습니다."

"하하하, 그렇습니까? 저도 신 회장님이 허투루 농담할 분은 아니라고 생각하긴 했습니다."

"그럼 우리 드디어 사돈이 되는 건가요?"

"그러네요."

신 회장과 민 교수는 이미 친분이 있는 사이라 물 흐르듯 자연스러운 대화가 오갔다. 안 여사와 최 여사 역시 모임에서 몇 번 만난 적이 있어 편하게 미소를 주고받았다.

모두가 밝은 얼굴로 결혼 절차에 관한 의견을 나누는 와중에 도경만이 초조한 얼굴로 앉아 있었다. 지은과 제혁의 가짜 교제를 아는 도경은 언제 터질지 모르는 폭탄을 안고 있는 것처럼 조마조마했다.

결혼식 준비에 들어가면 싸우다가 헤어지기로 했으니까 이제 슬슬 두 사람은 엇나가기 시작할 것이다.

"민제혁 실장을 사위로 맞이하게 된다니……. 지금도 꿈을 꾸는 건 아닌가? 한답니다. 호호호."

도경은 아무것도 모르고 행복해하는 안 여사가 안쓰러울 뿐이었다. 지은과 제혁이 헤어진다고 하면 얼마나 실망하실까! 그래서일까? 저도 모르게 매서운 눈으로 제혁을 흘겨보게 되었다.

"좀 빠른 감이 있긴 하지만, 다음 달 중순쯤에 식을 올리는 게 어떨까요?"

어느 정도 분위기가 무르익자 안 여사가 넌지시 의견을 물었다.

"예식 장소도 마련했고 웨딩드레스나 예복도 모두 준비됐거든요."

상견례 전부터 웨딩 플래너 그레이스 박과 함께 차근차근 준비해둔 결과였다.

"그래도 하객을 초대하려면……."

"죄송합니다, 아버지. 제가 못 기다릴 것 같아서요."

민 교수가 한마디 꺼내려 하자 제혁이 급히 끼어들었다.

"솔직히 말씀드리면 내일이라도 당장 식을 올리고 싶습니다."

그 말에 제혁의 가족 모두 놀란 눈으로 그를 바라보았다.

얌전한 고양이가 부뚜막에 먼저 오른다더니! 평생 독신으로 남을까 봐 걱정했던 제혁의 입에서 저런 말이 나오다니!

그런 제혁을 바라보던 최 여사의 얼굴에 흐뭇한 미소가 떠올랐다.

"그래요. 길게 끌 것 있나요?"

최 여사가 찬성하자 민 교수도 그녀를 따라 고개를 끄덕였다. 결국 한 달 후 결혼식 날짜를 잡는 것으로 의견을 모았다.

'와, 진짜 심하네.'

모두 즐겁게 웃는 가운데 도경 혼자만 뚱한 얼굴로 투덜거렸다.

한 달 후에 결혼한다는 말은 그만큼 빨리 헤어진다는 뜻이니까, 속전속결하겠다 이거지? 가만히 있으려고 했는데 도저히 안 되겠다. 아무리 억지로 선보기 싫어서 꾸민 일이라지만, 그렇다고 이렇게까지 부모 가슴에 못을 박아선 안 되는 것이었다. 본격적으로 결혼 준비에 들어가기 전에, 빨리 여기서 연기를 끝내라고 충고해야겠다.

도경은 팔을 걷어붙이며 지은과 제혁을 찾아 나섰다.

다른 가족들은 이미 차를 타고 레스토랑을 떠났지만 지은과 제혁은 주위를 산책하다 가겠다며 오솔길로 발길을 돌린 후였다.

어떤 방법으로 싸우고 헤어질 것인지, 머리를 맞대고 본격적으로 의논이라도 하려나?

도경은 씩씩거리며 걸음을 빨리했다. 하지만 도경이 숲 한 가운데서 발견한 두 사람은 머리가 아닌 입술을 맞댄 모습이었다. 그것도 아주 깊고 진하게…….

"헐!"

도경은 두 손으로 얼굴을 가리며 제자리에 얼어붙었다.

어머, 뭐야! 왜들 저래? 쟤들 미쳤어?

너무 놀란 탓에 영혼이 육체를 이탈했는지 도경의 머릿속이 텅 비어버렸다.

물어뜯는 것처럼 지은의 입술을 탐하던 제혁의 입술이 하얀 목덜미를 따라 서서히 아래로 미끄러졌다. 그제야 도경의 정신이 퍼뜩 돌아왔다. 아무래도 여기에 있으면 안 될 것 같았다.

도경은 두 사람이 눈치채지 못하게 살금살금 뒷걸음을 치기 시작했다. 하지만 애석하게도 그녀의 발은 땅 위에 떨어진 마른 나뭇가지를 밟고 말았다.

파삭—.

나뭇가지가 부러지는 소리가 허공에 메아리를 치며 울려 퍼졌다. 지은과 제혁은 한 몸처럼 부둥켜안고 있는 상태로 도경이 있는 곳으로 고개를 돌렸다.

"어? 언니!"

몹시도 당황한 지은의 시선과 별 반응 없는 제혁의 시선, 어쩔 줄 모르는 도경의 시선이 허공에서 엉켜들었다.

지은은 당황한 도경에게 자초지종을 설명했고, 제혁은 지은이 도경에게까지 두 사람의 관계에 대해 이야기한 사실을 알게 되었다.

—정말 잘됐다. 두 사람, 그럼 진짜 사랑해서 결혼하는 거지?
—응. 언니. 우리 결혼 안 깰 거야. 그러니까 걱정하지 않아도 돼.
—어후, 난 그런 줄도 모르고! 야! 나한테 진작 귀띔해줬어야지!

도경은 역경을 이겨낸 남녀 주인공을 대하듯 눈물까지 글썽이며 지은과 제혁을 꽉 안아주었다. 그러곤 쿨하게 손을 흔들고 두 사람을 남겨둔 채 차를 타고 떠났다.

상견례를 끝낸 두 사람은 주말 내내, 제혁의 집에서 함께 시간을 보냈고 지은은 일요일 밤이 돼서야 집으로 돌아갔다. 좀 더 머물고 싶었지만, 월요일 출근 준비를 하려면 어쩔 수 없었다. 한 달 후면 지겨울 정도로 붙어 있을 수 있는데도 불구하고 떨어져 있는 시간, 일분일초가 안타까웠다.

월요일 아침, 지은이 사무실 문을 열고 안으로 들어가자 텅 빈 실내가 그녀를 기다리고 있었다. 항상 먼저 출근하던 유 비서의 모습이 오늘따라 보이지 않았다.

"지은 씨, 좋은 아침."

지은이 자리에 앉고 얼마 되지 않아 경민이 활짝 웃으며 사무실 안으로 들어섰다.

"네, 좋은 아침입니다. 상무님."

경민은 비어 있는 유 비서의 자리를 그대로 지나쳐 지은에게 다가왔다.

"상견례는 잘 치렀어요? 결혼 날짜는 잡았고?"

"네. 결혼식은 다음 달 중순으로 예정보다 앞당기기로 했어요."

"그거 듣던 중 반가운 소리군요."

마치 자신의 결혼식이 앞당겨진 것처럼 기뻐하며 경민이 불끈 주먹을 쥐었다.

"정확한 날짜 정해지면 제일 먼저 알려줘요. 신혼여행 가려면 일주일 정도는 시간을 빼놓아야 하니까."

"네, 알겠습니다. 그런데 유 비서님은 오늘 어디 들렀다 오시나요?"

지은의 질문에 경민은 미간을 찌푸리며 어깨를 으쓱거렸다.

"유 비서는 아마 오늘 못 나올 겁니다. 주말에 생굴 먹었다가 탈이 나서 피부가 뒤집어졌답니다."

지은이 깜짝 놀란 듯 눈을 크게 뜨자, 경민은 아무것도 아니라는 듯 손을 내저었다.

"걱정하지 말아요. 별거 아니니까. 아라, 걔, 해마다 그래요.

내가 그래서 위험한 달에는 생굴 먹지 말라고 그렇게나 말렸구먼. 내 말 안 듣고 똥고집을 부리더니. 쌤통이지, 뭐."

이건 절대로 상사가 부하 직원에게 할 수 있는 말이 아니었다. 지은은 '오빠', '이모' 등등의 단어가 오간 얼마 전 두 사람의 대화를 떠올렸다. 그녀의 추측이 맞는다면 경민과 유 비서는 사촌 지간이 분명했다.

"생굴 먹고 탈 나는 거 위험한데, 병원엔 가셨대요?"

"피부만 뒤집어졌지 다른 곳은 멀쩡하다고 안 가겠다고 하던걸요. 어젯밤 통화할 때 보니까 목소리가 쌩쌩하던데……."

"상무님, 너무하세요. 사촌 동생인데 어쩜 그렇게 무심하실 수 있어요? 걱정 안 되세요?"

"아…… 걱정이 안 된다기보단……."

아무 생각 없이 말을 받아넘기던 경민의 표정이 순식간에 굳어버렸다.

"유 비서가 내 사촌 동생인 거 어떻게 알았어요? 제혁이가 말해줬습니까?"

헐! 흥분한 바람에 나도 모르게……. 하지만 말은 이미 입 밖으로 흘러나간 후였다.

"아뇨, 제혁 씨는 아니고……."

"그러면 어떻게 알았어요? 우리 사촌 지간인 거 완전 극비인데……."

지은은 난처한 표정을 지으며 아랫입술을 깨물었다.

어떡하지? 몰래 엿들었다고 말해야 하나?

그래, 숨기는 건 제혁만으로 충분했다. 더는 답답해서 가만히 있을 수가 없었다. 결혼식을 앞두고 괜한 마음고생하지 않으려고 입을 다물었는데 도리어 속이 더 바짝 타들어갔다. 그녀는 조금이라도 무거운 짐을 내려야겠다고 생각했다.

"상무님, 의논드릴 게 있는데 잠시만 시간 내주시겠어요?"

"의논이요?"

경민은 의아한 표정을 지으며 고개를 갸웃거렸다. 그녀가 경민과 유 비서, 두 사람의 대화를 엿들었다고는 전혀 상상도 못할 것이다.

"그전에 우선 사과드릴 게 하나 있어요. 본의 아니게 두 분 대화를 엿들었거든요."

"무슨 대화 말입니까?"

"저번에 유 비서님과 해수 씨에 관한 이야기 나누셨죠."

싱글벙글하던 경민의 얼굴에서 서서히 웃음기가 사라졌다.

"상무님. 저, 한 번만 더 도와주실 수 있나요?"

지은의 질문에 경민은 잠시 망설이는 듯 입매를 굳혔다. 그러나 이내 고개를 끄덕거렸다.

"그러죠. 들어와요. 안에서 의논하죠."

경민은 굳은 표정으로 집무실의 문을 열었다.

어느덧 결혼이 2주 앞으로 다가왔다. 결혼식 준비는 차질 없

이 순조롭게 진행되었다.

"웨딩 플라워는 꼭 필요한 것만 준비하고 나머진 빼주세요. 특히 테이블 장식이요. 플라워 말고 다른 것으로 대체하죠. 다양한 색상의 과일이나 재사용할 수 있는 장식물도 괜찮아요."

안 여사와 함께 웨딩 스튜디오를 방문한 지은은 그레이스가 건네준 웨딩 플랜을 꼼꼼하게 살펴보았다.

"결혼식 준비는 이만하면 됐고."

모든 볼일을 마치자 안 여사는 핸드백에서 열쇠를 꺼내 지은에게 건넸다.

"신혼집. 인테리어 공사 다 끝났어. 가구는 내가 대충 들여놨지만 네 취향대로 바꾸려면 바꾸고. 시간 날 때 민 서방이랑 같이 가봐."

"와, 드디어!"

열쇠를 건네받은 지은의 얼굴이 단번에 밝아졌다. 결혼식을 앞두고 이것저것 신경 쓰느라 생겼던 두통이 싹 사라지는 느낌이었다.

"지금 당장 들어가도 돼?"

"응. 빠진 거 없이 살림살이 다 들여놓긴 했는데…… 왜? 식도 올리기 전에 들어가서 살려고?"

"안 될까?"

"안 될 것까진 없지만……. 야!"

깊게 생각하지 않고 대답하던 안 여사는 갑자기 지은을 흘겨보았다.

"생각해보니까 무지 섭섭하네. 앞으로 얼마나 더 엄마랑 같이 산다고 그걸 못 기다려?"

"미안, 엄마. 듣고 보니 그러네."

당장 들어가서 살 계획은 없었지만 지은에겐 또 다른 계획이 있었다. 제혁을 깜짝 놀라게 해줄 계획. 앞으로 식을 올리기까지 2주가 남았으니까 그때까지 끝마치기엔 넉넉할 거라고 믿었다.

"알았어, 엄마. 식 올릴 때까진 안 들어갈게. 그래도 제혁 씨랑 자주 갈 거니까 연락 없이 불쑥 찾아오고 그러면 안 돼, 알았지?"

지은은 애교 부리듯 눈웃음을 치며 안 여사의 팔에 슬그머니 팔짱을 끼었다.

"잘 생각했어. 자, 여기가 네가 지낼 곳이야."

해수는 경민이 내미는 서류를 묵묵히 받아 들었다. 몇 주에 걸친 경민의 끈질긴 설득으로 해수는 다시 미국으로 돌아가서 치료를 받기로 결정했다. 전문의는 가수로 돌아갈 순 없겠지만, 다시 노래 부를 수 있는 수준으로까진 회복할 수 있다는 진단을 내렸다. 수소문 끝에 해수를 위한 전문의를 찾아낸 사람은 다름 아닌 지은이었다.

—상무님. 저, 한 번만 더 도와주실 수 있나요?

그날 지은은 자신이 경민과 유 비서의 대화를 듣고 어떤 상황인지 대충 눈치챘다고 말했다.

—내가 너무 이기적일지도 모르겠지만, 제혁 씨에겐 알리지 말아주세요. 대신 내가 해수 씨를 도울게요.

지은은 약속을 지켰다. 결혼식 준비로 정신이 없는 와중에도 해수를 치료할 전문 병원을 찾아냈다.

"다음 주 금요일?"

서류를 뒤척이던 해수는 실망스러운 눈으로 경민을 바라보았다.

"날짜 늦출 수 없을까? 제혁이 결혼하는 건 보고 가고 싶어."

"굳이 그럴 필요 있을까?"

"멀리서 얼굴만 보고 갈게. 어머니도 보고 싶고 제경이 언니도 제희 언니도 보고 싶어. 그러니까 경민 씨……."

"해수야."

'어머니'란 호칭에 경민은 미간을 찌푸렸다.

"이제 그분은 네 어머니가 아니야. 최 여사님, 너 실종되고 나서 얼마나 힘드셨는지 알아?"

경민의 말이 맞았다. 우연히 마주친 순간, 최 여사는 그녀를 보자마자 그 자리에서 혼절하고 말았으니까. 그것만 보아도 최 여사가 그녀 때문에 얼마나 마음고생을 했는지 알 수 있었다.

"네가 원하는 지원, 내가 다 해줄 수 있어. 약속할게. 그러니까 제발 이대로 가."

그러나 해수는 끝내 아무런 대답도 하지 않았다. 싸늘한 눈으로 경민을 마주하다 다시 창밖으로 고개를 돌려버렸다.

드디어 결혼식이 일주일 앞으로 다가왔다. 지은은 당분간 유기견 봉사 활동을 접을 수밖에 없었다. 제혁은 프로젝트가 마무리 단계에 접어들자, 쌍우 본사보다는 그의 회사로 출근하는 날이 많아졌다. 그러다 보니 지은과 만날 수 있는 날이 줄어들었다. 오늘도 제혁은 그가 공동 대표로 있는 NOF로 향했다.

"네, 유 비서님. 저도 이만 퇴근할게요."

경민과 외근을 나간 유 비서는 밖에서 바로 퇴근한다고 전화로 알려왔다. 전화를 끊은 지은이 퇴근하기 위해 책상을 정리하고 있는데 노크 소리와 함께 문이 열리며 보연이 안으로 들어왔다.

"아직 퇴근 전이네요. 다행이다."

"내게 볼일 있어요?"

"네. 따끈따끈할 때 보여주면 좋을 것 같아서요. 자요."

보연이 다짜고짜 지은의 코앞으로 휴대폰을 내밀었다.

"이게 뭐예요?"

"묻지 말고 봐요."

흘낏 들여다본 화면 안에서는 남녀가 서로 부둥켜안고 있었다. 하지만 누군지 알아보기에는 크기가 작았다.

"앗, 미안. 얼굴이 너무 작게 나왔네요. 잠깐만요. 다른 걸로 보여줄게요."

보연은 손가락을 튕겨 재빨리 다음 사진으로 넘겼다. 이번에는 얼굴을 알아볼 수 있게 제법 가깝게 당겨 찍힌 사진이 화면에 떠올랐다. 화면 속에 있는 남자는 다름 아닌 제혁이었다. 그리고 그의 품 안에 어떤 여자가 안겨 있었다.

해수 씨? 지은은 터져 나오려는 비명을 억지로 삼켰다. 화면 안에서 제혁과 해수가 서로를 품에 꼭 끌어안고 있었다.

티를 안 내려고 노력했지만 완벽하게 가릴 수는 없나 보다. 보연은 지은의 얼굴에 스쳐가는 어두운 그림자를 놓치지 않았다.

흥, 꼴좋네. 쌤통이다!

보연은 속으로 콧노래를 부르며 쾌재를 불렀다. 어떻게 이런 행운이 자신에게 일어났는지 아직도 실감이 나지 않았다. 아무리 궁리해도 지은을 골탕 먹일 방법이 떠오르지 않아, 그동안 보연은 죽을 맛이었다. 당하고는 못 사는 성격인지라 지은에게 반격하지 않고선 견딜 수 없었다. 그러던 중, 하늘은 스스로 돕는 자를 돕는다는 걸 입증이라도 하듯 절호의 기회가 찾아왔다.

—보연 씨, 지금 NOF에서 가깝지? 들어오기 전에 민 실장님에게 서명 좀 받아다줄래?

계속 전자 서명 검증에 실패하자, 김 팀장은 마침 근처에서 외근 중이던 보연에게 제혁을 찾아가라고 지시를 내렸다. 아무 생각 없이 NOF로 향하던 보연은 회사 건물 앞에서 미모의 여성과 서 있는 제혁을 보게 됐다. 그 다음부턴 그녀의 본능이 휴대폰을 꺼내 사진을 찍게 만들었다.

우연히 마주쳤는지 아니면 여자가 제혁을 찾아왔는지는 모르겠지만, 사실 그건 중요한 게 아니었다. 중요한 건 그 여자가 오랜만에 만난 것처럼 반갑게 웃으며 제혁을 끌어안았다는 점이었다.

물론 제혁은 표정을 굳히며 여자를 품에서 밀어냈다. 하지만 순간 포착하는 사진은 상황을 제대로 보여주지 않았다. 보연은 제혁이 여자를 급히 밀어내는 사진은 지워버리고 애틋한 포옹 장면만을 남겼다. 누가 보더라도 결혼식을 앞둔 제혁이 다른 여자와 밀회하는 모습으로 보였다.

그 길로 보연은 서명을 받는 업무 따위 내팽개치고 회사로 돌아왔다. 사진을 보며 크게 충격 받을 지은의 얼굴을 보려면 한시도 지체할 수 없었다. 역시나 지은은 혼란스러운 표정으로 사진을 뚫어지게 바라보았다. 이윽고 지은이 보연을 향해 고개를 들었다.

"그래서요?"

최대한 덤덤한 말투로 말했지만, 지은의 말꼬리가 살짝 흔들렸다.

"그래서라니요?"

보연은 눈동자를 과장되게 굴리며 목소리를 높였다.

"지은 씨, 지금 이 사진을 보고도 그런 말이 나와요?"

지은은 짧게 숨을 고르더니 다시 건조한 목소리로 되물었다.

"그러니까 지금 이 사진을 왜 내게 보여주냐고요. 이유가 뭐예요?"

"이유가 뭐겠어요? 당연히 도우려고 그러는 거지. 같은 여자끼리 이럴 때 안 도우면 언제 돕겠어요. 사진 찍자마자 바로 달려오는 길이에요."

물론 뻔뻔스러운 거짓말이었다. 돕다니, 누굴? 사진을 보여주는 목적은 오로지 지은의 속을 뒤집어놓기 위함이었다. 결혼식 초대도 받지 못했는데 이참에 두 사람의 결혼이 깨지면 얼마나 통쾌할까? 상상하는 것만으로도 보연의 입가엔 절로 미소가 떠올랐다.

"걱정해주는 건 고마운데……."

지은은 싸늘한 눈빛으로 보연을 노려보며 휴대폰을 돌려주었다.

“내 남자는 내가 알아서 하니까, 그쪽은 관심 끄세요. 괜한 오지랖 부리지 말고.”

“뭐라고요?”

“파파라치도 아니고, 이게 뭐 하는 짓이에요? 남의 사생활을 이렇게 침범해도 되는 거예요?”

“하, 자기 남자 하나 관리도 못하면서 잘난 척하기는.”

보연은 기가 막힌다는 듯 코웃음을 치고는 휙 등을 돌려버렸다. 이어서 ‘쾅’ 소리와 함께 문이 닫혔다.

“후우.”

보연이 나가는 동시에 지은은 자리에 털썩 주저앉았다. 결혼식 전에는 두 사람을 만나게 하고 싶지 않았는데 일이 꼬이고 말았다. 지은은 손목시계로 시간을 확인해보았다. 보연이 곧바로 달려왔다고 했으니까 두 사람이 만난 지 아직 한 시간도 되지 않았을 것이다. NOF는 쌍우 본사로부터 차로 운전해서 20분가량 떨어진 거리에 위치해 있었다.

휴대폰을 만지작거리며 망설이던 지은은 결국 제혁에게 전화를 걸었다. 이럴 때 내 남자를 믿지 못하면 세상에 누굴 믿을까! 그녀는 보연이 아니라 제혁을 믿어야 했다. 제혁은 신호음이 몇 번 울리기도 전에 전화를 받았다.

[어, 지은아?]

“제혁 씨?”

그의 목소리를 듣자 안도감에 가슴이 철렁 내려앉는 것만 같았다. 만약에 그가 전화를 받지 않았더라면 답답해서 속이 바짝 타들어갔을 것이다.

[무슨 일이야? 지금 퇴근하는 거야?]

그의 목소리는 평소와 다르지 않았다. 해수 씨가 옆에 있다면 저런 덤덤한 목소리로 말하지 못할 텐데…….

"혹시 지금 시간 돼요? 방금 그레이스 박에게 전화가 왔거든요. 예복 찾기 전에 마지막으로 입어봐야 할 것 같아서요."

오늘이 아니더라도 주말까지 아무 때나 가면 되지만, 지은은 제혁을 떠보기 위해 지금 갈 수 있겠느냐고 물었다.

[음, 오늘은 곤란할 것 같은데…….]

그가 망설인다는 것은 어쩌면 해수와 함께 있다는 뜻일지도 몰랐다. 아니나 다를까, 잠시 뜸을 들인 제혁이 아까와는 다르게 조금 무거운 목소리로 말을 이었다.

[지은아, 나, 사실은 좀 있다가…….]

"괜찮아요!"

지은은 재빨리 제혁의 말을 끊어버렸다.

"나중에 가면 돼요. 사실 오늘은 너무 그렇다. 그죠? 바쁠 텐데 이만 끊어요. 또 연락할게요."

그가 뭐라고 하기 전에 지은은 서둘러 전화를 끊었다. 제혁의 입에서 지금 해수를 만나고 있다는 말은 듣고 싶지 않았다. 두 사람이 만나고 있다는 사실에 마음이 편치 않았지만 그래도 충분히 이해할 수 있었다. 해수란 존재는 제혁에게 한 번은 건너야 하는 강이었다. 결혼식을 올리고 나서 만났다면 더 좋았겠지만, 이미 벌어진 일을 무를 수는 없었다.

문제는 그녀의 양심이 마구 찔리기 시작했다는 것이다. 두 사람을 못 만나게 하려고 뒤에서 몰래 손을 쓴 사실을 알게 되면 어쩌지? 물론 해수가 그런 사실까지 알 리는 없었다. 그러나 지은은 제혁 앞에서 아무것도 모르는 척 시치미를 뗄 자신이 없었다.

어떡하지? 지은은 책상 앞을 서성거리며 골똘히 생각에 잠겼다. 아무래도 안 되겠어. 이건 그녀 혼자 해결할 문제가 아니었다. 지은은 서둘러 경민에게 전화를 걸었다.

"상무님."

신호 음이 몇 번 흐르고 전화가 연결되자 지은은 경민보다 먼저 말을 쏟아냈다.

"해수 씨가 지금 제혁 씨를 찾아간 것 같아요."

경민은 지은의 연락을 받자마자 곧장 달려왔다.

"지은 씨!"

30분도 채 되지 않는 시간이었다.

"미안해요. 해수가 회사로 찾아갈 거라곤 미처 생각하지 못했어요. 경호원을 붙여두었는데 하필 오늘이 병원에 들르는 날이라, 진료받는 척하다가 도중에 몰래 병원을 빠져나간 모양이에요."

"아니에요. 상무님이 미안해하실 일은 아니죠."

"너무 걱정하지는 말아요. 두 사람 지금 카페에서 이야기 중이라니까."

"상무님이 그건 어떻게 아세요?"

의아해하는 지은에게 경민이 휴대폰을 보여주었다. 마주 보고 앉아 대화를 나누는 두 사람의 모습이 화면을 가득 채우고 있었다.

"병원이랑 제혁이 회사랑 그리 멀리 떨어져 있지 않거든요. 경호원을 급히 그쪽으로 보냈습니다. 옆에서 지켜보다가 무슨 일이 있으면 연락하라고 했습니다."

"두 사람이 여기에 있는 건 또 어떻게 아시고."

"아, 제혁이 휴대폰에 위치 추적 앱이 깔려 있거든요."

"네?"

지은은 황당하다는 듯 경민을 바라보았다. 그러자 경민은 별거 아니라는 듯 어깨를 으쓱거렸다.

"원래 회사 기밀을 다루는 사람들은 본인 동의하에 다 깔아요. 제혁이도 알고 있습니다. 자, 어떡할래요? 우리도 그쪽으로 갈까요?"

"그쪽으로 가면요?"

막장 드라마를 찍는 것도 아닌데 옛 연인을 만나는 남자 앞에 나타나서 뭘 하라고. 제혁은 분명히 그녀에게 해수를 만난다고 말하려고 했었다. 말하지 못하게 막은 건 그녀였다.

"난 제혁이를 믿어요. 해수를 만난다고 흔들리거나 하진 않을 겁니다."

초조한 듯 아랫입술을 깨무는 지은을 보며 경민이 다정한 목소리로 위로했다. 그 말에 지은은 슬픈 얼굴로 고개를 내저었다.

"그건 저도 알아요."

지금 지은이 걱정하는 사람은 제혁이 아니었다. 그건 바로 그녀 자신이었다.

"많이 기다렸어?"

제혁이 다가오자 창밖을 내다보던 해수가 고개를 돌렸다. 그녀는 제혁을 보며 부드러운 미소를 떠올렸다.

"괜찮아. 연락 없이 불쑥 찾아간 사람은 나니까, 당연히 업무 마칠 때까지 기다려야지."

제혁이 자리에 앉자 카페 직원이 다가와 주문을 받았다. 주문을 받은 직원이 자리를 떠나자 해수가 다시 말을 이었다.

"너 기다리면서 창밖 바라보고 있었어. 그동안 한국 많이 변했더라."

제혁은 창밖의 풍경을 힐끗 쳐다보고는 지나가는 투로 물었다.

"얼마 만에 돌아온 거지?"

"글쎄…… 한 7년 만인가?"

"그래. 그렇다면 많이 변한 것처럼 보이겠군."

담담하고 메마른 제혁의 목소리에 해수는 적잖이 당황했다. 그녀가 생각했던 것과 제혁의 태도는 너무나 달랐다. 아무리 그녀가 심한 잘못을 저질러도 결국엔 그녀를 용서하며 품에 안아주던 제혁이었다. 그런데 7년 만에 나타난 그녀를 보고도 그는 한순간도 안아주려 하지 않았다. 마치 타인을 대하는 듯한 느낌이었다. 지금도 제혁은 그녀의 옆자리가 아니라 맞은편에 앉아 있었다. 예전 같으면 옆자리에 앉아 그녀의 손이라도 꼭 잡아주었을 텐데…….

"……그런데……."

커피를 한 모금 들이켠 후 해수가 혼잣말처럼 중얼거렸다.

"나 보고도 별로 안 놀라는 것 같네?"

"놀랐어."

대답과는 달리 제혁은 표정 없는 얼굴로 무뚝뚝하게 대답했다.

"7년 동안 연락이 없어서 다들 행방불명됐다고 생각했어. 실종 신고한 거 알고 있어?"

"응, 나중에 알았어. 너도 알겠지만, 미국이 워낙 넓잖아. 주마다 다 다르고 하니까."

"그동안 잘 지냈어?"

그 말에 해수는 쓰게 웃으며 다시 커피를 들이켰다. 동시에 카페 직원이 제혁이 주문한 커피를 들고 다가왔다. 해수는 직원이 커피 잔을 내려놓고 돌아갈 때까지 기다리다 천천히 입을 열었다.

"지나가는 말이라도 잘 지냈다는 말은 못하겠다. 사고가 있었거든."

커피를 마시려던 제혁이 움찔하더니 동작을 멈추고 그녀를 바라보았다.

"연락이 끊어진 것도 그것 때문이었어. ……너에게 마지막으로 전화한 그날……."

해수는 타인의 이야기를 하듯 희미하게 웃으며 지금까지의 일을 담담하게 설명했다. 과하게 감정을 내보이는 것보단 무심한 듯 표현하는 게 상대에게 훨씬 더 효과적으로 먹히니까.

제혁은 그녀가 이야기를 끝낼 때까지 한마디도 하지 않았다. 그저 잠자코 그녀의 말에 귀를 기울였다. 하지만 그의 눈빛이 동요를 일으킨다는 것은 쉽게 알아차릴 수 있었다.

"……그래서 지금은?"

설명이 끝나고 침묵을 지켰던 제혁이 가라앉은 목소리로 물었다.

"많이 좋아졌어. 이젠 진통제 없이도 그럭저럭 견딜 수 있어. 문제는 진통제 남용으로 폐가 나빠졌어."

해수는 좀 더 극적인 표현을 위해 잠시 말을 끊었다. 제혁의 눈길이 오롯이 자신을 향하자 해수는 서글픈 미소를 떠올렸다. 과거에 최 여사가 그녀에게 그랬듯이 제혁 역시 결코 그녀를 모른 척할 순 없을 것이다.

"그래서 나는 이제 노래를…… 부를 수 없게 됐어."

말은 하지 않았지만, 그녀를 바라보는 제혁의 눈동자가 충격으로 크게 흔들렸다. 제혁은 입을 다문 채 해수를 빤히 바라보기만 했다. 한참이 지나서야 그는 옆으로 시선을 비키며 나직한 목소리로 말했다.

"유감이군."

뭐라고 한마디 더 할 줄 알았는데 그게 다였다. 제혁은 그 말을 끝으로 묵묵히 커피 잔을 입으로 가져갔다. 제혁의 다음 말을 기다리던 해수는 할 수 없이 먼저 말을 꺼냈다.

"……음, 하지만 아무 희망이 없는 건 아니야. 누가 꽤 저명한 의사를 알아봐줘서 다음 주에 미국으로 돌아가. 백 퍼센트 확실한 건 아니지만, 그래도 치료해보려고."

"그래."

제혁은 무뚝뚝한 목소리로 짧게 대답할 뿐이었다.

"경민 씨가 도와주기로 했어."

그가 창밖으로 고개를 돌리려 하자 해수가 재빨리 말을 꺼냈다. 경민이란 말에 조금이라도 반응을 나타낼 줄 알았는데 제혁의 무심한 표정은 전혀 변화가 없었다.

"안 놀라는 눈치네?"

"짐작은 하고 있었어."

"그래?"

이번에도 제혁의 반응이 기대에 못 미치자 해수는 피식 웃으며 다음 말을 꺼냈다.

"그때 그 오디션 말이야. 그것도 경민 씨가 추천해준 거야. 혹시 알았니?"

"아니. ……왜 그때 내게 말하지 않았지?"

"그때 내가 말했으면 달라지는 게 있었을까?"

잠시 생각에 잠겼던 제혁은 이내 고개를 내저었다.

"……아니, 그런다고 달라지진 않았을 것 같다."

그녀와 헤어지고 나서 끊임없이 떠올리던 질문이었다. 조금이라도 달라지는 게 있었을까? 그때 모든 걸 털어놓았더라면, 그랬더라면…….

하지만 결론은 언제나 변함이 없었다. 그래도 그녀는 결국 떠났을 거라고. 그 역시 더 이상 그녀를 받아들일 수 없었을 거라고.

"그때 헤어지면서 한 말 때문에 아직도 마음 상해 있는 거야?"

해수가 조심스럽게 물었지만 제혁은 대답하지 않고 창밖으로 고개를 돌렸다.

"제혁아, 그건 내 진심이 아니었어. 나, 원래 그러잖아. 감정이 격해지면 아무 말이나 막 하고. 그러고 나서 후회하고."

"잊었어."

그는 거리 풍경에 시선을 고정한 채로 말을 이어나갔다.

"그때 일, 이젠 생각도 나지 않아. 파도가 높았고 바닷바람이 차가웠다는 것 외엔 다 잊었어."

동해의 바닷가는 언제나 그에겐 씻을 수 없는 아픔이었다. 하지만 지은과 함께 간 다음부턴 모든 것이 바뀌었다.

—이렇게 위로해주는 거죠?

그때 지은은 아이를 달래듯 그의 등을 다정하게 토닥거려주었다. 이제 동해의 바닷가는 그를 포근히 어루만져주던 지은의 달콤한 향기와 따뜻한 체온으로 기억되었다. 갑자기 제혁은 지은이 못 견디게 보고 싶어졌다.

"그러니까 너도 잊어. 난 이만 가볼게."

제혁이 자리에서 일어나자, 해수는 당황한 얼굴로 그를 붙잡았다.

"제혁아, 잠깐만. 나, 아직 할 말 안 끝났어."

애원하는 듯한 그녀의 눈빛에 제혁은 할 수 없이 다시 자리에 앉았다.

"아까 그랬지. 누가 꽤 저명한 의사를 알아봐줬다고. 그게 누군지 아니?"

"내가 알아야 해?"

"바로 네 약혼녀야."

전혀 예상하지 못한 말에 제혁이 미간을 찌푸렸다.

"너도 알고 있을 거라고 생각했는데 아니었구나. 재벌 딸이라서 그런지 역시 다르네. 경민 씨와 죽이 잘 맞는지 둘이서 작당하고 돈으로 해결하려고 하더라고."

제혁은 들고 있던 커피 잔을 거칠게 테이블에 내려놓았다. 그러곤 싸늘한 눈빛으로 해수를 노려보았다.

"그래서?"

"그래서라니?"

지금까지 조곤조곤하게 말하던 해수의 목소리가 커졌다.

"그 여자, 내가 네 앞에 나타날까 봐 뒤에서 몰래 손을 썼어."

해수는 눈물까지 글썽거리며 애처로운 눈으로 그를 바라보았지만, 제혁의 표정에는 변화가 없었다.

"설사 그렇다고 해도 그건 네가 상관할 바가 아닌 것 같은데……."

제혁은 차갑게 말하며 테이블에 내려놓았던 커피 잔을 다시 집어 들었다.

"도움을 받는 처지에 이러쿵저러쿵 따질 수 없는 것 아닌가? 'Beggars can't be choosers.' 네가 잘 쓰던 말이잖아. 너, 치료 안 받을 거야?"

"뭐?"

해수는 방금 제혁의 입에서 나온 말을 믿을 수가 없었다. 네가 어떻게 나에게 그런 말을…….

순식간에 그녀의 눈에 눈물이 고이고 꽉 다문 입가에는 작은 경련이 일었다. 하지만 제혁은 무표정한 얼굴로 그런 그녀를 바라보며 커피 잔을 입으로 가져갔다. 예전의 그는 그렇지 않았다. 그녀가 눈물만 글썽거려도 한숨을 내쉬며 그녀를 끌어안고 토닥거려주었었다.

7년이란 세월이 흘렀다지만, 이렇게까지 다른 태도를 보일 줄이야.

"……제혁아."

해수는 억지로 눈물을 참으며 천천히 입을 뗐다.

"……나는 너만 있으면 돼. 그깟 치료 안 받아도 된다고."

그 말에 동요했는지 제혁의 미간이 움찔 구겨졌다. 그가 조금이나마 반응을 보이자 해수는 용기를 얻어 말을 계속했다.

"노래 부르지 못해도 괜찮아. 다신 가수가 되지 못해도 상관없어. 다시 예전으로 돌아갈 수만 있다면……. 너와 나, 우리……."

"해수야. 나, 다음 주에 결혼해."

제혁은 차가운 목소리로 그녀의 말을 잘랐다.

"알아."

"내가 결혼하는 거 알면서도 그런 말이 나와? ……좋아. 확실히 해두자. 우리는 절대 예전으로 돌아갈 수 없어. 연인으로서도 친구로서도."

"제혁아……."

해수가 항변하려고 했지만, 제혁은 그녀를 무시하고 계속해서 말을 이었다.

"우리 둘이 아무렇지 않게 만날 사이는 아니라고 생각한다. 네가 아니라고 해도 난 그래. 널 편하게 볼 수 없어."

해수는 도저히 믿을 수 없다는 얼굴로 제혁을 바라보았다. 앞에 앉은 남자는 그녀가 알던 제혁이 아니었다. 그렇다고 쉽게 물러설 순 없었다.

"……어머니도 그렇게 생각하실까?"

내키진 않았지만 해수는 최후의 카드를 꺼냈다.

"내가 돌아왔다고 하면 분명히 반갑게 맞아주실 거야."

그녀의 말이 효과가 있었는지 제혁의 눈빛이 크게 일렁거렸다. 그는 애써 화를 참으려는 듯 힘주어 어금니를 깨물었다.

"어머니를 찾아갈 생각은 꿈에도 하지 마."

경고하는 것처럼 그의 목소리가 낮게 깔렸다.

"어머니, 이제 겨우 안정을 찾으셨어. 너 때문에 어머니가 쓰러지는 모습 다시는 보고 싶지 않아."

제혁에게 어머니, 최 여사는 아킬레스건과도 같은 존재였다. 오랜 투병 생활로 인해 몸과 마음이 허약해진 최 여사에게 제혁의 밴드 활동은 큰 스트레스였다. 하지만 대학도 자퇴하고 본격적으로 음악 활동을 하고 싶다는 막내아들의 꿈을 막고 싶진 않았다.

쉽진 않았지만 그녀는 그저 꾹 참으며 속으로만 삭였다. 결국 최 여사는 스트레스를 이기지 못하고 쓰러졌고, 제혁은 그제야 자신 때문에 어머니의 병 상태가 악화됐다는 사실을 깨달았다.

그때부터 제혁은 되도록 최 여사의 뜻을 거스르지 않고 착한 아들이 되려고 노력했다. 그걸 누구보다 잘 아는 해수는 기회가 있을 때마다 최 여사를 끌어들였다. 동정이든 책임감이든 최 여사가 자신을 돌보려 한다는 사실을 알고 있었기에…….

"그 여자 사랑해? 아니면 어머니가 원해서 결혼하려는 거야? 제혁이, 넌 어머니 말이라면 뭐든지 다 하잖아. 밴드 활동 숨긴 것도 어머니 때문이었고, 나와 헤어졌다가 다시 만난 것도 다 어머니 때문이었잖아. 이번에도 어머니가 나를 원하시면 넌 그 여자와 헤어지고 나에게 올걸."

"해수야."

제혁은 자신의 인내심이 한계에 다다랐음을 느꼈다.

"네가 미국에 오디션 보러 간 이유……. 내가 몰랐다고 생각해?"

그 질문에 해수의 얼굴이 순식간에 굳어졌다. 제혁은 해수를 싸늘하게 노려보며 말을 이어나갔다.

"너와 경민 선배가 감추려고 해서 지금까지 모르는 척하고 있었어. 어차피 헤어질 거니까 괜히 아픈 상처 들춰내긴 싫었고."

"무…… 무슨 말이야. 감추다니……."

"너와 나, 헤어지기 직전에 어머니가 한 번 더 크게 쓰러지셨었지. 그 이유가 무엇 때문이라고 생각해?"

해수는 선뜻 대답하지 못하고 그를 바라만 보았다.

"어머니는 네가 어떤 아이인지 다 알고 계셨어. 그래도 언젠가는 널 바꿀 수 있다는 희망을 버리지 않으셨지. 한때는 나도 그랬고."

제혁의 말이 계속될수록 해수의 얼굴에서 핏기가 사라져갔다.

"네가 왜 그렇게 변했는지, 믿었던 친척에게 배신당하고 나서 어떤 기분으로 살았는지 모르는 건 아니야. 보란 듯이 성공하고 싶었겠지. 널 이해할 수는 있어. 사람마다 기준이 다르니까. 하지만 너의 방식과 내 방식은 너무나도 달라."

"제혁아."

그를 바라보는 그녀의 눈빛에 절박함이 고스란히 나타났다.

"……이건 공평하지 않아. 내가 네 약혼녀처럼 재벌 딸이었다면…… 그랬다면 모든 게 달랐을 거야. 나도 그렇게 살진 않았을 거라고."

"후……, 해수야."

제혁은 길게 한숨을 내쉬며 가만히 고개를 내저었다. 불행의 늪에 빠진 해수가 안타까웠지만, 그녀를 구제해줄 사람은 그가 아니었다.

"잠시나마 함께했던 추억을 악몽으로 만들진 말자. 우선 치료부터 받아. 그리고 다시 예전처럼 당당한 모습으로 돌아와. 나는 너를 만나지 않을 거지만……. 어머니는 너를 친구의 딸로서는 만나주실 거야."

"……제혁아."

해수의 눈에서 눈물이 흐르기 시작했다. 제혁은 재킷 주머니에서 손수건을 꺼내 그녀의 앞에 내려놓았다. 여기까지가 그가 그녀에게 베풀 수 있는 마지막 호의였다.

"항상 너에게 죄책감이 있었어. 그날 전화를 받았더라면 네가 실종되지 않았을지도 모른다고 후회했어. 그런데 아닌 것 같다. 모두 다 네가 선택한 거야."

언제나 투정 부리는 그녀를 어르고 달래느라 바빴다. 지금에서야 제혁은 자신의 그런 행동이 해수에게는 독약이 되었다는 사실을 깨달았다.

"해수야, 나는 널 동정하지 않아. 내게서 동정을 바라지 마라. 너도 동정을 받으면서 살고 싶진 않을 거야."

말을 마친 제혁은 자리에서 몸을 일으켰다. 해수는 그를 올려다보며 바들바들 떨리는 손을 꽉 움켜쥐었다.

"결혼 축하 인사는 받은 걸로 할게."

그 말을 끝으로 제혁은 빠른 걸음으로 카페를 빠져나갔다.

"……알았어. 계속해서 수고해줘."

경민은 전화를 끊고 초조한 얼굴로 자신을 바라보는 지은에게 고개를 돌렸다.

"지금 막 제혁이가 카페에서 나왔답니다. 해수는 아직 카페 안에 남아 있고."

헤어졌다고? 두 사람이 만난 지 채 30분도 되지 않았는데?

"어때요? 제혁이 지금 만나볼 겁니까?"

"아뇨."

지은은 제혁에게 혼자만의 시간을 주고 싶었다. 게다가 자신에게 실망해버린 그녀는 그의 얼굴을 똑바로 바라볼 수가 없었다.

자꾸만 두 사람을 그냥 만나게 했어야 한다는 후회가 들었다. 괜히 중간에 끼어들어 일을 더 꼬이게 한 건 아닌지…….

"상무님, 아무래도 제혁 씨에게 솔직하게 털어놓아야겠죠?"

"네? 털어놓아요? 아니, 지은 씨……."

경민이 당황해하며 한마디 하려는데 테이블 위에 올려둔 휴대폰이 울리기 시작했다. 화면으로 발신자를 확인한 지은은 경민에게 잠시 기다리라는 손짓을 보내고 얼른 통화 버튼을 눌렀다.

"여보세요? 네. ……정 쌤, 갑자기 무슨 일로……. 네에? 정말요? ……네, 연락처가 있긴 한데. ……잠시만요."

휴대폰을 아래로 내린 지은이 경민을 향해 고개를 돌렸다.

"상무님, 저, 죄송하지만 휴가를 좀 더 빨리 받을 수 있을까요?"

"네? 휴가요?"

지은이 곤란한 얼굴로 고개를 끄덕거렸다.

제혁은 해수와 헤어지고 난 후, 다시 회사로 돌아갔다. 복잡한 마음을 차분하게 진정시키 데 일보다 효과적인 방법은 없었으므로. 모든 업무를 끝내고 시계를 보니 이미 자정이 훌쩍 넘어 있었다. 지은에게 전화를 걸기에는 너무 늦은 시간이었다.

할 수 없이 제혁은 다음 날 아침까지 기다렸다가 지은에게 전화를 걸었다. 전날 해수를 만난 이야기도 해줘야 하고 무엇보다 그녀의 목소리를 듣고 싶었다. 하지만 몇 번이나 전화를 걸어도 그녀는 받지 않았다. 음성 사서함에 메시지를 남기고 문자를 보냈지만, 오후가 될 때까지도 지은에게선 아무런 연락이 없었다.

불길한 예감에 제혁은 급한 업무를 처리하자마자 쌍우로 향했다.

"민 실장님?"

노크 후, 제혁이 안으로 들어오자 유 비서가 놀란 표정으로 자리에서 일어났다.

"지은이는요?"

텅 빈 지은의 책상으로 다가가며 제혁이 물었다.

"지은 씨요? 지은 씨, 오늘부터 휴가인데요."

"네? 오늘부터 휴가라니요. 그런……."

원래대로라면 결혼식을 앞두고 다음 주부터가 휴가의 시작이었다.

"네. 오늘 아침에 상무님이 그러셨거든요."

"상무님은 지금 어디 계시죠?"

"중역 회의가 있어서 지금 3층에 계세요. 아마 10분쯤 있으면 회의 끝날 거예요."

"알겠습니다."

제혁은 그대로 3층 회의실로 향했고 엘리베이터에서 내리는 순간, 회의실을 빠져나오는 경민을 발견할 수 있었다.

"상무님."

"어, 민 실장?"

경민은 조금 전 유 비서와 마찬가지로 놀란 표정을 지어 보였다.

"웬일로 여기로 왔어?"

"지은이가 오늘부터 휴가라는 게 무슨 소리예요? 지은이 지금 어디 있습니까?"

"어? 네 약혼녀를 왜 나한테 와서 찾아?"

"오늘 내내 전화 안 받아요. 문자 보내도 확인도 하지 않고."

"어젯밤에 통화 안 했구나. 지금 있는 곳이 수신이 안 좋은가 보네."

경민이 뭔가를 아는 것처럼 말하자, 제혁은 인상을 찌푸리며 그의 앞으로 바짝 다가갔다.

"통화라니요? 무슨 통화요? 하여간 지은이 지금 어디에 있습니까?"

"야, 왜 이래? 모르는 사람이 보면 내가 네 약혼녀 빼돌리기라도 한 줄 알겠다."

"선배!"

제혁이 고분고분하게 나왔더라면 경민은 곧바로 지은이 어디에 있는지 알려주었을 것이다. 하지만 맡겨놓은 보따리를 내놓으라는 식으로 나오자 괜스레 심술이 발동했다. 그래서 경민은 그녀가 어디 있는지 장소를 알려주기에 앞서 '꽝' 폭탄부터 터뜨렸다.

"너, 어제 누구 만났지."

그 질문에 제혁은 대답 대신 눈을 가늘게 모았다. 그걸 경민이 어떻게 아느냐는 눈치였다.

"네가 어제 해수 만난 거 지은 씨도 다 알거든!"

경민은 어깨를 으쓱거리며 빈정거리듯 말했다.

"해외 마케팅 박보연이 마침 네 회사로 가던 중이었단다. 너랑 해수가 만나는 거, 사진까지 떡하니 찍어서 지은 씨에게 보여준 모양이야. 두 사람 막 껴안고 있었다며?"

말이 끝나기가 무섭게 제혁의 얼굴이 백지장처럼 창백해졌다.

음……. 폭탄이 너무 세게 터졌나? 경민은 제혁의 눈치를 살피며 언제쯤 지은이 있는 곳을 알려줄까? 머리를 굴렸다.

"지은이 지금 어디에 있습니까? 선배는 알잖아요?"

"나도 몰라. 지은 씨 휴대폰에는 위치 추적 앱 안 깔았거든. 6개월 계약직엔 그런 의무가 없는 거 너도 잘 알지?"

그러자 제혁은 한 대 칠 것 같은 눈으로 경민을 노려보았다. 제혁의 성격에 하극상을 할 리야 없겠지만 그래도 은근히 오싹하게 만드는 사나운 눈빛이었다.

잠시 경민을 노려보던 제혁이 경민을 향해 고개를 숙였다.

"선배님, 제발 부탁합니다."

지금까지 부탁이란 걸 해보지 않은 제혁이 고개를 숙이자, 경민의 입가에 작은 경련이 일어났다.

"흠흠, 위치 추적 앱은 안 깔았지만……. 그렇다고 내가 모른다면 말이 안 되지."

경민은 힘겹게 웃음을 참으며 느긋한 동작으로 휴대폰을 꺼내 들었다.

"이거 또 왜 이래?"

새로 바꾼 지 얼마나 됐다고 휴대폰이 또 맛이 가버렸다. 이번에도 수신이 잡히지 않는다는 표시가 화면에 떠올랐다. 어쩐지 아침부터 너무 조용하다 했다. 어쩌면 전화 한 통, 문자 한 통 없나 투덜거렸는데 제혁이 문제가 아니라, 그녀의 휴대폰이 문제였다. 지은은 한숨을 내쉬며 도로 휴대폰을 주머니 안에 집어넣었다. 어차피 잘된 건지도 모르겠다. 잠시나마 아무에게도 방해받지 않고 일에 열중할 수 있으니까.

"지은 씨, 이놈이 마지막 녀석이에요."

우빈이 태어난 지 얼마 안 되어 보이는 작은 진도 믹스견을 품에 안고 다가왔다.

"어유, 이렇게 어린데……."

지은은 우빈에게서 건네받은 믹스견을 조심스럽게 담요로 감싸 안았다. 오늘 그녀는 우빈과 몇몇 봉사자들과 함께 지방에 있는 유기 동물 보호소로 구조 활동을 왔다.

어제 우빈은 지은에게 전화를 걸어 다른 봉사자의 연락처를 물었다. 갑자기 안락사 시일이 앞당겨져 당장 구조에 나서야 하는데 함께 가줄 봉사자가 부족해서였다. 그 말을 들은 지은은 우빈의 만류에도 불구하고 함께 구조 활동에 나섰다.

유기견을 구조한다고 해서 그녀가 한 일이 없어지는 것은 아니었지만, 이렇게 해서라도 조금이나마 마음의 안정을 찾고 싶었다.

—꼭 네가 가야 해?

결혼식을 앞두고 무슨 구조 활동이냐고 투덜거리던 안 여사는 옆에 착 달라붙은 솜이를 보더니 생명보다 더 중요한 게 있느냐며 뒤로 물러나주었다.

구조를 끝내고 숙소로 돌아온 지은은 저녁을 먹기 전, 잠시 산책을 위해 호텔을 빠져나왔다. 동해 유기 동물 보호소에서 마지막 구조 활동을 벌이고 내일이면 남쪽으로 이동할 계획이었다.

휘이잉—. 바닷가에 도착하자 차가운 바닷바람이 그녀의 얼굴로 쏟아졌다. 정처 없이 모래사장을 거닐던 지은은 커다란 바위 위에 자리를 잡고 앉았다. 파란 물결이 하얀 거품을 내며 밀려들었다가 저만치 뒤로 물러나길 되풀이했다. 지은은 부서지는 파도가 꼭 자신의 심리 상태 같다고 생각했다.

돌아가자마자 제혁 씨에게 다 털어놓아야겠지? 화내는 건 화내는 거고 실망하면 어쩌지? 시작도 전에 삐거덕거리는 것 같아서 지은은 마음이 무거워졌다.

꼬르륵—. 그때 뱃속에서 처량한 소리가 울려 퍼졌다. 그러고 보니 어제저녁부터 먹는 둥 마는 둥 부실하게 먹었다. 왜 이리 우울한가 했더니 빈속도 크게 작용을 했나 보다. 슬픈데 배까지 고프면 끝도 없이 기분이 가라앉으니, 어서 저녁이나 먹어야겠다고 생각한 지은은 옷에 묻은 모래를 털며 자리에서 일어났다. 바위에서 풀쩍 뛰어내리는데 누군가 그녀를 향해 걸어오는 모습이 보였다. 누구지? 윤곽을 알아볼 수 있게 가까워지자, 상대를 알아본 지은의 눈이 휘둥그레 커졌다.

"왜 또 전화 안 받아!"

제혁이 미간을 찌푸리며 그녀에게 다가왔다. 지은은 그가 눈앞에 있다는 사실이 믿어지지 않았다.

"제혁 씨? 지금 여기서 뭐 하는 거예요?"

"낼모레면 결혼할 여자가 다른 남자 전화 받고 사라졌다는데, 내가 가만히 있어야겠어?"

"네에?"

말도 안 돼! 연락이 닿지 않아서 여기까지 찾아온 거라고? 하지만 심각한 표정을 보니 괜히 하는 말은 아닌 것 같았다.

"게다가 다른 사람도 아니고 정우빈 선생이 전화한 거라며……."

"네. 구조 나가야 하는데 인원이 부족하다고 연락이 와서."

"그런데 전화는 왜 안 받아?"

"전화한 줄 몰랐어요."

바빠서 연락 안 한 줄 알았는데 그게 아니었나 보다. 지은은 곤혹스러운 얼굴로 먹통이 된 휴대폰을 보여주었다.

"뭔가 잘못됐나 봐요. 수신이 안 되는데, 구조하느라 몰랐어요.”

“됐어.”

제혁은 말을 끊으며 지은을 와락 끌어안았다. 이곳까지 차를 몰고 오면서 얼마나 속이 타들어갔는지 모른다. 어젯밤 아무리 늦어도 그녀를 보러 갔어야 하는 건 아닌가 후회했다. 자신이 해수를 만났다는 사실을 지은이 알 거라곤 꿈에도 생각하지 못했다.

—해외 마케팅 박보연이 마침 네 회사로 가던 중이었단다. 너랑 해수가 만나는 거, 사진까지 떡하니 찍어서 지은 씨에게 보여준 모양이야. 두 사람 막 껴안고 있었다며?

그 여잔, 왜 하필 끌어안는 순간을 찍어서…….

곧바로 해수를 밀어내긴 했지만, 충분히 오해할 수도 있는 상황이었다.

—선배님, 제발 부탁합니다.

결국 그는 경민에게 머리를 숙이고 부탁할 수밖에 없었다.

—가만 있어봐. 내가 지은 씨 어디 있는지 알아봐줄게.

지은의 행방을 찾아주겠다며 경민이 어디론가 전화를 걸었다. 상대는 놀랍게도 정우빈이었다.

—네, 정 쌤, 접니다. 지금 어느 보호소에 계시죠? ……아, 네. 그 다음엔 동해로 이동한다고요. ……네, 알겠습니다. 수고하세요.

난데없이 우빈에게 전화한 것도 이상했지만, 어떻게 경민이 그의 전화번호를 알고 있는지도 의문이었다. 제혁의 궁금증은 곧 풀렸다.

—갑자기 유기견 안락사 일정이 당겨져서 다들 비상이래. 원래는 지은 씨에게 다른 봉사자 연락처를 알아내려고 전화했는데……. 너도 알잖아. 지은 씨가 아무리 바빠도 그런 일에 빠질 사람이 아니지.

그래서 경민에게 휴가를 얻어 봉사자들과 함께 지방으로 내려갔단다. 경민은 이 기회에 사비를 털어 유기견 구조 활동을 지원해주기로 했고. 겸사겸사 우빈과 전화번호도 교환하고 함께 유기견 구조 일정도 알아낸 거라고 말했다.

그길로 제혁은 동해로 차를 몰았다. 혹시라도 길이 엇갈리는 건 아닐까 초조해하면서…….

지은이 잠시 산책하러 나갔다는 말을 듣고 무작정 바닷가로 향했다. 도저히 그녀가 돌아올 때까지 기다릴 수 없었다. 운

좋게도 제혁은 바닷가에 도착하자마자 바위에 웅크리고 앉아 있는 지은을 발견했다. 혹시라도 혼자 울고 있는 것은 아닐까? 불안했지만, 다행히도 그녀의 얼굴에서 눈물의 흔적은 찾아볼 수 없었다.

"이렇게 만났으니까 됐어."

제혁은 지은의 목덜미에 얼굴을 묻으며 나직이 중얼거렸다.

"다음부턴 그러지 마. 연락이 안 돼서 미쳐버리는 줄 알았어."

제혁은 그녀를 안은 팔에 더욱 힘을 주었다.

"……알았어요."

왜 자신이 여기에 왔는지도 잊은 채 지은은 제혁의 따뜻한 품에 몸을 맡겼다. 양심에 가책을 느끼는 건 느끼는 거고 지금은 오로지 사랑하는 남자만을 느끼고 싶었다. 지은은 그의 가슴에 얼굴을 묻고 벅찬 심장 소리에 귀를 기울였다.

"사랑해요."

"사랑해."

따뜻한 체온을 통해 서로의 마음이 느껴져서일까? 저절로 사랑의 고백이 흘러나왔다. 차가운 바닷바람에도 불구하고 진한 사랑의 열기로 온몸이 후끈하게 달아오르는 것만 같았다.

제혁은 한참이 지나서야 뒤로 물러나며 그녀와 눈빛을 마주했다.

"많이 힘들었지? 구조하느라 정신없이 바빴다면서?"

그 말에 지은은 살며시 웃으며 고개를 내저었다. 몸은 힘들었을지 몰라도 마음은 그렇지 않았다. 오히려 바쁘게 몸을 움직이느라 그녀를 괴롭히던 상념에서 잠시나마 자유로울 수 있었다.

"내일까지 구조해야 한다고 들었어."

"네. 내일은 남쪽으로 내려갈 거예요."

"그래, 그렇다면 나도 함께 가."

"제혁 씨도요? 회사는 어떻게 하고요?"

"나도 휴가 냈어."

"그래도 돼요? 지금 제일 바쁜 시기 아니에요?"

"괜찮아. 나 하나 없다고 회사가 안 굴러가는 건 아니니까. 그리고……."

제혁은 손을 들어 지은의 뺨을 조심스럽게 감쌌다.

"바늘 가는 데 실도 따라가야지. 안 그래?"

제혁은 고개를 숙여 그녀의 입술을 머금었다. 달콤한 숨결이 곧 하나로 뜨겁게 엉키기 시작했다. 머리 위로 펼쳐진 파란 하늘이 서서히 붉게 물들어갔다.

쏴아아—.

잔잔한 파도 소리가 두 사람의 주위를 아늑하게 감쌌다.

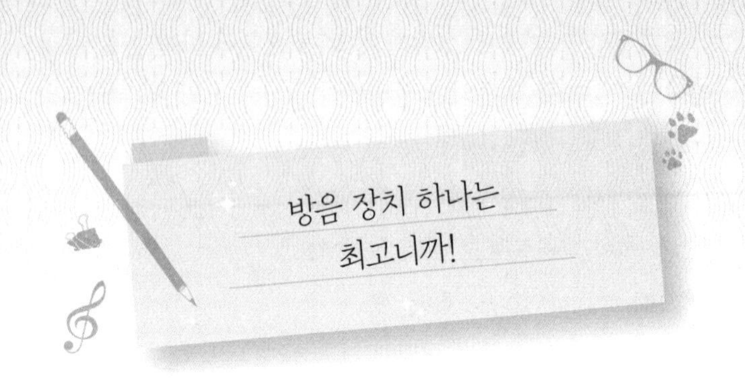

띠띠띠리, 띠 —. 도어락 열리는 소리와 함께 문이 열리고 경민이 안으로 들어섰다. 그러나 멍한 표정으로 소파에 앉아 있던 해수는 고개조차 돌리지 않았다. 경민은 어깨를 으쓱거리며 맞은편 소파에 앉았다.

"괜한 일을 벌였더군."

그제야 해수는 원망 가득한 눈으로 경민을 바라보았다.

"경민 씬 제혁이가 어떻게 나올지 다 알고 있었지? 그래서 내가 제혁일 만나게 내버려둔 거지?"

"무슨 소리야? 경호원을 따돌리고 무턱대고 제혁일 찾아간 건 너야."

"막으려면 충분히 막을 수 있었어."

그건 해수의 말이 맞았다. 산전수전 다 겪은 베테랑 경호원만 골라서 고용했는데 그들이 그리 쉽게 해수를 놓칠 리가 없었다. 그녀가 제혁의 회사로 향한다는 보고를 받았을 때 경민은 그대로 지켜보라고 지시했다. 지은의 걱정을 모르는 건 아니었지만, 해수와의 일을 결혼 전에 깨끗이 정리하는 것도 나쁘진 않을 거라고 판단했다. 별안간 보연이 튀어나와 사진만 찍지 않았더라면 모든 상황은 깔끔하게 마무리되었을 것이다.

"일부러 그런 거, 맞지?"

해수가 되묻자 경민은 인정한다는 듯 고개를 끄덕였다.

"머리를 장식으로 달진 않았나 보군. 그렇다면 내가 여기서 더 충고하지 않아도 알겠네. 더 이상 쓸데없는 에너지 낭비하지 마."

해수는 화를 내거나 쏘아붙이는 대신 매서운 눈으로 경민을 노려보았다. 어제 제혁과 헤어지고 나서 어떻게 돌아왔는지 기억도 나지 않았다. 숙소로 돌아온 그녀는 멍하니 침대에 누워 제혁이 한 말을 곱씹고 또 곱씹어야만 했다. 하지만 아무리 생각하고 또 생각해보아도 결론은 하나였다. 제혁은 이제 완전히 그녀에게서 떠났다는 것이었다.

"어떤 여자야?"

한참 동안 침묵을 지키던 해수가 천천히 입을 열었다.

"제혁이가 결혼할 여자. SB그룹 회장의 외동딸이라고 들었어. 하지만 단지 재벌 상속녀라는 이유로 제혁이가 넘어갔을 것 같진 않아."

이미 은우에게 지은에 대해서 물어봤지만, 그는 말하기 곤란하다는 얼굴로 고개만 저을 뿐이었다. 경민 역시 그리 쉽게 알려줄 것 같진 않았다. 해수는 제혁을 빼앗아간 그 신지은이란 여자가 궁금해서 참을 수가 없었다.

지은과 제혁이 호텔 안으로 들어섰을 때 마침 봉사자 일행 모두 저녁 식사를 위해 근처 식당으로 가던 참이었다.

"언니!"

로비로 들어오는 지은과 제혁을 발견한 가을이 환하게 웃으며 달려왔고, 그 뒤를 우빈이 따랐다. 우빈은 지은 옆에 서 있는 남자가 제혁이라는 걸 깨닫고 눈매를 살짝 좁혔다. 그러나 곧 평소대로 사람 좋은 미소를 떠올렸다.

"민 실장님, 오셨군요."

"안녕하세요. 정 선생님."

"모두 저녁 먹으러 가는 길이었는데, 함께 가시겠습니까?"

"그러죠."

그들이 향한 곳은 허름할 정도로 소박한 식당이었다. 지은과 제혁은 봉사자들과 함께 삐거덕거리는 테이블에 둘러앉았다. 메뉴는 단 두 가지, 매콤한 주꾸미 볶음과 시원한 해물 연포탕이었다.

반찬이라곤 오이가 들어간 어묵 오이 무침과 계란말이, 배추김치가 전부였지만 지은은 뚝딱 밥 한 공기를 비웠다. 제혁을 보는 순간 집 나갔던 입맛이 돌아왔기에 가능한 일이었다.

"가을 씨, 우리 밥 한 공기 더 시켜서 나눠 먹을래?"

"그럴래요? 언니?"

양이 모자랐던 지은은 가을과 함께 밥 한 공기를 추가했다. 그런 지은을 보며 제혁은 몰래 웃음을 삼켰다. 늘 느끼는 거지만 지은의 식성은 전혀 까다롭지 않았다. 이 자리에 있는 그 누구도 지은이 재벌 상속녀라는 건 상상도 하지 못할 것이다.

"아주머니, 여기 사이다 없어요?"

가을이 음료수를 찾자, 식당 주인이 밖에 있는 자판기를 가리켰다.

"내가 사 올게요."

먼저 식사를 마친 제혁이 자리에서 일어나 밖으로 나갔다. 그러자 우빈이 그의 뒤를 따랐다. 자판기에서 음료수를 꺼내는 제혁에게 우빈이 미안한 표정으로 다가왔다.

"죄송합니다. 결혼식 준비로 바쁘실 텐데 여기까지 오시게 해서. 급히 연락처가 필요해서 지은 씨에게 전화했던 건데……. 지은 씨가 함께 와줄 거라곤 생각하지 못했습니다."

"괜찮습니다. 결혼식 당일에 뛰어온 것도 아닌데요."

제혁의 말에 우빈은 피식 웃으며 자판기에서 꺼낸 음료수를 나눠 들었다. 불과 얼마 전만 해도 제혁은 우빈의 전화를 받고 달려가는 지은을 이해할 수 없었다. 하지만 이젠 아니었다. 그녀가 얼마나 순수한 마음으로 봉사 활동에 임하는지 알기에…….

저녁을 끝내고 호텔로 돌아오자 모두 피곤하다며 곧장 잠자리에 들었다. 지은과 제혁도 객실로 향했다. 좁디좁은 객실 안에는 싱글베드 두 개가 놓여 있었다. 호텔이라곤 하지만 특급 호텔과 비교하면 모텔보다 조금 나은 수준이었다. 원래는 가을과 함께 방을 쓸 계획이었는데 가을은 제혁에게 자리를 양보하고 짐을 챙겨 다른 봉사자 방으로 옮겼다. 불을 끄고 자리에 눕자, 지은이 베개를 껴안고 제혁의 침대로 다가왔다.

"둘이 누워서 자면 너무 좁을까요?"

"이리 와."

제혁이 이불을 들치자 지은은 눈꼬리를 휘며 침대 속으로 뛰어들었다. 그러곤 강아지처럼 따뜻한 그의 품으로 파고들었다. 그에게 안겨 있자니 피로가 싹 사라지는 것만 같았다. 마치 집에 온 것처럼 아늑했다. 이제 지은은 제혁이 옆에만 있으면 어디를 가더라도 집에 있는 것 같은 편안함을 느꼈다.

지은은 제혁의 가슴에 얼굴을 묻으며 조심스럽게 말을 꺼내려 했으나 제혁이 더 빨랐다.

"너에게 할 말이 있어. ……어제 해수가 찾아왔었어."

"네, 알아요."

"응. 경민 선배에게 들었어. 우리 둘이 서로 끌어안고 있는 사진을 봤다고. 기분 상했지."

"아니, 뭐…… 기분이 상했다기보다는, 인사하느라 허그한 거잖아요. 워낙 오랜만에 만났으니까. 예전에 루이자 만났을 때도 그랬고 클럽에서 다른 여자 만났을 때도 그러지 않았어요?"

기분 상하지 않았다고 하면서도 지은은 아주 기분 나빠하는 말투로 말했다.

"사실 결혼식 전에는 해수 씨를 안 만났으면 했어요. 제혁 씨를 못 믿어서가 아니라, 괜히 만나서 우울해질 필욘 없으니까. 결혼식 끝나고 나중에 만난다고 큰일 날 것도 아니고."

말이 나온 김에 지은은 자신이 꾸몄던 일을 털어놓기로 했다.

"사실 나, 해수 씨가 상무님을 만나는 거 알았어요. 지금 어떤 상태인지도 들었고. 그런데 제혁 씨에게 숨겼어요. 미안해요."

"지은아."

그가 화를 낸다고 해도 지은은 할 말이 없었다. 이어서 그녀는 해수를 미국에서 치료받게 할 계획도 경민과 함께 세웠다고 털어놓았다.

"제혁 씨 만나기 전에 해수 씨 상태가 조금이나마 나아지면 좋겠다는 생각을 했어요. 그러면 좀 더 가벼운 마음으로 만날 수 있을 테니까."

제혁이 뭐라고 하기도 전에 지은은 속사포처럼 다음 말을 이었다.

"알아요. 그러면 안 되는 거. 아무리 결혼할 사이라도 제혁 씨 사생활이 따로 있는 건데, 내가 무턱대고 이것저것 상관하려고 해서."

"지은아."

제혁이 뭐라고 말을 꺼내려고 하자 지은은 다시금 다다다 말을 쏟아냈다.

"나, 재벌이라고 돈 지랄하면서 사람들 인생 여기저기 관여하는 거, 정말 싫어하거든요. 그런데 막상 나에게 그런 일이 생기니까 내가 더 나서서 난리를 쳤더라고요. 까딱하면 돈 봉투까지 시전할 뻔……."

"지은아!"

지은이 말할 틈을 주지 않자, 제혁은 몸을 일으켜 옆에 놓인 스탠드 불을 켰다. 주위가 환해지고 심각한 표정으로 그녀를 바라보는 제혁이 눈에 들어왔다.

어머, 너무 허심탄회하게 털어놓았나? 화난 건 아니겠지? 제혁의 복잡한 시선과 마주치자, 지은은 슬그머니 시선을 비켰다.

"……미안해, 오빠."

"내가 너 때문에 미치겠다."

제혁은 팔을 뻗어 지은을 품에 안았다.

"네가 왜 미안해? 여기서 미안해할 사람은 네가 아니라 나야. 나야말로 미안해."

"제혁 씨가 왜 미안해요?"

"해수 일로 널 불편하게 했으니까. 내가 알아서 깔끔하게 처리했어야 했어. 너에게 털어놓지 말았어야 했는데……."

"아니, 아니! 그건 아니에요. 내게 모두 말해줘서 좋았어요. 정말이에요!"

지은은 제혁의 품에 안긴 채로 좌우로 고개를 내저었다. 만약에 그가 사실을 숨겼다면 더 견디기 힘들었을 것이다.

"지은아."

제혁은 그녀의 머리를 다정하게 쓰다듬으며 나직한 목소리로 말했다.

"해수와 나, 이젠 정말 아무것도 남지 않았어. ……어제 만나서 그걸 확인했어."

제혁은 해수와 나누었던 모든 이야기를 지은에게 하나도 빠짐없이 해주었다.

"그러면 제혁 씨에게 전화했을 때 사고 났던 게 아니었어요?"

"응. 물론 그때 내가 전화를 받았다면 해수는 술을 마시러 맨해튼에 가지 않았을 수도 있어. 하지만 그건 전적으로 해수의 선택이었어."

제혁과 통화를 했더라도 그녀가 어떤 선택을 했을지는 아무도 모른다.

"오해를 풀어준 게 해수가 나에게 준 결혼 선물이라고 생각해. 덕분에 죄책감이 없어졌으니까."

"다행이다."

"그 이야기를 해주려고 전화했는데 받지도 않고, 문자도 씹고."

이번에는 제혁이 기분 나쁜 목소리로 투덜거렸다.

"……그건, 휴대폰이……."

"내가 얼마나 속이 탔는지 알아?"

듣고 보니 그러네. 온종일 연락이 되지 않았으니 얼마나 답답했을까! 지은은 미안한 마음에 그에게 몸을 기대며 그의 허리를 꽉 끌어안았다. 그리고 유혹하듯 그를 바라보며 손가락으로 그의 가슴을 쓰윽 훑었다. 누가 수제자 아니랄까 봐, 이제 그녀는 어떻게 하면 제혁이 넘어오는지 모두 파악한 것 같았다.

지난 일주일 동안 두 사람은 회사 일과 결혼 준비 등으로 바빠서 얼굴조차 제대로 볼 수 없었다. 그래서인지 그저 바라만 보아도 열기가 폭발할 것 같았다.

"속 얼마나 탔는데요?"

지은은 반달 모양으로 눈꼬리를 휘며 재빨리 그의 셔츠 단추에 손을 댔다. 그러나 단추 한 개를 풀기도 전에 제혁의 손에 제지당했다.

"……피곤할 테니까 오늘은 그냥 자. 안 피곤해? 구조하느라 온종일 뛰어다녔잖아."

"네?"

지은은 의아하다는 눈으로 제혁을 바라보았다. 그가 먼저 거절한 적은 한 번도 없었기 때문이었다.

솔직히 털어놓자면 제혁은 지금 당장에라도 지은을 침대에 밀어붙이고 싶었다. 언제 욕구가 터질지 몰라 마음을 졸이는 중이었다. 하지만 이런 분위기에서 그녀에게 달려든다면 절대로 한두 번으론 끝나지 않을 것 같았다. 밤을 꼬박 새우게 된다면 지은의 체력으론 다음 날 버텨내지 못할 게 뻔했다. 안타깝지만 오늘 밤은 그녀의 유혹을 물리쳐야 했다.

"난 괜찮지만, 오빠가 피곤하다면 할 수 없죠."

잠시 골똘히 생각한 지은은 알았다는 듯 고개를 끄덕거렸다. 그래도 예의상 한 번 더 시도할 줄 알았는데 그녀는 제혁의 뜻에 따라 얌전히 침대에 누웠다.

"잘 자요, 오빠."

생각했던 것보다 지은이 쉽게 물러나버리자 이번엔 그가 안달이 나고 말았다. 제혁은 새침하게 돌아누운 지은의 뒷모습에서 눈을 뗄 수가 없었다. 어깨에서 시작돼 잘록한 허리를 지나 아래로 이어진 곡선은 세상 그 어떤 것보다 매혹적이었다. 제혁은 뒤에서 지은을 끌어안으며 그녀의 목덜미에 얼굴을 묻었다. 벌써 잠들었는지 지은의 입에선 고른 숨소리가 흘러나왔다.

"……잠들었어?"

그가 속삭이듯 귓가에 중얼거리자 지은은 몸을 돌려 그를 향해 돌아누웠다.

"아뇨."

"그래?"

그러자 제혁은 한 손으로 그녀의 허리를 바짝 끌어당겼다. 동시에 그녀의 위로 몸을 굴리며 베어 물 듯 그녀의 입술을 머금었다. 서로의 달콤한 숨결이 얽히고설키며 하나로 녹아들었다. 단순히 입을 맞추었을 뿐인데 온몸이 불덩어리처럼 뜨겁게 타올랐다.

두 사람 모두 더 이상은 자제할 수 없었다. 제혁은 지은이 입고 있는 티셔츠를 다급히 위로 밀어 올리고 공기 중에 드러난 맨살에 살짝 이를 세웠다.

"제혁 씨."

간질간질 짜릿한 느낌에 지은의 입에서 저절로 탄식이 흘러나왔다. 그때였다. 달칵 문이 열리고 누군가 객실 안으로 들어오는 소리가 들렸다.

—콜록, 콜록, 콜록.

이어서 여자의 기침 소리가 뒤따랐다.

—추워? 방이 추운가? 온도 올릴까?
—콜록. 콜록. 응, ……그래줄래?

헐! 누가 싸구려 호텔 아니랄까 봐! 옆방에서 나누는 대화 소리가 생생하게 들릴 만큼 방음 장치가 엉망이었다. 지금까진 옆방이 비어 있어서 몰랐는데 그새 투숙객이 들어온 모양이었다.

지은과 제혁은 당황한 얼굴로 서로를 바라보았다. 대화 소리는 둘째치고, 침대가 삐거덕거리는 소리, 쪽쪽 키스하는 소리 등등 별의별 소리가 다 들린다는 뜻이었다. 제혁은 서둘러 그녀에게서 내려가며 위로 말려 올라간 지은의 티셔츠를 다시 밑으로 끌어내려주었다. 이제 막 시작했지만 아쉽게도 다음을 기약하며 여기에서 끝내야 했다.

"오늘은 그냥 자야겠죠?"

"응."

지은의 물음에 제혁은 고개를 끄덕일 수밖에 없었다.

"잘 자요."

지은은 그의 이마에 쪽 소리 나게 입을 맞추더니 베개를 안고 그녀의 침대로 돌아갔다. 그리고 무심하게도 고른 숨소리를 내며 빠르게 잠들어버렸다.

하지만 제혁은 달랐다. 그는 뻐근할 정도로 굳어버린 몸을 밤새도록 달래야만 했다.

애국가 4절을 모두 끝내고 주기도문을 시작할 때까지도 열기는 쉽게 사그라지지 않았다. 제혁에겐 진정으로 벌을 받는 괴로운 밤이 되고 말았다.

다음 날, 지은과 제혁은 오후 늦게까지 구조 활동을 마치고 서울로 향했다. 하지만 어젯밤 아쉽게 중단됐던 행위는 또다시 다음으로 미뤄야만 했다. 그레이스 박이 주말까지 기다릴 수 없다고 오늘 당장 예복을 입어봐야 한다고 서둘렀기 때문이었다.

예복을 입어보고 서둘러 웨딩 스튜디오를 나서는데 휴대폰이 '띠리링' 울리기 시작했다. 지방에 내려가서는 불통이던 휴대폰이 서울로 돌아오자마자 멀쩡하게 작동했다. 그래도 뭔가

찜찜해서 내일이라도 당장 새걸로 바꿔야겠다고 생각했다. 휴대폰 화면에는 그녀가 모르는 번호가 떠 있었다.

받지 않으면 음성 메시지를 남기겠지. 지은은 전화를 무시하고 집으로 향했다. 집에 도착한 그녀는 곧장 욕실로 들어가 욕조에 뜨거운 물을 받았다. 이틀 동안 한시도 쉬지 않고 바쁘게 움직인 탓에 여기저기 근육이 쑤셨다. 긴 반신욕을 끝내고 욕실에서 나온 지은은 젖은 머리를 말리고 잠옷으로 갈아입은 후에야 휴대폰에 남겨진 음성 메시지를 확인했다.

[안녕하세요? 신지은 씨.]

휴대폰 너머로 허스키한 여자의 목소리가 흘러나왔다.

누구지? 전혀 모르는 목소리였다. 그러나 그녀의 궁금증은 곧 풀렸다.

[전화로 먼저 인사하게 되네요. 저, 한해수예요.]

'한해수'란 이름에 지은은 아랫입술을 깨물며 미간을 찌푸렸다.

[결혼식 준비로 바쁠 테지만, 잠깐 볼 수 있을까요? 메시지를 확인하면 꼭 전화 주세요. 기다릴게요.]

예정대로라면 해수는 내일 저녁 비행기로 미국에 돌아가야 한다. 그런데 다짜고짜 전화해서 만나자고? 만약에 안 만나주면 내일 안 떠나겠다고 버티는 건 아니겠지?

어차피 그녀도 한 번쯤은 해수를 만나보고 싶었다. 지은은 크게 숨을 들이켜며 호흡을 가다듬은 후, 통화 버튼을 눌렀다. 두 번째 신호가 채 가기도 전에 전화가 연결되었다.

[여보세요?]

이어서 나직한 허스키 목소리가 휴대폰 너머로 흘러나왔다.

"안녕하세요, 지은 씨."

지은이 약속 장소에 나타나자 먼저 도착해서 기다리고 있던 해수가 자리에서 일어났다.

"바쁘실 텐데 나와줘서 고마워요."

지은은 그녀가 제혁의 전 여자 친구라는 사실도 잊고 속으로 감탄사를 내보냈다. 사진으로 봤을 때도 '예쁘다!'라는 말이 절로 나왔는데 실물은 그보다 몇 배는 더 아름다웠다.

이름이 한해수란 것을 알아낸 다음, 사진을 구하는 건 어렵지 않았다. 예전에 B.W.에서 객원 싱어로 활동했다고 말하자, 그들의 광팬인 미나가 빛의 속도로 지은에게 그녀의 사진을 보내주었다.

—한때 제이랑 사귄다는 소문이 있었어. 공연 끝나고 무대 뒤에서 서로 끌어안고 있는 모습을 팬들에게 들키고 그랬대.

절대로 알고 싶지 않은 자세한 정보까지 함께 말이다.

"앉으세요. 지은 씨 음료도 내가 먼저 주문했는데 괜찮죠?

싫으면 다른 거 시켜도 돼요. 여기 밀크티가 정말 맛있거든요."

해수는 지은을 향해 생글생글 웃어 보이며 맞은편 자리를 권했다. 그녀의 행동을 보니 왜 제혁이 그녀를 사귀었는지 이해가 될 것 같았다. 여자인 지은도 확 홀려버릴 것 같았으니까. 저렇게 예쁜 여자가 눈을 똑바로 마주 보면서 살살 웃어주는데 누군들 안 넘어가겠어.

그때 카페 직원이 밀크티가 담긴 사기 티포트를 들고 테이블로 다가왔다.

"내가 따를게요."

해수는 우아한 동작으로 밀크티를 따라 지은에게 건네주었다. 별거 아닌 동작인데도 지은의 심장이 두근거렸다. 구미호에게 홀린다는 게 이런 느낌일까?

"미국으로 돌아가기 전에 꼭 만나고 싶었어요."

해수는 차를 한 모금 들이켜며 나긋나긋한 목소리로 말을 꺼냈다.

"고맙다는 인사는 하고 가야 할 것 같아서요. 뒤에서 도와준 사람이 지은 씨라고 들었어요."

"상무님, 아니, 경민 씨가 그랬나요?"

"네."

해수는 온화하게 웃으며 가만히 고개를 끄덕였다. 진실을 말하자면 경민이 그녀에게 말해주진 않았다. 그녀가 잠든 줄 알고 경민이 경계를 낮춘 상태에서 통화는 걸 몰래 엿듣고 알게 된 내용이었다. 이미 은우에게서 제혁의 약혼녀 이름이 '신지은'이란 걸 알아냈기에 통화 내용만 듣고도 지은이 SB그룹 상속녀란 사실까지 밝혀낼 수 있었다.

해수의 눈에 지은은 세상 풍파 모르고 아주 곱게 자란 온실 속 화초처럼 보였다. 머리끝에서 발끝까지 수수해 보이는 액세서리로 꾸몄지만, 보통 사람은 꿈도 꿀 수 없는 차림이란 걸 해수는 잘 알고 있었다.

"지은 씨 덕분에 다시 희망을 품을 수 있게 됐네요. 정말 고마워요."

"내게 고마워할 필요는 없어요. 해수 씨가 행복해야 내 마음이 편할 것 같아서 한 일이에요."

그렇겠지. 자선 사업이라고 해도 다 자신의 이익을 위해서 하는 짓이니까. 해수는 씁쓸한 웃음을 속으로 삼키며 애써 밝은 표정을 지어 보였다.

"결혼식이 얼마 남지 않았네요. 다음 주 화요일이죠? 난 오늘 미국으로 돌아가요. 일부러 결혼식 전에 맞춰 비행기표를 끊은 건가요?"

겉으론 웃고 있었지만 말 속에 뼈가 있는 질문이었다.

"네. 맞아요."

지은은 해수와 시선을 마주하며 짧게 대답했다. 해수에게 변명할 필요는 없었다. 결혼식을 올리기 전에 미국으로 돌아가 주었으면 하는 바람으로 표를 구했고, 가장 빠른 날이 마침 금요일이었다.

뭐라고 변명할 줄 알았는데 지은이 솔직하게 속내를 털어놓자 해수는 피식 입꼬리를 비틀었다. 그러자 가면이 벗겨지듯 환하게 웃던 그녀의 얼굴이 날카롭게 변했다.

"나는 그리 인성이 좋은 편이 아니에요. 빈말이라도 두 사람의 결혼을 진심으로 축하해줄 순 없겠네요."

갑자기 드러난 적대감에 지은은 황당하다는 듯 살짝 미간을 찌푸렸다.

"그래도 제혁이와 끝까지 함께하길 바랄게요. 제발 그래주세요. 둘 사이에 조금이라도 틈이 보이면 내가 참지 못 하고 뛰어들 것 같으니까."

'뭐지? 지금 내게 도발하는 거야?'

상대가 저리 송곳니를 드러내는데 그녀 혼자만 꼬리를 흔들 순 없었다. 지은도 싸늘한 눈초리로 해수를 바라보았다.

"그건 해수 씨가 걱정하지 않아도 되요. 난 누구에게도 제혁 씨를 빼앗기지 않을 자신 있으니까."

"그래요?"

반격할 줄 알았는데 해수는 다시금 온화한 미소를 떠올리더니 느긋하게 차를 들이켰다.

"나는 단 한 번도 제혁이가 다른 이와 가족을 이룬다는 상상을 해본 적이 없어요. 헤어져도 나중에 내가 돌아올 때까지 언제나 같은 자리에서 기다려줄 거라고 믿었어요."

"강아지처럼 말인가요?"

"강아지요?"

해수는 생각에 잠긴 듯 입을 다물더니 잠시 후 고개를 끄덕거렸다.

"……무슨 말인 줄 알겠어요. 맞아요. 강아지는 자신을 버린 주인이라도 원망하지 않고 같은 자리에서 하염없이 기다리죠."

해수의 얼굴에 씁쓸한 미소가 떠올랐다.

"예전에 몰리라는 이름을 가진 푸들을 키운 적이 있어요. 미국에 가면서 친척 집에 맡기고 갔죠. 이번에 7년 만에 다시 만났는데 날 알아보고 막 달려오더라고요. 10살이 넘은 노견인데……."

어쩌면 그녀는 제혁에게서 몰리와 같은 반응을 기대했는지도 모르겠다. 너무 좋아서 어쩔 줄 모르고 끙끙거리는 몰리를 껴안아주었지만, 마냥 기쁘지만은 않았다. 나를 얼마나 애타게 기다렸을까, 하는 생각에 마음이 무거웠다.

제혁도 마찬가지 아니었을까? 만약에 그가 그녀를 지금까지 기다리고 있었다면 기쁜 만큼 마음이 아프지 않았을까?

지은을 바라보던 해수의 눈에 어느새 눈물이 고였다. 한때나마 진심으로 사랑했다면 이젠 깨끗하게 놓아줘야 하는 건 아닐까? 하는 생각이 들었다. 아닌 인연은 아닌 거니까. 억지로 붙잡는 쪽만 초라해질 뿐이다.

"단순히 선봐서 결혼하는 거였다면 좀 더 버텨보려고 했는데, 그게 아닌 것 같네요. 제혁이 마음속엔 당신이 꽉 차버려서 내 그림자는 흔적도 없이 사라지고 없더라고요."

패배를 인정하니 조금은 마음이 가벼워졌다.

"그쪽이 재벌 상속녀라서 넘어갔을 것 같진 않고, 내가 모르는 매력적인 부분이 있었겠죠. 차라리 당신이 무례하고 갑질하는 진상 재벌 3세였다면 좋았을 텐데. 그러면 싸울 맛이 났을 것 같거든요."

할 말을 모두 마친 해수는 가방을 들고 자리에서 일어났다.

"난 이만 가볼게요. 출국하려면 준비할 게 많거든요. 미안해요. 급하게 만나느라 결혼 선물을 준비하지 못했네요."

"아뇨."

지은도 해수를 따라 자리에서 일어났다.

"방금 해준 말이 내겐 결혼 선물이에요."

지은은 해수에게 손을 내밀며 부드럽게 웃어 보였다.

"친구까진 될 수 없겠지만 서로 적은 아니라는 걸 확인했으니까. 난 그걸로 만족해요."

누가 보아도 패자에게 보이는 승자의 여유로운 몸짓이었다. 그럴 필요까진 없었지만, 해수는 묵묵히 지은이 내민 손을 맞잡았다. 지은은 진심으로 해수의 행운을 빌어주었다.

"해수 씨, 꼭 회복되길 바랄게요."

"네. 그럴 거예요."

해수는 짧게 고개를 끄덕이고는 그대로 등을 돌려 카페를 빠져나갔다. 시야에서 해수의 모습이 사라지자 지은은 휴대폰을 꺼내 통화 버튼을 눌렀다. 무슨 일이 있어도 오늘은 제혁을 만나야만 할 것 같았다.

"제혁 씨?"

전화가 연결되자 지은은 먼저 용건부터 꺼냈다.

"오늘 저녁에 시간 있어요? 꼭 보여줘야 할 게 있어요."

꼭 보여줘야 할 것이 있다며 지은이 제혁을 끌고 온 곳은 두 사람의 신혼집이었다. 아파트 꼭대기 복층으로 구성된 펜트하우스는 인테리어 공사가 막 끝난 상태였다.

"보여주고 싶다고 한 게 이건가?"

거실 한쪽에 걸린 웨딩 사진 액자를 가리키며 제혁이 물었다. 스튜디오 안에서 찍은 사진과 야외에서 찍은 사진 중에서 지은은 야외 사진이 마음에 든다고 했었다. 그리고 그 사진을 크게 확대해 대형 액자로 만들었다.

"그것도 그거고. 우선 2층으로 와봐요."

지은은 제혁의 팔에 팔짱을 끼고 2층 계단으로 향했다. 그러곤 복도 맨 끝에 있는 방으로 이끌었다. 문을 열자 창문이 있는 벽을 제외하곤 사방이 책장으로 꾸며진 서재가 눈앞에 펼쳐졌다.

"서재가 너무 좁은 것 같아서 게스트 룸을 터서 넓게 만들었어요."

"게스트 룸과 합쳤다고? 그런 것에 비해선 그리 넓어진 것 같지 않은데……. 책장이 보기보다 깊은가?"

"하여간 오빠, 누가 공대 출신 아니랄까 봐, 공간 감각 끝내준다니까."

그 말에 지은은 킥킥 웃으며 책장 앞으로 다가갔다. 그러곤 손을 뻗어 책장 중간쯤에 있는 책을 뽑아냈다. 그러자 책 뒤로 스크린 번호판이 나타났다.

"영화에 보면 이런 거 많이 나오잖아요."

지은이 번호 '6929'를 누르자, '우웅' 소리와 함께 책장이 옆으로 벌어지기 시작했다.

"비밀 코드는 외우기 쉬워요. 그냥 6929 숫자를 외우든지 아니면 Open Wings와 Broken Wings에서 따온 O.W.B.W.를 전화기 자판 숫자로 바꾸면 돼요."

그녀의 설명과 함께 책장이 사라진 뒤쪽으로 숨어 있던 비밀 공간이 모습을 드러냈다.

"이건……?"

제혁이 놀란 눈으로 주위를 둘러보았다. 완벽하게 방음 장치가 된 방에는 1인용 녹음 부스와 커다란 스피커, 오디오 믹스 등 음악 작업실이 갖추어야 할 것은 모두 마련돼 있었다.

"여기에도 비밀 작업실이 있어야 할 것 같아서 마련해봤어요."

지은이 비밀 작업실을 둘러보는 제혁의 뒤를 따르며 설명했다.

"걱정하지 말아요. 비밀 완전 보장이니까. 엄마도 모르고 아무도 몰라요. 음향 기기 이런 건 잘 몰라서 상무님에게 조언을 구했어요. 그랬더니 제혁 씨가 사용하는 제품 하나하나 자세하게 알려주셨어요."

"너 혼자 다 준비한 거야?"

그녀를 바라보는 제혁의 얼굴에 감동의 빛이 떠올랐다. 제혁이 마음에 들어 하자 지은은 날아갈 것처럼 기분이 좋아졌다. 그녀는 그의 허리를 껴안고 고개를 젖혀 제혁을 올려다보았다.

"결혼식, 드디어 다음 주예요. 시간이 너무 느리게 가는 것 같았는데 그래도 가긴 가나 봐. 그죠?"

"난 그 며칠도 못 기다릴 것 같아."

그 말에 지은은 그의 등 뒤로 손을 뻗으며 달래듯 부드럽게 토닥거렸다.

"지금까지 잘 참았는데요, 뭘. 이제 조금만 더 견디면 돼요."

처음에는 오로지 가볍게 토닥거릴 생각이었는데 탄탄한 근육질이 손바닥에 느껴지자 살짝 생각이 바뀌었다.

"참, 오빠. 우리 그때 그거 계속해야 하는데……."

그날 밤은 객실 방음이 엉망이라서, 어제는 결혼식 준비로 바빠서 뜻을 이루지 못했다. 하지만 오늘은 그 누구도 그들을 막진 못할 것이다.

"침실로 갈까?"

그가 지은의 귓가에 입술을 밀어붙이며 속삭이듯 물었다.

"……흠, 그래도 침실만큼은 결혼식 이후로 남겨두면 안 될까요?"

안 여사가 공들여서 꾸며놓은 침대 장식을 엉망으로 구겨놓긴 싫었다.

"그래? 알았어."

제혁은 혼잣말처럼 중얼거리며 지은의 블라우스 단추를 하나씩 차례대로 풀었다. 그는 이미 장소를 정한 것 같았다.

"그렇다면…… 여긴 아무도 모르는 비밀 장소니까."

그것도 나쁘진 않았다. 무엇보다 이곳은 방음 장치 하나는 최고니까! 제혁은 지은이 뭐라고 대답하기도 전에 그녀의 손을 잡고 구석에 놓인 라운지 소파로 걸어갔다.

"그래서 일부러 라운지 소파 갖다놓은 거야?"

"아뇨. 난 정말 순수한 마음으로 작업하다가 힘들면 여기 누워서 쉬라고."

"그래? 어떻게 쉬는 게 잘 쉬는 거지?"

말을 하다 보니 지은은 어느새 그와 함께 라운지 소파 위에 누워 있었다. 블라우스 단추도 그의 손길에 모두 풀어진 상태였다. 제혁은 그녀의 쇄골에 입을 맞추며 맨살이 드러난 부분을 손바닥으로 느릿하게 쓰다듬었다.

"참, 까먹기 전에 말할게요. 나, 오늘 해수 씨 만났어요."

그 말에 지은의 어깨를 쓰다듬던 그의 손끝이 미세하게 움찔거렸다. 그가 동작을 멈추고 고개를 들어 올리자, 지은은 활짝 웃으며 양손으로 그의 얼굴을 감쌌다.

"긴장하지 말아요. 아무 일 없었으니까. 오히려 해수 씨 만나서 편해졌어요. 그런데 해수 씨, 예쁘긴 정말 예쁘더라. 내 눈을 빤히 바라보는데 막 홀리는 줄 알았어요."

처음엔 대부분 그랬다. 모두 해수의 미모에 반해 넋을 잃기 일쑤였다. 까다로운 경민마저도 '쟤, 기분 나쁘게 예쁘네.'라고 투덜거렸으니까. 그렇지만 제혁은 한 번도 해수가 눈부시게 아름답다는 생각을 해본 적이 없었다. 해수와의 첫 만남 역시 그리 인상 깊지 않았던 것 같다. 그때나 지금이나 잘 기억이 나지 않았다. 그에 비해 지은과의 첫 만남은 매우 강렬했다.

갑자기 들이닥쳐 일방적으로 사랑을 고백하던 곱슬머리 여자를 어떻게 잊을 수 있을까! 원래도 커다랗고 동그랗던 눈동자가 고백 상대가 바뀌었단 걸 깨닫고는 튀어나올 만큼 커다래졌었다. 지금 생각해보면 끌어안고 키스를 퍼붓고 싶을 정도로 사랑스러운 표정이었다.

"……그래서 둘이 무슨 말 했어?"

"별말 안 했어요. 내가 누구에게도 오빠 안 빼앗길 거라고 그랬더니, 나랑은 싸울 맛 안 난대요."

"하하, 뭐?"

지은의 입에서 흘러나온 엉뚱한 말에 제혁은 기가 막힌다는 듯 웃음을 터뜨렸다.

"그래서 웃으면서 악수하고 헤어졌어요. 해수 씨와 친구가 되는 건 좀 오버인 것 같고 그래도 서로 물어뜯는 적은 아닌 것 같아서 안심이에요."

손톱을 세우고 달려드는 해수일지라도 지은에게는 어쩔 수 없었을 것이다. 지은은 겉은 따뜻하고 부드러운 것 같으면서도 속은 아주 단단하고 강하니까. 눈치 빠른 해수가 그걸 알아채지 못할 리 없었다. 어차피 승산 없는 게임인 걸 알고 순순히 물러났을 것이다.

"해수 씨, 오늘 미국으로 떠났어요."

"어, 알아. 아까 경민 선배가 그러더군."

잠시 어색한 침묵이 흘렀다. 지은은 반쯤 벗어버린 블라우스를 도로 입어야 하나, 아니면 확 벗어버리고 제혁을 덮쳐야 하나 고민에 빠졌다. 그러나 그녀의 고민은 그리 오래가지 않았다. 제혁이 다시 몸을 굴려 그녀의 위로 올라탔기 때문이었다. 곧이어 뜨거운 숨결이 그녀의 입술에 와 닿았다.

"……그래서 어떻게 계속할 거지?"

그녀의 입술을 살며시 깨물며 그가 나직한 목소리로 속삭였다. 그러곤 눈앞을 아찔하게 만드는 달콤한 감촉이 이어졌다.

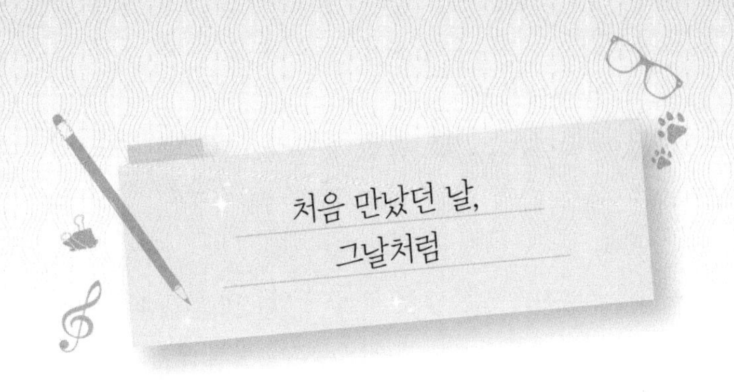

파란 하늘이 끝없이 펼쳐진 구름 한 점 없는 화창한 날씨였다. 야외 결혼식이 진행되기에 이보다 더 완벽할 순 없었다. 그래서인지 오랜만에 화사한 정장 스커트를 입고 하이힐을 신었음에도 도경의 걸음은 구름 위를 걷는 것처럼 가벼웠다. 오랜만에 모인 친척들과 수다도 떨고 지은과 사진도 찍을 겸 넉넉히 시간을 잡고 결혼식장으로 향하는 길이었다. 주차장에 차를 세우고 막 밖으로 빠져나온 그녀의 시야에 낯익은 뒷모습이 들어왔다.

"정 쌤?"

항상 흰 가운 아니면 캐주얼 차림이던 우빈이 오늘은 아주 단정한 잿빛 슈트를 입고 있었다.

"정 쌤! 같이 가요."

도경은 손을 들어 흔들며 재빨리 우빈에게로 뛰어갔다. 도경이 목청껏 자신을 부르자 그제야 우빈은 걸음을 멈추고 뒤를 돌아보았다.

"헉, 헉, 헉…… 정 쌤."

헐레벌떡 달려온 도경은 우빈 앞에 멈추며 가쁜 숨을 골랐다.

"도경 씨."

"헉, 헉, 주중이라서 참석 못 할 줄 알았는데 오셨네요."

"네. 아무리 그래도 지은 씨 결혼식인데 빠질 수야 없죠. 오늘 진료는 다른 수의사 선생님께 맡기고 왔습니다."

"하하, 정 쌤은 원장님이시니까 그래도 되겠네요. 저 같은 직장인은 엄청 눈치 보이거든요."

도경은 투덜거리며 못마땅한 듯 콧잔등에 주름을 잡았다. 신 회장과 안 여사는 남들 이목을 끌지 않는 평일로 결혼식 날짜를 정했다.

초대받은 하객 대부분은 자유롭게 시간을 낼 수 있는 고위층이라 크게 문제가 되진 않았다. 사실 도경도 겉으론 투덜거렸지만, SB그룹 계열 회사에 근무하고 있어서 쉽게 시간을 뺄 수 있었다.

그나저나 어쩌지?

우빈과 보조를 맞춰 걷던 도경은 슬그머니 그의 얼굴을 훔쳐보았다.

정 쌤은 지은이가 SB그룹 신 회장의 외동딸인 거 까맣게 모를 텐데……. 오늘 알게 되면 엄청 놀라겠지?

봉사자 중에서는 경애만이 지은의 정체를 알고 있었다. 아니, 그것보다도 지금 어떤 심정일까? 우빈이 어떤 마음으로 지은을 대했는지 아는 터라 괜스레 도경마저 마음이 씁쓸해졌다.

경애의 말에 의하면 우빈은 지은을 처음 본 순간부터 좋아했단다.

에휴, 그러니까 남자가 좀 티도 내고 세게 나가든지 하지.

하긴 티를 냈다고 해도 연애 한번 제대로 못 해본 지은은 절대 눈치채지 못했을 것이다. 도경 역시 옆에 있으면서도 전혀 몰랐으니까 할 말이 없었다.

"정 쌤, 아직 시작하려면 시간이 꽤 남았는데……."

띠띠링—. 띠띠링—. 도경이 뭐라고 말을 꺼내려는데 우빈의 휴대폰이 울렸다.

"죄송합니다. 잠시만……."

우빈은 도경의 말을 끊으며 재킷 주머니에서 휴대폰을 꺼냈다. 화면으로 발신자를 확인한 우빈이 믿을 수 없다는 듯 인상을 찌푸렸다. 그러더니 곧 서둘러 전화를 받았다.

"여보세요? ……지은 씨?"

응? 지은이? 신부 대기실에 얌전히 있어야 할 애가 왜 정 쌤에게 전화질이래? 도경은 호기심 어린 눈으로 우빈을 바라보았다.

"……네?"

잠자코 상대의 말을 듣던 우빈의 얼굴이 순식간에 어두워졌다.

"알았어요. 지은 씨, 지금 있는 곳이 어딥니까? 위치 찍어줘요. 지금 바로 갈게요. 네."

그대로 통화를 끊은 우빈이 도경을 향해 고개를 돌렸다.

"도경 씨, 저 급히 가볼 데가 있어요. 먼저 들어가요."

"네?"

우빈은 설명을 생략한 채 어리둥절한 도경을 남겨두고 급히 주차장으로 달려갔다.

도경은 그런 우빈의 뒷모습을 바라보며 고개를 갸우뚱거렸다.

동명이인인가?

지은이가 전화한 거라면 주차장이 아니라 신부 대기실로 달려가는 게 맞았다.

그래, 지은이란 이름이야 흔하디흔하니까. 동창만 해도 지은이란 이름이 네 명이 넘는 걸. 작은 지은, 큰 지은, 빼빼 지은, 통통 지은.

도경은 속으로 제각각 다른 지은을 중얼거리며 신부 대기실로 향했다. 그런데 신부 대기실 안에 들어서자, 신부는 없고 초조한 얼굴의 미나와 사촌들이 도경을 맞이했다.

"어? 지은이 어디 갔어?"

"아니, 언니. 지은이 아직 안 왔어."

"에? 아직도 안 오고 뭐 해?"

미나의 말에 도경은 깜짝 놀란 표정을 지어 보였다.

"아까 한참 전에 떠난다고 전화 왔는데 아직이야."

"전화해봤어?"

"전화 안 받아."

미나는 힐끗 손목시계를 보며 재차 시간을 확인했다.

"그래도 아직 시간이 남았으니까 곧 오겠지."

"식 올리기 전에 사진 안 찍을 거래?"

"끝나고 찍어야지 뭐."

그때 안 여사가 마 과장과 함께 헐레벌떡 신부 대기실로 뛰어 들어왔다.

"뭐야? 지은이, 아직도 안 왔다며?"

"네, 이모. 평일인데도 차가 밀리나 봐요."

"도대체 얼마나 차가 밀리는데? 웨딩 스튜디오에서 떠난 지 꽤 됐잖아! 전화는 해봤어?"

"전화를 안 받아요."

"안 되겠다. 마 과장, 그레이스 박에게 연락해봐. 아마 지금 지은이와 함께 있을 거야."

"네, 사모님."

마 과장이 전화를 걸자, 곧바로 그레이스 박과 연결되었다. 하지만 그녀는 이미 결혼식장에 도착해 직원들에게 분주히 지시를 내리는 중이라고 말했다.

"그레이스 박이 20분 정도 먼저 출발했다네요. 그러니까 지은이도 곧 도착하겠죠."

마 과정의 설명에도 안 여사의 굳은 표정은 풀릴 줄 몰랐다.

"아휴, 지각할 게 따로 있지. 신부가 늦으면 어떡해!"

그런 안 여사를 바라보던 도경의 머릿속에선 폭풍우가 몰아쳤다. 전화를 받고 달려간 우빈의 행동이 아무래도 마음에 걸렸다.

그럼 아까 정 쌤에게 전화한 사람이 정말 지은이였던 거야?

도경은 불안한 마음에 아랫입술을 자근자근 깨물었다.

결혼식을 앞두고 갑자기 마음이 변해버린 건 아니겠지? 영화에서처럼 정 쌤 손을 잡고 도망가는 거라면? 헉! 안 돼!

그녀는 자신도 모르게 손으로 입을 가렸다.

왜 하필 어젯밤 더스티 호프만의 '졸업'을 봐서는!

결혼식장에서 신부를 데리고 도망가는 영화로 치자면 원조격인 작품이었다. 하지만 그건 영화이기에 아름다운 사랑으로 보일 뿐, 현실에선 말도 안 되는 미친 짓이었다.

더 늦기 전에 두 사람을 막아야 해!

도경은 부랴부랴 신랑 대기실로 달려갔다.

"제혁 씨!"

누가 옆에 있으면 어쩌나 걱정했는데 다행히 신랑 대기실에는 제혁 혼자 있었다. 제혁의 앞으로 달려간 도경은 앞뒤 설명 다 자르고 본론부터 외쳤다.

"지은이가 아직 도착을 안 했어요. 한참 전에 출발했다는데……. 전화도 안 받는대요. 그런데 난데없이 정 쌤이 지은이에게 걸려온 전화를 받더니 그대로 다급하게 달려갔어요."

"그게 지금 무슨 말입니까?"

제혁은 이해가 되지 않는다는 듯 미간을 찌푸렸다.

지은이 모든 준비를 마치고 웨딩 스튜디오를 떠날 무렵에는 결혼식장에 도착하기까지 시간이 아주 넉넉했다. 평일이라서 교통 체증도 덜한 편이라, 예정 시간보다 훨씬 일찍 도착할 것처럼 보였다. 그래서인지 함께 미니밴에 탄 사진작가가 지은에게 색다른 아이디어를 제안했다.

"시간도 넉넉한데 도로 표지를 배경으로 사진 한 번 찍을까요?"

결혼식장으로 향하는 신부의 모습을 하나씩 찍어 재미난 스토리를 만들어보자는 아이디어였다. 순서대로 사진을 편집해서 동영상을 만들어도 재미있을 거라고. 제목은 '결혼하러 가는 길' 쯤으로 하고 말이다.

"그거 좋은 생각이네요."

첫 번째 사진은 도로 표지판 앞에서 찍었고, 두 번째 사진은 인적이 드문 한강 산책로에서 촬영했다. 그때까지만 해도 시간은 아주 충분했다.

한강 산책로에서 촬영을 모두 마치고 결혼식장으로 출발하려던 참이었다. 갑자기 차 한 대가 미니밴 뒤에 서더니 빨간 점퍼를 입은 남자가 강아지를 품에 안고 내렸다. 남자 품에 안긴 강아지는 크림색 긴 털을 가진 소형견이었다. 얼핏 보아선 5킬로그램도 채 되지 않아 보이는 작은 몸집이었다.

"어머, 귀여워."

동글동글하고 귀여운 강아지의 모습에 지은은 밝은 미소를 떠올렸다. 남자가 강아지를 땅에 내려놓자 강아지는 산책 나와서 신이 났는지 꼬리를 흔들며 폴짝 뛰어올랐다. 그러자 남자는 허리를 굽혀 개 줄을 풀어주었다. 강아지는 단숨에 나무로 달려가 볼일을 보았다. 그런데 수상하게도 남자는 잠시 옆에서 지켜보는 듯싶더니 그대로 강아지를 버려둔 채 차에 올라탔다.

"어? 저 남자, 지금 뭐 하는 거예요?"

지은이 손가락으로 뒤쪽을 가리키는 사이, 남자는 서둘러 차를 출발시켰다.

"저, 저, 나쁜 놈! 강아지를 버리고 도망가나 봐요."

오늘 하루만큼은 고상한 신부여야 하지만, 지은은 저도 모르게 욕설을 퍼부었다.

"뭐, 저런 미친놈이 다 있어?"

미니밴을 운전하던 웨딩 스튜디오 직원과 사진작가 역시 동시에 언성을 높였다. 나무 기둥에 볼일을 보던 강아지는 주인이 차에 오르자 화들짝 놀란 듯 움직임을 멈췄다. 이어서 차가 출발하자 무작정 차를 따라 달리기 시작했다.

"앗! 저거, 저거 위험한데……."

운전하던 직원이 앞을 가리키며 외쳤다. 조그만 강아지는 어디서 그런 힘이 나는지 미친 듯이 차를 따라 달렸다. 차를 놓치면 주인을 잃어버린다는 것을 본능으로 아는 걸까? 강아지는 한참을 포기하지 않고 주인 차를 향해 마구 달려갔다.

지은이 탄 미니밴은 혹시라도 강아지를 치게 될까 봐 속도를 늦추고 조심조심 뒤를 따라갔다.

"어떡하죠? 조금 있으면 큰길이 나올 텐데……."

직원이 걱정스러운 얼굴로 지은을 힐끗 바라다보았다.

"끝까지 달릴 수는 없을 거예요. 강아지가 지치면 그때 우리 차에 태워요."

뒤에서 따라가며 모든 과정을 지켜보던 지은은 피가 바짝바짝 마르는 것만 같았다. 점점 많은 차가 오가는 큰길에 가까워지고 있었지만, 강아지는 그때까지 쉬지 않고 앞으로 달려갔다.

"어떡해! 저러다가 차에 치이겠어요."

그때 갑자기 반대편에서 다가오던 차 한 대가 강아지가 뛰어가는 차도로 좌회전했다.

"안 돼!"

끼이이익! 뒤늦게 강아지를 발견한 차가 급정거했지만 애석하게도 조금 늦고 말았다. 강아지는 차 앞부분에 들이받힌 후 인도 쪽으로 튕겨져나갔다. 그러자 강아지를 버린 차는 잠시 멈추는 것 같더니 다시 빠르게 차를 출발했다. 강아지를 친 차도 유리창을 내리고 힐끗 밖을 내다보더니 그대로 차를 몰아, 사고 현장에서 사라졌다.

"차, 세워요!"

지은이 버럭 소리를 지르자 모두 놀란 얼굴로 그녀를 바라보았다.

"네?"

"차 세우라고요. 당장!"

직원이 얼떨결에 차를 세우자 지은은 치맛자락을 움켜쥐고 차 문을 열었다. 그녀가 차 밖으로 나가려 하자 사진작가와 직원이 놀란 표정으로 그녀를 막아섰다.

"어쩌려고요?"

"어쩌긴요. 얼마나 다쳤는지 살펴봐야죠."

"그러다 웨딩드레스 더러워지면……."

"지금 드레스가 문제예요!"

눈앞에서 피를 흘리고 죽어가는 생명을 보고 가만히 있을 순 없었다.

차에서 튕겨나간 강아지는 숨을 색색거리며 얌전히 누워 있었다. 다행히 숨은 붙어 있었지만, 고통스러운지 지은을 바라보는 두 눈에는 눈물이 그렁그렁 맺혀 있었다.

"걱정하지 마. 괜찮을 거야."

지은은 강아지 옆에 무릎을 꿇으며 다정스럽게 말을 걸었다.

"내 휴대폰 좀 차에서 가져다줄래요?"

직원이 걱정스러운 얼굴로 다가오자 지은은 강아지에 시선을 고정한 채 손을 내밀었다. 우빈이라면 이 가여운 생명을 살릴 수 있을 것이다. 다행히 우빈은 곧바로 전화를 받았다.

"……정 쌤? 저 지은이에요. 죄송하지만 지금 와주실 수 있어요? 강아지가 차에 치였어요. 아직 숨은 붙어 있는데 위급

해 보여요. 다행히 피를 아주 많이 흘리진 않았어요. ……여기가 어딘지 문자로 찍어드릴게요. ……네, 기다릴게요."

전화를 끊은 지은은 강아지를 진정시키기 위해 조심스럽게 머리를 쓰다듬어주었다.

"조금만 참아. 의사 선생님이 너를 꼭 살려주실 거야."

강아지의 숨이 잦아들 때마다 지은은 심장이 덜컹 내려앉는 것만 같았다. 얼마나 아플까, 얼마나 무서울까. 말 못 하는 동물이라도 그들이 느끼는 감정은 인간과 그리 다르지 않았다. 같이 아프고 같이 공포를 느끼고 기쁨과 슬픔을 느끼는 것도 모두 같았다. 그런데 어째서 인간은 이리도 잔인하게 그들을 짓밟는 걸까.

"괜찮아. 곧 의사 선생님이 오실 거란다."

지은은 속으로 화를 삭이며 상냥한 목소리로 강아지에게 말을 걸어주었다.

"지은 씨!"

영원 같은 시간이 지나고 뒤에서 그녀를 부르는 소리가 들렸다. 뒤를 돌아보자 숨을 헐떡이며 달려오는 우빈의 모습이 눈에 들어왔다. 그의 손에는 항상 트렁크에 놓고 다니는 진료 가방이 들려 있었다.

"……정 쌤."

"이제부턴 제가 볼게요."

우빈 역시 슈트가 더러워지는 것을 상관하지 않고 강아지 옆에 무릎을 꿇고 앉았다. 그러곤 심각한 얼굴로 강아지의 상처를 들여다보았다. 지은은 숨을 들이켜며 우빈이 치료하는 모습을 지켜보았다.

"아무래도 지금 당장 수술해야겠습니다."

강아지 상태를 확인한 우빈이 심각한 표정으로 말했다.

"확률은 반반이에요. 그래도 최선을 다해야죠."

우빈은 지은에게 설명하며 의료용 담요로 강아지를 감쌌다. 그러곤 강아지를 품에 안아 천천히 자리에서 일어났다. 그때 뒤쪽에서 익숙한 목소리가 들렸다.

"지은아."

자신을 부르는 소리에 뒤를 돌아보자 제혁이 그녀에게 달려오고 있었다.

"제혁 씨?"

지은은 깜짝 놀란 얼굴로 제혁을 바라보았다.

"내가 여기 있는 건 어떻게 알았어요?"

"정 선생에게 전화해봤어. 네 전화 받고 급하게 달려갔다고 해서……."

설명을 끝낸 제혁은 우빈의 품에 안긴 강아지를 걱정스럽게 바라보았다. 매우 고통스러운지 강아지는 입을 벌린 채 침을 뚝뚝 흘리고 있었다.

"어때요? 살릴 수 있겠습니까?"

"네. 지금 당장 수술하면 가망이 있습니다."

우빈은 제혁의 말에 짧게 대답하곤 지은에게 시선을 돌렸다.

"지은 씨, 여기는 내게 맡기고 어서 가요. 이러다 결혼식에 늦겠습니다."

"네, 정 쌤. 고마워요."

"아닙니다. 저야 뭐 할 일 하는 건데요. 그나저나 민 실장님, 결혼식 당일만 아니면 괜찮다고 했는데 오늘도 이렇게 됐네요."

그 말에 제혁은 피식 입매를 비틀었다.

"말이 씨가 됐군요."

두 남자의 대화를 영 이해할 수 없는 지은은 어리둥절한 눈으로 두 사람을 번갈아 바라보았다. 그러다 잠시 후……. 지은은 뭔가를 깨달은 듯 놀란 눈으로 제혁을 바라보았다.

아무리 그래도 오늘은 두 사람의 결혼식이 있는 날인데 오늘조차 강아지를 구조하느라 정신이 없었다.

"미안해요, 제혁 씨. 내 멋대로 행동해서."

그가 화를 낸다고 해도 입이 열 개라도 할 말이 없었다. 하지만 제혁은 별일 아니라는 듯 그녀의 사과를 가볍게 사양했다.

"괜찮아. 결혼식이 좀 늦어지면 어때. 그것보단 생명을 살리는 게 더 중요하지."

"……제혁 씨."

"사고 나는 거 다 봤다면서. 그런데 어떻게 그냥 와. 다른 사람도 아닌 신지은 씨께서."

우빈에게 상황에 관해 설명을 들은 제혁은 지은이 있는 곳으로 차를 몰았다. 솔직히 오늘 같은 날까지 꼭 그래야만 하나? 라는 생각을 전혀 하지 않은 것은 아니었다. 오늘 한 번만 눈감을 순 없었을까? 모든 유기견을 다 구조할 순 없으니까.

하지만 곧 생각을 바꾸었다. 만약에 눈앞에서 죽어가는 강아지를 보고도 외면했다면 그 일은 나쁜 기억으로 남아 오랫동안 그녀를 괴롭혔을 것이다. 그녀의 성격에 도저히 그냥 넘길 순 없었을 테니.

어쩌면 그런 성격의 지은이기에 그녀를 사랑하게 되었는지도 모르겠다. 많은 여자가 자기 자신을 위해서 울 때, 지은은 버림받은 솜이를 위해 눈물을 펑펑 흘렸었다. 그런 그녀가 제혁의 눈에 얼마나 인상 깊었는지 모른다.

지금도 강아지를 구하느라 여기저기 더럽혀진 웨딩드레스를 입은 채 서 있는 그녀가 그 어느 때보다 아름답게 보였다. 다행스럽게도 두 사람은 결혼식 시작 10분을 남겨두고 무사히 식장에 도착할 수 있었다.

"빨리 와, 빨리!"

식장 입구에서 초조하게 서성거리던 안 여사가 지은과 제혁을 발견하고 손을 높이 흔들었다.

"서둘러. 조금 있으면 시작해!"

솔직히 안 여사는 지은에게 뭐라고 한마디 쏘아붙이고 싶었다. 웨딩드레스 치맛자락은 심하게 구겨져 여기저기 더러워져 있었다. 하지만 늦지 않고 제시간에 도착했으니까 잔소리는 나중에 해도 된다고 생각했다. 그런데 식장을 향하는 지은의 뒷모습을 보는 순간 안 여사의 입에선 헉! 소리가 절로 나왔다.

"지은아, 잠깐! 머리가 그게 뭐니?"

앞에서 볼 때는 괜찮았는데 뒤에서 보니까 틀어 올린 머리 뒷모양이 엉망이었다.

"왜? 어떤데?"

안 여사의 외침에 지은은 거울을 찾아 고개를 돌렸다. 그러나 호텔 정원에 거울이 있을 리가 없었다.

"뒷머리 다 망가졌어. 아우, 5분 후면 시작인데 그 머리 어떡하니?"

안 여사는 마치 자신의 머리가 망가진 것처럼 안타까워했다. 반대로 당사자인 지은은 어깨를 한 번 으쓱거리더니 웨딩 티아라를 벗고 빈틈없이 올린 신부 머리를 풀어 내리기 시작했다.

"어머, 얘! 지은아, 너 지금 뭐 하는 거야?"

"엄마, 나 원래 푸들 머리잖아."

"뭐?"

"내 본연의 모습, 그냥 푸들 머리로 결혼하지 뭐."

머리를 다 푼 지은은 손가락으로 구불거리는 푸들 머리를 정리했다. 그러곤 다시 웨딩 티아라를 쓰고 새하얀 웨딩 베일로 얼굴을 가렸다. 웨딩 베일을 쓰고 보니 틀어 올린 머리보다 한껏 부풀어 오른 푸들 머리가 더 어울리는 것도 같았다.

"그것도 나쁘진 않군. 푸들 머리 아주 마음에 들어."

옆에서 지켜보던 제혁이 그녀의 손을 잡으며 속삭이듯 말했다.

"우리가 처음 만났던 날, 그날처럼."

그때 식장 안에서 결혼식 시작을 알리는 음악이 흘러나왔다. 동시에 지은과 제혁은 긴장된 눈빛으로 서로를 바라보았다.

드디어 두 사람의 결혼식이 시작되었다!

"신부 머리 어디서 한 거래?"

"컬이 완전 살아 있네, 살아 있어!"

"한 가닥, 한 가닥 일일이 고데기로 말았겠지? 진짜 오래 걸렸겠다."

풀어 헤친 지은의 색다른 신부 머리가 자연스럽게 화제에 올랐다. 클럽에서나 어울릴 것 같은 푸들 머리를 신부 머리로 하다니! 그런데 한편으론 한껏 부풀어 오른 머리를 웨딩 티아라가 묵직하게 눌러줘 또 나름대로 그럴싸해 보였다. 또한 새하얀 웨딩 베일이 머리에서 발목까지 신부의 몸을 감싸고 있어 신비스러운 분위기를 자아냈다.

"어머, 지은이, 저 머리 웬일이래?"

일반 하객과 달리 지은이 원래 푸들 머리라는 것을 아는 미나와 사촌들은 어리둥절한 눈빛을 교환했다.

"외숙모가 지은이 푸들 머리하게 허락한 거야?"

망가진 신부 머리의 사연을 아는 도경만이 한숨을 쉬며 고개를 내저었다.

"설명하려면 기니까 오늘은 그냥 가만히 있어라."

그래도 불행 중 다행이라면 안 여사와 신 회장이 아무 말도 하지 않았다는 것이었다. 분위기에 들떠서인지 더럽혀진 웨딩드레스와 푸들 머리를 보고도 별다른 불만을 나타내지 않았다. 그러기엔 행복에 겨워 생글생글 웃는 외동딸의 모습이 너무나도 사랑스러웠다.

웨딩 로드를 지난 후, 아버지의 손을 떠나 신랑의 손을 잡으면 신부가 으레 눈물을 글썽거리기 마련이라는데……. 지은은 눈물은커녕 신 회장이 손을 넘겨주기도 전에 그녀가 먼저 제혁의 손을 덥석 잡았다. 그러곤 뒤도 한 번 돌아보지 않고 제혁의 손을 잡은 채 앞으로 나아갔다.

"녀석, 뭐가 그리도 급해서……."

신 회장은 지은이 쌩 돌아서자 허탈한 표정을 지었다. 그러나 표정과는 반대로 마음은 그 어느 때보다 가벼웠다.

"선 안 본다고 난리 칠 때는 언제고, 저리도 좋을까."

말로는 투덜거렸지만, 신 회장은 행복한 지은의 모습을 흐뭇한 눈으로 바라보았다. 신 회장의 옆에 앉은 안 여사는 힘겹게 표정 관리를 하느라 애를 먹었다. 외동딸이 결혼해서 독립한다는 사실보다 제혁을 사위로 맞이한다는 사실에 자꾸만 주책맞게 입꼬리가 올라갔다. 신부 어머니로서 잔잔한 미소를 떠올리며 우아한 모습을 보여야 하거늘, 급기야 안 여사는 더는 웃음을 참을 수 없어 고개를 숙이고 킥킥 웃음을 터뜨렸다. 그런 사정을 모르는 하객 대부분은 그녀가 외동딸을 시집보내며 서운한 마음에 눈물을 흘린다고 오해했다.

신랑 쪽 자리에선 최 여사와 민 교수가 환하게 웃는 얼굴로 혼인 서약을 하는 두 사람을 지켜보았다.

"축하해요, 지은 씨! 아, 아니다. 이젠 제수씨라고 불러야 하나?"

예식이 끝나고 사진 촬영이 시작되자 경민이 제일 먼저 다가와 축하의 말을 건넸다. 그러고 보면 두 사람이 맺어질 수 있게 가장 많이 힘써준 사람이 경민이었다. 그의 도움이 없었다면 두 사람은 과연 사랑의 결실을 볼 수 있었을까?

"상무님, 고마워요."

지은은 두 팔 벌려 경민을 끌어안으며 감사의 마음을 전했다.

"이런, 나야말로 고맙습니다. 제혁이 데려가줘서 내가 얼마나 고마운지 몰라요. 난 저 녀석이 평생 독신으로 살 줄 알았거든요. 앞으로 우리 제혁이 잘 좀 부탁합니다."

"네. 그럴게요."

지은에게 다짐을 받아낸 경민은 한쪽 팔을 뻗어 제혁의 어깨를 끌어안았다.

"내 입에서 눈꼴사납다는 말이 나올 정도로 깨가 쏟아지게 잘 살아. 알았어?"

"그동안 정말 고생 많았습니다, 선배."

"그래, 알아줘서 고맙다. 나, 너 때문에 주름살까지 생겼거든."

경민은 이참에 쌓이고 쌓였던 하소연을 쏟아낼 작정인 것 같았다. 그는 손으로 자신의 뺨을 잡아당기며 말을 이었다.

"너 때문에 잠 설쳐서 피부 탄력 잃은 것 좀 봐라. 여기 만지면 피부가 축 처져……."

"상무님, 이제 그만 하시고 이쪽으로 오세요."

옆에서 지켜보던 유 비서가 더는 참지 못하겠는지 경민의 팔을 잡아당겼다.

"어? 왜? 나 아직 할 말 다 안 끝났는데……. 나, 진짜 요새 피부가 푸석푸석……."

"어휴, 오라고 하면 좀 와요."

경민이 끌려가지 않으려 버티자, 유 비서는 짜증 난 목소리로 쏘아붙이며 제혁에게서 경민을 떼어놓았다.

"이러니까 기껏 좋은 일 하고 욕먹는 거라고요."

"뭐? 누가 내 욕을 해?"

"제발 가만히 좀 있어요."

경민은 유 비서의 손에 이끌려 맨 뒷줄로 간 후에야 입을 다물었다.

모든 사진 촬영이 끝나고 잠깐의 휴식을 거쳐 피로연으로 이어졌다. 지은은 피로연 드레스로 갈아입기 위해 도경과 함께 신부 대기실로 향했다. 그곳에는 급히 연락을 받고 달려온 헤어 디자이너 헨리가 지은의 머리를 손보기 위해 대기 중이었다. 지은이 피로연 드레스로 갈아입자 헨리는 능숙한 솜씨로 푸들 머리를 굵은 웨이브로 손질하기 시작했다. 그리고 무거운 티아라 대신 가벼운 화관으로 머리 장식을 바꿨다.

"그래서 정 쌤이 네 전화 받고 달려간 거야?"

지은의 머리에 화관을 고정하는 걸 지켜보며 도경이 물었다.

"응."

"그럼 정 쌤은 지금 어디에 있는데?"

"병원. 상태가 안 좋아서 당장 수술해야 한다고 했거든."

"그러면 아직도 수술하고 있는 거야?"

"글쎄…… 아마도?"

지은은 걱정스러운 얼굴로 벽에 걸린 시계로 시선을 돌렸다. 아무런 연락이 없는 것으로 봐선 아직 수술 중이라는 뜻일 것이다.

괜찮을까?

지은은 구조한 강아지의 상태가 걱정되었다. 반반의 확률이라고 그랬다. 살 가능성이 반이라면 사망할 가능성도 반이나 된다는 뜻이었다. 작은 몸으로 잘 버텨야 할 텐데…….

"하여간 너도 너고 정 쌤도 정 쌤이다."

지은의 얼굴이 어두워지려고 하자 도경은 재빨리 화제를 돌렸다.

"이야기를 듣자마자 달려간 제혁 씨도 제혁 씨고. 셋이서 오늘 아주 영화를 찍었구나. 너 그러는 동안, 난 여기서 이모, 이모부 달래느라 정신없었던 거 아니?"

"알아, 언니. 고마워."

그렇다 해도 나중에 또 같은 일이 생기면 지은은 만사를 제쳐두고 뛰어갈 게 분명했다. 사실 도경이라도 죽어가는 생명을 모른 척할 순 없었을 것이다. 타인도 이럴진대 주인이란 녀석은 사고 난 장면을 보고도 그대로 가버렸다니. 블랙박스에 번호판이 찍혔으니 강아지를 유기한 사람이 누구인지 찾아내는 건 그리 어렵지 않을 거다.

찾아내기만 해봐라! 적은 액수지만 과태료라도 꼭 물게 해야지.

"그래도 다행이다. 제혁 씨가 네 엉뚱한 행동 다 이해해줘서. 뭐라고 안 했어?"

"아니, 뭐라고 안 하던데……."

그때 미나와 사촌들이 우르르 신부 대기실로 몰려와 두 사람의 대화는 그걸로 끝이 났다. 피로연이 끝나자 헤어지기 아쉬운 친구들은 뒤풀이를 하자고 졸랐다.

"이제 시작인데 벌써 끝내? 뒤풀이 가야지."

"맞아. 어차피 신혼여행은 내일 오후에 떠나잖아. 제주도 별장으로 간다고 그랬지?"

"그럼 오늘 밤새고 놀아도 되겠네. 그런데 어디로 가지?"

"오늘 마이 스튜디오 문 닫는 날이야. 우리 거기로 갈래?"

의견을 모으던 도중 도희가 자신이 매니저로 있는 클럽을 뒤풀이 장소로 제안했다. 물론 클럽의 실제 소유주인 경민과 규한이 먼저 그녀에게 귀띔한 후였다.

"지은아, 제혁 씨와 도희 씨 소꿉친구 사이였어?"

장소를 의논하는 제혁과 도희를 보며 미나가 슬그머니 지은에게 말을 걸었다.

"응."

"와, 세상 정말 좁다."

"그러게."

제혁이 제이라는 걸 꿈에도 모르는 미나는 제혁의 하객으로 나타난 도희를 보고 깜짝 놀랐다. 그뿐만이 아니었다. 후배라고 나타난 석준과 은우는 어디서 많이 본 듯 낯익은 얼굴이었다.

'언제 만난 적 있었나? 클럽에서 본 것 같기도 하고?'

하지만 아무리 곰곰이 생각해봐도 선뜻 기억이 떠오르지 않았다. 그들 모두 Broken Wings 멤버라는 건 전혀 상상하지 못한 채……. 미나는 계속해서 고개만 갸우뚱했다.

"다들 각자 출발했어."

지은이 편한 옷으로 갈아입고 돌아오자 모두 클럽으로 떠난 후였다. 제혁만이 홀로 남아 그녀를 기다리고 있었다.

"제혁 씨, 어디로 가는 거예요?"

클럽으로 가는 줄 알았던 차는 갑자기 좌회전을 하더니 다른 방향으로 향했다.

"클럽에 가기 전에 잠시 들를 곳이 있어."

얼마 지나지 않아 지은은 우빈의 동물 병원으로 가고 있다는 사실을 깨달았다.

"말은 안 했지만, 강아지가 걱정돼서 마음 졸였잖아. 수술 끝나고 좀 전에 깨어났다니까 얼굴이라도 보고 가. 그래야 마음이 놓일 테니까."

"제혁 씨……."

제혁의 마음 씀씀이에 지은은 눈물이 핑 돌고 말았다. 유기견을 구조하느라 결혼식에 늦을 뻔한 신부에게 서운한 기색을 내보이기는커녕 오히려 세세하게 챙겨주니 말이다. 진료가 끝난 동물 병원은 출입문이 굳게 닫혀 있었지만, 제혁이 전화를 걸자 우빈이 바로 나와 문을 열어주었다.

"지은 씨, 민 실장님, 어서 들어오세요."

우빈은 두 사람을 진료실 뒤에 마련된 회복실로 안내했다. 여러 개의 케이스 안에는 수술 후 회복 중인 강아지와 고양이들이 웅크리고 있었다. 우빈은 그중에서 정가운데 위치한 케이스 앞으로 걸어갔다. 케이스 안에는 지은이 구조한 크림색 강아지가 뒷다리에 붕대를 감고 얌전히 누워 있었다.

"수술 결과는 좋습니다. 범퍼에 정면으로 부딪쳤지만 다행히 뼈가 으스러지지 않고 부러지는 선에서 그쳤어요."

"다행이에요. 정말 다행이에요, 정 쌤."

지은은 기도하는 것처럼 강아지를 바라보며 두 손을 모았다.

"고비는 넘겼으니까 회복될 때까지 잘 보살펴주기만 하면 됩니다."

"그러고 나면 입양 절차에 들어가야겠죠?"

지은과 우빈이 대화를 나누는 동안 제혁은 옆에서 묵묵히 지켜보기만 했다. 아까는 경황이 없어서 몰랐는데 이제 보니까 정말로 자그마한 몸집의 강아지였다. 강아지는 고개를 들 힘도 없는지 우빈이 케이스 문을 열자 두 눈만 느릿하게 깜빡깜빡했다.

살갗이 드러난 강아지의 발바닥이 눈에 들어오자 제혁은 저도 모르게 미간을 찌푸렸다. 거친 아스팔트에 발바닥이 까진 것 같았다.

주인을 놓치지 않으려고 얼마나 필사적으로 달렸으면 저리 됐을까?

강아지의 애처로운 눈빛에 제혁은 마음이 불편했다.

"……히이잉, 히이잉."

그때 강아지 입에서 여린 신음이 흘러나왔다.

"신음을 흘리는데……. 통증이 심한 거 아닙니까?"

제혁의 질문에 우빈은 가만히 고개를 내저었다.

"진통제 덕분에 고통을 느끼진 않을 겁니다. '히이잉' 소리를 내는 건 아직 마취가 덜 깨서 눈에 헛것이 보여서 그러는 거고요."

강아지는 또 한 번 '히이잉' 소리를 내더니 조용히 눈을 감았다.

"그런데 정 쌤, 저녁은 드셨어요?"

지은은 혹시라도 우빈이 저녁도 못 먹고 계속 강아지 옆을 지켰던 건 아닐까 걱정되었다.

"네. 수술 끝내고 간단하게 먹었습니다."

"죄송해요. 결혼식도 못 오시고 늦게까지 병원에 남게 돼서……."

"아닙니다. 만약에 다른 응급 상황이 생겼다고 하더라도 마찬가지로 행동했을 텐데요."

지지지찌징—. 지지지찌징—. 그때 제혁의 휴대폰이 요란하게 울렸다. 벨 소리로 보아 경민인 것 같았다. 두 사람이 클럽에 오지 않자 궁금해서 전화한 게 분명했다.

"잠시만……."

제혁은 양해를 구하고 전화를 받으러 복도로 걸어나갔다. 두 사람만 남게 되자 우빈은 어색한 미소를 떠올렸다. 아까 낮에 만났을 때와는 다르게 이제 지은은 한 남자의 아내가 되어 있었기 때문이다. 제혁이 옆에 있을 땐 크게 실감 나지 않았지만 단둘이 있게 되자, 이제 지은이 쉽게 다가갈 수 없는 상대가 되었다는 게 피부로 느껴졌다.

"결혼 축하해요, 지은 씨. 결혼식장에서 축하했어야 하는데……. 그래도 지은 씨, 웨딩드레스 입은 모습을 볼 수 있어서……."

'행복했습니다.'라고 말하려던 우빈은 다른 단어 선택을 위해 잠시 뜸을 들였다. 그러곤 곧 "좋았습니다."라고 바꾸어 말했다.

어쩌면 잘된 일인지도 모르겠다. 솔직히 우빈은 웨딩 로드를 지나 제혁의 손을 잡는 지은을 보면서 아무렇지 않을 자신이 없었다. 오히려 결혼식장이 아니라 밖에서 지은을 볼 수 있어 다행이었다.

덕분에 왜 자신이 그녀를 좋아했는지 한 번 더 돌이켜볼 기회가 되었다. 지은은 기억할지 모르겠지만 첫 만남도 오늘과 비슷했다. 그때는 구조 대상이 강아지가 아니라 길 고양이였다는 점만 달랐다. 지은은 자신의 옷이 피로 더럽혀지는 것도 마다하지 않고 고양이를 돌봤다. 빨리 와줘서 고맙다고 인사하는 지은을 보는 순간 우빈은 첫눈에 반해버렸다.

몇 번이나 고백할 기회가 있었지만, 끝내 아무 말도 하지 못했다. 인연이 아니라서 그랬겠지. 씁쓸하지만 그래도 이제는 편한 마음으로 그녀를 보내줄 수 있을 것 같았다. 오늘 낮, 급하게 달려온 제혁이 지은에게 하는 말을 듣는 순간 우빈은 확신했다.

—괜찮아. 결혼식이 좀 늦어지면 어때. 그것보단 생명을 살리는 게 더 중요하지.

제혁은 지은에게 완벽한 남편이 되어줄 것이다. 그때 통화를 끝낸 제혁이 회복실로 돌아왔다.

"정 선생님, 우리 지금 뒤풀이 가던 길인데 함께 가시죠."

제혁의 제안에 우빈은 손목시계를 들여다보았다.

"30분 있으면 교대할 선생님이 올 겁니다. 저는 그 이후에 갈게요."

"그럼 이따 뵙죠."

제혁은 우빈에게 클럽 위치를 알려준 후, 지은과 손을 꼭 잡고 회복실을 나섰다. 우빈은 제자리에 선 채 두 사람의 뒷모습을 물끄러미 바라보았다. 누이동생을 시집보내는 오빠 미소를 입가에 머금은 채로…….

행복해요, 지은 씨.

뒤풀이가 모두 끝나고 지은과 제혁은 새벽 2시가 넘어서야 호텔로 돌아올 수 있었다. 호텔 방에 돌아오자 지은은 그대로 침대 위에 풀썩 쓰러졌다. 다리에 힘이 풀려 제대로 서 있을 수조차 없을 지경이었다.

"하아, 피곤해."

지은은 혼잣말처럼 투덜거리며 크게 숨을 내쉬었다. 다들 첫날밤에 그냥 잤다고 해서, 말도 안 된다고 그랬는데……. 이러다간 그녀도 오늘은 얌전하게 잠만 잘 것 같았다.

"뒤풀이 가지 말 걸 그랬나?"

축 처진 지은을 보며 제혁이 미안해하는 얼굴로 물었다. 그녀와는 다르게 그는 아침에 봤을 때와 거의 변함이 없었다. 여전히 얼굴엔 활기차게 생기가 돌았다.

내 남자, 체력 하난 끝내주네!

안 여사가 지어준 보약까지 꼬박꼬박 챙겨 먹었건만, 그에 비하면 그녀의 체력은 비루하기 그지없었다.

"그래도 어떻게 뒤풀이에 빠져요. 다들 우리 때문에 시간을 내줬는데……."

"이렇게 늦게까지 붙잡아놓을 줄은 몰랐어."

그건 사실이었다. 자정쯤 되면 알아서 놓아줄 거라고 생각했는데 그건 너무나 안일한 생각이었다. 신부 측이나 신랑 측이나 모두 손발이 착착 맞는 바람에 뒤풀이는 새벽까지 이어졌다. 헤어지면서도 아쉬운 얼굴로 꼭 다시 뭉치자며 다음을 기약할 정도였다. 특히 미나와 은우는 언제 친해졌는지 먼저 클럽을 빠져나갔다. 그리고 도경과 도희는 그 자리에서 의자매까지 맺었다. 도경의 '도'와 도희의 '도'를 합해 '도 자매'라나 뭐라나.

"……그래도 모두 즐거워 보여서 다행이에요."

정작 그녀는 기진맥진하게 됐지만 말이다. 지은은 침대에 누워 셔츠 단추를 푸는 제혁을 멍하니 바라보았다. 그래도 남편의 다부진 몸매를 감상할 기운은 남았는지, 그가 단추를 풀고 셔츠 자락을 바지에서 빼내자, 또랑또랑 초점이 맞춰졌다. 벌어진 셔츠 사이로 제혁의 매끈한 상체가 드러났다.

그동안 눈코 뜰 새 없이 바빴는데 제혁은 언제 또 틈틈이 운동했는지 마지막으로 봤을 때보다 근육이 더 단단해진 것 같았다. 지은은 한쪽 뺨을 침대 위에 댄 채로 빠르게 눈을 깜박거렸다.

그는 가볍게 셔츠를 벗더니 벨트를 풀고 바지 지퍼에 손을 뻗었다. 순식간에 그는 속옷만 남겨두고 모든 옷을 벗었다.

"먼저 샤워할게."

그러곤 그대로 욕실 안으로 사라졌다.

쏴아아—. 잠시 후 욕실에서 물 쏟아지는 소리가 흘러나왔다. 지은은 제혁이 욕실로 들어간 뒤로도 꼼짝도 하지 않고 같은 자세로 누워 있었다.

이미 만리장성을 쌓고 또 쌓은 사이였지만, 결혼 후 함께 보내는 첫날밤은 꽤 의미가 깊을 거란 생각이 들었다. 그냥 잠들면 안 되는 거겠지? 그뿐인가! 마 과장에게 부탁해서 라스베이거스에서 입었던 란제리 세트도 힘겹게 구해 왔다. 원래는 샤워하고 나서 란제리만 입고 제혁을 유혹할 계획이었다. 화끈하고 추억에 남을 만한 첫날밤을 꿈꾸었는데…….

하지만 현실은 너무 피곤해서 손가락 하나 까딱하기 싫었다. 흑흑, 뒤풀이 도중에 돌아올 걸 후회막심이었다. 그때 욕실 문이 열리며 가운을 입은 제혁이 밖으로 걸어 나왔다. 그는 자신이 욕실에 들어갔을 때와 똑같은 모습으로 침대에 누워 있는 지은을 발견했다.

"샤워 안 할 거야?"

"으음, 해야 하는데…… 너무 졸려요."

그러자 제혁은 빙그레 웃더니 그녀의 앞으로 다가왔다.

"이리 와."

어어어?

그는 지은이 미처 정신을 차릴 틈도 없이 그녀를 번쩍 안아 올리더니 성큼성큼 욕실로 걸어갔다.

"꺄악, 오빠! 지금 뭐 하는 거예요?"

"가만히 있어."

제혁의 손에 의해 눈 깜짝할 사이에 옷이 벗겨진 지은은 샤워 부스 안으로 끌려 들어갔다. 그는 샤워기 아래에 선 후, 그녀를 끌어안은 채 물을 틀었다.

"그냥 있어. 내가 다 해줄 테니까."

그는 샤워볼에 바디 워시를 묻혀 잔뜩 거품을 만든 후 지은의 몸을 구석구석 닦기 시작했다. 자꾸만 짜릿한 기분이 드는 건 세찬 물줄기 탓인지, 아니면 그의 손길 때문인지 도무지 알 수가 없었다. 그는 이번에는 샴푸를 덜어 거품을 내더니 그녀의 머리카락을 문질렀다. 마치 깨지기 쉬운 유리 인형을 다루듯 조심스러운 손길이었다. 그 손길이 너무나도 부드러워 지은은 저도 모르게 탄성을 내뱉으며 그를 꽉 끌어안았다.

"하아, 제혁 씨."

그러자 그가 재빨리 물로 그녀의 머리카락에 묻은 거품을 씻어 냈다.

"내가 가만히 있으라고 그랬지."

"으응."

그러기엔 기분이 너무 좋은걸! 가만히 있으라는 건 너무한 거 아닌가?

지은은 뾰로통한 표정을 지으며 아랫입술을 내밀었다. 그러자 제혁은 피식 웃으며 그녀의 얼굴에 입술을 내렸다. 처음엔 이마에 닿는 가벼운 키스였지만, 양 볼과 코끝을 거치며 차차 진해지더니 도톰한 입술에 닿을 때쯤엔 아주 격렬해져 있었다. 곧 지은의 몸은 점점 뒤로 밀려 어느새 욕실 벽에 등을 기대게 되었다.

두 사람은 샤워 중이라던 사실도 잊은 채 서로의 입술을 탐했다. 거칠게 입술을 탐하던 제혁이 잠시 후, 고개를 숙여 물기를 머금은 그녀의 뽀얀 가슴을 머금었다. 가슴을 세게 빨아당기는 감촉에 아찔함을 느낀 지은은 고개를 뒤로 젖혔다.

"하아, 제혁 씨."

이윽고 단단하게 준비된 그가 강하게 밀고 들어오며 그녀 안을 가득 채웠다.

"흐윽."

지은은 다디단 신음을 흘리며 제혁의 단단한 등을 꽉 끌어안았다. 방금까지 거세게 쏟아지던 물소리가 점점 멀어져 갔다.

그 대신 뜨겁고 가쁜 숨소리가 두 사람의 귓가에 맴돌았다.

끈적끈적한 샤워와 활활 타오르는 첫날밤과 첫날 아침을 뜨겁게 불태우고…….

지은과 제혁은 오후 늦게나 돼서야 제주도행 비행기에 몸을 실을 수 있었다.

"믿기 어렵겠지만, 제주도는 처음이에요."

제주 국제공항에 발을 딛자 지은은 비밀을 털어놓듯 진지한 표정으로 말했다. 밤잠을 설쳐서 몹시 피곤해 보이는 것만 빼곤 그녀의 얼굴엔 행복한 미소가 가득했다.

"유기견 구조하느라 전국을 뒤지다시피 하고 전 세계 유명한 곳은 거의 다 가보았거든요. 그런데 이상하게 제주도에 올 기회는 없더라고요."

예전에는 손도 못 잡고 움츠리던 그녀가 이제는 몸에 착 달라붙으며 자연스럽게 그의 팔에 팔짱을 꼈다. 사랑에 빠지면 많은 게 변한다는 말이 정말 맞는가 보다.

"그래? 잘됐네."

"응, 그러니까요."

지은은 활짝 웃으며 창밖으로 펼쳐지는 풍경으로 시선을 돌렸다.

솔직히 말하면 둘이 함께라면 집구석에만 틀어박혀 있어도 상관없었다. 접착제로 붙여놓은 것처럼 떨어지지 않고 하루 24시간 딱 달라붙어 있을 수 있으니까.

그런데 경민이 보너스 선물라며 그의 제주도 별장을 선뜻 빌려주었다.

—바닷가 바로 앞이라 풍경 하나는 정말 끝내줄 겁니다.

별장 안에 들어서자, 지은은 경민이 열쇠를 건네주며 한 말을 떠올렸다. 반원형으로 옆으로 길게 지어진 별장은 바닷가를 향하는 벽 대부분이 통유리로 되어 있었다. 그 덕분에 별장 안에 있지만, 마치 바다 앞에 서 있는 듯한 느낌이 들었다.

"와아."

두 사람이 지낼 침실에 들어선 순간, 지은의 입에서 감탄사가 흘러나왔다. 바다를 향한 벽은 접는 유리문으로 되어 있어 문을 양쪽으로 접으면 곧바로 테라스와 연결된 구조였다. 테라스 계단을 내려서면 바로 모래사장과 연결돼 그 앞으로 푸른 바다가 펼쳐졌다. 방 한가운데는 커다란 킹 사이즈 침대가 바다를 향해 놓여 있었다. 침대에 누우면 바로 눈앞에 바다가 보이는 구조라 굳이 바람이 세찬 바닷가로 나갈 필요가 없을 것 같았다.

"피곤하지 않아?"

유리문에 손을 대고 바다를 감상하는 지은의 뒤로 제혁이 다가왔다.

"괜찮아요. 견딜 만해요."

그녀의 대답에 제혁은 손을 뻗어 그녀의 허리를 뒤에서 끌어안았다. 지은이 몸을 기대오자 제혁은 그녀의 목덜미에 얼굴을 묻으며 부드럽게 속삭였다.

"그러면 같이 씻을까?"

지은은 잠시 자신의 귀를 의심했다. 하지만 애석하게도 그녀가 잘못 들은 것 같진 않았다. 제혁이 그녀의 블라우스 단추를 하나씩 열고 있었다. 애초에 그녀에게 대답을 들으려고 물어본 것 같진 않았다. 의견을 물어보는 것보단 통보에 가까웠다.

이제 막 도착했는데 짐도 풀기 전에 또?

아침에 몇 시간 눈을 붙인 걸 제외하곤 호텔 체크아웃을 할 때까지 쉬지 않고 달렸는데……. 그런데도 전혀 지치지 않는다니 새삼 그의 체력에 놀라면서도 한편으로는 무섭기까지 했다.

그의 손길에 블라우스의 마지막 단추가 풀리자 그녀는 작게 한숨을 내쉬었다. 하지만 어쩌겠어? 이왕 이렇게 된 거 이 상황을 즐겨야지! 지은은 제혁을 향해 돌아서며 두 팔을 벌려 그의 목을 끌어안았다.

"그래요. 같이 샤워해요."

그녀의 마음 한편에서는 은근한 기대감이 솟아오르고 있었다.

"흐음."

아까부터 경민은 고통스러운 듯 인상을 구긴 채 신음을 흘리고 있었다. 어젯밤 뒤풀이에서 지나치게 과음한 탓인지 속이 쓰리다 못해 통증이 느껴졌다. 그러나 맞은편에 앉은 유비서는 전혀 관심이 없는 얼굴로 묵묵히 앞에 놓인 서류만 뒤적이고 있었다.

"하여간 매정하기는."

경민은 그런 그녀를 못마땅한 눈으로 흘겨보았다.

"넌 걱정도 안 되냐?"

그러자 유 비서도 똑같이 경민을 못마땅한 눈으로 흘겨보았다.

"옆에서 그렇게 말렸는데도 똥고집 부리면서 술 처마신 사람 걱정을 왜 해요?"

"술 처마신다니! 말을 해도 참. 네가 그러니까 아직 남자가 없는 거야. 알아?"

"하, 남 사생활에 신경 끄시죠. 그러는 오빠는 여자 있어요?"

유 비서는 표정 하나 바꾸지 않고 경민의 아픈 곳을 콕 찔렀다. 송곳처럼 찌르는 팩트 공격에 경민은 가만히 입을 다물었다. 그러나 침묵은 오래가지 않았다.

서류 몇 장을 성의 없게 뒤적이던 그가 다시금 넌지시 말을 꺼냈다.

"하여간 결혼식도 무사히 끝났고 부정 탈 일도 없을 것 같으니까. 이제 슬슬 손 좀 봐야겠지?"

"기어코 하시려고요?"

그 말에 유 비서는 눈을 가늘게 모으며 서류로부터 고개를 들었다. 자세한 설명 없이도 유 비서는 무슨 말인지 바로 알아들은 것 같았다.

"당연하지. 감히 내 일을 방해했는데 가만히 놔둘 수야 없지. 게다가 요즘도 뒤에서 이상한 소문을 퍼뜨리는 모양이야. 그러니까 이에는 이, 눈에는 눈, 진상에는 진상."

"……그렇긴 하지만."

유 비서가 머뭇거리듯 동의하자 경민은 이를 드러내며 활짝 웃어 보였다.

"보너스 선물이라고 해두자. 잊어버리기 전에 처리할 거니까, 지금 당장 홍콩 지사와 전화 연결 좀 해줘."

"네에, 상무님."

사촌 동생에서 다시 비서로 돌아간 유 비서는 얌전히 경민의 지시를 따랐다.

뭔가 더 있을 것 같았는데 아니었나?

제혁은 그녀의 머리를 감겨주고 헤어드라이어로 정성스럽게 말려주고는 저녁을 먹자며 그녀의 손을 잡아 이끌었다. 별장을 나온 두 사람은 근처에 있는 식당으로 향했다. 겉에서 보기엔 허름한 곳이었지만, 해물 뚝배기가 끝내준다는 경민의 추천을 믿고 먹어보기로 했다.

"아, 정말 국물 맛 최고예요."

경민의 말대로 전복을 비롯해 각종 신선한 재료가 들어간 해물 뚝배기는 감탄사가 나올 만큼 맛있었다. 갓 구운 김에 밥을 싸서 함께 먹으니 완전 환상의 맛이었다.

"솔직히 털어놓자면 약간 부담됐어."

밥 한 공기를 뚝딱 비우는 지은을 바라보던 제혁이 조심스럽게 말을 꺼냈다. 지은은 무슨 말이냐는 표정으로 제혁의 다음 말을 기다렸다.

"다른 건 몰라도 입맛은 까다로울 거라고 생각했거든. 그런데 저번에도 그렇고 이번에도 그렇고."

"아……."

지은은 알겠다는 듯 고개를 끄덕였다.

"어렸을 때부터 아빠 손에 이끌려서 노포 맛집 자주 다녔거든요. 고상하고 값비싼 레스토랑보단 전통의 손맛이 살아 있는 오래된 곳 많잖아요. 그래서 이런 곳 익숙해요."

"신 회장님, 아니…… 장인어른께서?"

제혁의 입에서 '장인어른'이란 말이 나오자 지은은 쿡쿡 웃음을 터뜨렸다. 두 사람이 부부가 되었다는 사실이 새삼 실감났다.

"네. 주말마다 종로에 있는 오래된 순댓국집이나 을지로에 있는 평양냉면 집에 가곤 했어요."

"그랬군."

제혁은 신 회장과 함께 허름한 식당 안에 앉아 오물오물 순대를 집어 먹는 꼬마 지은을 떠올려보았다. 그러자 자연스럽게 그의 얼굴에 환한 미소가 떠올랐다.

그때 식사를 마친 두 사람에게 70대쯤으로 보이는 할머니가 다가왔다. 노인은 상냥하게 웃으며 두 사람 앞에 감귤 차를 내려놓았다.

"맨도롱홀 때 호로록 들여 싸봅서."

우리나라 말이면서도 전혀 알아들을 수 없는 언어가 노인의 입에서 쏟아져 나왔다. 지은과 제혁은 의아한 얼굴로 노인을 바라보았다.

"무신 거옌 고람 신디 몰르쿠게?"

노인은 온화하게 웃으며 계속 말을 했지만, 한마디도 알아들을 수 없었다. 노인이 가고 나자 지은은 곤혹스러운 얼굴로 제혁에게 물었다.

"방금 뭐라고 하신 거예요?"

"글쎄……. 제주 방언 같긴 한데."

듣고 보니 그런 것도 같네.

"무슨 뜻인 줄 알아요?"

지은의 질문에 제혁은 고개를 내저었다. 8개 국어를 구사하는 지은도 제주도 방언만큼은 해석할 수 없었다.

굴욕의 순간이었다!

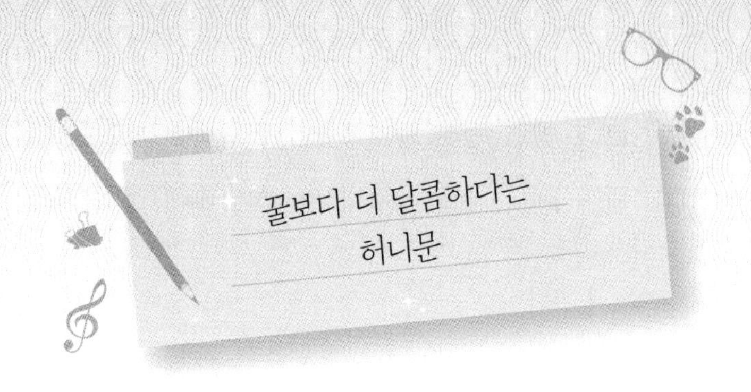

"지은 씨, 신혼여행 어땠어요?"

꿈같은 신혼여행을 마치고 회사로 돌아오자 경민이 반가운 얼굴로 지은을 맞이했다.

"상무님 덕분에 아주 잘 지내고 왔습니다."

그 말에 경민의 얼굴에 환한 웃음이 떠올랐다.

"나, 그거 말고 보너스 선물 또 있는데……. 큰 선물은 아니지만, 곧 알게 될 겁니다."

경민의 아리송한 말을 이해하는 데는 반나절밖에 걸리지 않았다. 오전 업무를 마친 지은은 유 비서, 김 비서, 전 비서와 함께 점심을 먹기 위해 구내식당으로 향했다. 구내식당으로 막 들어서려던 지은은 마침 복도 반대편에서 걸어오는 보연을 발견했다. 제혁과 해수의 사진 때문에 보연과 만났던 이후로 처음이었다. 동료와 이야기하던 보연이 뭔가를 느꼈는지 지은을 향해 고개를 돌렸다.

두 사람의 시선이 허공에서 부딪쳤다. 지은은 고개를 숙여 아는 체를 했지만 보연은 고개를 빳빳하게 든 채 피식 입꼬리만 비틀었다. 보연의 무례한 태도에 지은은 눈살을 찌푸렸다.

한마디 해야지, 도저히 안 되겠어! 지은은 빠른 걸음으로 보연에게 다가갔다.

저 여자, 왜 가까이 오는 거야? 보연은 자신을 향해 걸어오는 지은을 보며 살짝 뒷걸음쳤다. 방금까지 그녀 흉을 보고 있었기에 속이 뜨끔하기도 했다. 혹시 따지러 오는 건 아니겠지? 보연은 기회가 날 때마다 함께 근무하는 동료들에게 제혁과 해수의 사진을 보여주며 사내에 헛소문을 퍼뜨렸다.

—민 실장님, 억지로 결혼하는 것 같아요. 좋아하는 여자는 따로 있는데…….

그때마다 모두 깜짝 놀란 눈으로 사진을 들여다보았다.

—에이, 그럴 리가. 그런 사이라면 대낮에 회사 앞에서 이랬겠어?

—요즘 세상에 껴안으면서 인사하는 게 뭐 어때서?

평소 제혁이 주위 사람들에게 얼마나 바른 이미지로 각인되었는지, 대부분 시큰둥한 반응을 보였다. 지금도 동료에게 슬쩍 떠보았지만, 그럴 리가 없다고 픽 웃을 뿐이었다. 그런데 호랑이도 제 말하면 온다고 지은이 눈앞에 딱 나타난 거다.

보연은 주는 것 없이 지은이 싫었다. 사실 싫어하는 데 이유가 필요할까? 학창 시절부터 보연은 눈에 거슬리는 아이가 있으면 못살게 괴롭혔고, 그러다 보면 그 애는 자연스럽게 왕따가 되었다. 그렇게 반에서 유령 같은 존재가 된 아이는 결국 전학을 가거나 자퇴의 수순을 밟았다. 학창 시절 보연의 왕따 놀이는 대학에 진학한 후에야 시들해졌다.

그런데 다시 왕따로 만들고 싶은 상대가 나타났다. 그게 바로 신지은이었다. 정사원도 아닌 계약직 주제에 공 상무 옆에서 근무한다고 자기가 뭐라도 된 줄 알고 나대는 꼴이라니!

보연은 아직도 지은이 SB그룹 상속녀라는 사실은 꿈에도 몰랐다. 결혼식에 참석한 김 팀장과 진 대리에게 지은이 계약직 근무가 끝날 때까지 비밀을 지켜달라고 부탁했기 때문이었다. 두 사람보다 먼저 지은의 정체를 안 김 비서와 전 비서에게도 같은 부탁을 한 상태였다. 지은은 보연의 앞에 멈춰 서서 짤막하게 인사를 건넸다.

"안녕하세요."

하지만 보연은 인사를 건네는 대신 삐딱한 자세로 팔짱을 끼었다.

"박보연 씨, 사람이 인사하면 좀 받지 그래요?"

"인사를 받든 안 받든 그거야 내 마음이지 왜 신경질이에요?"

분위기가 묘해지려고 하자 옆에 있던 보연의 동료는 슬그머니 두 사람의 눈치를 보더니 냉큼 구내식당 안으로 사라졌다.

"난 지금 신경질을 내는 게 아니라 최소한의 예의를 지켜달라고 말하는 거예요."

"흥, 웃기지도 않아."

그 말에 보연은 입꼬리를 비틀며 코웃음 쳤다.

"엊그제 신혼여행에서 돌아왔다면서 지금 막 꿀 떨어져야 하는 거 아닌가? 그런데 왜 나한테 와서 시비예요? 아, 맞다. 그쪽 남편에겐 딴 여자가 있었죠?"

뭐? 지은은 어이가 없어 잠시 할 말을 잃고 말았다. 말로 좋게 타이르려고 했는데 말이 통해야 대화를 하든지 말든지 하지. 지은은 화를 억누르며 최대한 무덤덤한 목소리로 쏘아붙였다.

"박보연 씨는 보기보다 자존감이 참 낮은가 봐요. 그런 사람이 남을 쉽게 험담하고 근거 없는 소문을 만들더군요. 그렇게 남을 끌어내리면 본인 기분이 좀 나아지나요?"

"뭐라고요?"

지은의 반격에 보연의 얼굴이 붉으락푸르락해졌다. 보연이 뭐라고 막 입을 열려는 순간…….

"Ha, ha, ha, really?"

어디선가 커다란 웃음소리가 들렸다. 복도 끝에서 경민과 풍채 좋은 중년의 여인이 즐겁게 대화를 나누며 걸어오고 있었다.

"Yes. I want it so bad."

겉모습으로만 봐서는 한국인 같았지만, 영어로 대화하는 것으로 보아 중년 여인은 교포이거나 외국인인 것 같았다.

"어머!"

중년 여인의 얼굴을 찬찬히 뜯어보던 보연의 얼굴이 순식간에 새파랗게 질려버렸다. 그러더니 보연은 잔뜩 겁먹은 얼굴로 슬그머니 뒷걸음을 쳤다. 하지만 몇 발자국을 채 움직이기도 전에 지은의 손에 붙잡혔다.

"이야기하다 말고 어디 가는 거예요?"

"이거 놔요. 나중에 이야기해요."

보연이 거칠게 지은의 손을 뿌리치려는 찰나, 경민 옆에 있던 중년 여인이 두 사람에게로 시선을 돌렸다. 방금까지 밝게 웃던 여인의 얼굴이 보연을 보자 험상궂게 일그러졌다.

[야, 이년아! 네가 왜 여기 있어?]

여인은 삿대질하듯 손가락으로 보연을 가리켰다. 그녀의 입에선 캔토니즈(광둥어)가 흘러나왔다.

"히익."

보연은 진저리를 치며 뒤를 돌아 달려가기 시작했다. 하지만 얼마 가지 못하고 중년 여인의 손에 머리채를 잡혔다.

[도망가긴 어딜 도망가!]

난데없이 구내식당 앞에서 막장 드라마가 펼쳐졌다.

[너, 오늘 아주 잘 만났다. 이 나쁜 년!]

중년 여인은 큰소리로 외치며 두 손으로 보연의 머리채를 잡고 좌우로 흔들었다.

"꺄악! 이 손 놓고 이야기해요. 이봐요! 무식하게 왜 이래요?"

보연이 아무리 반항해도 중년 여인의 힘을 당해낼 순 없었다. 여인의 손아귀에 잡힌 보연의 몸이 힘없는 인형처럼 이리저리 끌려 다녔다. 지은은 갑자기 일어난 사태에 놀랄 수밖에 없었다.

[이년아, 네가 여기에 숨어 있으면 내가 모를 줄 알았어?]

벌써 보연의 머리카락을 한 줌 이상 뽑았지만, 여인은 그것만으론 성에 차지 않는 것 같았다. 그녀는 보연을 대머리로 만들 태세로 머리채를 흔들며 쉴 새 없이 소리 질렀다.

[이 나쁜 년, 우리 남편 유혹해서 가정 파탄 나게 해놓고 너 혼자 한국으로 튀어? 오냐, 오늘 너 죽고 나 살자!]

한 마디로 '네 이년! 네 죄를 알렸다!'의 현대 버전이었다.

"무슨 일이야?"

"저 사람, 마케팅 팀 박보연 씨 아냐?"

구내식당 입구가 소란스러워지자 웅성거리며 직원들이 몰려들었다. 얼떨떨한 표정으로 서 있는 지은 옆으로 경민이 다가왔다. 지은은 난처한 얼굴로 경민을 바라보았다. 놀랍게도 경민의 입가에는 희미한 미소가 걸려 있었다.

"거참, 차오 부인도……. 기분 전환할 겸 한국으로 초대했더니, 사적인 일부터 처리하시네."

싱글벙글한 경민을 보며 지은은 살며시 미간을 찌푸렸다.

"상무님, 말려야 하는 거 아니에요?"

경민의 일행이었기에 그가 뭐라도 할 줄 알았는데 그는 어깨만 으쓱거렸다.

"에이, 사적인 일에 제삼자가 끼어들면 안 되죠."

"아무리 그래도……."

"그리고 세상에서 제일 재밌는 구경이 싸움 구경인 거 몰라요?"

글쎄, 보연이 일방적으로 당하고만 있는데 저걸 과연 싸움이라고 할 수 있을까?

"여기 경비원 없어요? 아악!"

또다시 여인에게 한 줌의 머리채를 뽑힌 보연이 비명을 질렀다. 하지만 어찌 된 일인지 오늘따라 경비원들은 그림자조차 볼 수 없었다.

"흐으흑, 그만해요. 아프다고요. 악!"

중년 여인의 폭력은 결국 보연이 울음을 터뜨린 후에야 끝이 났다.

[못된 년! 너도 피눈물 나게 울어봐!]

중년 여인은 더러운 걸 만졌다는 듯 두 손을 탈탈 털고는 경민과 함께 홀연히 사라졌다.

"흑흑, 뭐 저렇게 무식한 게 다 있어! 그러니까 남편이 바람났지!"

보연은 억울하다는 듯 주저앉아 소리 내어 울다가 모두의 시선이 쏠리자 벌떡 일어나 비상계단으로 뛰어갔다. 하지만 아무도 보연의 뒤를 따라가지 않았다. 대신 호기심 어린 얼굴로 지은에게 몰려들었다.

"중국 말 같던데 뭐라고 한 거예요? 지은 씨, 중국 말 할 줄 알죠?"

"네…… 그렇긴 한데……."

지은은 잠시 고민에 빠졌다. 이걸 해석해줘야 하나? 말아야 하나? 보연이 하는 짓이 얄밉긴 했지만 그래도 사생활인데…….

"보연 씨가 홍콩 지사에 근무하면서 저분 남편을 유혹했나 봐."

그때 갑자기 진 대리가 불쑥 나타나 지은 대신 중국 말을 해석해주었다.

"어머, 정말?"

"그래서 이혼까지 하게 됐고 보연 씨는 도중에 한국으로 도망 온 거래."

보연의 이야기는 반나절 만에 회사 전체에 쫙 퍼질 것이다. 좀 더 자세한 내막은 점심을 먹으며 정보 소식통인 전 비서에게서 들을 수 있었다.

"지은 씨, 진 대리 화교인데 몰랐어요?"

"아, 그랬군요."

어쩐지 욕설까지 찰지게 해석하더라니.

"내가 전에 그랬죠? 보연 씨 홍콩에서 남자 문제 복잡했다고. 홍콩 지사에서 근무하면서 거래처 중역이랑 그렇고 그런 사이까지 갔대요. 결국 그 부인에게 들켜서 난리가 났고."

이야기는 그게 끝이 아니었다.

"그런데 바람피운 중역의 부인이 오너의 딸이래요. 원래 회사 주인인 거죠. 그것 때문에 우리 쌍우와의 관계도 삐끗해질 뻔했대요. 다행히 공 상무님이 중간에서 잘 무마하신 모양이에요. 그래서 이번에 부인을 위로차 한국으로 초대한 거고."

그제야 지은은 아까 경민이 했던 말을 이해할 수 있었다.

—나, 그거 말고 보너스 선물 또 있는데……. 큰 선물은 아니지만, 곧 알게 될 겁니다.

얼마 전 보연이 찍은 사진에 관해 경민에게 이야기하자 그는 펄쩍 뛰며 화를 냈었다.

—아니, 똥 묻은 개가 겨 묻은 개 나무란다더니. 다른 사람은 몰라도 자기가 그러면 안 되지!

그때 지은은 그 말의 뜻을 몰랐었다. 아마도 경민은 보연이 유부남과 바람피웠다는 사실을 알기에 더 기가 막혔나 보다.

—가만히 놔두려고 했는데 안 되겠군. 지은 씨, 내게 맡겨둬요. 눈물 쏙 빠지게 혼내줄 테니까.

지은을 대신해 복수한 것뿐만 아니라, 차오 부인에게 직접

응징하라고 기회까지 주었으니 일거양득인 셈이었다.

"완전 원수를 외나무다리에서 만난 셈이네."

전 비서의 설명이 모두 끝나자 김 비서의 얼굴이 환하게 밝아졌다. 그동안 김 비서는 보연의 갑질을 받아주느라 스트레스가 심했다. 그건 전 비서도 마찬가지였다.

"일이 이리 됐으니 박 이사님 조카딸이라고 해도 힘들겠지?"

"응, 그래도 해고보다는 본인이 알아서 사표 쓰게 할 거 같아."

지은은 그들의 대화를 들으며 묵묵히 음식을 입으로 가져갔다. 남의 불행에 기뻐하면 안 되겠지만…….

점심으로 나온 차돌박이 들깨탕이 오늘따라 너무너무 고소하게 입 안에 착 달라붙었다.

"후우."

손목시계로 시간을 확인한 제혁의 입에서 짧은 한숨이 흘러나왔다. 적어도 한 시간은 지났다고 생각했는데 고작 15분밖에 지나지 않았다. 제혁은 초조한 듯 책상을 손가락으로 툭툭 두드렸다. 아직도 퇴근하려면 2시간이나 남아 있었다. 오늘따라 왜 이리도 시간이 늦게 가는지 모르겠다.

신혼여행에서 돌아오고 나서 지은과 떨어져 지내는 첫날이기 때문일까? 아침에 각자 출근하면서 헤어지고 나서 아직까지 지은의 목소리를 들을 수 없었다. 오전엔 제혁이 회의에 들어가느라 통화할 수 없었고, 오후에는 지은이 경민과 함께 국제회의에 참석하게 되어 있었다. 일찍 퇴근한다고 해도 국제회의가 끝날 때까지는 지은을 볼 수 없다는 뜻이었다.

근처에라도 가 있을까?

"하아."

제혁은 길게 한숨을 내쉬며 다시 손목시계를 힐끔 쳐다보았다. 안타깝게도 시간은 겨우 2분이 지나 있을 뿐이었다.

제혁의 예상과는 달리 지은이 참가한 국제회의는 한 시간이나 빨리 끝났다.

"지은 씨는 여기서 그만 들어가봐요. 신혼인데 오래 잡아 두면 안 되지."

"감사합니다, 상무님. 그럼 내일 뵙겠습니다."

지금 들어가도 제혁은 집에 없겠지만, 그래도 지은은 부리나케 집으로 향했다. 신혼여행에서 돌아오고 나서 계속 시댁에 들르고 친정에 들르느라 단둘이 신혼을 즐길 시간이 없었다. 당연히 함께 저녁을 먹을 기회도 없었다.

제혁이 퇴근하고 집에 들어왔을 때 그녀가 차린 저녁상을 보고 감동받게 하고 싶었다. 원래는 간단하게 밖에서 사 먹을 계획이었다. 하지만 지금 들어간다면 그의 귀가에 맞춰 저녁을 준비할 시간이 충분했다.

깜짝 놀라게 해주려고 제혁에게는 먼저 퇴근하게 됐다고 알리지 않았다. 집에 도착한 지은은 재빨리 편한 옷으로 갈아입고 앞치마를 둘렀다. 아직 요리 실력은 모자랐지만, 어제 친정에서 가져온 음식을 잘 데우면 근사하게 저녁을 차릴 수 있을 것이다.

"우선 밥부터 지어야지."

지은은 정 여사에게 배운 대로 쌀을 씻어 밥을 지었다. 다른 건 몰라도 이제 밥 하나는 맛있게 지을 자신이 있었다.

"연어가 어디 있더라?"

어제 정 여사는 구워 먹기 편하게 한 조각씩 손질한 연어를 반찬통에 차곡차곡 넣어 지은에게 건네주었다. 다른 건 몰라도 생선은 그때그때 구워서 먹어야 비린내가 나지 않는다고 하면서. 태어나서 한 번도 생선을 구워보진 않았지만, 오븐에 넣으면 그럭저럭 되겠지.

"국은 무슨 국을 끓이지……."

콩나물국은 난이도가 높아서 힘들고 무채국을 끓일까? 그런데 무채국을 하려면 무를 채 썰어야 하는데…….

지은은 심각한 표정으로 잠시 생각에 잠겼다. 아무래도 그녀의 실력으로 아직 거기까진 무리였다. 채칼이 있다지만 까딱하다 잘못하면 손을 벨 게 분명했다. 이리저리 찬장을 뒤지던 지은의 눈에 마른미역이 들어왔다.

"그래, 미역국!"

미역국이라면 그리 어렵지 않을 것 같았다. 마른미역을 물에 잘 씻어서 끓이면 되겠지 뭐.

잘 차려진 저녁상을 보며 제혁이 감동할 걸 상상하니 자꾸만 입꼬리가 위로 말려 올라갔다. 지은은 콧노래를 부르며 저녁 준비에 들어갔다.

드디어 퇴근 시간. 손목시계의 분침이 퇴근 시간을 가리키는 순간, 제혁은 자리에서 벌떡 일어나 회사를 빠져나왔다. 집까지 가는 30분이 얼마나 길게 느껴졌는지는 아마 하늘도 모를 거다. 제혁이 문을 열고 들어가니 먹음직스러운 음식 냄새가 집 안 전체에 배어 있었다.

벌써 왔나?

제혁이 서둘러 현관에서 구두를 막 벗으려는 순간…….

"꺄아아아아아아악!"

주방에서 지은의 비명이 들려왔다.

"지은아!"

당황한 제혁은 구두를 신은 채로 주방으로 달려갔다.

"지은아?"

정성스럽게 차려진 저녁 식탁을 본 제혁의 얼굴에 감동의 빛이 떠올랐다.

"왔어요?"

국에 간을 하던 지은은 뒤를 돌아보며 그를 향해 밝게 웃어 보였다. 앞치마를 두른 지은의 모습에서 제법 새색시 같은 분위기가 풍겼다.

"제혁 씨, 배고프죠? 빨리 손 씻고 와요."

"퇴근하고 피곤할 텐데 쉬고 있지 그랬어."

제혁은 미안한 표정을 지으며 식탁을 가득 채운 음식을 둘러보았다.

"저녁은 나가서 사 먹으면 되잖아."

그 말에 지은은 국자를 내려놓으며 손을 휘휘 내저었다.

"아니에요. 내가 한 거라곤 밥하고 국 끓이고 생선 구운 것밖에 없는 걸요."

말하고 보니까 정말 많이 했네. 와, 뿌듯해! 이게 바로 달콤한 신혼의 맛이구나!

행복감에 지은의 눈꼬리가 반달 모양으로 휘어졌다.

"오늘은 결혼하고 나서 처음으로 출근한 날이잖아요. 내 손으로 직접 저녁을 차려보고 싶었어요."

그 말에 제혁은 그녀를 와락 끌어안고 뜨거운 감사의 키스를 퍼부었다.

……여기까지가 그녀의 계획이었다. 하지만 현실은…….

"꺄아아아아아악!"

주방에서는 공포 영화 '링'의 한 장면이 그대로 재현되고 있었다. TV 모니터가 냄비로 바뀐 것을 빼고는 모든 게 같았다. 머리를 풀어 헤친 미역 귀신이 냄비 안에서 꿈틀꿈틀 기어 나오고 있었다.

냄비 뚜껑이 들썩거렸을 때만 해도 '김이 나와서 그러나?' 하며 무심히 지나쳤는데 난데없이 정체불명의 시커먼 것이 불쑥 몸체를 드러냈다.

"지은아, 무슨 일이야?"

제혁이 깜짝 놀란 얼굴로 주방 안으로 뛰어 들어왔다.

"오빠!"

지은은 재빨리 제혁에게 달려가 그의 등 뒤로 몸을 숨겼다. 그러곤 그의 등에 얼굴을 묻은 채 손가락으로 가스레인지 위의 냄비를 가리켰다.

"재, 재가…… 미역이……."

"어?"

지은이 가리킨 곳을 본 제혁은 그제야 사태를 짐작했다. 미역이 머리를 풀어 헤친 귀신처럼 냄비 뚜껑을 들썩이며 밖으로 기어 나오고 있었다. 밖으로 나온 미역은 가스레인지 위를 온통 뒤덮은 것도 모자라 바닥에까지 떨어졌다.

제혁은 가스레인지로 걸어가 서둘러 가스 불을 껐다. 그래도 미역은 쉴 새 없이 꾸물꾸물 기어 나왔다. 미역을 따라 뜨거운 국물까지 이리저리 밖으로 튀었다. 그 모습은 마치 괴물이 성을 내며 달려드는 것처럼 위험해 보였다.

제혁은 불을 내뿜는 용에 맞서는 용감한 기사처럼 냄비 손잡이를 덥석 잡아 싱크대로 옮겼다. 그 후에도 냄비 안에서는 꾸역꾸역 미역이 쏟아져 나왔고 곧 싱크대 안을 가득 채웠다. 끔찍한 미역 사태를 지켜보던 지은은 울상을 지으며 제혁의 셔츠 자락을 잡아당겼다.

"난 그저 미역국을 끓였을 뿐이라고요."

"알아. 괜찮아. 미역 얼마나 오래 불린 거야?"

제혁은 지은을 품에 안으며 그녀의 등을 다독거려주었다.

"시간이 별로 없어서 그냥 물에 씻고 적당히 넣었거든요. 요즘에 나오는 즉석 미역은 물에 안 불려도 된다고 해서……."

불행하게도 그녀가 사용한 마른미역은 즉석 미역 제품이 아니었다. 자른 미역도 아닌 건실한 미역 줄기까지 달린 제품이었다. 하지만 완전 요리 초짜인 지은이 그 차이를 구분할 리가 없었다. 마른미역은 그냥 마른미역일 뿐.

"적당히 얼만큼 넣었는데?"

"이만큼?"

지은은 두 손으로 한 줌 크기를 만들어 보였다. 그러자 제혁은 웃음을 참는 듯 입을 꾹 다물었다. 하지만 얼마 가지 못해 짧게 웃음을 터뜨리고 말았다.

"지은아, 미역은 부피가 10배 이상 불어나."

"네? 10배나요?"

갈릴레오 갈릴레이에 의해 지동설을 처음 깨달은 것처럼 지은의 두 눈이 동공 지진을 일으켰다. 그렇다면 그녀가 국에 넣은 미역은 양동이를 가득 채우고도 남을 만한 부피라는 소리였다. 싱크대 안에 널브러진 미역을 보면 제혁의 말이 과장은 아닌 것 같았다. 지은은 서글픈 마음에 혼잣말처럼 중얼거렸다.

"다시마는 조금 두꺼워지고 말던데. 미역이나 다시마나 다

같은 해초 아닌가?"

"그러게. 미역이 잘못했네."

제혁은 기본적인 것도 모르냐고 핀잔을 주는 대신 그녀의 편을 들어주었다. 지은은 눈물이 핑 돌만큼 감동했다. 그러면서도 다른 한편으론 창피했다. 그녀는 제혁의 허리를 끌어안으며 어리광을 부리듯 그의 품에 얼굴을 묻었다.

"괜찮아. 작은 누나도 미역국 처음 끓였을 때 너처럼 이랬어."

"정말요?"

제혁의 위로에 지은의 얼굴이 순식간에 환하게 밝아졌다.

거봐. 나만 실수한 거 아니잖아.

하지만 이어지는 다음 말에 다시금 지은의 어깨가 축 늘어졌다.

"응. 누나가 중학교 때였을 거야. 어머니 생신에 미역국 끓인다고 하다가."

형님은 중학생일 때부터 미역국 끓일 생각을 하셨던 거야?

그때였다. 뭔가 타는 냄새가 나기 시작했다.

"그런데 이게 무슨 냄새지?"

"앗!"

그 말에 지은은 뭔가를 깨달은 듯 제혁의 가슴에서 퍼뜩 몸을 일으켰다. 미역 귀신과 사투를 벌이느라 오븐 안에 넣어둔 연어를 깜빡하고 말았다. 지은은 장갑도 끼지 않은 손으로 허둥지둥 오븐 도어를 열었다. 까맣게 몸뚱이가 타버린 연어가

슬픈 자태를 드러내자, 지은의 얼굴이 처참하게 일그러졌다.

미역국이 사달만 일으키지 않았더라도 제시간에 꺼냈을 텐데……. 흑흑, 뭐 이리도 되는 게 없을까. 미역국은 둘째치고 믿었던 연어 구이마저 이리 배신하다니.

저녁 준비를 망쳐버려 지은은 펑펑 울고만 싶었다.

“지은아, 여기 앉아서 쉬고 있어. 주방은 내가 치울게.”

제혁은 지은의 어깨를 끌어안아 조심스럽게 거실로 이끌었다. 지은은 소파에 앉으며 자연스럽게 시선을 아래로 향했다. 그녀의 눈에 구두를 신고 있는 제혁의 발이 들어왔다. 제혁도 지은을 따라 자신의 발을 내려다보았다.

“이런, 미안.”

지은의 비명을 듣자마자 허둥지둥 달려오느라 구두를 벗을 시간도 없었다. 제혁의 구두를 바라보던 지은은 천천히 옆으로 고개를 돌렸다.

현관에서부터 주방까지 시커먼 발자국이 이어져 있었다. 모든 게 거무스름했다. 시커먼 미역이나 타버린 연어나 그리고 까만 발자국이나…….

제혁은 재빨리 구두를 벗고 지은의 앞에 무릎을 꿇고 앉아 그녀와 눈높이를 맞추었다.

“지은아, 대충 치우고 저녁은 나가서 먹을까?”

지은은 말없이 고개를 끄덕였다. 솔직히 지금 이런 상태로는 전자레인지를 돌리는 것조차 자신이 없었다.

흑, 울고 싶어라.

저녁을 먹고 집에 돌아온 지은은 분위기를 뒤엎을 기회를 노렸다. 지금은 꿀보다 더 달콤하다는 허니문 기간이었다. 저녁 준비가 좀 엉망이 되었다고 이런 일로 기가 죽어선 안 된다. 망쳐버린 분위기는 잠자리에서 만회하면 그만이었다.

"오빠, 와인 마실래요?"

"그래. 내가 준비할게."

제혁은 그녀가 또다시 주방을 폭파할까 봐 불안한지 지은이 대답도 하기 전에 주방으로 향했다. 그리고 냉장고에서 치즈와 훈제 연어를 꺼내 그릇에 담기 시작했다.

잠깐! 흐뭇한 눈길로 제혁을 바라보던 지은은 매우 중요한 사실을 깨달았다. 이런 로맨틱한 분위기에서 평범한 속옷을 입을 순 없었다. 힘들게 공수해 온 란제리 세트는 한 번도 사용하지 못하고 서랍 속에서 고이 잠자는 중이었다. 지은은 침실로 뛰어가 속옷을 챙기고는 부리나케 욕실로 달려갔다. 제혁이 와인과 안주를 준비하는 사이 재빨리 속옷을 갈아입을 작정이었다. 그런데…….

"어?"

지은은 거울에 비친 자신의 몸을 보며 인상을 찌푸렸다. 이거 왜 이래? 사이즈가 왜 이렇게 작지?

지은은 속옷을 벗어 사이즈를 확인해보았다. 라스베이거스에서 샀던 것과 같은 사이즈였다.

음, 자세히 설명하면 사이즈가 작다기보다는 중요한 부분을 가리는 천 조각이 많이 모자랐다. 말이 속옷이지 홀딱 벗고 있는 거나 다름없었다.

이상하네?

지은은 앞뒤로 몸을 돌리며 속옷을 유심히 바라보았다. 이제 보니 저번에 샀던 란제리 세트와 비슷한 것 같으면서도 조금 달라 보였다.

섹시함이 한 단계 더 올라간 디자인이랄까? 예전 란제리가 '당신, 오늘 밤 각오해요!'였다면 지금 건 '당신 오늘 죽었어!'쯤 된다고나 할까?

어떡하지? 이대로 입고 나가? 그러기엔 너무 야하지 않나? 아니지. 야할수록 좋은 거지.

바람에 흔들리는 갈대처럼 지은의 마음은 몇 번이나 갈팡질팡했다. 그래도 요새 출시된 안대 수준의 명품 신상 비키니에 비하면 이 정도 노출은 얌전한 편이었다.

좋아, 용기를 내자! 지은은 서둘러 준비한 속옷으로 갈아입고 거실로 돌아갔다. 이미 테이블 위에는 제혁이 준비한 와인과 안주가 놓여 있었다. 그녀가 소파에 앉자 그가 와인을 따라 잔을 건넸다.

"자, 건배."

잔을 부딪친 두 사람은 와인을 마시며 오늘 회사에서 있었던 이야기를 나누었다.

"혹시라도 경민 선배가 짓궂게 굴진 않았어?"

"아뇨. 그보단 오늘 점심에 말이죠. 완전 막장 드라마 같은………."

지은은 상기된 표정으로 오늘 보연에게 일어났던 사건을 이야기했다. 하지만 그것도 잠시, 입으로 하던 대화는 급작스럽게 몸의 대화로 넘어갔다. 제혁은 입술을 떨어뜨리지 않은 채 한 손으로 지은의 셔츠 단추를 풀고는 벌어진 틈으로 드러난 목덜미를 조심스럽게 어루만졌다. 완만한 곡선을 따라 부드럽게 아래로 미끄러지던 손길이 순간 움찔했다. 제혁은 급히 입술을 떼어내고는 자신의 손이 닿은 부분을 내려다보았다.

"지은아, 너!"

도저히 믿을 수 없다는 듯 그의 눈동자가 크게 흔들렸다.

어라? 왜 감동한 목소리가 아니라 화가 난 것처럼 들리지?

그의 미간에 한껏 주름이 진 것으로 봐선 후자가 분명했다.

분위기는 묘하게도 그녀의 상상과 정반대로 흘러갔다. 제혁은 상체를 뒤로 물리며 가라앉은 목소리로 물었다.

"이걸 입고 회사에 갔었어?"

"왜요? 그러면 안 돼요?"

지은은 왜 그가 이런 질문을 하는지 알 수 없었다. 백번 양보해서 회사에 입고 가기에 좀 야한 건 사실이었다.

그래도 야한 속옷을 입고 출근하면 좀 어때서?

지은의 질문에 제혁은 난처하다는 듯 아랫입술을 깨물었다.

"당연히 안 되는…… 아니, 당연히 안 되는 건 아니지만……."

"안에 뭘 입었는지 누가 알아요? 그리고 막말로 무슨 속옷을 입든 아예 안 입었든 그게 무슨 상관이에요?"

원래 계획은 이게 아니었는데 자꾸만 분위기가 언쟁하는 쪽으로 흘러갔다. 남은 신경 써서 갈아입었는데 감동하기는커녕 인상이나 쓰고 말이지. 방금 갈아입었다고 말해주면 모든 오해는 풀리겠지만 지은은 그러고 싶지 않았다. 그게 중요한 게 아니니까. 남편이라고 해서 아내의 속옷을 가지고 이래라저래라 할 권리는 없는 거다. 지은이 토라진 얼굴로 입술을 삐죽이자 제혁은 달래주려는 듯 그녀의 머리카락을 어루만졌다.

"불안해서 그래."

불안해서? 지은은 도저히 이해할 수 없다는 듯 눈을 가늘게 모았다.

"내가 한두 살 먹은 어린애도 아니고 뭐가 불안해요? 혹시 제혁 씨도 우리 엄마, 아빠처럼 나한테 무슨 일이 일어날까 봐 초조해요? 눈앞에 보이지 않으면 불안해서 나한테 경호원 붙이고 그러는 거 아니죠? 싫어요. 내가 어떻게 투쟁해서 경호원 보호에서 벗어났는데……."

자꾸만 상황이 심각하게 변해가자, 제혁은 두 손으로 지은의 어깨를 움켜쥐었다.

"절대로 그런 게 아니야."

이걸 어떻게 설명해야 하지?

제혁은 속으로 한숨을 내쉬며 지은을 자신의 품으로 끌어당겼다.

"뭐예요? 얼렁뚱땅 넘어가려고 하지 말아요."

지은은 볼멘소리로 투덜거리며 그에게서 벗어나려 바르작거렸다. 그러면 그럴수록 제혁은 팔에 힘을 주어 그녀를 더 세게 끌어안았다.

"얼렁뚱땅 넘어가려는 게 아니야."

불안하다고 한 건 어쩌다 보니 그렇게 말이 나간 거고 사실은 다른 이유에서였다.

청정 지역 1등급이었던 그녀가 벌써 이렇게까지 진도를 빼다니!

감격스러우면서도 한편으로는 뭔가 텅 비어버린 것처럼 허전했다. 어느덧 훌쩍 커버려 둥지를 떠나 훨훨 날아오르는 새를 보는 느낌이랄까? 그래서 불안했다. 혼자 거침없이 진도를 나가서 궁극에는 그를 뛰어넘는 건 아닌지. 평소 성실히 열공하는 그녀의 태도로 보아 쓸데없는 걱정만은 아닌 것 같았다.

"지은아, 내가 불안하다고 한 건 네가 생각하는 그런 게 아니야. 그건……."

제혁은 최대한 감정을 싣지 않고 담담한 목소리로 설명했다. 그의 설명이 끝나자 지은은 감동 어린 눈으로 제혁을 바라보았다.

"……그런 거예요? 난 그런 줄도 모르고."

"아니야. 오해하게 해서 미안해."

잠시 두 사람은 말없이 서로를 마주 보았다.

"그래서 이거 어때요?"

먼저 침묵을 깬 사람은 지은이었다. 그녀는 반달 모양으로 눈꼬리를 휘며 셔츠 자락을 옆으로 살짝 벌렸다. 벌어진 셔츠 사이로 싸움의 발단이 된, 천 조각이 모자란 속옷이 모습을 드러냈다.

"마음에 들어요? 저번보다 한 단계 더 올라간 디자인인데……."

지금 마음에 드냐고 물었나?

마음에 드는 정도가 아니었다. 손에 느껴지는 감촉이 뭔가 다른 것 같아 눈으로 확인했다가 심장이 멎어버리는 줄 알았다.

"이리 와."

제혁은 으르렁거리듯 속삭이며 지은을 향해 손을 뻗었다. 그러곤 그대로 지은을 소파로 쓰러뜨리며 덮치듯 그녀의 위로 타고 올랐다.

"몸으로 대답해줄게."

제혁의 손길 한 번에 셔츠가 활짝 벌어졌다. 그와 동시에 지은의 입도 크게 벌어졌다.

"꺅, 제혁 씨!"

놀라서 나오는 비명이 아니라 기쁨과 환희에 찬 비명이었다. 제혁이 고개를 숙여 입술을 겹치자 지은은 기다렸다는 듯이 그의 목에 양팔을 두르며 매달렸다. 두 사람의 젖은 숨결이 조금의 틈도 없이 격렬하게 엉켜 들었다.

그날 밤, 지은과 제혁은 부부 싸움은 칼로 물 베기라는 것을 직접 몸으로 실천했다. 달콤하고 부드럽게 때로는 열정적으로……. 서로에게 녹아들 때까지 멈추지 않았다.

"민 실장님."

제혁이 병원 로비로 들어서자 우빈이 반가운 얼굴로 다가왔다. 우빈은 병원을 방문하겠다는 제혁의 연락을 받고 기다리던 참이었다.

"미미가 잘 있나 궁금해서 들렀습니다."

제혁의 말에 우빈은 부드러운 미소를 떠올렸다. 누가 부부 아니랄까 봐. 지은 역시 매일 전화로 미미의 안부를 확인하고 있었다.

"잘 회복하고 있습니다. 내일쯤 진통제 끊을 거고, 깁스는 다음 주에 풀 겁니다. 그래도 2달 동안은 옆에서 잘 살펴봐야죠."

제혁은 우빈의 설명에 묵묵히 귀를 기울였다.

"그래도 다행히 미미는 포메라니안이 아니라 폼피츠 같아요. 포메라니안은 다리뼈가 얇은 편이라 더 조심해야 하거든요."

"폼피츠요?"

"폼피츠는 포메라니안과 스피츠가 섞인 종인데 사람들이 대부분 포메라니안으로 착각하죠."

제혁에게 강아지의 견종은 아주 생소한 분야였다. 그가 구분할 수 있는 견종이라면 진돗개, 푸들, 저먼 셰퍼드, 요크셔테리어 정도였다.

"그런데 미미를 버린 주인은 찾았습니까?"

"네. 차 번호를 조회해서 겨우 찾아냈어요. 마침 그 주인이란 사람, 오늘 여기 오기로 했습니다."

그 말과 함께 벌컥 문이 열리며 20대 후반으로 보이는 남자가 병원 로비로 들어섰다. 남자는 험상궂은 얼굴로 주위를 둘러보더니 빠른 걸음으로 프런트 데스크로 다가갔다.

"어떻게 오셨습니까?"

"다 필요 없고 사기꾼 어디 있어? 멀쩡한 남의 강아지, 다리 부러졌다고 사기 친 놈 어디 있냐고!"

직원의 질문에 남자가 언성을 높였다. 이에 뒤에서 상황을 지켜보던 우빈이 기가 막힌 듯 머리를 흔들었다.

"저 남자가 바로 미미를 유기한 주인입니다. 전화로 고래고래 소리를 지르더군요. 우리가 일부러 미미 다리를 부러뜨리고 치료비를 받아내려고 한다고."

그 말에 제혁은 인상을 찌푸리며 프런트 데스크를 노려보았다. 그러곤 앞으로 나서려는 우빈을 손으로 막았다.

"정 선생님은 여기 있어요."

말을 마친 제혁은 남자를 향해 뚜벅뚜벅 걸어갔다.

"이 무슨 소란입니까?"

"뭐? 소란? 당신이 원장……."

크게 소리치며 뒤로 돌던 남자는 싸늘한 표정의 제혁과 눈길이 마주치자 흠칫 몸을 굳혔다. 그는 제혁이 만만한 상대가 아니라는 걸 한눈에 알아봤는지 돌연 태도를 바꾸었다. 남자는 슬그머니 시선을 비켰다.

"당신이 정우빈 원장입니까?"

"아닙니다만, 제게 말씀하시죠. 정 선생님은 지금 진료 중이라 바쁘십니다."

제혁은 우빈이 바로 유리 벽 뒤에 있다는 사실을 숨겼다. 이럴 땐 우빈이 직접 나서는 것보단 자신이 흥분한 남자를 상대하는 게 나을 거라는 판단에서였다.

"강아지를 보호하고 있다고 연락이 와서 찾으러 왔습니다. 다리가 부러져서 여기서 수술했다더군요."

보통은 '우리 누구누구'라는 식으로 이름을 부르는데 남자는 '강아지'라고만 했다. 게다가 남자의 얼굴에는 귀찮은 표정이 역력했다.

"그럼 당신이 한강에서 강아지를 유기한 주인이군요."

"유기라니요? 버리긴 누가 버렸다고."

버럭 언성을 높이던 남자는 제혁의 매서운 시선과 마주치자 움찔해 입을 다물었다. 남자는 전형적으로 강한 자에겐 약하고 약한 자에겐 강한 유형이었다.

"그게 어떻게 된 거냐면……."

허리에 팔을 올리며 머리를 굴리던 남자는 잠시 후 변명을 쏟아냈다.

"내 강아지가 아니고 내 여친 강아지예요. 저번 크리스마스에 여친에게 선물로 사준 거라고요. 잠시 맡아달라고 해서 데리고 나왔다가 갑자기 급한 일이 생겨서 자리를 떴어요. 운전하고 가다가 깜빡한 게 생각나, 다시 돌아가보니까 없더라고요."

"그래서 찾으려고 노력은 했습니까?"

"당연하죠."

남자는 눈 한 번 깜빡거리지 않고 뻔한 거짓말을 늘어놓았다. 저리도 철면피이니 아무렇지 않게 강아지를 버렸겠지. 지은의 말에 의하면 남자는 고의로 목줄을 풀고 미미가 볼일 보는 동안 잽싸게 차를 타고 자리를 떴다고 했다. 강아지가 미친 듯이 쫓아갔지만 모른 체했고, 교통사고를 목격했을 때도 잠시 차를 멈추었을 뿐 곧 떠나버렸다고 했다. 하지만 제혁은 별말 하지 않고 고개만 끄덕거렸다. 그러자 남자는 자신감을 얻었는지 빠르게 말을 이었다.

"며칠 전 난데없이 유기 동물 보호 단체란 곳에서 연락이 왔더라고요. 강아지를 보호하고 있다고. 그런데 다리뼈가 부러져서 수술했다는 거예요. 지금까지 돌봐준 건 고마운데 주인 허락도 없이 막 수술하고 그래도 됩니까?"

"바로 수술하지 않았으면 당신 강아지는 죽었을 겁니다."

제혁의 말에 남자는 비웃는 것처럼 입매를 비틀었다.

"그럼 죽게 내버려두면 됐잖아요. 쳇, 강아지 한 마리가 뭐 그리 중요하다고."

"뭐요?"

제혁이 매섭게 인상을 찌푸리자, 남자는 억울하다는 표정으로 항의했다.

"이봐요. 나도 피해자라고요. 포메라니안이라고 해서 비싸게 주고 샀는데 덩치가 계속 커지잖아요. 알고 봤더니 순종이 아니라 믹스견인 거야. 그것 때문에 여친에게 내 꼴이 뭐가 된 줄 알아요?"

포메라니안이 아니란 걸 알게 된 여자 친구는 큰 강아지는 못 키운다며 화를 냈다. 폼피츠도 소형견이지만, 여자 친구는 인형처럼 작은 티컵 사이즈를 원했다. 두 사람은 그것 때문에 자주 싸웠고 그날도 강아지 때문에 언성이 오갔다. 결국 남자는 홧김에 강아지를 밖으로 데리고 나와서 한강 산책로에 유기해버렸다. 교통사고 장면 역시 두 눈으로 똑똑히 봤지만 남자는 '에고, 저런!' 한마디만을 내뱉고는 다시 차를 출발시켰다. "다음번에는 강아지 말고 고양이를 선물해야지."라고 투덜거리면서. 솔직히 그때 현장에서 죽어버렸으면 일이 이렇게 꼬이지도 않았을 텐데……. 강아지를 구조한 누군가의 오지랖에 남자는 짜증이 날 뿐이었다.

"그렇다고 살아 있는 생명체를 무책임하게 버립니까?"

"아니라고 하잖아요. 처음부터 유기하려던 게 아니라……."

"당신이 일부러 버리고 간 건지 아닌지는 블랙박스에 다 찍혔으니까 영상 보면서 이야기하죠."

제혁이 블랙박스를 거론하자 남자는 낭패라는 듯 입을 다물었다. 하지만 곧 아무렇지 않은 얼굴로 어깨를 으쓱거렸다.

"그래요. 당신 말대로 버렸어요. 순종인 줄 알고 샀는데 똥개라서 버렸다고요. 그래서 뭐 어쩌라고요? 하여간 난 수술비 못 내니까 유기했다고 신고하려면 해요. 그냥 과태료 내고 말지."

남자는 수술비에 비하면 과태료는 지극히 미미할 거라고 지레짐작했다.

"그 강아지, 버린 거니까 다시는 내게 연락하지 말라고 원장에게 전해요."

말을 마친 남자는 눈살을 찌푸리며 그대로 등을 돌려 병원을 걸어나갔다.

"아직 많은 사람이 동물 보호법이 바뀌었다는 걸 모르더군요."

남자가 떠난 후 뒤에서 지켜보던 우빈이 유리 벽 뒤에서 걸어 나왔다. 우빈은 씁쓸한 얼굴로 남자가 나간 쪽을 바라보았다.

"얼마 전부터 반려동물 유기 시 100만 원 이하 과태료에서 300만 원 이하로 올랐는데……. 수술비와 입원비, 완치할 때까지 통원 치료비 등을 포함하면 한 200만 원쯤 나올 겁니다."

그렇다면 남자의 예상과 달리 과태료가 더 나올지도 모른다는 소리였다.

"하지만 유기했다는 증거를 잡는 것 또한 쉽지 않아요. 신고

가 들어가면 조사를 할 텐데 대부분 잊어버렸다고 둘러대거든요. 블랙박스에 찍혔다고는 하지만 그게 100% 확실한 것도 아니고."

그러자 제혁은 피식 웃으며 재킷에서 휴대폰을 꺼냈다.

"이건 어떨까요?"

제혁이 재생 버튼을 누르자 방금 두 사람이 나눈 대화가 휴대폰에서 흘러나왔다.

[당신이 일부러 버리고 간 건지 아닌지는 블랙박스에 다 찍혔으니까 영상 보면서 이야기하죠.]

[그래요. 당신 말대로 버렸어요. 순종인 줄 알고 샀는데 똥개라서 버렸다고요. 그래서 뭐 어쩌라고요? 하여간 난 수술비 못 내니까 유기했다고 신고하려면 해요. 그냥 과태료 내고 말지.]

녹음된 대화 내용에 우빈이 깜짝 놀란 얼굴로 제혁을 바라보았다.

"이 정도면 증거로 충분할 겁니다. 내가 직접 대화에 참여했기 때문에 합법적인 증거로 제출할 수 있습니다."

제혁은 녹음한 음성 파일을 압축해 곧바로 우빈에게 전송했다.

"그래서 저 대신 상대한 겁니까?"

우빈의 질문에 제혁은 부드럽게 미소 지었다.

"그런 점도 있고 미미를 제일 먼저 구조한 사람이 지은이니까요. 나도 뭐라도 돕고 싶었습니다."

"부부는 일심동체다, 그 말씀이군요."

우빈도 미소 지으며 미미가 있는 곳으로 제혁을 안내했다.

"끼이잉, 끼잉."

두 사람이 케이지 앞으로 다가오자 미미의 울음소리가 조금 더 커졌다.

"주인 목소리를 들었는지 낑낑거리면서 케이지에서 나오려고 하네요."

우빈이 어두운 얼굴로 미미를 바라보았다.

"끼잉, 끼이잉."

눈에 눈물이 그렁그렁 맺힌 미미를 보자, 제혁은 저도 모르게 주먹을 움켜쥐었다. 자기를 버린 매정한 주인인데도 미미는 전혀 원망하지 않나 보다. 세상의 모든 강아지가 그렇겠지. 기다리고 하염없이 또 기다리고. 굶기고 잔인하게 학대해도 주인을 보면 언제나 꼬리를 흔들며 다가오는 천사 같은 존재.

제혁은 왜 지은이 버림받은 동물을 외면할 수 없는지 조금은 이해할 수 있을 것 같았다.

"너무 커졌다, 털 날린다, 배변을 못 가린다, 등등 버리는 이유는 다양합니다. 전 사실 분양이라는 단어도 마음에 들지 않아요. 처음부터 분양이 아니라 입양이라고 해야죠. 가족으로 받아들일 각오가 없다면 키워선 안 됩니다. 어서 빨리 동물법이 더 강화돼야 하는데……."

우빈은 우울한 표정을 지으며 말을 이어나갔다.

"하지만 사람도 살기 어려운데 동물 걱정까지 하게 생겼냐고 반발하는 이가 많죠. 그래도 서로 균형 있게 고쳐가야 합니다. 이걸 다 고치고 다른 것을 고치겠다고 하면 어느 순간 한쪽으로 기울게 되니까요."

제혁은 잠자코 우빈의 말에 귀를 기울였다. 우빈의 말을 듣다 보면 지은에 관해서 더 많은 것을 알게 될 테니까.

"감사합니다, 정 선생님. 제 아내의 좋은 동료가 되어주어서."

제혁은 진심을 담아 우빈에게 손을 내밀었다. 잠시 망설이며 제혁이 내민 손을 바라보던 우빈은 이윽고 조심스럽게 그의 손을 잡았다.

"별말씀을요. 서로 돕는 거죠."

우빈은 제혁과 시선을 마주하며 만면에 따뜻한 미소를 떠올렸다.

"와, 이게 다 뭐예요?"

오늘 지은은 경민과 함께 국제 세미나에 참석하느라 평소보다 조금 늦게 퇴근했다. 집에 오니, 먼저 퇴근한 제혁이 저녁을 차리고 그녀를 기다리고 있었다.

"찌개만 데우면 되니까 얼른 손 씻고 와."

가스레인지 위에는 먹음직스러운 생태찌개가 보글보글 끓고 있었다.

"제혁 씨가 만든 거예요?"

지은은 눈을 휘둥그레 뜨며 식탁을 둘러보았다. 그녀가 친정에서 가져온 배추김치와 전복장을 빼고는 전부 새로운 반찬이었다.

"아니, 찌개만 내가 했고 나머지 반찬은 어머니가 큰누나를 통해서 보내주셨어. 사실 찌개도 그냥 끓이면 되게 다 손질해 주셨고."

퇴근하고 돌아왔더니 남편은 저녁을 차리고 있고 식탁 위엔 시어머니가 보내준 반찬이 가득하다니! 감동이다, 정말! 지은은 부리나케 손을 씻고 식탁에 앉았다.

"정말 맛있어요."

생태찌개를 맛본 지은은 눈꼬리를 휘며 환한 미소를 지었다.

"지은아, 이번 주말에 봉사 끝나고 어디 갈까?"

"이번 주말이요?"

주말이면 양가를 방문하느라 두 사람은 아직 오붓한 시간을 보내지 못했다. 그래서 이번 주말만큼은 둘이서 지내겠다고 양가에 통보해둔 상태였다.

"음, 글쎄요?"

그와 함께라면 어디든 상관없었지만, 그래도 부부가 되고 나서 처음이니까……. 잠시 골똘히 고민하던 지은은 이내 두 눈을 반짝거렸다.

"N 서울 타워 갈래요?"

"남산 타워?"

"응. 사랑의 자물쇠가 잘 있나 궁금하기도 하고."

그때는 가짜 연애하는 관계라서 아쉽게도 팔짱을 끼는 게 다였으니까. 지은은 이번엔 더 로맨틱하고 더 뜨거운 시간을 보내리라 다짐했다.

"그래, 그러자."

제혁은 지은의 제안에 별 이의 없이 고개를 끄덕였다.

평일이 지나고 어느덧 돌아온 주말, 봉사 활동을 마친 두 사람은 계획한 대로 남산 타워로 향했다.

"어떻게 할래? 걸어서 올라갈까? 아니면 버스 탈까?"

그때 고생한 걸 기억해서인지 오늘 지은은 등산화까진 아니지만, 밑창이 푹신한 운동화를 신고 있었다.

"올라갈 때는 버스 타고, 내려올 땐 걸어서 와요."

이미 어떻게 할지 생각해두었는지 지은은 고민 없이 곧바로 대답했다. 오래 기다리지 않아 순환 버스가 정류장으로 들어섰다. 저번에 올라갔을 때와 마찬가지로 버스 안은 발 디딜 틈 없이 승객으로 꽉 차 있었다. 하지만 지은은 예전과는 달리 아무렇지 않게 냉큼 버스에 올라탔다. 경험이 있다는 게 이래서 중요하다는 거다. 상자에 쿠키가 채워지듯 많은 사람이 올라탔지만, 지은은 여유로운 얼굴로 제혁의 허리에 팔을 감고 단단한 가슴에 얼굴을 묻었다.

그때는 진짜 연인 사이가 아니었지만 지금 우리는 부부 사이라고! 찰떡같이 그에게 착 달라붙어도 된다는 뜻이었다. 지은은 제혁의 품에 폭 안긴 채 입가에 흐뭇한 미소를 떠올렸다. 가파른 산길을 돌아 버스가 마구 흔들려도 상관없었다. 오히려 제혁이 팔에 힘을 주고 꽉 안아주어 더 기분이 좋았다.

"괜찮아? 거의 다 왔으니까 조금만 참아."

지은은 가만히 고개를 끄덕였다. 그가 속삭일 때마다 간질이듯 따뜻한 숨결이 귓속을 파고들고, 서로 맞닿은 가슴과 가슴으로 쿵쿵거리는 심장 박동이 전해졌다. 그 느낌이 너무 좋아서 지은은 온몸에 전율이 이는 것만 같았다. 나중에는 버스에서 내리기가 아쉬울 정도였다.

버스에서 내린 지은은 휴대폰을 꺼내 들었다. 그녀가 인증샷을 찍자고 말하기도 전에 제혁은 미리 알아서 그녀의 어깨에 팔을 둘렀다. 어깨에 팔을 두르고 찰칵! 꽉 끌어안고 찰칵! 입술을 맞대며 찰칵! 어떤 자세를 취하자고 하지 않아도 두 사람은 척척 손발이 맞았다. 인증 샷 찍기가 끝나자 지은은 제혁의 손을 잡고 두 사람이 자물쇠를 채워두었던 곳으로 향했다.

"저기요! 우리 자물쇠에요!"

하트 모양의 자물쇠는 여전히 구조물에 단단히 채워져 있었다. 지은이 또박또박 적어 넣은 글자 역시 빛바램 없이 그대로였다.

그땐 대충 둘러댄 문구였는데 지금 보니 아주 뜻 깊은 내용이었다. 우리, 이대로 영원히 평생 사랑하면서…….

"우리 이대로 영원히, 맞죠?"

"물론."

지은은 제혁의 팔에 팔짱을 끼며 행복에 겨운 미소를 떠올렸다. 저녁은 그때와 마찬가지로 커플 전용 좌석이 있는 이탈리안 레스토랑으로 정했다. 메뉴도 토마토 미트 소스 파스타와 매콤한 이탈리아식 소시지가 들어간 피자를 선택했다.

식사를 마친 두 사람은 전망대에 올라 야경을 즐긴 후, 남산타워를 빠져나왔다. 이미 걸어서 내려가기로 했기에 지은과 제혁은 버스 정류장을 거치지 않고 곧바로 산책로로 방향을 틀었다.

늦은 시간이어서인지 산책로는 오가는 사람 없이 한적했다. 두 사람은 손을 꽉 잡은 채 천천히 산책로를 걸었다. 눈앞으로는 서울의 화려한 야경이 펼쳐졌다.

"발 아프지 않아?"

한참을 내려가던 제혁이 문득 걸음을 늦추며 걱정스러운 목소리로 물었다. 그러자 지은은 의기양양한 얼굴로 그녀가 신고 있는 운동화를 보여주었다.

"오늘은 운동화 신어서 하나도 안 아파요! 이번엔 준비를 단단히 한 걸요. 자, 봐요."

지은은 괜찮다는 걸 증명하기 위해 제혁의 손을 놓고 위아래로 통통 뛰어올랐다. 그런 지은을 사랑스러운 눈으로 보며 제혁이 손을 내밀었다.

"이리 와. 그래도 업어줄게."

순간 지은은 울컥한 기분에 멍하니 제혁의 얼굴을 바라보았다. 뭐랄까, 가슴속에서부터 목구멍까지 뭉클하고 뜨거운 것이 치솟아 오르는 느낌이랄까? 아, 이 남자가 진심으로 나를 사랑하는구나!

"뭐 하고 있어?"

제혁이 상냥한 목소리로 재촉하자 지은은 살며시 그의 손을 잡았다. 그가 지은 쪽으로 등을 돌리고 무릎을 굽히자, 그녀는 조심스럽게 제혁의 등에 업혔다.

처음엔 누가 볼까 봐 창피했는데 지금은 그의 등이 아늑해서 편하다는 생각뿐이었다. 가슴에 닿은 제혁의 등에서 따뜻한 체온이 전해져왔다.

"제혁 씨, 고마워요."

"고맙긴."

"그런데 안 무거워요?"

"하나도 안 무거워. 깃털처럼 가벼워."

아무리 그래도 성인 여자 무게가 깃털보다야 무겁겠지. 이렇게 표현해주는 게 바로 남편의 사랑이 아닌가 싶다. 지은은 행복한 미소를 떠올리며 제혁의 등에 뺨을 기대었다.

이 남자가 내 남자라니!

그녀는 전생에 자신이 나라를 구한 게 분명하다고 생각했다.

"지은 씨?"

마지막 진료를 마치고 밖으로 나오던 우빈은 복도에 서 있는 지은을 발견하고 자리에 멈춰 섰다. 그녀는 엊그제도 우빈의 동물 병원을 방문했었다. 요새 부쩍 방문 횟수가 잦아져 저번 주부터는 이틀에 한 번꼴로 찾아왔다.

"안녕하세요, 정 쌤."

물론 우빈을 만나려고 오는 건 아니었다. 그녀의 목적은 언제나 같았다.

"미미 보러 오셨군요."

"네, 자꾸만 눈에 아른거려서……. 귀찮게 해서 죄송해요."

"아닙니다. 올 때마다 미미 산책시켜주시잖아요. 저야 고마울 따름이죠."

사실은 그녀만 이곳을 찾는 건 아니었다. 제혁도 지은 못지않게 자주 미미를 보러 왔다. 하지만 어쩐 일인지 제혁은 자신이 이곳에 왔다는 것을 지은에게 알리지 말아달라고 부탁했다. 괜히 신경 쓰게 하고 싶지 않다면서…….

"저……, 정 쌤."

지은은 잠시 머뭇거리다 조심스럽게 입을 열었다.

"미미 입양 소식은 아직인가요?"

이미 여러 번 물어본 질문이었다. 그때나 지금이나 대답이 달라졌을 것 같진 않았다. 아니나 다를까, 우빈은 입가에 어색한 미소를 떠올렸다.

"걱정할까 봐 말하지 않았는데 입양 자리가 쉽게 나올 것 같진 않습니다. 지금 미미 상태가……."

"알아요."

부러진 다리를 핀으로 고정했지만 미미는 아직도 다리를 절룩거렸다. X-레이로 확인했을 땐 모든 뼈가 정상으로 붙은 상태였고 고통을 느끼는 것 같진 않았다. 하지만 알 수 없는 이유로 미미의 걸음걸이는 정상으로 돌아오지 않았다.

"새 가족이 잘 보살펴주면 언젠가는 회복되겠지만……. 글쎄요, 사지 멀쩡한 강아지도 입양되지 않아 안락사되는데 다리까지 저는 미미가 입양 자리를 찾는 건 쉽지 않을 겁니다."

미미는 지은이 다가오기도 전에 그녀의 냄새를 맡았는지 케이지를 열어달라는 듯 철장 문을 긁었다.

"녀석, 그새를 못 참아서."

우빈이 케이지를 열어주자 미미는 꼬리를 흔들며 지은의 품에 달려들었다. 천천히 꼬리를 흔들며 수줍어하던 처음과는 매우 다른 태도였다. 상처가 회복되면서 활발하던 미미의 성격이 다시 돌아오는 것 같았다.

"미미, 언니 보고 싶었구나."

"헥, 헥, 헥."

미미는 머리를 쓰다듬어주는 지은에게 분홍색 혀를 내밀며 프로펠러처럼 꼬리를 마구 흔들었다.

"이번 달까지 입양 자리를 찾지 못하면 아무래도 해외 입양을 알아봐야 할 겁니다."

"네. 그래야겠죠."

지은은 착잡한 표정을 지으며 우빈의 말에 동의했다. 미미를 먼 곳으로 떠나보내긴 싫었지만, 지금으로선 달리 방법이 없었다.

"미안해, 미미야."

지은은 미미를 품에 안으며 슬프게 속삭였다.

어느새 계약 기간이 끝나 오늘은 그녀가 쌍우에서 근무하는 마지막 날이었다.

"도무지 믿을 수가 없네. 정말 오늘이 맞습니까? 벌써 이렇게 시간이 지나다니……."

경민은 못내 아쉬운 듯 캘린더를 노려보며 투덜거렸다.

"잡아도 소용없겠죠?"

경민이 훨씬 더 좋은 조건으로 재계약을 제안했지만, 지은은 정중히 사양했다. 곧 유기 동물 센터가 오픈하기 때문에 한동안은 그쪽 일에 집중하고 싶어서였다.

NOF와 쌍우그룹이 함께 진행한 비밀 프로젝트 역시 이번 달 안으로 끝을 맺는다. 두 회사는 앞으로도 계속해서 공동 프로젝트를 진행할 계획이지만, 프로젝트를 위해 결성된 TF팀은 해체 수순을 밟아야 했다.

경민은 지은과 해체하게 될 TF팀을 위한 송별회 자리를 마련했다. 이별은 거창하게 해야 하는 거라며 호텔 이벤트 홀을 통째로 빌렸다. 저녁 식사가 끝나고 곧바로 파티로 이어졌다. 홀 한구석에 칵테일 바가 준비되고 무대 위에선 흥겨운 음악이 연주되었다.

"서운해서 어쩌죠?"

지은과 함께 근무했던 유 비서도 경민만큼이나 이별을 아쉬워했다.

"지은 씨, 정말 재계약할 마음 없는 거예요?"

지은의 술잔에 맥주를 가득 따르며 유 비서가 넌지시 물었다. 사실 지은도 아쉽고 서운하긴 마찬가지였다. 6개월이란 짧지 않은 기간 동안 정도 들었고, 주어진 업무도 아주 마음에 들었기 때문이다. 하지만 지금 그녀의 앞에는 더 중요한 일이 놓여 있었다.

"네. 우선은 프리랜서로 통역 일을 하면서 당분간은 유기 동물 센터에 집중하려고요. 새로 문을 여는 센터라 신경 써야 하는 부분이 한둘이 아니거든요. 관리해줄 직원도 구해야 하고."

"어떻게 된 게 여기서보다 더 바빠질 것처럼 들리죠?"

유 비서의 말에 지은은 빙그레 웃으며 고개를 끄덕거렸다.

"네. 당분간은 그럴 것 같아요. 임시 보호소에 있던 유기 동물을 센터로 보내야 하는데 손이 많이 가거든요."

"그러면 민 실장님과 함께 있을 시간도 줄어들 텐데, 괜찮겠어요? 아직 신혼이잖아요."

그렇지, 신혼이지. 둘 중 한 명이 야근이라도 하게 되면 '내 님은 언제 오시려나.' 기다리게 되는 게 신혼이었다.

"시간이 줄어들 것 같진 않아요. 제혁 씨도 센터 일 도와주기로 했거든요."

"완전 바늘 가는 데 실 가는 거네. 부럽다. 지은 씨랑 민 실장님 보면 나도 막 연애하고 싶어져요."

지은은 유 비서의 말에 피식 웃으며 제혁이 있는 자리로 고개를 돌렸다. 그는 아까부터 TF팀 자리에 앉아 함께 근무한 동료 직원들과 대화 중이었다. 우연히 시선이 마주치자 제혁이 먼저 그녀를 향해 미소 지었다. 그러나 자리에서 일어나 그녀에게 다가오지는 않았다. 그는 송별회가 시작될 때 잠시 그녀 옆에 온 것을 제외하곤 지금까지 내내 TF팀 자리에만 머물렀다. 제혁과 떨어진 채 주당인 유 비서와 진 대리 등과 어울리다 보니 지은은 계속해서 술잔을 비우게 되었다. 알딸딸하게 취기가 올라왔지만, 지은은 크게 신경 쓰지 않았다. 든든한 남편이 옆에 있는데 뭐가 걱정이람. 지은은 가벼운 마음으로 홀짝홀짝 술잔을 비웠다.

"그나저나 보연 씨 소식 들었어요?"

지은의 잔에 술을 따라주며 진 대리가 지나가는 투로 물었다.

"아뇨."

지은과 유 비서는 동시에 대답하며 고개를 내저었다. 그새 또 무슨 일이 있었어?

"얼마 전에 아는 후배에게 연락이 왔는데 보연 씨가 걔가 다니는 회사에 경력 사원으로 지원했나 봐요. 그런데 면접관 중에 보연 씨를 알아본 사람이 있어서…… 좀 그랬대요."

"뭐가요?"

유 비서가 몹시도 궁금한 얼굴로 물었다. 유 비서뿐만 아니라 같은 테이블에 앉아 있던 마케팅 직원 모두 바짝 긴장한 자세로 진 대리의 다음 말을 기다렸다.

"보연 씨가 학창 시절에 왕따 주동자였나 봐요. 그런데 면접관이 글쎄, 보연 씨가 중학교 때 왕따시킨 학생의 아버지였대요. 그래서 보연 씨를 보자마자 막 소리를 질렀다고."

"어머! 세상 정말 좁다."

유 비서의 말에 진 대리는 빠르게 고개를 끄덕거렸다.

"그 난리가 나고 후배가 전화해서 물어보더라고요. 보연 씨 평판이 어땠는지 궁금하다고."

"이런 큰일 났네. 보연 씨, 한시라도 빨리 취직해야 할 텐데……."

그때까지 듣고만 있던 정보통 전 비서가 슬그머니 대화에 끼어들었다.

"이번 일로 박 이사님은 둘째치고 드디어 보연 씨 부모님마저도 더는 안 되겠는지 지원을 끊어버렸대. 당장 내일이라도 재취업하지 않으면 곤란할걸."

"그래? 그러면 이제야 인생의 쓴맛을 좀 알겠네."

전 비서의 말에 유 비서는 그것 참 쌤통이라는 듯 활짝 웃어 보였다.

송별회가 끝나고 지은과 제혁은 예약해둔 스위트룸으로 향했다. 대리운전을 불러서 돌아가는 것보단 호텔에서 자고 가는 게 편할 거라는 판단에서였다.

"아아!"

객실에 도착하자마자 지은은 그대로 침대로 직행했다. 평소 주량보다 더 많이 마신 탓에 잠이 몰려왔다.

"……나 조금만 자고 샤워는 이따 할게요."

지은은 작게 웅얼거리며 베개에 얼굴을 묻었다. 그러자 제혁이 침대 가장자리에 앉아 그녀를 향해 상체를 구부렸다.

"지은아, 할 말이 있는데……."

"……으응, 뭔데요?"

지은이 잠에 취한 목소리로 묻자 제혁은 부드럽게 웃으며 고개를 내저었다.

"아니야. 우선 자. 나중에 깨면 이야기하자."

"……지금 해도 되는데……."

말은 그렇게 했지만 지은은 그대로 곯아떨어졌다. 잠자코 잠든 지은을 바라보던 제혁은 자리에서 일어나 욕실로 향했다. 그러곤 물에 적신 수건을 들고 돌아왔다. 그는 지은이 잠에서 깨지 않게 조심하며 얼굴 화장을 닦아냈다. 따뜻한 물수건이 얼굴에 닿자 지은은 기분이 좋은 듯 입꼬리를 말아 올렸다.

"……근데요, 재혁 씨."

언제나처럼 지은의 입에선 잠꼬대 같은 술주정이 흘러나왔다.

"……요새 내가 밤에 잠을 제대로 못 자……거든요."

"왜? 내가 잠을 안 재워서?"

"……큭큭."

그 말에 지은은 작게 웃음을 터뜨렸다. 그러더니 얼굴을 닦아주는 그의 손을 꽉 움켜쥐었다.

"……으응. 오빠가…… 새벽까지 안 재우고 너무 괴롭혀서. ……그래도 그건 좋아. ……후우, 근데요."

혼자 키득거리던 지은의 얼굴이 순식간에 어두워졌다.

"……가 걱……정……돼서 잠을 설……치는 것도 있어요."

"걱정 돼? 누가?"

"……미……미. 다리를 절어서…… 결국 해외로 입양 보내야 할 것 같은……데……. 흐음."

혼잣말처럼 중얼거리던 지은은 말을 끝맺지 못하고 깊게 잠들어버렸다. 그러나 꽉 쥐고 있던 제혁의 손은 놓아주지 않았다. 그녀의 입술에서 새근새근 고른 숨이 흘러나왔다. 제혁은 고개를 숙여 그녀의 입술에 가볍게 입을 맞추었다. 할 말이란 게 바로 이거였는데…….

요 며칠 어딘지 모르게 지은의 얼굴이 어두워 보여 제혁은 무슨 일이 있냐고 물어보려던 참이었다. 깨어나면 물어보려고 했는데 지은은 잠꼬대 같은 술주정으로 속내를 털어놓았다.

제혁은 얼마 전 우빈과 나누었던 대화를 떠올렸다.

"아직도 미미를 입양하려는 곳이 없습니까?"

"네. 여기저기 게시판에 입양 공고를 올리긴 했는데…… 영 소식이 없네요."

우빈의 입장도 난처했다. 언제까지 미미를 동물 병원 케이지에 보호할 순 없었기 때문이다. 깁스를 풀었다고 해도 아직은 누군가가 옆에서 지켜봐야 하니 유기견 센터로 보낼 수도 없는 일이었다. 그렇다고 임시로 보호해줄 가정을 찾기도 쉽지 않았다.

"아무래도 해외 입양을 알아봐야 할 것 같아요. 국내에선 미미처럼 장애가 있는 강아지는 거의 입양이 안 되거든요."

"지은이는 뭐라고 하던가요?"

"지은 씨는 어떻게 해서든지 국내 입양이 되었으면 하죠. 멀리 보내버리면 계속 생각날 거라고 하면서……."

"나에겐 그런 말 하지 않던데……."

그러자 우빈의 얼굴에 복잡한 표정이 떠올랐다.

"그런 일에까지 신경 쓰게 하고 싶지 않을 겁니다. 결혼식 당일에 미미를 구조하느라 식에 늦을 뻔한 일을 아직까지 미안해하거든요. 지금도 민 실장님이 바쁜 시간 쪼개가면서 봉사 활동을 도와준다고, 지은 씨가 고마워하면서도 한편으론 면목 없다고 하더군요."

"그렇습니까?"

그가 짐작한 대로 지은의 안색이 좋지 않은 건 미미의 거처 문제 때문이었다. 지금까지 그녀는 선뜻 고민을 털어놓지 못하고 속으로만 품고 있었나 보다.

"……흐응."

그때 잠결에 몸을 뒤척거리던 지은이 제혁 쪽으로 몸을 굴렸다. 회상에서 깨어난 제혁은 팔을 뻗어 지은을 가까이로 끌어당겼다.

"바보야. 혼자 속 썩이지 말고 말하지 그랬어."

지은의 등을 다정하게 다독거리며 제혁이 낮게 속삭였다. 제혁은 지은을 안은 팔에 더욱 힘을 실으며 물끄러미 천장을 바라보았다. 아무래도 그가 먼저 결단을 내려야 할 것 같았다.

"알았어, 엄마. 걱정하지 마."

지은은 앞치마를 두르며 식탁 위에 놓아둔 휴대폰을 향해 소리쳤다.

[내가 걱정 안 하게 됐니? 그러지 말고 내가 가사 도우미 보내줄 테니까…….]

"싫어. 나 혼자 할 수 있다니까. 이제 그만 끊어, 엄마. 제혁 씨 올 때 다 됐어."

[지은아. 그러지 말고…….]

"됐어. 다 만들면 인증 샷 찍어서 보내줄게. 안녕!"

지은은 매정할 정도로 안 여사의 전화를 단번에 끊어버렸다. 그러곤 앞치마의 매듭을 단단히 매고는 싱크대로 걸어가 손을 씻었다. 오늘은 회사를 그만두고 자유인이 된 첫날이었다. 그래서 그녀는 다시 한 번 저녁상 차림에 도전할 계획이었다. 미역국 실패도 있었고 이번엔 쉽게 끓일 수 있는 조갯국으로 메뉴를 정했다. 그녀는 마 과장과 함께 수산 시장까지 방문해 싱싱한 백합 조개를 사 왔다. 이미 1차 해감이 된 생물이었지만, 혹시 몰라 마 과장이 2차 해감까지 도와주었다.

시행착오를 거듭한 결과, 지은은 제법 괜찮은 조갯국을 완성했다. 지은은 뿌듯한 마음으로 자신이 차린 저녁상을 바라보았다. 맛있게 먹어줄 제혁을 상상하니 행복함에 가슴이 두근거렸다. 빠른 시일 안에 정 여사에게 비빔밥 만드는 방법도 배워야겠다.

띠잉—. 띠잉—. 그때 갑자기 초인종 소리가 들렸다.

"응? 누구지?"

지은은 고개를 갸웃거리며 앞치마를 벗고 현관문으로 향했다. 제혁이라면 초인종을 누르지 않고 그냥 문을 열고 들어올 것이고, 방문객이라면 위로 올라오기 전에 1층 로비에서 먼저 인터폰을 눌러야 했다.

"누구세요?"

대답이 없자 지은은 인터폰으로 문밖을 내다보았다.

"앗!"

화면에 뜬 영상을 본 지은은 짧게 탄성을 질렀다. 동물 병원에 있어야 할 미미의 얼굴이 인터폰 화면을 가득 채우고 있었다. 지은은 서둘러 현관문을 열었다. 문 앞에는 제혁이 한 손엔 미미를 안고 다른 한 손엔 강아지 이동 가방을 들고 서 있었다.

"헥, 헥, 헥."

활짝 웃는 것처럼 미미는 제혁의 품에서 입을 벌린 채 분홍색 혀를 내밀었다.

"미안, 미미를 안고 있어서 혼자 문을 열 수 없었어."

미미를 지은에게 넘기며 제혁이 말했다.

"아니, 미미가 왜 여기……."

지은은 어리둥절한 얼굴로 두 손에 미미를 받았다. 그녀의 품에 안기자 미미는 꼬리를 마구 흔들며 지은의 얼굴을 할짝할짝 핥았다.

"미미야. 진정…… 읍. 야, 미……미……."

엄청나게 신이 난 모양인지 미미는 지은이 말도 하지 못하게 열렬한 키스를 퍼부었다. 산책을 제외하곤 온종일 케이지 안에만 갇혀 있다가 외출했으니 오죽 좋을까!

"물어보지 않고 데려와서 미안해."

"어떻게 된 거예요?"

지은이 미미를 바닥에 내려놓으며 제혁에게 물었다. 미미는 낯선 곳이 신기한 듯 킁킁거리며 집안 곳곳 냄새를 맡기 시작했다.

"미미가 잘 있나 해서 일찍 퇴근하고 동물 병원에 들렀었거든. 그랬는데 미미가 기운 없이 케이지 안에 누워 있잖아. 그걸 보니까 도저히 혼자 두고 올 수 없었어."

굳이 자세히 설명하지 않아도 어떤 기분인지 알 수 있었다. 그녀도 미미를 보고 돌아설 때마다 마음이 무거워 발걸음이 안 떨어졌으니까. 하지만 제혁에게 미미를 입양하자거나, 그게 아니면 임시 보호라도 안 되겠냐고 물어볼 수 없었다. 한창 신혼이라서 가사 도우미가 오는 것도 꺼리는데 강아지라니. 물어보는 것 자체가 부담일 거란 생각에 지은은 입을 꾹 다물었다.

제혁이 원래 강아지를 좋아하는 것도 아니고 본가에서도 강아지를 키우지 않았다. 반려동물 입양에는 그만큼의 책임이 뒤따른다. 귀여운 인형을 사 오는 것과는 근본적으로 다른 것이다. 그녀가 감당할 수 있다고 해서 제혁에게까지 강요해선 안 되는 것이었다. 그런데 놀랍게도 제혁이 먼저 미미를 집에 데려왔다.

"우선 임시 보호부터 하면 어떨까? 그동안 입양 자리가 나타나면 좋고. 안 되면 너만 찬성하면 우리가 미미를 입양하면 좋겠어. 우리 결혼하는 날, 미미가 우리에게 온 거잖아. 괜찮지?"

지은은 대답 대신 제혁을 와락 끌어안았다. 그의 마음 씀씀이에 눈물이 핑 돌았다.

"고마워요. 정말 고마워, 오빠."

그때였다. 여기저기 냄새를 맡고 돌아다니던 미미가 두 사람 앞으로 쪼르르 달려오더니 빙글빙글 돌기 시작했다.

"왈, 왈, 왈."

동시에 관심을 가져달라는 듯이 큰 소리로 짖었다. 그건 당장 볼일을 봐야겠다는 신호였다.

"제혁 씨, 배변 패드 챙겨 왔죠?"

"어? 아, 잠깐만."

제혁이 이동 가방 주머니에서 배변 패드를 꺼내자 지은은 부리나케 패드를 바닥에 깔았다. 패드가 깔리기가 무섭게 미미는 배변 패드 위로 폴짝 올라갔다. 하는 행동으로 보아 미미는 배변 패드를 사용하는 데 익숙한 것 같았다.

"배변 훈련이 잘돼 있는 것 같군."

"네. 그래도 완벽하진 않을 거예요."

100% 장담할 순 없었다. 평소에 실내 배변을 잘하던 강아지도 환경이 바뀌면 곧잘 실수하곤 하니까. 그것 때문에 입양하고 나서 강아지가 적응할 기간도 주지 않고 바로 파양해버리는 경우도 많았다. 아무리 설명하고 설득해도 대부분은 마음을 돌리지 않았다.

"당분간 여기저기 실수할지도 몰라요. 그래도 괜찮아요?"

그랬기에 지은은 처음부터 확실히 해두어야 했다.

"물론이지."

"그리고 하루에 한 번 꼭 산책시켜줘야 해요."

"강아지를 키운 적은 없지만, 친구 강아지를 맡아서 돌봐준 적은 많아. 그러니까 그 점은 걱정하지 않아도 돼."

해수와 사귀는 동안 몰리의 뒤치다꺼리는 모두 제혁의 차지였다. 그녀는 갑자기 여행을 떠나야겠다며 몰리를 제혁에게 맡기고 한 달 이상 종적을 감추는 경우도 많았다.

—몰리는 네가 좋은가 봐. 너만 보면 이렇게 난리다.

몰리가 제혁만 보면 그에게 가겠다고 몸부림친 이유도 그래서였다. 그가 진심으로 자신을 돌봐준다는 것을 몰리도 알았을 테니까.

"헥, 헥, 헥."

볼일을 마친 미미는 또다시 냄새를 킁킁 맡더니 주방 쪽으로 방향을 틀었다. 주방에서 흘러나오는 음식 냄새에 반응하는 것 같았다.

"아 참!"

지은은 쏜살같이 주방으로 뛰어갔다. 미미 때문에 저녁을 차리던 중이라는 걸 까맣게 잊고 말았다. 다행히 냄비를 올려둔 가스레인지 불은 이미 꺼놓았고 그녀가 주방으로 들어서자 오븐 타이머가 '땡' 하고 신호를 보냈다.

"손 씻고 와요. 저녁 다 됐어요."

지은이 저녁상을 차리는 동안 미미는 바닥에 앉아 그녀의 행동을 얌전히 바라만 보았다.

"제혁 씨? 미미 저녁은 어떻게 했어요?"

"동물 병원에서 먹였어."

욕실에서 손을 씻고 나오며 제혁이 대답했다. 그 말에 지은은 이동 가방 주머니에서 개 껌을 꺼내 미미에게 건네주었다.

"미미야, 넌 이거 먹고 있어."

미미는 잽싸게 개 껌을 입에 물고 거실 구석으로 자리를 옮기더니 행복한 얼굴로 맛있게 개 껌을 씹었다. 저렇게 말 잘 듣는 강아지를 생각했던 것보다 크기가 좀 커졌다고 매정하게 버리다니. 아무리 생각해도 미미를 버린 주인이 괘씸했다.

"뭘 또 이렇게 많이 차렸어?"

제혁이 자리에 앉으며 식탁을 둘러보았다.

"아까 마 과장님이랑 수산 시장 갔었거든요. 싱싱한 해산물이 많더라구요."

지은은 눈을 빛내며 제혁이 조갯국을 맛보기를 기다렸다.

"어때요?"

"맛있어. 국물 맛이 진하고 시원해."

후, 다행이다.

지은은 겉으로는 웃으면서 속으로는 떨리는 가슴을 쓸어내렸다.

"그런데 지은아."

묵묵히 음식을 입으로 가져가던 제혁이 넌지시 말을 꺼냈다.

"이번 주 금요일에 B.W. 공연이 있는데 보러 올 수 있지?"

"당연하죠!"

제이가 제혁이라는 것을 몰랐을 때도 공연에 갔던 지은이었다. 게다가 이번 공연을 끝으로 한동안 무대에 오르지 않을 거라잖아! 그러니 무슨 일이 있어도 가야만 했다. '꽃다발이라도 사가야 하나?'라고 혼자 궁리하던 지은은 잠시 이상한 느낌에 거실 쪽으로 고개를 돌렸다.

"그런데 너무 조용하지 않아요?"

방금까지만 해도 개 껌 씹는 소리가 들렸는데…… 무슨 일이지?

지은은 걱정스러운 마음에 재빨리 거실로 나가보았다. 그러고는 곧 구석에서 개 껌을 끌어안고 잠든 미미를 발견했다.

"하, 미미, 얘 좀 봐. 웃긴다."

지은은 어이가 없다는 얼굴로 웃음을 터뜨렸다. 낯선 곳에서 무방비 상태로 편하게 잠들어버리다니. 본능적으로 이곳이 자신이 지낼 곳이라는 것을 알아차린 것 같았다.

"녀석, 피곤했나 봐."

지은을 뒤따라온 제혁이 뒤에서 나직하게 속삭였다. 미미는 두 사람이 자신을 바라보든 말든 양탄자 위에 누워 고롱고롱 코를 골았다.

그날 그렇게 미미는 새로운 가족의 일원으로 두 사람의 보금자리에 들어왔다.

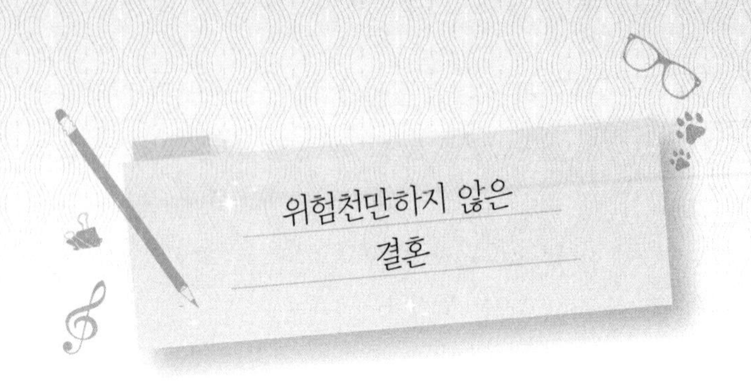

토요일 오후.

쉬는 날이지만 급히 처리할 업무가 있었던 제혁은 파일을 들고 서재로 향했다. 그런 제혁의 뒤를 미미가 개 껌을 물고 따랐다. 제혁이 컴퓨터를 켜자 미미는 그의 발 언저리에 앉아 느긋하게 개 껌을 씹었다. 일을 마치는 대로 지은과 제혁은 미미를 데리고 산책하러 나갈 계획이었다. 그리고 나간 김에 햄버거나 샌드위치 등으로 간단히 저녁을 해결할 생각이었다.

요 며칠 지은은 저녁을 차리느라 진이 빠진 상태였다. 국이나 찌개는 제혁이 끓인다지만 이것저것 반찬을 준비하고 생선이나 고기를 굽는 일은 쉬운 일이 아니었다. 지금도 지은은 간단한 밑반찬을 만들어보겠다며 주방에서 바쁘게 움직이고 있었다.

하지만 그녀가 무슨 음식을 만드는지 도무지 감을 잡을 수 없었다. 미미마저도 흥미를 잃었는지 제혁을 따라 2층으로 올라왔다. 월요일 회의에 필요한 자료를 모두 정리한 제혁은 컴퓨터를 끄고 자리에서 일어났다.

"거의 다 됐어. 미미야."

그의 말뜻을 알아들었는지 미미는 자리에서 벌떡 일어나 꼬리를 흔들었다.

"잠깐만 여기서 기다리고 있어."

제혁은 미미의 머리를 가볍게 쓰다듬어주고는 책장으로 걸어갔다. 책을 뽑고 스크린 번호판을 누르자 '우웅' 하는 소리와 함께 책장이 벌어지며 비밀 작업실이 나타났다. 제혁이 안으로 들어가자 미미도 개 껌을 물고 따라왔다.

"내가 밖에서 기다리라고 했지."

그러나 미미는 제혁의 말을 못 알아들은 시늉을 하며 고개를 흔들었다. 딴청 부리는 모습이 어쩌면 이리도 지은과 똑같은지 모르겠다. 제혁은 어쩔 수 없다는 듯 고개를 내젓고는 어젯밤에 작업한 음악 파일을 USB 드라이버에 옮겨 담았다.

띠리리리릭—. 그때 아래층에서 현관문 열리는 소리가 들리더니 소란스러운 대화 소리가 들려왔다.

"어머나, 이 무거운 걸 들고 오신 거예요?"

"에이, 괜찮아. 내가 힘 하난 자신 있거든."

"……그래도. 이렇게 짐이 많은 줄 알았으면 저도 로비로 내려갔죠."

작은 누나?

얼핏 들어선 둘째 누나인 제희 같았다. 제혁은 서둘러 USB

드라이버를 뽑고 자리에서 일어났다. 막 작업실을 나가려는데 제혁을 따라 일어나던 미미가 개 껌을 바닥에 떨어뜨렸다.

떨어진 개 껌은 또르르 구르더니 작업대 밑으로 굴러들어갔다. 그러자 미미는 낑낑거리며 작업대 주위를 맴돌았다.

"미미야, 왜 그래?"

"끼잉, 끼잉."

미미는 우는 소리를 내며 작업대 앞에 바짝 엎드리더니 코를 들이밀었다. 개 껌을 꺼내기 전까진 절대로 물러서지 않을 태세였다.

"가만 있어 봐."

제혁은 할 수 없이 바닥에 무릎을 꿇고 작업대 밑으로 손을 넣었다. 하지만 안쪽으로 깊숙이 들어갔는지 손에 닿지 않았다. 제혁은 어쩔 수 없이 바닥에 몸을 눕힌 자세로 손을 뻗어야만 했다. 몇 번의 시도 끝에 개 껌을 꺼내서 돌려주자 미미는 꼬리를 흔들며 서재로 뛰어나갔다.

"미미, 너! 고맙다는 인사 안 해?"

피식 웃으며 미미를 따라가던 제혁은 갑자기 제자리에 얼어붙어버렸다.

"어머니?"

반쯤 열린 서재 문 앞에 최 여사가 서 있었다. 그녀의 시선은 제혁을 지나쳐 그의 뒤를 향했다.

"……제혁아."

제혁의 뒤로는 책장이 열린 상태라 비밀 작업실이 그대로 노출되어 있었다. 불행히도 책장을 닫기에는 너무 늦어버렸다. 최 여사는 긴장한 표정을 지으며 서재 안으로 발을 들여놓았다. 미미는 처음 본 최 여사가 신기했는지 개 껌을 입에 문 채로 그녀의 주위를 맴돌았다.

"이 애가 미미로구나."

미미를 내려다보며 최 여사가 물었다. 작업실을 보았을 텐데도 그녀는 일단은 미미에게 관심을 보였다.

"크게 다쳤다더니 이젠 괜찮은 거니?"

"네. 아직 다리를 절긴 하지만, 옆에서 잘 돌봐주면 곧 회복될 겁니다."

"그래, 다행이구나."

최 여사는 미미를 바라보며 온화한 미소를 지었다. 그러곤 천천히 제혁의 뒤로 시선을 돌렸다.

"그게 다 뭐니?"

작업실 벽은 온통 'Broken Wings' 공연 포스터와 앨범 재킷으로 도배되어 있었다. 포스터와 재킷 사이, 전자 기타를 메고 연주하는 제혁의 모습과 밴드 멤버와 함께 무대 위에 서 있는 사진도 걸려 있었다. 누가 보더라도 그가 기타리스트로서 활동하고 있다는 것을 쉽게 유추해낼 수 있었다.

"죄송합니다, 어머니."

제혁은 최 여사의 얼굴을 마주 보면서까지 거짓말을 할 순 없었다.

"음악 활동 그만둔 거 아닙니다. 밴드에서 계속 연주하고 있었습니다. 지금도 작업 중이고……."

그가 착잡한 얼굴로 모든 것을 고백하자 최 여사는 흐릿한 미소를 떠올렸다.

"……그랬구나."

그녀는 제혁을 지나쳐 비밀 작업실 안으로 걸음을 옮겼다. 그러곤 묵묵히 벽에 붙은 포스터와 앨범 재킷, 사진 액자 등을 찬찬히 훑어보았다.

"제혁아."

한참 후에야 최 여사가 제혁을 향해 고개를 돌렸다.

"내게 미안해하지 마라."

아들을 바라보는 그녀의 두 눈에 눈물이 그렁그렁 맺히기 시작했다.

"어머니, 왜 안 내려오시지?"

가방에서 반찬통을 꺼내 지은에게 건네던 제희가 궁금한 얼굴로 2층을 올려다보았다.

"글쎄요."

지은은 고개를 갸웃거리며 냉장고 선반 위에 차곡차곡 반찬통을 쌓았다. 갑자기 무슨 일인지 최 여사와 제희가 음식이 담긴 반찬통을 들고 찾아왔다. 깜짝 놀란 지은에게 제희는 이것만 전해주고 갈 거라고 신신당부했다.

—부담 갖지 마. 우리 가끔 밑반찬 들고 집마다 도니까. 제혁이가 막내라서 제일 마지막으로 들른 거야.
—그래도 오셨는데 차라도 한잔하시고 가셔야죠. 제가 제혁 씨 내려오라고 할게요.
—아니다. 내가 올라가마.

지은이 2층으로 가려고 하자 최 여사는 자신이 올라가겠다고 했다. 그런데 올라간 후 함흥차사였다.

잠깐! 별생각 없이 반찬통을 넣던 지은은 갑자기 뭔가 깨닫고 서둘러 냉장고 문을 닫았다.

혹시 책장을 열어둔 건 아니겠지?

최 여사에게 비밀 작업실을 들킨 건 아닐까 하는 걱정이 들었다.

"형님, 저 잠깐만요."

지은은 허둥지둥 앞치마를 벗고는 빠르게 2층 계단으로 향했다. 서재 앞까지 뛰어간 그녀는 숨을 죽이며 반쯤 열린 문을 통해 안을 들여다보았다. 제혁과 최 여사가 소파에 나란히 앉아 대화를 나누고 있었다. 왠지 심각해 보이는 표정에 지은은 저도 모르게 마른침을 꿀꺽 삼켰다. 책장이 열렸는지 닫혔는지는 그녀가 있는 자리에선 확인이 어려웠다. 그러려면 안으로 들어가야 하는데…….

"왈, 왈."

그때였다. 소파 밑에 앉아 개 껌을 씹던 미미가 문 앞으로 반갑게 달려왔다. 누가 강아지 아니랄까 봐! 미미는 귀신같이 그녀의 존재를 눈치챘다. 지은은 어쩔 수 없이 문에 노크하고 천천히 문을 열었다.

서재 문을 열고 나서야 지은은 무슨 상황인지 즉각 알아차릴 수 있었다. 책장은 활짝 열려 있었고 그 뒤로 비밀 작업실이 모습을 드러내고 있었다.

헉, 어떡해! 지은은 당황한 표정을 감출 수가 없었다. 최 여사가 2층으로 올라간다고 했을 때 말렸어야 했는데……. 그녀의 잘못으로 제혁의 이중생활이 들킨 것만 같아 입 안이 바짝 바짝 타들어갔다.

지은은 슬그머니 제혁과 최 여사의 눈치를 살폈다. 그런데 생각했던 것보다 심각한 분위기는 아닌 것 같았다. 이제 보니 두 사람은 서로의 손을 꽉 잡고 있었다.

"저, 어머님……."

지은이 다가오자, 제혁과 최 여사가 동시에 그녀에게 고개를 돌렸다. 최 여사는 지은을 향해 환한 미소를 떠올렸다.

"제혁이에게 들었다. 네가 여기에 작업실을 마련해주었다고. 고맙구나. 내가 신경 쓰지 못하는 부분을 새아가가 챙겨줘서."

최 여사는 다시 제혁에게로 고개를 돌리곤 잡고 있던 그의 손등을 자상하게 쓰다듬었다.

"나 때문에 포기한 것 같아서 항상 마음에 걸렸는데 이렇게라도 꿈을 이어나가고 있었다니 정말 다행이구나."

"……어머니."

"고맙다, 제혁아."

최 여사는 제혁을 향해 진심 어린 미소를 떠올렸다. 다행스럽게도 모자간의 대화는 큰 문제 없이 잘 진행되고 있는 것 같았다.

"저는 내려가 있을게요. 계속 말씀 나누세요. 미미야, 이리 와."

지은은 미미를 끌어안고 자리를 피했다. 두 사람은 조금 더 이야기를 나눈 후 아래층으로 내려왔다.

"우린 이만 갈게."

최 여사와 제희는 앞서 말했던 것처럼 차 한 잔만 마시고 돌아갔다. 예고 없이 찾아온 불청객은 빨리 사라져야 하는 거라며…….

두 사람이 떠난 뒤 지은과 제혁은 계획대로 미미를 위해 산책을 나섰다. 무슨 이야기를 나누었냐고 묻고 싶었지만, 지은은 제혁이 먼저 말을 꺼내길 기다렸다.

"……어머니는 내가 음악 활동하는 걸 반기지 않으셨어. 하지만 반대하지도 않으셨지."

말없이 산책로를 따라 걷던 제혁이 이윽고 입을 열었다.

"하지만 솔직히 속이 많이 상하셨을 거야. 음악 때문에 대학을 자퇴하겠다고 했으니까. 결국 어머닌 스트레스를 이기지 못하고 쓰러지셨고. 그런데도 내게 꿈을 포기하란 말은 안 하시더군."

그의 얼굴에 어두운 그림자가 내려앉았다.

"비슷한 시기에 다른 멤버들도 부모님 반대에 부딪혔고 결국 밴드는 해체됐어. 그다음부턴 몰래 활동했어. 경민 선배도 그렇고 규한 선배도 그렇고. 나도 그렇고."

제혁은 최 여사가 더는 쇼크 받지 않게 하기 위해 숨어서 활동하기로 했다고 말했다.

"어머니께 스트레스를 드리지 않으려고 노력했어. 그런데 어머니는 어머니대로 아들의 꿈을 방해했다고 괴로워하셨더군."

최 여사는 자신 때문에 제혁이 해수와 헤어지지 못하는 건 아닌지 걱정했다고도 했다.

—물론 해수를 불쌍히 여겼단다. 친구가 먼저 가지만 않았어도 그 애가 그렇게 되진 않았을 텐데. 친구를 대신해서 해수를 돌봐줘야 한다고 생각했어. 하지만 제혁아, 아무리 그래도 넌 내 아들이야. 내 자식 눈에 피눈물 나게 하면서까지 남의 자식을 챙겨줄 순 없는 것 아니니.

제혁은 해수가 자신을 찾아왔었다는 것과 치료차 다시 미국으로 돌아갔다는 사실도 최 여사에게 털어놓았다.

"어머니는 아무 말씀 없이 고개만 끄덕이시더니 언젠간 해수도 좋은 사람 만나서 가족을 꾸리길 바란다고 하셨어."

모든 설명이 끝나고 나서야 굳었던 제혁의 표정이 풀렸다.

"그래도 늦게나마 이렇게 오해를 풀어서 다행이에요."

제혁의 팔에 팔짱을 끼며 지은이 말했다.

"응. 다행히도."

처음엔 최 여사에게 비밀 작업실을 들킨 사실이 크나큰 낭패라고 생각했었다. 하지만 오히려 전화위복이 됐다. 언제까지 속일 수만은 없는 거니까.

"가족끼리 숨기고 그러면 안 되는 거래요. 우리 엄마가 뭐라고 했냐면……. 아!"

행복한 얼굴로 조잘거리던 지은이 순간 말을 멈추며 아랫입술을 깨물었다. 제혁이 의아하게 바라보자 그녀는 심각한 표정으로 말했다.

"그래도 우리 가짜 연애했던 건 무덤까지 비밀로 가져가야겠죠? 나, 우리 엄마한테 들키면 큰일 나요."

제혁의 표정도 지은을 따라서 심각하게 변했다.

"물론 그건 끝까지 비밀로 해야지."

가족끼리 비밀은 없어야 하는 것이지만, 언제나 예외는 있는 법이니까.

그때 신이 난 듯 앞서가던 미미의 걸음이 서서히 느려졌다.

"미미야, 힘들어? 안아줄까?"

"헥, 헥, 헥."

그러자 미미는 두 발을 들고 지은을 향해 깡충깡충 뛰기 시작했다. 지은은 두 손으로 미미를 들어 올렸다.

"아직 오래 걷는 건 무리인 것 같아요."

"그래도 다리 저는 건 많이 좋아진 것 같군."

"네. 정 쌤 말대로 안정을 취하니까 슬슬 회복되는 것 같아요. 참, 제혁 씨. 미미 전 주인 어떻게 됐는지 소식 들었어요?"

"아니……."

그 말에 지은이 쓰게 웃으며 미미를 품에 꼭 끌어안았다.

"알고 보니까 동물 유기한 게 그전에도 몇 번 더 있었더라고요. 게다가 작년에는 지나가던 개를 발로 걷어차서 벌금까지 물었다는 거 있죠. 잘하면 유기뿐만 아니라 동물 학대까지 적용할 수 있을 것 같대요. 동물 학대는 벌금이 2천만 원 이하라던데……."

그렇게까지 되지 않는다고 해도 전 주인은 다신 허투루 동물을 학대하거나 쉽게 유기하지는 못할 것이다.

"다음 주에 유기 동물 센터 오픈하면 바빠지겠군."

"네."

매우 바빠지긴 하겠지만 한편으론 마음이 놓일 것 같았다. 보금자리를 잃고 거리로 쫓겨날 뻔한 수많은 유기견들을 아늑한 장소로 데리고 올 수 있게 되었으니까.

—내가 사비를 들여서 사설 센터를 마련해주마. 대신 이번 일요일부터 선봐.

아직도 지은의 귓가엔 으름장을 놓는 신 회장의 목소리가 생생했다. 당시엔 말도 안 된다고 투덜거렸는데 이제 보니 꽤 괜찮은 거래였다.

유기 동물 센터를 짓기 위해 선을 보느라 이리 멋진 남편을 얻었으니까! 이런 게 바로 일거양득이겠지?

"바빠지기 전에 산책 자주 나오자."

"응, 그래요."

온몸을 감싸는 행복을 느끼며 지은은 환한 미소를 지었다. 품에 안은 미미도, 그녀를 안아주는 제혁도 모두 따뜻하고 부드러웠다.

눈이 부신 햇살이 쏟아지는 한가한 오후가 그렇게 서서히 흘러가고 있었다.

얼마 전부터 지은은 유기 동물 보호 센터 일 외에도 SB그룹의 해외 박람회 참가를 돕느라 눈코 뜰 새 없이 바쁜 일정을 보내고 있었다. 오늘은 회식이 있는 날이었다.

"좀 있으면 회장님 따님도 오실 겁니다. 회장님 부탁으로 이번 해외 박람회 참가 일을 도와주시기로 했거든요."

SB그룹 마케팅 조 팀장은 지은이 도착하기 전, 팀원을 둘러보며 말했다. 한마디로 행동거지에 조심하라는 뜻이었다.

"보연 씨, 회식은 처음이죠?"

"네, 팀장님."

보연이 고개를 숙이며 공손하게 대답했다. 수많은 면접에서 떨어진 보연은 얼마 전 가까스로 SB그룹 마케팅팀에 경력 사원으로 취직했다. 이번에도 안 되었으면 길거리로 내쫓길 판이었다.

부모님은 재취업할 때까진 절대로 지원해주지 않을 거라고 못 박았고 카드 사용 한도도 넘어버린 지 오래였다. 그렇기에 지금의 직장은 보연에겐 생명줄이나 다름없었다.

그때 문이 열리고 낯익은 여자가 안으로 들어왔다. 보연은 왠지 불길한 느낌에 미간을 찌푸렸다. 주위를 둘러보던 여자는 곧 보연이 있는 테이블로 걸어오기 시작했다. 그녀가 가까워질수록 보연의 표정이 서서히 일그러졌다.

"죄송해요, 제가 좀 늦었죠."

테이블로 다가온 지은이 부드럽게 웃으며 말했다. 팀원을 둘러보던 지은은 보연을 발견하고는 고개를 갸웃거렸다.

"보연 씨?"

이 재수 없는 여자는 왜 여기에 있는 거야? 보연은 반갑게 웃는 지은을 보며 미간을 찌푸렸다. 그녀는 하늘이 무너지는 한이 있어도 절대로 지은을 반갑게 대할 수 없었다. 어떻게 그럴 수 있을까! 지금 자신의 불행은 다 지은 때문인 것 같은데……. 그때 지은이 잡지만 않았더라면 차오 부인의 눈에 띄지 않게 도망갈 수 있었을 것이다.

보연은 지은을 다시 만나게 됐다는 것 자체가 지긋지긋하게 싫었다. 마음 같아선 확 모른 척하고 싶었지만, 다른 사람들의 눈도 있고 해서 어쩔 수 없이 고개만 까딱거렸다.

"보연 씨가 여기서 근무하는 줄은 몰랐네요."

"네, 뭐……."

보연은 적당히 말꼬리를 흐리고는 술잔을 입으로 가져갔다. 아는 척을 해주었다고 지은과 허물없이 대화할 마음은 전혀 없었다.

어디 감히 임시직 주제에…….

그때나 지금이나 지은과 그녀의 위치는 같았다. 지은은 임시직이고 그녀는 정사원이었다. 단숨에 술잔을 비운 보연은 차갑게 지은을 노려본 후 곧바로 시선을 돌려버렸다.

"지은 씨, 여기 앉으세요."

조 팀장은 의자에서 가방을 치우며 자신의 옆자리를 가리켰다. 지은이 옆에 앉자 그는 이상하게도 어쩔 줄 몰라 하며 그녀의 앞에 빈 잔을 내려놓았다.

"바쁘실 텐데 와주셔서 정말 감사합니다. 제 잔부터 받으시죠."

조 팀장은 두 손으로 공손히 지은의 잔에 술을 따랐다. 지은도 두 손으로 잔을 받았다.

"다음 주부터 마케팅팀과 함께 작업해야 하는데 미리 얼굴 봐두면 좋죠."

"그래도 보호 센터가 오픈한 지 얼마 안 돼서 무척 바쁘다고 신 회장님이 그러시더군요. 아, 내 정신 좀 봐. 소개가 늦었군요."

그깟 통역사 소개가 뭐 그리 대단하다고, 조 팀장은 흥분한 얼굴로 팀원들을 둘러보았다.

"아까도 말했지만, 이번에 회장님 부탁으로 박람회 일을 도와주실 신지은 씨입니다. 다음 주부터는 우리 마케팅팀에서 일할 예정입니다."

"잘 부탁드릴게요."

"아닙니다. 저희야말로 잘 부탁드립니다."

불만스러운 얼굴로 연신 술을 홀짝이던 보연은 분위기가 심상치 않음을 깨달았다. 조 팀장은 한낱 통역사에게 도가 넘치는 친절을 베풀고 있었다. 그건 조 팀장뿐만이 아니었다. 다른 팀원들도 지은을 아주 상냥하게 대했다.

왜? 얼굴이 예뻐서? 흥, 그래봤자 유부녀인데……. 보연은 애써 따분한 표정을 감추며 눈동자를 위아래로 굴렸다.

"……회장님이 기회만 되면 따님 자랑을 하셨답니다. 8개국어를 하신다고. 하, 하, 정말 대단하십니다."

"아니에요. 그냥 운이 좋았죠. 유럽에서 어린 시절을 보낸 덕분에 자연스럽게 여러 나라 말을 익히게 된 거예요."

잠자코 지은과 조 팀장의 대화를 듣던 보연은 잠시 자신의 귀를 의심했다.

방금 뭐라고 한 거지? 회장님이 기회만 되면 따님 자랑? 8개국어?

왠지 서늘한 느낌이 등줄기를 타고 올라오는 것만 같았다.

가만있어 봐. 여기 회장 이름이 뭐였더라? 신병익이었나? 음……. 왜 기분 나쁘게 저 여자랑 성이 같지?

보연은 슬그머니 휴대폰을 꺼내 빠르게 SB그룹 신병익 회장에 관해 검색했다. 얼마 지나지 않아 사진은 포함되지 않았지만, 신병익 회장의 가족 사항이 떠올랐다.

신병익
기업인
소속 | SB그룹(회장)
가족 | 배우자 안은희, 딸 신지은

화면을 내려다보던 보연의 눈이 동공 지진을 일으켰다.

말도 안 돼! 그러니까 SB그룹 신 회장의 외동딸이 신지은이라고?

보연은 화면에 뜬 정보를 믿을 수 없었다.

이상하잖아! 재벌 3세가 왜 갑질을 안 해! 그리고 뭐가 아쉬워서 임시 계약직으로 일을 하냐고! 뭔가 잘못된 거다.

보연은 재빨리 또 다른 검색 엔진을 이용해보았다. 그러나 애석하게도 같은 내용이 화면에 떠올랐다.

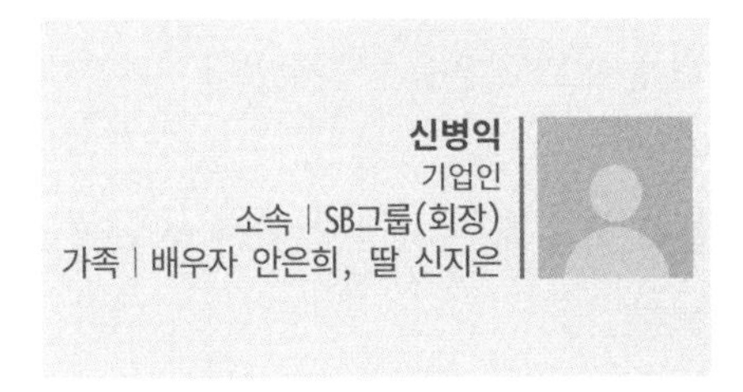

나 지금까지 뭐 한 거지?

보연의 얼굴이 서서히 충격으로 처참하게 일그러졌다.
어떡하면 좋아!
한마디로, 뭐 됐다!

회식은 자정이 가까워져서야 끝이 났다. 지은은 3차로 노래방까지 따라가며 팀원들과 즐거운 시간을 가졌다. 모두 3차까지 함께했지만 보연만 1차가 끝나자 두통이 심하다며 자리를 떴다. 지은은 꽁지 빠지게 사라지는 보연을 충분히 이해할 수 있었다. 앞으로 회사 생활하기 그리 쉽지만은 않을 텐데, 오죽이나 골치가 아플까!

제혁은 근처에서 연락을 기다리고 있었는지 10분도 안 돼서 차를 몰고 그녀를 데리러 왔다.

"오빠."

도로변에 차를 세우자 지은은 곧바로 차에 올라타며 코맹맹이 소리로 제혁을 불렀다. 그러자 제혁은 차를 출발시키는 대신 의심 어린 눈으로 지은을 바라보았다.

"많이 마셨어?"

지은의 뺨이 붉게 물든 것으로 보아 한눈에 봐도 꽤 많이 마신 것 같았다.

"아뇨."

지은은 환하게 웃으며 고개를 내저었다. 발음이 꼬인 것 같진 않았다. 그래도 계속해서 히죽히죽 웃는 모습이 평소의 그녀와는 조금 달라 보였다.

"나 없을 때 취하지 말라고 했지."

"나 안 취했는데?"

무슨 말이냐는 듯 지은은 눈을 동그랗게 뜨며 제혁을 빤히 바라보았다. 하지만 얼마 못 가 지은은 또다시 실실 웃음을 흘렸다. 그녀는 아니라고 했지만, 이유도 없이 자꾸만 웃는다는 건 취했다는 증거였다.

"그런데 왜 계속해서 키득키득 웃어?"

"……아, 그거요?"

너무 고소하니까! 지은은 속마음을 털어놓는 대신 아랫입술을 꽉 깨물었다. 꾹 참으려고 해도 연신 웃음이 비집고 나와서 어쩔 수 없었다. 갑질하던 보연이 더는 갑질하지 못하게 됐다는 걸 깨달았을 때의 표정은 정말 볼 만했다. 까딱 잘못했다간 갑질을 당하게 생겼는데 어찌 표정 관리를 할 수 있을까!

아주 잠깐이었지만 지은은 유혹에 흔들렸다. 보연의 회사생활을 어렵게 만들까? 그녀가 성인군자도 아니고 솔직히 보연이 곱게 보일 리가 없었다. 하지만 지은은 곧 생각을 바꾸었다. 그녀가 뭘 어떻게 하지 않아도 보연은 이미 지옥을 경험하고 있을 것이다. 이제부터 매일매일 회사에서 지은을 보는 것만으로도 속이 바짝바짝 타들어갈 게 뻔했다. 지은은 보연에 관해 이야기하는 대신 두 팔을 벌려 제혁을 끌어안았다.

"오빠 얼굴 봐서 좋아서 그런데……. 이 시간까지 못 봤잖아요."

지은이 갑자기 껴안자 제혁은 놀라면서도 자연스럽게 그녀의 등에 팔을 둘렀다. 잠시 후 지은은 뒤로 물러나며 삐친 것처럼 아랫입술을 내밀었다.

"나, 오빠가 얼마나 보고 싶었는데. 오빤 아닌가 봐."

오빠, 오빠 하면서 애교를 부리는데 이게 취한 게 아니라니! 제혁은 믿을 수 없다는 눈으로 지은을 바라보았다. 부부가 된 지 얼마나 됐다고 그녀는 제혁의 속마음을 곧바로 꿰뚫었다.

"지금 나 못 믿는 거죠? 좋아요. 증명할게요."

"어떻게?"

"난 술에 취하면 얼마 버티지 못하고 잠들어버리잖아요."

"응."

"오늘 밤은 안 자고……."

지은은 손가락 세 개를 펴서 제혁의 코앞으로 내밀었다. 그리고 의미심장한 눈빛을 보내며 말을 이었다.

"세 번 논스탑으로 할 수 있어요."

"뭘?"

제혁의 질문에 지은은 눈꼬리를 반달 모양으로 휘며 나긋나긋하게 속삭였다.

"무슨 말인지 알면서……."

그러니까 지금 그 말은?

제혁의 심장이 쿵, 소리를 내며 저 밑으로 떨어졌다.

"지은아."

요새 눈코 뜰 새 없이 바쁜 일정 때문에 둘이 손만 잡고 잔 날이 하루 이틀이 아니었다.

혹시라도 그녀가 힘들까 봐 꾹 참고 있었는데 예고도 없이 메가톤급 유혹을 날리다니!

제혁은 두근거리는 가슴을 진정하며 무뚝뚝하게 말했다.

"집에 가서 딴말하기 없어."

"그럼요."

지은은 진지한 표정을 지으며 빠르게 고개를 끄덕였다. 오늘 같은 기분이라면 날이 밝을 때까지 아주 뜨겁게 불태울 자신이 있었다.

"좋아, 약속 지켜."

제혁은 재빨리 시동을 걸고 가속 페달을 힘껏 밟았다.

부웅— 우렁찬 엔진 소리가 차가운 새벽 공기를 가로지르며 멀리 울려 퍼졌다.

"왜 안 먹어?"

도경이 걱정스러운 얼굴로 맞은편에 앉은 지은을 바라보았다. 지은이 얘가 밥을 앞에 두고 깨작거리는 애가 아닌데…….
안 본 사이 볼살이 좀 빠진 것 같기도 하고.

지은 혼자 고생하는 것 같아 도경은 오늘 하루 월차를 내고 유기 동물 보호 센터를 찾았다. 새로 지은 건물은 깨끗했고 설비도 모두 최신식이었으나 봉사 요원이 턱없이 부족했다. 예전에 지은이 봉사하던 보호 센터에서 당분간 봉사자를 지원해 주겠다고 해서 한숨 돌리긴 했지만, 언제까지 도움을 받을 수만은 없었다. 그래서 그런가, 지은의 안색이 별로 좋아 보이지 않았다.

"이상하게 요새 속이 별로 안 좋네."

"센터 관리하기 힘들어서 스트레스 받아 그런 건 아니고?"

"아니. 힘들어도 스트레스를 받을 정도까진 아니야. 하지만 새삼 오랫동안 센터를 관리하는 경애 씨가 대단하다고 느껴지긴 해."

젓가락으로 잘게 저민 생강을 입으로 가져가며 지은이 말했다. 아침도 먹는 둥 마는 둥 하고 집을 나섰는데 점심도 마찬가지였다. 오늘따라 제육볶음의 돼지고기 맛이 역하게 느껴졌다. 입맛 까다로운 도경이 아무렇지 않게 먹는 걸 보면 절대로 음식 탓은 아닌데……. 그나마 생강을 입에 물고 있으면 매운맛 덕분에 속이 조금이나마 진정되었다. 심하게 체하기라도 했나?

미열도 있고 가끔 신물이 올라오는 걸 보면 그런 것 같기도 했다. 결국 지은은 음식을 거의 건드리지 않고 디저트로 나온 멜론과 오렌지만을 입으로 가져갔다.

"지은아, 혹시 너?"

오렌지를 오물오물 씹는 지은을 지켜보던 도경이 조심스럽게 말을 꺼냈다.

"응, 뭐가?"

하지만 도경은 설명 대신 지은의 팔을 잡고 자리에서 일어났다.

"안 되겠다. 병원에 가보자. 요새 장염이 유행이래."

"장염? 그건 아닌 것 같은데. 나, 복통도 없고……."

"하여간 뭐가 됐든 아픈 건 초기에 잡아줘야 해."

도경은 무작정 병원으로 지은을 끌고 갔다. 그런데 지은을 기다리는 건 병명이 아니라 반가운 소식이었다.

"네? 방금 뭐라고 하셨죠?"

지은은 믿기지 않는다는 얼굴로 진단을 내린 의사를 멍하니 바라보았다.

"임신이라고요?"

"네, 증상을 보면 그런 것 같네요. 좀 더 확실하게 산부인과 가서 진료를 받아보세요."

내선 전화기의 버튼을 누르며 내과 의사가 말을 이었다.

"지금 진료 가능한지 알아볼 테니까 잠깐만요."

30대 중반쯤으로 보이는 여의사는 세균이나 바이러스에 의한 염증은 아니라는 진단을 내렸다. 그보단 좋은 소식이라며 부드럽게 웃어 보였다.

"……아, 김 간호사님? 지금 산부인과 진료 가능한지 알아봐줄 수 있을까요? ……네."

지은은 가만히 자리에 앉아 골똘히 생각에 잠겼다. 임신이라고, 내가? 물론 날아갈 듯 기뻤다. 정말 기쁜 건 맞는데 한편으론 조금 당혹스러웠다.

아직 구체적으로 2세 계획을 세우지 않았기 때문이다. 당연하다. 이제 갓 결혼했는데 그럴 틈이 있을 리가! 서로에 관해 하나도 빠짐없이 머리끝에서 발끝까지 육체적으로 알아가는 것만으로도 벅찼다. 그러니 한 치 앞의 미래를 내다볼 여유 따윈 없었다.

그래서 두 사람은 항상 조심했다. 피부 트러블 때문에 경구 피임약을 복용할 순 없었지만, 다른 피임 방법은 철저하게 지켰다. 하지만 사람 일이라는 게 언제나 완벽할 순 없었다. 갑자기 뜨겁게 불타올라 자제가 어려운 적도 있었다.

아마도 그 몇 번의 밤중에서 어느 날, 아기 천사가 두 사람에게 내려왔나 보다.

계획에 없던 임신이긴 했지만 그도 함께 기뻐해주겠지? 그런데 어떻게 아기 소식을 알려주지? 깜짝 파티라도 해야 하나?

"……응?"

혼자 머릿속으로 궁리하며 진료실을 빠져나오던 지은은 깜짝 놀라며 걸음을 멈추었다.

"제혁 씨?"

제혁이 초조한 듯 머리카락을 쓸어 올리며 진료실 앞 복도를 서성거리고 있었고, 그 옆에는 도경이 서 있었다.

"지은아."

그녀가 밖으로 나오자 제혁과 도경이 빠르게 지은에게로 다가왔다. 지은은 얼떨떨한 눈으로 제혁과 도경을 번갈아 바라보았다.

"여기서 지금 뭐 하는 거……?"

"걱정돼서 내가 제부에게 연락했어."

지은이 말을 채 끝내기도 전에 도경이 재빨리 대답했다.

"뭐 대단하다고 회사까지 빼먹고 여길……."

"그래서 어디가 아픈 거야? 괜찮아?"

이번에는 제혁이 그녀의 말을 잘라냈다. 모르는 사람이 보면 어디가 굉장히 아파서 병원에 온 줄 알겠네.

"물론 괜찮죠. 소화 좀 안 된다고 그게 뭐……."

"병명이 뭐래?"

글쎄, 이걸 병이라고 해야 하나?

"확실하게 알려면 다른 과에서 진료를 받아야 해요."

"뭐? 무슨 병인데 내과에서 다른 과로 가라는 거야?"

"음……."

지은은 제혁을 빤히 바라보며 대답을 미뤘다. 집에 가서 분위기 잡으면서 이야기하고 싶었는데…….

그녀가 선뜻 말하지 못하고 망설이자 제혁의 얼굴에 걱정스러운 그림자가 드리워졌다.

"……지은아."

긴장했는지 그의 목소리가 가늘게 떨렸다.

안 되겠다. 지금 여기서 말해야지. 잘못했다간 내 남자 심장마비 걸리겠어!

지은은 할 수 없이 방금 들은 굿 뉴스를 털어놓았다.

"산부인과로 가래요."

"어?"

"임신한 것 같다고 산부인과 가서 확실하게 진단을 받아보래요."

"……아."

제혁은 충격 받은 듯 멍하니 지은을 바라보았다.

산부인과? 임신?

지은의 입에서 나온 말이 쉽게 와닿지 않았다. 그러나 곧 지은과 자신을 닮은 아이의 모습이 눈앞에 떠오르기 시작했다. 천사처럼 까르르 웃으며 향긋한 분 냄새를 풍기는 그와 그녀의 아이.

현실을 깨닫는 순간 펑 터질 것만 같은 환희가 몰려오며 온몸에 전율이 일었다. 지금 그녀의 뱃속에 우리의 아기가 있다!

"다행히 지금 산부인과에서 진료 가능하다고 해서…… 앗, 제혁 씨!"

제혁은 두 팔을 벌려 지은을 와락 끌어안았다. 도경의 전화를 받고 달려오면서 얼마나 걱정했는지 모른다. 요즘 들어 안색이 안 좋은 것 같아 신경 쓰였는데 병원까지 가다니. 혹시 어디가 안 좋은 건 아닐까? 너무 무리해서 그런 걸까? 아무래도 일을 줄이게 해야지 안 되겠다, 등등 오만 가지 생각이 떠올랐다. 하지만 그 많은 추측 중에서 임신 가능성은 전혀 고려하지 않고 있었다.

바보같이……. 이렇게 멋진 선물을 준비하고 있었는데 그것도 모르고.

"지은아, 고마워. 정말 고마워."

제혁은 지은을 안은 팔에 더욱더 힘을 주었다. 세상에 그 어떤 선물도 아기라는 선물보다 더 소중할 순 없었다. 말로 표현할 수 없는 행복함에 제혁의 가슴이 뭉클거렸다.

"사랑해."

사랑한다, 지은아.

나의 사랑스러운 아내. 나의 영원한 반쪽.

"축하합니다."

산부인과에서는 임신 4주라고 진단을 내렸다. 하지만 아직 아기집은 보이지 않는다면서 다음 주에 다시 방문하라고 진료 일정을 잡아줬다.

"세상에 기특해라! 우리 딸 장하다!"

지은이 임신했다는 소식에 가장 기뻐한 사람은 안 여사였다. 물론 시댁에서도 진심으로 축하해주었지만, 친정은 자손이 귀했기에 훨씬 더 축제 분위기로 들썩거렸다.

한마디로 '풍악을 울려라!'였다. 주위 사람을 초대해 임신 축하 파티를 여는 건 기본이고, 안 여사는 태어나지도 않은 아이를 위해 아기방을 꾸미고 대대적인 아기 용품 쇼핑에 나섰다.

"엄마, 이제 겨우 4주야. 아직 초음파 검사도 안 했다고."

"다음 주에 할 거라며. 일주일 먼저 시작한다고 뭐가 잘못되기라도 하디?"

그것뿐만이 아니었다. 안 여사는 거창하게 둘째, 셋째 계획까지 세웠다.

"지은아, 육아는 걱정하지 마. 엄마랑 마 과장이 책임지고 뒷바라지 다 해줄게. 넌 그냥 아이만 낳으면 돼. 우리 적어도 아이 셋은 가지자."

"엄마, 여기서 우리란 말이 왜 나와? 내가 아이 갖는 거지, 엄마가 갖는 거 아니잖아."

하지만 안 여사는 지은의 항의를 한 귀로 듣고 한 귀로 흘려버렸다. 적어도 아이 셋은 가지고 싶었는데 지은 이후로는 계속 유산이 돼 결국 외동딸로 만족해야만 했던 안 여사였다. 그래서인지 그녀는 자신의 한을 딸인 지은을 통해 풀려는 것 같았다.

"아이 많이 가져도 결혼 생활에 전혀 지장 없게 엄마가 다 서포트해줄 테니까 마음 편하게 먹고, 알았지?"

"엄마."

"쌍둥이면 좋을 텐데. 우리 집안에 쌍둥이 유전자가 있잖니."

말이 씨가 된다고……. 5주째 되던 주, 초음파 검사를 하러 간 지은과 제혁은 또 다른 소식을 접했다.

"네? 아기집이 두 개라고요?"

"축하합니다. 쌍둥이예요."

초음파로 확인한 결과 아기집이 두 개, 난황도 두 개란다. 지은의 배 안에는 이란성 쌍둥이가 자리 잡고 있었다.

"앞으론 절대 안정해야 해."

쌍둥이인 경우 유산의 확률이 조금 더 높다는 이유로 안 여사의 잔소리가 시작되었다.

"특히 출장은 절대로 안 돼. 임신 초기에다 쌍둥이니까 조심 또 조심해야 한다고. 쌍둥이 임신은 고위험인 거 알지?"

안 여사는 당분간은 비행기도 안 되고 장시간 차 여행도 안 된다고 신신당부했다. 얼마 전 지은은 제혁, 경민과 함께 호주로 일주일간 출장을 떠났었다. 날짜를 계산해보니 그때 아이가 들어선 것 같았다.

출장 업무는 5일 만에 끝났고 나머지 2일은 경민 없이 둘만의 자유 시간을 보냈다. 자유 시간 동안 두 사람은 호텔 안에 머물렀다. 정확하게는 식사할 때를 제외하곤 침대 안에서 나오지 않았다. 라스베이거스 여행 이후로 결혼 후 처음으로 함께 떠난 해외여행이라 조금 들뜬 면도 없지 않아 있었다.

"아, 이제야 좀 살 것 같네. 어떻게 시댁 가는 것보다 친정 가는 게 더 힘들어."

집에 돌아온 지은은 힘없이 소파에 주저앉으며 투덜거렸다. 안 여사의 끊임없는 잔소리에 귀가 먹먹할 정도였다.

"장모님이 힘들 거라고, 당분간 미미를 맡고 싶어 하시던데……. 말씀 들었어?"

그녀의 옆에 자리를 잡으며 제혁이 조심스럽게 말을 꺼냈다. 아마도 직접 지은에게 이야기했다간 불호령이 떨어질 것 같으니까 제혁에게만 슬쩍 이야기했나 보다.

"뭐라고요? 말도 안 돼!"

지은은 눈살을 찌푸리며 몸을 벌떡 일으켰다. 사람들은 평소엔 반려동물을 예뻐하다가도 임신만 하면 무슨 짐 덩어리라도 되는 것처럼 멀리하려고 한다. 하지만 오히려 반려동물의 존재 자체가 불안감을 없애고 정서적인 안정에 도움을 주는 경우가 많았다. 그리고 무엇보다 반려동물은 편할 때 들이고 힘들면 다른 곳으로 보내버리는 장난감이 아니었다. 그들은 기쁠 때나 슬플 때나 서로 함께하는 가족이었다.

"데려가긴 누굴 데려가요?"

지은은 화난 듯 언성을 높이며 그녀의 옆에서 개 껌을 할짝거리던 미미를 꽉 끌어안았다.

"미미는 우리 가족이란 말이에요."

"끼잉, 끼잉."

하지만 미미는 감동하기는커녕 도리어 귀찮다는 듯 지은을 두 발로 밀어내며 바둥거렸다. 심한 애정 표현은 삼가라는 뜻이었다.

가끔 보면 미미는 강아지 같지 않고 새침한 고양이 같았다. 자기가 원할 때만 다가와 애교를 부리고, 원하지 않을 때는 혼자 있기를 원했다.

"끼잉. 끼잉."

"알았어, 알았어."

지은이 어쩔 수 없이 미미를 놓아주자 제혁은 그녀의 어깨를 감싸며 다시 말을 꺼냈다.

"알아, 나도 장모님께 고맙지만 사양한다고 했어. 그랬더니 대신 일은 꼭 줄이라고 하시더군."

"후, 알아요."

지은은 작게 한숨을 내쉬었다. 생각지도 못한 임신에 한술 더 떠서 이젠 쌍둥이라니! 임신 초기에는 일반 임신보다 더 조심해야 한다는데…….

"그래서 말인데……. 센터 관리자를 뽑는 거 조금 앞당기는 건 어떨까? 어차피 지금 정하나 나중에 정하나 센터 업무를 넘겨야 하는 건 마찬가지잖아."

"그렇게 해요."

지은은 마지못해 고개를 끄덕였다. 다행스럽게도 경애와 봉사자들의 도움으로 유기 동물 보호 센터를 책임지고 관리할 적임자를 빠르게 고용할 수 있었다. 새 식구를 맞이할 준비가 그렇게 하나씩 하나씩 차근차근 되어가고 있었다.

지은은 손으로 자신의 아랫배를 둥글게 문질러보았다. 아직은 평평하기만 한 아랫배가 손바닥에 느껴졌다. 지금도 역시 잘 믿어지지 않았다.

그녀의 안에 새로운 생명체가 들어서다니.

그것도 하나가 아니라 둘이…….

설렘과 불안이 함께 공존하며 그녀의 가슴이 기대감으로

쿵쿵 뛰었다.

"속은 좀 어때?"

"그럭저럭 견딜 만해요."

6주째로 접어들면서 서서히 입덧이 시작됐다. 걱정한 것만큼 심하진 않았지만 그래도 입덧은 입덧이었다. 먹은 걸 게워낼 정도까진 아니었지만 지은은 음식 냄새에 아주 예민해졌다. 9주가 되자 입덧은 절정에 이르렀다.

"욱! 미, 미안……."

함께 식사하는 도중 지은은 몇 번이나 욕실로 달려가야만 했다. 예전엔 입맛을 돌게 하던 국, 찌개, 반찬 냄새가 입덧이 심해지자 참을 수 없이 역하게 느껴졌다. 특히 전에는 몰랐던 육류 특유의 냄새가 제일 심했다. 결국 냄새 때문에 쇠고기와 돼지고기, 닭고기 등 육류를 먹을 수 없어 두부로 단백질을 보충했다. 또는 식빵에 땅콩버터와 딸기잼을 발라 먹거나 감귤과 견과류가 들어간 샐러드로 끼니를 해결했다.

그래도 불행 중 다행이라면 물비린내는 심하게 느껴지지 않아 수분 보충에는 큰 어려운 점이 없었다.

제혁은 입덧이 심한 지은을 위해 대부분 밖에서 식사를 해결했다. 집에서 먹는 경우에도 시리얼이나 샐러드같이 냄새가 덜 나는 음식을 골랐다.

오늘도 제혁은 회사 식당에서 저녁을 먹고 돌아왔다. 혹시라도 옷에 음식 냄새가 뱄을까 봐 들어오기 전에 차 안에서 옷도 갈아입었단다. 지은은 그런 제혁의 배려가 고마우면서도 다른 한편으론 미안했다.

"제혁 씨에게 해주고 싶은 요리가 많았는데……."

정말 그랬다! 비빔밥을 해주려고 시간 날 때마다 친정에 들러서 안 여사에게 나물 무치는 법을 배웠더랬다. 하지만 이젠 참기름 냄새는 둘째치고 볶은 깨 냄새조차 맡을 수 없으니 제혁을 위한 비빔밥 만들어주기 이벤트는 물 건너가버리고 말았다.

"미안해요. 요리해주기는커녕 음식 냄새 때문에 같이 식사도 못하고……."

"괜찮아."

그는 언제나처럼 그녀를 다정하게 품에 안으며 그녀의 등을 어루만져주었다.

"네가 고생하는 거에 비하면 난 아무것도 아니야. 오늘은 좀 어땠어? 입덧 심하면 병원에 가자, 응?"

"그 정돈 아니에요. 남이 먹는 음식 냄새는 못 견디겠는데 이상하게 또 내가 먹을 때는 견딜 만하거든요."

"그래도 맨날 두부 샐러드만 먹고 질리지 않아?"

"9주가 절정이고 11주부터는 가라앉는다고 했으니까 조금만 더 기다려요. 참을 만하니까."

그랬다. 입덧은 참을 만했다. 심각한 문제는 다른 곳에 있었다.

그건 아주 심각한 문제였다.

"제혁아, 무슨 일 있어? 안색이 매우 안 좋다?"

제혁의 회사로 불쑥 찾아온 경민이 책상 모서리에 걸터앉으며 놀리듯 말했다.

"임신은 지은 씨가 했는데 왜 네가 힘든 것처럼 보이지?"

제혁이 걱정돼서 하는 질문은 분명 아니었다.

"내 안색이 뭐 어때서요?"

"흠, 글쎄 뭐랄까. 욕구 불만에 가득 차 보인다고 할까? 해소되지 않는 짙은 욕망에 날카로운 가시가 돋아난 것 같은 그런 느낌?"

제혁은 입을 꾹 다문 채 싱글거리는 경민을 지그시 노려보았다. 얄밉게도 그는 정확하게 제혁의 아픈 곳을 찔렀다.

"선배님은 남의 불행을 마치 자신의 행운인 것처럼 말하는군요."

"응. 재밌잖아."

경민이 치아가 드러날 정도로 활짝 웃으며 말했다.

"그래요. 나와 반대로 선배님은 욕구 불만이 없어서 가시는커녕 온몸에서 빛이 나는군요."

"하하하, 그렇지?"

지금까지 지은과 재혁의 알콩달콩한 모습을 보며 부러워하던 경민은 이 기회에 다 갚아줄 참이었다. 사랑은 사람을 변하게 한다더니 호주 출장에서 돌아오고 나서 경민은 세상을 다 가진 사람처럼 굴었다. 그 이유를 알기에 한편으론 괘씸했지만 한편으론 다행이라고 안도했다. 하지만 오늘은 도가 지나쳤다.

"그만하시죠. 지금 선배와 농담할 기분 아니니까."

제혁은 기분 나쁜 티를 숨기지 않으며 퇴근 준비를 위해 컴퓨터를 종료했다.

"에이, 농담 좀 했다고 확 토라지기는……. 함께 저녁 먹자. 너 요새 밖에서 식사한다며."

"아뇨. 요샌 집에서 식사합니다."

"어? 입덧 심하다며?"

"저번 주부터 많이 좋아졌어요. 이젠 아주 비린 거 아니면 다 먹어요."

"그래? 하지만 나 여기까지 왔는데? 너랑 밥 먹어주려고?"

그러기에 처음부터 고분고분하게 나왔어야지. 하지만 배는 이미 떠나버렸다.

"나 말고도 같이 밥 먹어줄 사람 있잖습니까?"

"없어. 오늘은 없다고! 오늘은 선아도 바쁘고 아라도 바쁘고 그리고……."

"그러면 혼자 드시면 되겠네."

제혁은 매정하게 경민의 말을 자르며 자리에서 일어났다. 경민은 아쉬운지 계속해서 혼잣말을 중얼거렸지만, 더는 제혁을 잡지 않았다.

"후우."

집으로 향하며 제혁은 답답한 듯 깊은 한숨을 내쉬었다.

어느덧 12주가 넘어 오늘이 딱 13주가 되는 날이었다. 임신 초기를 지나 중기로 넘어가는 시점이었다.

그동안 두 사람은 나란히 누워 손만 잡고 잠을 청했다. 임신 초기에 혹시라도 잘못될까 봐 지은의 손가락도 건드리지 않았다. 그러나 이제는 손만 잡고 자는 데도 한계가 있었다.

하도 참고 참느라 몸에서 사리가 나올 것만 같았다. 자신은 이렇게 속이 바짝바짝 타는데 아무렇지 않게 태연하기만 한 그녀가 조금은 얄미웠다. 그러나 앞으로 태어날 아기를 위한 거니까 힘들어도 참아야 했다. 그런데…….

지은을 향한 작은 투정은 그가 집에 들어서는 순간 연기처럼 사라지고 말았다.

"지은아?"

제혁은 믿을 수 없다는 표정으로 앞에 선 지은을 바라보았다. 막 샤워를 마치고 나왔는지 그녀의 머리가 촉촉이 젖어 있었다.

"제혁 씨, 지금 왔어요?"

지은은 제혁을 향해 미소 지으며 천천히 그에게로 걸어왔다.

"……어."

숨이 탁 막히는 바람에 제혁은 제대로 말을 꺼낼 수 없었다. 지은은 다 이해한다는 표정으로 살며시 고개를 끄덕거렸다. 그러곤 바짝 앞으로 다가와 제혁의 어깨를 두 손으로 쓱 감쌌다.

"저녁 아직 안 먹었죠?"

그녀의 말에 제혁은 미간을 찌푸렸다. 누굴 놀리나? 이런 상황에서 지금 저녁 따위가 문제겠어? 제혁에게서 대답이 없자, 지은은 그의 넥타이를 느슨하게 풀어주며 생글생글 웃었다.

"배고프겠다."

꿀꺽—. 저도 모르게 마른침이 넘어갔다. 물론 배가 고파서가 아니었다. 그가 어쩔 줄 모르고 당황한 이유는 지금 그녀가 입고 있는 의상 때문이었다. 지은의 가녀린 몸에는 오로지 하얀 블라우스 한 장만이 걸쳐져 있었다. 그리고 그 안으로 란제리가 슬그머니 모습을 드러냈다. 그것도 보통 란제리가 아닌 '당신 오늘 죽었어!' 그 란제리가…….

지금 그가 어디까지 참을 수 있는지 인내심 시험이라도 하는 건가? 그게 사실이라면 너무나도 잔인한 도발이었다!

"감기 걸리겠다. 빨리 머리 말리고 옷 입어."

제혁은 날아가려는 이성을 최대한 끌어모으며 나직이 말했다. 그러나 지은은 그의 목에 팔을 감으며 더욱더 몸을 바짝 밀착시켰다.

"오늘 산부인과 갔다 왔거든요. 의사 선생님이 이젠 어느 정도 안정적이래요. 태반이 완성됐고 아기도 정상적으로 정착하고 있다고. 그 대신 이제 앞으로 슬슬 아랫배도 나오고 몸매도 변할 거래요."

입덧이 줄면서 서서히 식욕이 돌아와 말랐던 지은도 예전의 모습으로 회복되고 있었다. 지은은 제혁의 눈을 빤히 들여다보며 나긋나긋하게 말을 이었다.

"당분간 이런 속옷 입을 수 없거든요. 그래서 오늘 마지막으로 입어보려고 꺼냈어요. 그리고 오빠가 지금까지 너무 참았으니까……. 내가 지금 무슨 말 하는지 알겠죠?"

무슨 뜻인 줄 아느냐고? 안다. 너무나 잘 알아들어서 머릿속이 복잡하게 얽히고 말았다. 가만히 바라만 보아도 그녀에게 녹아들 지경인데 눈꼬리를 휘어가며 '오빠'라고 부르는데 버틸 재간이 없었다.

"내가 너 때문에 미치겠다."

"어머, 지금 나에게 미치라고 유혹하는 건데."

그 말에 지은의 허리를 잡은 제혁의 손에 저절로 힘이 들어갔다.

"마지막으로 한 번 더 확인하자. 의사 선생님이 이젠 안전하다고 한 거 맞지?"

"네, 조심하면 된다고 했어요."

"알았어."

그가 착 가라앉은 목소리로 말했다. 예전처럼 불타는 밤을 보낼 순 없지만 그래도 접근 금지령을 거두었다는 것만 해도 어딘가! 엄청나게 자제하고 있었지만, 제혁은 한계에 다다르고 있음을 느끼던 참이었다. 이러다 언제 팡 터질 줄 몰라 얼마나 마음을 졸였던가!

"부드럽게 천천히."

할 수 있다. 쉽진 않겠지만, 그 정도는 감수할 수 있었다.

"앗! 제혁 씨, 살살."

제혁이 빠르게 입술을 겹쳐오자 두 손으로 그의 가슴을 살며시 밀어내며 지은이 말했다.

"……알았어. 조심할게."

제혁은 그녀의 입술을 머금은 채로 침실로 향했다. 품에 안은 지은을 깨지기 쉬운 유리 인형을 다루듯 침대에 눕히고 다시금 입술을 포갰다. 그러자 지은은 작게 소리 내어 웃으며 그의 등을 꽉 끌어안았다.

"……그런데 배고프지 않아요? 배고프면……."

"아니, 전혀."

제혁은 단호히 지은의 말을 자르며 하얀 목덜미에 얼굴을 묻고 입술을 내렸다. 코끝을 파고드는 그녀의 달콤한 향기에 제혁의 심장이 벅차게 뛰었다. 사랑이 충만한 또 다른 밤이 막 시작되고 있었다.

어느 휴일의 느긋한 오후.

"으음."

낮잠에서 막 깨어난 제혁은 눈을 감은 채 옆자리로 손을 뻗었다. 잠시 옆자리를 더듬거리던 제혁의 눈이 느릿하게 떠졌다. 따뜻하고 말랑말랑한 살갗이 손에 느껴져야 하는데 아무것도 잡히지 않았다. 텅 빈 자리가 눈에 들어오자 제혁은 침대에서 몸을 일으키며 주위를 둘러보았지만 지은의 모습은 어디에도 보이지 않았다. 욕실로 가보았으나 마찬가지였다.

그때 밖에서 달그락거리는 소리가 들렸다. 소리는 주방 쪽에서 흘러나왔다. 밖으로 나가니 미미가 두 발을 모은 자세로 얌전히 주방 입구에 앉아 있었다.

"헥, 헥, 헥."

미미는 제혁을 보자 몸을 일으키며 반갑게 꼬리를 흔들었다. 주방에 못 들어가게 훈련받아서인지 미미는 입구에 앉아 지은이 나오기만을 기다리는 모양이었다.

"착해라. 그래, 여기 가만히 있어."

제혁은 허리를 굽혀 잠시 미미의 머리를 쓰다듬어주고는 주방으로 들어섰다.

"지은아, 뭐 하는 거야?"

식재료가 어지럽게 널려진 주방을 둘러보며 제혁은 어리둥절한 표정을 지었다.

"벌써 깼어요?"

개수대에서 콩나물을 씻던 지은이 동작을 멈추며 뒤를 돌아보았다.

"그러지 말고 조금 더 자요. 저녁 먹으려면 아직 멀었으니까."

"그러니까. 저녁 먹으려면 아직 멀었는데 지금 뭐 하냐고."

의사에게 안정적인 시기란 말을 듣자마자 지은은 평소와 다름없이 행동했다. 본인 배 안에 쌍둥이가 들어 있다는 사실을 깜빡 잊기라도 한 것처럼.

"오늘 휴일인데 맛있는 거 해줄게요. 나 이젠 입덧 다 나아서 요리할 수 있어요."

"지은아, 이럴 필요까진 없어."

제혁은 어이없다는 표정으로 머리를 흔들었다. 맨날 차려주는 밥만 먹어 미안하다고 하더니 휴일을 맞아 기필코 팔을 걷어붙인 모양이었다. 제혁은 등 뒤에서 지은을 끌어안으며 부드럽게 속삭였다.

"아무리 입덧이 나았어도 그렇지. 왜 갑자기 요리야?"

"지금밖에 기회가 없으니까 그렇죠."

제혁이 꽉 껴안은 바람에 제대로 움직일 수 없자 지은은 우선 수도꼭지부터 잠갔다.

"아직은 괜찮지만 이제 곧 배도 나오고 움직이기 불편해질 거라고요. 엄마가 가사 도우미도 보내줄 거고. 그뿐인가? 출산하고 아이 키우게 되면 당분간 요리할 여유 없어요."

"그러면 안 하면 돼."

하, 무슨 말을 이리도 섭섭하게 하실까! 아무리 바빠도 시간 날 때마다 짬짬이 나물 만드는 법을 배웠거늘. 지금까지 안 여사에게 배운 게 아까워서라도 까먹기 전에 뭐라도 하고 싶었다.

어느덧 입덧이 끝난 덕분에 참기름 냄새는 다시 고소하게 느껴졌고 식욕도 왕성해졌다. 그러니까 더 늦기 전에 물 건너간 비빔밥 이벤트를 실행해야 했다. 안 그랬다간 아쉬워서 밤에 잠을 잘 수 없을 것 같았다.

"싫어요. 할 거예요. 제혁 씨는 거실에서 얌전히 기다리고 있어요. 아, 맞다. 미미 입구에 앉아 있으니까 같이 데리고 나가요."

어째 은근히 '미미는 얌전히 기다리는데 왜 당신은 말이 많아?'라고 핀잔주는 것 같았다. 제혁은 혹시라도 지은이 무리하는 건 아닐까 걱정되었지만 몸이 불편한 게 마음이 불편한 것보다는 나을 거란 생각에 그녀가 하라는 대로 미미를 안고 거실로 향했다.

미미를 옆에 두고 소파에 앉아 TV를 켜고 아무 채널이나 고정해놓았지만 그의 신경은 온통 주방을 향하고 있었다. 발 디딜 틈도 없이 어질러진 주방에서 끊임없이 우당탕거리는 소음이 흘러나왔다.

"앗, 뜨거워!"

가끔 지은의 비명도 소음에 곁들여졌다. 도대체 무슨 요리를 하려고 저러는 거지? 상다리가 부러지게 임금님 수라상이라도 차리려고 저러나. 그럴 필요 없는데…….

제혁은 영 불안해서 견딜 수 없었다. 미미도 그와 같은 생각인지 커다란 소음이 들릴 때마다 귀를 쫑긋 세우며 불안한 눈으로 주방 쪽으로 고개를 돌렸다.

지은이 미미를 위한 특별식을 만들다 주방을 폭파 수준으로 어지럽혔던 일이 떠올랐다. 그녀는 몇 시간에 걸쳐 닭 가슴살을 곱게 갈아 당근과 사과를 섞은 쿠키를 구웠다. 냄새가 묘했던 것으로 기억하는데 미미도 그렇게 느껴졌는지, 킁킁 냄새를 맡더니 한입도 먹지 않고 고개를 돌려 외면해 버렸다. 그 이후로 산더미 같은 쿠키의 말로가 어떻게 됐는지는 아무도 모른다.

이번에도 그런 참사가 일어나는 건 아니겠지?

제혁은 애써 불안한 마음을 진정시키며 옆에 앉은 미미의 머리를 쓰다듬어주었다.

"미미야, 너도 걱정돼?"

"헥, 헥, 헥."

그 말에 미미는 동그란 눈으로 제혁을 빤히 올려다보며 분홍색 혀를 내밀었다. 미미가 인간의 말을 할 수 있었다면 '가만히 있지 말고 가서 좀 말려봐요!'라고 했을 게 분명했다.

"제혁 씨, 저녁 준비됐어요!"

주방에서 쫓아내고 한참이 지나고서야 지은은 다시 제혁을 불러들였다. 시계를 보니 어느새 저녁 시간이 되어 있었다.

도대체 얼마나 오랫동안 요리한 거지? 구절판이나 신선로라도 만들었나?

주방 안에 들어서니 역시 그가 예상했던 대로 폭파 수준이었다. 다 정리하고 그를 불렀다간 음식이 식을 것 같아서 먼저 부른 것 같았다. 그런데…….

제혁은 의아한 눈으로 식탁 위를 둘러보았다. 상다리가 휘어지진 않더라도 제법 많은 음식이 올라가 있을 거란 예상을 깨고 식탁 위에는…… 달랑 비빔밥 한 그릇이 놓여 있었다.

"앉지 않고 뭐 해요?"

제혁이 멀거니 서 있기만 하자, 지은이 고개를 갸웃거렸다.

"어, 그래."

아마도 주요리는 아직 오븐 안에 있고 냉채 같은 요리는 차게 하려고 냉장고에 넣어두었나 보다. 그가 의자에 앉자 지은은 냉장고에서 김치를 꺼내고 냄비에서 맑은장국을 그릇에 담아 내놓았다. 그러곤 그녀도 앞치마를 벗고 제혁의 맞은편에 앉았다.

"저번에 제일 좋아하는 음식이 비빔밥이라고 했죠? 그래서 특별히 제혁 씨를 위해서 만들었어요."

"잠깐."

제혁은 황당하다는 눈으로 난장판이 된 싱크대를 바라보았다. 그러곤 다시 앞에 놓인 비빔밥으로 시선을 돌렸다.

"지은아, 너 혹시 비빔밥에 들어가는 나물, 직접 다 만든 거야?"

"네. 당연하죠. 왜요?"

세상에! 제혁은 아랫입술을 깨물며 터져 나오는 탄식을 삼켰다. 그가 특별히 비빔밥을 좋아하는 건 아니었다. 그저 만들기 쉬운 음식이라서 골랐던 것뿐이었다. 달걀 프라이 정도만

하고, 사 온 나물에 참기름과 고추장만 넣으면 될 거라고 생각했다. 그 정도라면 지은도 힘들이지 않고 뚝딱해낼 테니까.

하지만 그건 그의 어리석은 판단이었다. 그녀의 사랑을 너무 가볍게 봤다. 지은이라면 밖에서 사 온 나물로 대충 만들 리가 없는데…….

"지은아."

제혁은 자리에서 벌떡 일어나 그녀에게로 다가갔다. 지은이 놀란 얼굴로 왜 그러냐고 물으려 했지만, 그가 입술을 겹치는 바람에 한마디도 할 수 없었다. 그는 호흡이 가빠질 때까지 그녀를 놓아주지 않았다.

얼마 후, 마지못해 입술을 떼어내며 제혁은 자신의 어깨에 놓인 그녀의 두 손을 꽉 움켜쥐었다. 얼마나 열심히 요리했는지 아직도 그녀의 손끝이 붉게 물들어 있었다.

"지은아."

제혁은 그녀와 시선을 마주하며 손가락 끝 하나하나에 입을 맞추었다.

"고마워. 하지만 다음부터는 집에서 먹지 말자. 너, 힘든 거 싫어."

"알아요. 오늘이 마지막이라니까요."

지은은 제혁이 속으로 얼마나 미안해하는지 모른 채 환하게 웃어 보였다. 그녀는 혼자 비빔밥을 만들었다는 사실에 매우 뿌듯해하는 것 같았다.

"이렇게라도 표현하고 싶으니까. 말로만 사랑한다고 하지 않고 가끔은 뭔가를 해서 보여줘야 실감이 나거든요."

"지은아."

말까지 이렇게 예쁘게 하면 어쩌라는 건지.

"이렇게 옆에 있어주는 것으로 충분히 표현하고 있어."

제혁은 말이 끝나기가 무섭게 지은을 품에 꼭 안았다. 제혁은 그녀가 사랑스러워 견딜 수 없었다.

"될 수 있으면 빨리 다녀올게. 잘하면 하루 만에 돌아올 수도 있어."

제혁은 일본 출장을 앞두고 심기가 불편했다. 단 며칠이라도 출산 일이 다가오는 지은을 두고 해외로 나가고 싶지 않았다.

"며칠만 있다가 올 텐데요, 뭘."

제혁과 반대로 지은은 느긋해 보였다. 쌍둥이라서 보통의 임산부보다 배가 더 나왔지만, 다행히도 지은은 큰 불편을 느끼지 못했다. 아마도 그녀의 낙천적인 성격도 한몫하는 것 같았다.

"예정일이 다다음 주라면서. 그 말은 오늘이라도 당장 나올 수 있다는 거잖아."

"그렇긴 하지만 그렇지 않을 가능성이 더 높으니까 걱정하지 말아요."

"지은아."

"나 혼자 있는 것도 아닌데 뭐. 괜찮다니까요."

그렇게 등 떠밀리다시피 온 출장 둘째 날 저녁, 그토록 걱정하던 일이 일어나고야 말았다.

띠리리—. 띠리리—. 온종일 이어진 회의를 마치고 호텔 방에 들어서자마자 휴대폰이 울렸다.

"여보세요?"

[제혁 씨, 일 다 끝난 거예요?]

휴대폰 저 너머에서 지은의 밝은 목소리가 흘러나왔다.

"응. 몸은 좀 어때?"

제혁은 한 손으로 넥타이를 풀어 헤치며 소파에 앉았다.

[……음, 그게 말이죠.]

지은이 머뭇거리자, 제혁은 불길한 예감에 미간을 찌푸렸다.

"왜? 어디 아파?"

[아침에 제혁 씨랑 통화 끊자마자 진통이 시작돼서 마 과장님이랑 병원에 왔어요.]

"뭐? 그래서 ……그래서 얼마나 걸린대?"

제혁은 급히 손목시계로 시간을 확인했다. 지금 당장 공항으로 달려가면 마지막 비행기를 탈 수 있을 것이다. 만약에 없다고 해도 공항에서 대기하다 내일 새벽 첫 비행기를 타면…….

잠깐! 그런데 진통을 겪는 산모치고는 지은의 목소리가 너무 경쾌했다. 아무리 진통제가 잘 듣는다지만 저렇게 말짱할

리가 없었다.

잠시 후, 제혁의 의문이 풀렸다.

[급하게 올 필요 없어요. 쌍둥이 벌써 나왔거든요.]

"뭐?"

[엄마가 순풍, 순풍 나오라고 하도 잔소리를 해서 그런지 진통 오고 4시간 만에 첫애 나오고 좀 있다 둘째도 나왔어요.]

그 말에 제혁은 그대로 소파에서 몸을 일으켰다.

[……제혁 씨? 듣고 있어요? 제혁 씨?]

"바로 갈게, 끊어."

제혁은 짧게 대답하고 바로 전화를 끊었다. 이런 일을 예상하고 언제라도 떠날 준비를 해놓은 덕분에 짐을 챙기는 데는 10분도 걸리지 않았다. 그길로 제혁은 슈트 케이스를 손에 쥐고 공항으로 향했다. 다행히도 공항 도착과 함께 간발의 차로 아슬아슬하게 비행기를 탈 수 있었다. 그리고 정확히 자정을 5분 남겨두고 지은의 병실에 그가 나타났다.

"……으음."

뭔가 인기척을 느낀 지은은 느릿하게 눈꺼풀을 깜박거렸다. 눈앞에 희미한 인영이 어둠 속에 우뚝 서 있었다. 지은은 초점을 맞추기 위해 눈을 가늘게 모았다. 그러다 낯익은 모습에 저절로 입이 벌어졌다.

설마? 제혁 씨일 리가 없잖아. 꿈이겠지?

제혁이 '바로 갈게.'라고는 했지만, 지은은 내일 오후 출장 업무가 끝나야 돌아올 수 있을 거라고 생각했다.

"지은아."

자신을 부르는 제혁의 목소리에 지은은 정신이 번쩍 들고 말았다. 헐, 꿈이 아니었어!

깜짝 놀란 지은이 상체를 일으키자, 제혁은 가만히 그녀의 어깨를 눌러 도로 자리에 눕혔다.

"누워 있어."

"어떻게 된 거예요?"

지은이 어쩔 수 없이 다시 누우며 물었다.

"어떻게 되긴 뭐가 어떻게 돼. 전화 끊자마자 바로 공항으로 달려갔지."

지은은 믿을 수 없다는 눈으로 제혁을 바라보았다.

"그렇다고 무턱대고 돌아오면 어떡해요?"

"업무 다 처리하고 왔으니까 걱정하지 마. 그나저나 진통 오면 나한테 먼저 연락했어야지!"

"아, 그게요……."

지은은 말꼬리를 흐리며 배시시 웃어 보였다. 보통은 진통이 오고 나서 한참 지나야 아이가 나온다기에 상황을 지켜보다가 그에게 연락할 계획이었다. 그런데 병원에 도착하고 나서 얼마 되지 않아 쌍둥이가 나와버렸다. 그녀도 놀랐고 담당 의사도 놀랐다.

"생각보다 순산이어서 의사 선생님도 놀라셨어요."

물론 긴장하지 않았다고 하면 거짓말일 것이다. 그녀에게는 첫 출산이었고 게다가 쌍둥이였으니까. 제혁이 옆에 함께 있어 주었으면 하고 바라기도 했었다. 그리고 혹시나 진통이 길어지거나 태아 위치가 잘못돼 있으면 바로 제왕 절개 수술에 들어갈 수 있게 만반의 준비도 해놓은 상태였다. 하지만 모두 필요 없게 돼버렸다.

"……내가 운이 참 좋은가 봐요."

설명을 끝낸 지은은 미안한 표정을 지으며 제혁을 바라보았다.

"그런데 어쩌죠? 지금은 쌍둥이를 볼 수 없어요. 내일 아침까지 기다려야 해요."

"괜찮아."

지금 그에겐 쌍둥이가 문제가 아니었다. 제혁은 그가 없는 상황에서 지은 혼자 출산했다는 사실에 미안할 뿐이었다. 함께 병원에 가고 싶었다. 옆에서 손이라도 잡아주고 싶었고, 조금이라도 힘이 되어주고 싶었다. 그랬는데……. 지은은 모든 것을 혼자 씩씩하게 끝내버렸다.

"정말 고생했어."

제혁은 침대 옆에 자리를 잡고 앉으며 이불 위에 놓인 그녀의 손을 꼭 움켜쥐었다.

"지은아, 난 네 얼굴만 보면 돼."

만약에 그녀의 얼굴이 해쓱하기라도 했다면 더더욱 마음이 아팠을 것이다. 불행 중 다행이라면 지은은 조금 피곤해 보일 뿐 평소와 크게 다르지 않았다.

"에이, 그런 말이 어디 있어요. 쌍둥이가 들으면 서운하겠다."

"상관없어. 서운하려면 서운하라고 해. 아빠도 없는데 자기들끼리 먼저 나와버리고."

곰곰이 생각해보니 정말 괘씸했다. 하루 정도 더 기다려주면 어디가 어때서. 제혁은 자신도 모르게 퉁명스럽게 말했다.

"완전 위험천만한 쌍둥이군."

"네에? 위험천만한 쌍둥이?"

지은은 황당하다는 듯 제혁을 바라보았다. 그러다 곧 쿡쿡 웃음을 터뜨리더니 아랫배를 움켜쥐며 미간을 찌푸렸다.

"아, 안 돼. 웃기지 말아요. 나, 아직 웃으면 안 된다고요."

"미안. 미안. 아파? 간호사 부를까?"

"아뇨."

지은은 살며시 웃으며 고개를 내저었다. 습관이 참 뭐라고. 오늘도 혼자 자야 한다고 생각하니까 괜히 쓸쓸해졌는데……. 제혁을 보자마자 속이 꽉 차오르며 온몸이 포근해지는 느낌이었다. 지은은 이불을 들고 옆자리를 손바닥으로 툭툭 두드렸다.

"불편하지 않겠어?"

물론 그는 당장에라도 침대로 올라가고 싶었다. 하지만 좁은 침대에 함께 누웠다가 지은이 불편할까 봐 꾹 참는 중이었다.

"제혁 씨 없이 나 혼자 눕는 게 더 불편하거든요."

"알았어."

제혁이 옆에 눕자 지은은 그의 품으로 몸을 굴렸다.

"아, 좋다."

따뜻한 품에 안기니 그녀 입에서 저절로 감탄사가 튀어나왔다.

"쌍둥이는 어땠어?"

"……음, 솔직하게 말해도 돼요?"

"물론."

"천사처럼 예쁠 거라고 생각했어요. 아기를 보자마자 감동의 눈물을 흘릴 거라고. 그런데……."

지은은 잠시 뜸을 들이더니 천천히 말을 이었다.

"너무 빨갛고 쭈글쭈글해서 깜짝 놀랐어요. 원래 갓 태어나면 다 그렇대요. 하여간 쭈글쭈글하니까 도저히 누가 누구를 닮았는지도 모르겠는 거예요. 갓 태어난 애 붙들고 엄마 닮았네, 아빠 닮았네 하는 거, 이제 보니 다 뻥이었어."

"뭐? 하하."

전혀 상상하지도 못한 지은의 엉뚱한 발언에 제혁은 그만 웃음을 터뜨리고 말았다.

"그래도 예뻐요. 원숭이처럼 쭈글쭈글해도 내 눈엔 다 예뻐. 내 배 속에 품고 다닌 애들인데. 말이 그렇다는 거죠. 순서는 현아가 먼저 나왔어요. 현수가 그다음으로 나왔고."

말을 많이 해서 기운이 빠졌는지 지은은 연이어 하품을 하며 스르르 두 눈을 감았다. 그러더니 한다는 말이…….

"제혁 씨 피곤하겠다. 어서 자요."

"방금 출산한 사람이 고작 일본에서 돌아온 나보고 피곤하겠다고 하는 거야?"

"진짜 듣고 보니 그러네? 으……응. 그러……면……."

혼잣말처럼 웅얼거리던 지은은 그대로 잠에 빠져들었다.

"……지은아."

제혁은 그녀의 이마에 입을 맞추며 그녀의 등을 부드럽게 쓸어내렸다.

내 사랑스러운 아내. 그리고 곧 만나게 될 사랑스러운 아이들.

가슴이 설레서 쉽게 잠이 올 것 같지 않았다.

제혁은 만면에 환한 웃음을 지으며 두 눈을 감았다.

지은의 고른 숨소리가 마치 천사의 노래처럼 귓가에 흘러들었다.

너무나도 행복한 밤이었다.

I. 언어 천재 VS 음악 천재 (feat. 내 새끼)

"나, feel so 답답해."

"Don't look at me like that. 나, 기분 upset."

"Je t'aime,, 아빠."

누가 언어 천재 신지은의 딸 아니라고 할까 봐, 현아는 한국어, 영어, 불어를 마구 섞어, 3개 국어를 사용했다. 그뿐만이 아니었다.

"Mom, 이거 억수로 spicy."

"오메, 긍까 you think 나 lie?"

"Daddy, this candy 허벌나게 sweet."

보너스로 지방 사투리까지도 현란하게 구사했다. TV 드라마를 보거나 사투리 쓰는 주위 사람들을 통해 익힌 것 같았다. 현아는 새로운 언어라면 무엇이든지 스펀지처럼 쑤욱 흡

수해 버렸다.

"그런데 말이야. 우리 현아, 저대로 놔둬도 될까?"

처음엔 제혁은 그런 현아가 걱정됐다. 혹시라도 나중에 언어 때문에 정체성 혼란을 겪는 것은 아닐지 불안했다. 하지만 지은은 아무렇지 않은 눈치였다.

"나도 처음엔 저랬어요. 이중 언어나 다중 언어를 쓰는 아이들에게 나타나는 현상이래요. 보통 1.5세, 2세로 이루어진 교포 가정에서 저런 식으로 대화하거든요. 저러다가 자연스럽게 자리 잡아요."

지은의 말대로 7살이 되면서 현아의 복잡하고 다양한 언어는 자리를 잡아갔다. 현수 역시 또래보다 언어 능력은 뛰어난 편이었지만, 그렇다고 현아 같은 언어 천재는 아니었다.

대신 음악에 뛰어난 재능을 발휘했다. 현아가 서재에서 외국어로 된 책을 읽을 때면 현수는 작업실에 들어가 제혁이 연주하는 모습을 지켜보았다. 구석에 놓아둔 전자 기타 줄을 튕기거나 전자 키보드를 신나게 두드리기도 했다. 그런 모습을 유심히 지켜본 지은은 현수가 5살이 되자 피아노 레슨을 받게 했다. 6살부터는 바이올린을 시작했고, 7살이 되자 제혁을 따라 기타 줄을 튕겼다.

"아이고 내 새끼, 기특해라. 옛말 틀린 거 하나 없다. 이래서 씨도둑은 못 한다는 거야. 어쩜 이리도 제 아빠를 쏙 빼닮았다니."

처음으로 참가한 피아노 콩쿠르에서 대상을 받은 현수의 엉덩이를 두드리며 안 여사가 말했다.

"지은이 넌 피아노 선생님이 온다고 하면 레슨 받기 싫다고 침대 밑으로 숨곤 했잖니. 한 번은 옷장에 숨었다가 잠들어 버려서 너 없어진 줄 알고 집이 발칵 뒤집어졌었잖아."

"엄마, 그 얘기는 왜 꺼내?"

지은이 흘겨보자 안 여사는 '그게 뭐 어때서?'라는 듯한 표정을 지어 보였다. 그때 현아가 두 사람의 대화에 불쑥 끼어들었다.

"할매, 그러지 마유. 엄니가 싫어하잖유."

"어머, 이건 또 뭐라니? 언제 충청도 사투리를 배운 거야?"

안 여사가 깜짝 놀란 얼굴로 현아를 바라보았다.

"요즘 현아, '집밥' 요리 쇼 보거든. 거기서 충청도 사투리를 쓰더라고. 그걸 보고 또 언제 배웠네."

"하여간 현아는 널 닮아서 언어 천재구나, 언어 천재야."

"응."

지은은 걸쭉하게 충청도 사투리를 구사하는 딸아이가 귀여워 죽겠다는 듯 현아의 머리를 쓰다듬었다. 지은의 손길 아래서 현아의 꼬불거리는 머리카락이 바람에 물결치듯 흔들렸다. 그러자 안 여사가 작게 한숨을 내쉬었다.

"……하, 그래도 그 푸들 머리는 닮지 말지 그랬니."

안 여사는 못내 아쉬운 눈빛으로 사자 갈기처럼 부풀어 오른 현아의 머리카락을 바라보았다. 현아는 외할머니의 그런 눈빛을 마주한 게 하루 이틀이 아니라는 듯 어깨를 으쓱거렸다. 그러더니 안 여사를 빤히 바라보며 한마디 했다.

"Grand Ma, don't be sad. 내 머리카락은 백만 불짜리라고요."

안 여사가 의아한 눈으로 바라보자 현아는 거침없이 말을 이었다.

"난 생머리보다 내 curly 머리가 더 좋아요. 남들이 뭐라고 해도 본인 마음에 들면 되는 거 아닌가요?"

어쩌면 이런 것까지 지은을 쏙 빼닮았을까! 또박또박 대드는 것까지 현아는 완전 지은의 축소판이었다.

"아이, 우리 현아, 예쁘다! 어쩜 말도 이렇게 예쁘게 하니."

자신 대신 안 여사에게 한 방 먹인 현아를 끌어안으며 지은이 뽀뽀를 퍼부었다. 안 여사는 그런 모녀를 향해 헛웃음을 내뱉었다.

"하, 그래. 딱 너네. 딱 너야."

그때 그런 안 여사의 손을 누군가 부드럽게 움켜쥐었다. 고개를 돌리니 현수가 다 이해한다는 듯 안 여사의 손을 잡고 가만히 고개를 끄덕거렸다. 현수는 겉으론 과묵했지만, 눈빛만 봐도 상대의 감정을 파악할 만큼 섬세했다. 엄마와 누나가 한편이 되어 외할머니를 공격하자, 자신은 외할머니 편을 들어주기로 했나 보다.

"아이고, 내 새끼, 예쁘기도 하지."

이번에는 안 여사가 현수를 꽉 끌어안으며 뽀뽀를 날렸다. 각자 엄마와 외할머니의 품에 안긴 채 현아와 현수의 시선이 허공에서 부딪쳤다. 두 아이는 말없이 서로를 바라보다 찡긋 한쪽 눈을 찌푸렸다. 마치 '어른들 비위 맞추기 왜 이리 힘드냐.' 하는 것처럼……. 그래도 어쩌겠는가! 가족의 행복을 위해서라면 힘들어도 할 수 없지.

현아와 현수는 다시 엄마와 외할머니를 향해 해맑은 미소를 지었다.

II. 행복의 색깔 (feat.쌍둥이)

"애들은?"

오늘따라 제혁은 1시도 안 된 이른 시간에 집으로 돌아왔다. 그는 재킷을 벗으며 쌍둥이를 찾아 주위를 둘러보았다.

"현아, 현수, 아직 학교에서 안 왔어요. 오늘은 3시 넘어야 끝날 거예요."

지은의 대답에 제혁은 느긋한 미소를 떠올렸다. 물론 그가 쌍둥이의 하교 시간을 모를 리는 없었다. 일부러 일주일 중 제일 늦게 오는 시간을 골라 반차를 내고 일찍 들어온 거니까. 그래도 혹시나 해서 다시 확인해본 건데 역시나 아이들이 오려면 아직 멀었단다.

"점심 아직 안 먹었지?"

"아직이요."

그 말에 제혁은 손에 든 종이 가방을 들어 보여주었다. 종이 가방에는 유명한 생선 초밥 레스토랑 로고가 박혀 있었다.

"그럴 줄 알고 오는 길에 사 왔어. 우리 테라스에서 먹을까?"

"응, 그래요."

제혁에게 종이 가방을 건네받으며 지은이 밝게 웃었다. 현아와 현수가 초등학교에 진학하면서 둘은 넓은 정원이 딸린 주택으로 이사했다. 아이들이 마음대로 뛰어놀 수 있는 정원이 필요할 거란 생각에서였다. 현아와 현수뿐만 아니라 미미도 팔짝팔짝 뛰며 좋아했다.

이사 온 첫날부터 온 가족은 테라스에 놓인 라운지 소파에 나란히 누워 일광욕을 즐기며 주택에서의 자유를 맘껏 누렸다. 지은이 제혁이 사 온 생선 초밥을 접시에 담아 오자, 제혁은 식사 후 뒤처리를 맡았다. 그는 접시를 식기 세척기에 넣고, 각자 잔에 커피를 담아 다시 테라스로 내왔다.

"우리 얼마 만에 이렇게 단둘이 있는 거지?"

제혁의 물음에 지은은 제혁에게서 커피 잔을 건네받으며 고개를 갸우뚱거렸다.

"……음, 저번 달이었나? 주주 총회 가느라 엄마에게 아이들 맡겼잖아요."

"그런 거 말고. 이 집에서 우리 단둘이었던 적 말이야."

"글쎄요?"

지은은 선뜻 대답하지 못하고 머릿속으로 날짜를 계산해보았다. 곰곰이 생각해보니 쉽게 기억나지 않을 만큼 까마득하게 오래되었다.

"진짜 언제였죠?"

제혁은 대답 대신 지은이 앉은 라운지 소파에 몸을 기대며 팔을 벌려 그녀를 꽉 끌어안았다.

"매일 얼굴 보면서도, 매일 함께 있으면서도 네가 그리워서 미치는 줄 알았다, 지은아."

그 말에 지은은 피식 웃으며 손바닥으로 제혁의 등을 가볍게 어루만졌다. 그녀도 같은 생각을 했으니까.

현아와 현수가 눈에 넣어도 아프지 않을 것처럼 사랑스러운 건 사실이었지만, 쌍둥이가 태어난 후부터 두 사람만의 시간이 줄어든 것도 사실이었다. 그래서 가끔 서운하기도 했다.

"……제혁 씨."

"한 시간이라도 너와 단둘이만 있고 싶어. 아무에게도 방해받지 않고."

그 말이 끝나자마자 라운지 소파 옆에 앉아 일광욕을 즐기던 미미가 스윽 자리에서 몸을 일으켰다.

"헥, 헥, 헥."

그러곤 분홍색 혀를 내밀며 유리로 만들어진 테라스 문을 앞발로 긁기 시작했다. 깜짝 놀란 제혁이 문을 열어주자 미미는 뒤도 안 돌아보고 집 안으로 들어가버렸다. 시야에서 사라질 때까지 미미를 지켜보던 제혁이 황당하다는 얼굴로 미간을 찌푸렸다.

"방금 미미, 내가 한 말 알아듣고 가버린 거야?"

"몰랐어요? 미미, 우리가 하는 말 다 알아들어요."

"하, 서당개 3년이면 풍월을 읊는다더니……."

언어 천재인 지은과 현아 옆에 있다 보니 미미도 언어 천재견이 되었나 보다. 제혁이 믿을 수 없다는 표정을 지으며 미미가 사라진 쪽을 바라보자, 지은이 손을 뻗어 제혁의 소매를 잡아당겼다.

"오빠, 뭐 해? 이리 와요."

'오빠?'

'오빠'라는 말에 제혁의 심장이 움찔 경련을 일으켰다.

도대체 얼마 만에 들어보는 호칭인가!

다시 연애하던 시절로 돌아간 것만 같아 가슴이 뭉클해졌다.

결국 그는 지은의 옆에 힘없이 주저앉았다. 그가 옆에 앉자마자 지은은 그의 가슴에 뺨을 기대고 가만히 눈을 감았다.

"흐음, 오빠랑 이러고 있으니까 너무 좋다."

"나도 지은이 너랑 이러고 있으니까 너무 좋다."

환한 햇살이 두 사람의 몸 위로 고스란히 내리쬐었다. 서늘한 바람도 기분 좋게 불어와 머리카락을 헝클어뜨리고 도망갔다.

"……그런데 오빠, 그거 알아요?"

제혁의 품에 안겨 일광욕을 즐기던 지은이 눈을 감은 채로 속삭이듯 물었다.

"뭐?"

"현아랑 현수가 그러는데 행복은 선홍색이래요."

"선홍색?"

"네."

쌍둥이는 자라면 자랄수록 가끔 엉뚱한 말을 내뱉으며 모두에게 즐거움을 선사했다.

이번엔 또 어떤 말을 했을까?

"현아랑 현수는 온 가족이 함께 테라스에서 일광욕을 즐길 때가 제일 행복하대요. 햇빛을 향해 눈을 감고 있으면 몸뿐 아니라 마음까지 따뜻해진다나 뭐라나."

"그래? 그런데 그거랑 선홍색이랑 무슨 관계가 있는 거지?"

그러자 지은은 느릿하게 눈을 뜨며 제혁의 눈을 빤히 들여다보았다.

"보통은 눈을 감으면 검게 보이잖아요. 하지만 햇빛을 향해 눈을 감으면 온통 선홍색으로 변해버려요. 그래서 행복이 선홍색이라네요."

"……아."

제혁은 그제야 알았다는 듯 작게 고개를 끄덕였다. 지금까지 한 번도 그런 생각을 해보지 않았는데…….

"녀석들."

누굴 닮아서 감수성이 이토록 풍부한 걸까? 그의 얼굴에 잔잔한 미소가 떠올랐다. 동시에 제혁은 갑자기 현아와 현수가 보고 싶어졌다. 아이들 없을 때 오붓하게 둘만의 시간을 가지려고 했는데……. 그새를 못 참고 이젠 현아와 현수가 그립다니.

제혁의 속마음을 꿰뚫어본 것처럼 지은도 미소를 떠올렸다. 지은과 제혁은 사랑스러운 쌍둥이를 떠올리며 햇살을 향해 다시금 눈을 감았다.

따뜻한 햇살이 두 사람을 감싸며 진한 사랑의 빛으로 물들이는 것만 같았다. 누가 먼저랄 것 없이 두 사람의 입술이 살포시 마주 닿았다.

아늑하고도 말랑말랑한 오후는 그렇게 느릿하게 지나가고 있었다.

〈THE END〉

한 번쯤은 남녀가 티격태격 다투면서, 좋아하지만 좋아한다고 고백하지 않고 밀당을 계속하는 이야기를 써보고 싶었습니다. 그래서 이번 《위험천만한 연애》 지제 커플은 꽤 오랫동안 이어주지 않으면서 서로를 애타게 했네요. 말도 안 되는 계약까지 하면서 절대로 넘어가지 않을 거라고 장담했지만……. 글쎄요. 사랑이 어디 마음대로 되나요? 결국 지은과 제혁은 계약을 깨면서 위험천만한 사랑을 하게 되었습니다.

이번에도 테라스북 팀과 네이버 담당자님께 많은 도움과 응원을 받았습니다. 수·일요일 연재가 오를 때마다 매회 독자님들이 남겨주시는 따뜻한 댓글 모두를 설레는 마음으로 읽었답니다. 독자님들의 댓글이 없었더라면 아주 힘든 집필이 되었을 거예요. 이 자리를 빌려 다시 한 번 감사의 말씀을 드립니다.

새 작품이 나올 때마다 누구보다 관심을 보여주시는 부모님과 가족, 제가 지금까지 창조해낸 남자 주인공을 모두 합친 것보다 훨씬 더 자상한 남편, 요즘 구름 위에서 바쁘게 지내신다는 천사 푸들 유끼 옹과 포메라니안 미미 뇨사, 정원에서 따온 과일 가지고 간식과 바꿔 먹자고 거래하는 치와와 윌리 군, 옆에 있어주는 것만으로도 큰 힘이 되는 슈바츠 밤부스(Schwarzer Bambus) 가족과 '첫눈 속을 걷다' 네이버 카페 여러분 모두, 진심으로 고맙습니다.

'Nothing lasts forever(영원한 것은 없다).'라는 말이 있죠. 다음번에는 그 말을 깨뜨릴 수 있는 영원한 사랑을 간직한 글을 가지고 돌아오겠습니다.

여러분, 언제나 감사하고 사랑합니다!

항상 행복하세요!

위험천만한 연애 2

초판 1쇄 인쇄 2020년 4월 15일
초판 1쇄 발행 2020년 4월 27일

지은이 이지연 | 펴낸이 강성욱 | 책임 기획 전주예 | 기획 편집 송진아 강가비 정종건 최예림 장현호
표지 디자인 디자인그룹 헌드레드 | 내지 디자인 박찬솔 | 로고 김미현 | 교정 서진영 류혜선
펴낸곳 테라스북 | 등록 제25100-2013-000012호
주소 (04019) 서울특별시 마포구 희우정로5길 29 2층 202호
전화 070-4794-5826 | 팩스 0505-911-5826
블로그 http://terracebook.blog.me | 전자우편 terracebook@naver.com
ISBN 978-89-94300-19-1 (04810)
ISBN 978-89-94300-95-5 (SET)

테라스북은 오름미디어의 임프린트 브랜드입니다.

이 도서의 국립중앙도서관 출판시도서목록(CIP)은 서지정보유통지원시스템 홈페이지(http://www.seoji.nl.go.kr)와 국가자료공동목록시스템(http://www.nl.go.kr/kolisnet)에서 이용하실 수 있습니다. (CIP제어번호: CIP2020001725)